中央党校（国家行政学院）
离退休人员科研成果资助出版项目



# 说词牌道典故·之一

冯继魁　著

人民东方出版传媒
東方出版社

**图书在版编目（CIP）数据**

说词牌道典故. 之一 / 冯继魁著. -- 北京 : 东方出版社，2021.8
ISBN 978-7-5207-1429-7

Ⅰ.①说… Ⅱ.①冯… Ⅲ.①词牌－文学欣赏－中国
Ⅳ.①I207.23

中国版本图书馆CIP数据核字（2021）第037960号

**说词牌道典故·之一**
**（SHUO CIPAI DAO DIANGU·ZHIYI）**

**责任编辑：**王　璐　邹　蒙
**出　　版：**东方出版社
**发　　行：**人民东方出版传媒有限公司
**地　　址：**北京市西城区北三环中路6号
**邮　　编：**100120
**印　　刷：**北京汇林印务有限公司
**版　　次：**2021年8月第1版
**印　　次：**2021年8月第1次印刷
**开　　本：**787毫米×1092毫米　1/16
**印　　张：**27
**字　　数：**290千字
**书　　号：**ISBN 978-7-5207-1429-7
**定　　价：**79.00元
**发行电话：**（010）85924641　85924738

# 前言

中国幅员辽阔，历史悠久，诗词艺术深邃而美妙。从《诗经》、《楚辞》、汉魏六朝诗歌到唐诗、宋词、元曲以及明清两代所产生的诗词艺术，无不对反映历史史实、还历史本来的真实面貌，做出了巨大的贡献，其产生的历史影响、价值都是不容低估的。由于时代的睽隔，今天的读者在欣赏这些古代优秀作品时，往往会遇到不同程度的困难。这套《说词牌道典故》系列丛书的出版，即是针对这些长期困扰读者的问题，一一对症下药，尤其在词牌、曲牌的起源问题上，以历史典籍为依据加以解析，力图为读者开启更广阔的词学天地。

谈到词的起源问题，历代都有些纷争，但大致公认的说法是：词起源于隋唐时期的“燕乐”，且是与音乐紧密相关，二者是一个不可分的整体。与《诗经》、《楚辞》、汉乐府一样，都是来源于民间乐歌。王灼在《碧鸡漫志》卷一中道：“盖隋唐以来，今之所谓曲子者渐兴，至唐稍盛。”这里所谓的“曲子”即是隋唐时期的“燕乐”，“燕”通“宴”，顾名而思义，它是在宴会雅聚中，为助酒兴，为提高宴会的气氛而行的一种酒令。由于这种酒令的词曲贴近生活、贴近百姓，于是唱词之风随之而起，最终形成了名家朝成一词、夕入管弦的盛况。最初的词不过是歌女所唱，多为达官、富户、文士、商客侑酒助觞之调；而从其格调上看，虽然优秀作品迭出，但总体来讲大部分曲调柔靡，多为男欢女爱香艳之辞，虽然在词与韵的搭配上无懈可击，但在文辞上却略显粗俗，这一点可从本丛书五代时期前蜀后主王衍的《醉妆词·者边走》一词中见其一斑。这些作品流传至今非常不易，究其原因是当时的雕版印刷术刚刚兴起，将这些宴乐时的小曲、小调刊印成书，在当时确实是一件非常奢靡的事情，财乏者难以办到，财富者亦不屑将这些格调香艳、粗俗之物付之于刊。

至唐晚期，词虽处于萌芽、成长阶段，但随着隋朝科举制度的产生，大批文人、雅士通过科举进入到统治阶层，打破了“门阀阶层”一统天下的垄断，形成了“满朝朱紫贵，尽是读书人”的局面。这些文人雅士随着社会地位的改变，其言谈话语少了一些粗俗，多了几分文雅，宴集雅会之辞亦渐有境界，这些人将他们浓烈的情感融之于曲子，以述说其理想和抱负，如李白的《菩萨蛮·平林漠漠烟如织》《忆秦娥·箫声咽》等，这些词以其纯熟的技巧、隽永的神韵，给人一种苍凉高古、慷慨沉雄之感。

词至五代，不得不谈到“花间派”词人，其代表人物就是温庭筠、欧阳炯等人。他们善写闺情，其填词的技巧愈加成熟高超，这些文人雅士善用曲折的笔调、华丽的辞藻，精雕而细琢。欧阳炯在其《花间词》序中开宗明义地谈到填词就要：“镂玉雕琼，拟化工而迥巧。裁花剪叶，夺春艳以争鲜。是以唱云谣则金母词清，挹霞醴则穆王心醉。名高白雪，声声而自合鸾歌。响遏行云，字字而偏谐凤律。”如温庭筠《菩萨蛮·小山重叠金明灭》十四首，抒写艳情闲愁，是典型的香艳之体。而五代词人中，无论从质量上，还是从词的发展意义上看，集大成者首推南唐后主李煜。李煜的一生是血与泪的一生，是帝王到阶下囚的一生。他的作品以被俘为界，前期以写宫廷生活和与大小周后的爱情为主，充满了香艳的闲愁闲恨，如《一斛珠·晚装初过》等。后期的作品，由于身份的改变、地位的不同，经历了亡国、被囚、被侮辱的巨大痛苦，经历了本不是皇帝所应该体验到的生活，因此其词风一洗过去的奢侈淫逸，多了一种苍凉悲壮之情，如《虞美人·春花秋月何时了》《乌夜啼·无言独上西楼》等。王国维在《人间词话》中言："词至李后主而眼界始大，感慨遂深，变伶工之词而为士大夫之词。"不仅如此，词从李煜开始，才在中国文学史上争得了和古典诗歌一同发展、受到同等重视的地位，从而也揭开了宋词高度繁荣的序幕，使宋词最终成为一种标志时代特征的文学。

词至宋代，异军突起，呈现了百花争妍、千峰竞秀的盛况，堪称博大宏富。据《全宋词》所录，其词人达一千三百三十余人，词作一万九千九百余首，名家辈出，佳作频现。而三百余年的宋朝历史，又是以一一二七年的靖康之变为界，分为北宋和南宋，而其词作亦分为北宋、南宋。北宋初期的词基本延续五代之词风，多写男女闺情艳曲，但仍以小令为主，如以宰相晏殊为代表的词风，其《浣溪沙·一曲新词酒一杯》等，体现了一种闲婉、雍容、典雅的贵族气派。而词至柳永为之一变，他的词不像晏殊、欧阳修等人，所歌咏士大夫的贵族生活，而以反映中下层市井阶级为主，这当然与他的经历有关，实属无奈之举，但其创制的长词慢调深受大众喜爱，如《雨霖铃·寒蝉凄切》。在宋人叶梦得《避暑录话》中记述柳永："善为歌辞，教坊乐工每得新腔，必求永为辞，始行于世，于是声传一时。”文人词至柳永开始有雅俗之分，他以自己的成就为“俗词俚语”争得一片天地，赢得了“凡有井水饮处即能歌柳词”的巨大声誉。而北宋后期词坛的大家当推苏轼。苏词最大的特点是打破了词的狭隘和传统的倚红偎翠之声，开拓了词的内容，提高了词的意境，如《念奴娇·大江东去》，他以诗入词、以事入词，且凡事皆可入词，达到了“无意不可入、无事不可言”的境界。词由苏轼而分出了婉约和豪放。胡寅在《酒边词》序中称：“眉山苏氏一洗绮罗香泽之态，摆脱绸缪婉转之度，使人登高望远，举首高歌，而逸怀浩气！超然乎尘垢之外，于是《花间》为皂隶，柳氏为舆台矣。”而苏轼之后的周邦彦当推为集大成者。他知音律，讲四声，创新调，语言疏密而含婉顿挫，意境雄厚而富有魄力。如《六丑·正单衣试酒》等。清陈廷焯在《白雨斋词话》中说周邦彦词：“前收苏（苏轼）、秦（秦观）之终，后开姜（姜夔）、史（史达祖）之始。”而纵观北宋词坛能达到如此高峰，是与当时社会大背景分不开的，主要有：

**一、经济繁荣**

北宋王朝结束了五代十国分裂的局面，实现了大一统的天下，社会生产力得以恢复，经济生产力水平大幅度提高，农业、矿业、手工业等日益兴盛，人们生活水平有了极大的改善。

**二、文化繁荣**

随着国力的不断增强，雕版及活字印刷普及，使得文化得以大量传播。

**三、对外交往**

由于国力强大，国人有机会走出国门，使得周边各国相继来访的同时，也带来了全新的文化形态，给了国人以吐故纳新的机会。

**四、政权操控**

北宋王朝初期，在削平了各个割据小王国后，不但俘其国君、获其财物，同时还将其国内大批技艺高超的乐工歌伎带回京师，使得这些乐工歌伎与本朝艺人得以进行技艺的切磋，这对音乐的发展、歌曲的演唱、诗词的创作和传播起到了极大的推动作用。

**五、皇帝雅爱**

北宋（960—1127 年）经九帝，共历一百六十七年，这九帝几乎个个都是乐坛高手，宋太宗本人不但爱听，且能自制新声。至宋徽宗一朝，皇帝本人对文学艺术的爱好达到登峰造极的程度。因为喜爱诗词，以至于宋徽宗与臣下同进勾栏，不但不降罪于臣下，还将臣下破格提升任用，真是古往今来第一情种。皇帝都如此，臣下自然仿效，故在当时朝成一词、夕成一曲，达官贵人在勾栏瓦肆竞技呈能，文人雅士在茶楼酒坊竞赌新声，街井市人竞赌新唱，歌楼舞女竞赌新腔。而另一方面，士大夫朝堂之上正襟危坐，口谈国是，正本诗源，其诗引经据典，字字关乎民生国计，而退堂之后，这些士大夫一洗民生国计之忧虑，有的连朝服都来不及更换便抬腿进了勾栏瓦肆，又口吐莲花地倚红偎翠，引经据典地正本词源去了。虽然这些人的行为令人不齿，但同时也大大促进了“词”体的繁荣。

词至南宋，金兵南下，一大批关心国运之人，目睹国土沦丧而痛心疾首，其舒适闲婉、倚陌红楼、闲情逸趣的生活被打破，于是一洗绮罗香泽之态，使词风变得慷慨激昂，其代表人物即是辛弃疾。其词风豪迈奔放，既有抒发恢复中原、抗金报国的“醉里挑灯看剑”，也有痛感英雄失志、请缨无路的《永遇乐·京口北固亭怀古》，更有那“更能消几番风雨，匆匆春又归去”的无奈。从而将叙事、抒情、写景、议论、怀古融为一体。南宋后期词坛的代表人物非姜夔莫属，他的词风上承北宋周邦彦，其填词注重格调声律，善于琢词炼句，在词史上被称为格律词派。今传其词有旁谱者唯其一人，他的《暗香·旧时月色》《疏影·苔枝缀玉》等，都是咏物之名篇，借物而咏情以寄托其心怀，多自度曲，可称得上是字字珠玑，句句锦绣。张炎在《词源》中将其词比拟为“野云孤飞、去留无迹”，并冠以“清空”二字而概括其风格。

纵观词的发展史，从燕乐不成气候的小曲小调到长词慢调，再到婉约豪放的分门分派，词，之所以能跻身文坛，立于不朽，是经过了众多词人的开疆拓境、精雕细研、千锤百炼后才成为中国文学史上一颗璀璨的明珠。

中国的历史悠久，诗词艺术博大精深，而我所学，不及凤毛麟角之万一，故而，本书中肯定会有许多谬误，敬请广大读者和专家加以指教。

**本书承蒙中共中央党校（国家行政学院）老干部局推荐，入选“离退休人员科研成果资助出版项目”，得以由东方出版社出版，承蒙王璐、邹蒙老师的精心编辑以及诸多友人倾注大量精力对本书艺术指导和鼎力相助，在此一并表示感谢。**

冯继魁

2019 年 5 月 1 日

# 凡　例

一、本书选收三十余位诗、词人所创作的常用词牌五十一个。

二、每一词牌，尽可能扼要地对其作者、出处、渊源和由此产生的趣闻、典故及历史上第一首用此词牌所作之词的内容予以详解，同时对词牌的异名、字数、韵脚等加以介绍，并引用历朝历代名人的评注。

三、每一词牌，均为该词牌历史上正体的通用格式。

四、格律符号：“平”即平声；“仄”即仄声。“㊉”即可平可仄之平声；“㊀”即可平可仄之仄声。本书所用格律来源依据《钦定词谱》。

五、《说词牌道典故·之一》所选例词，上自北魏，下自五代，不拘于一家一派，而是兼收并蓄，并注意罗列各种题材之词作。

六、本系列丛书单册书中作者的排列，以生年前后为序，生年无考者，以在世之年论。

七、本丛书对生僻字标有注音。

# 目录

*II*

*IV*

# 杨白花

## 词牌题注

《杨白花》是北魏时期杂曲歌辞中的旧题。在《先秦汉魏晋南北朝诗·北魏诗·杂曲歌辞》中，《杨白花》记录为北魏时期胡太后的自作曲。史载胡太后曾钟情于手下大将杨白花，而杨白花惧祸出走。太后乃作词令宫女歌之，歌声凄怨。据《南史》云："杨华本名白花，奔梁后名华，魏名将大眼之子。"《梁书·杨华传》中载："杨华，武都仇池人。少有勇力，容貌雄伟，魏胡太后逼通之，华惧及祸，乃率其部曲降梁。胡太后追思之，不能已，为作《杨白花》歌，使宫人连臂蹋足歌之，声甚凄婉。"

## 诗词赏析

| 杨白花 | 格律 |
| --- | --- |
| 胡太后 | |
| 阳春二三月， | 平平仄平仄， |
| 杨柳齐作花。 | 平仄平仄平。（韵） |
| 春风一夜入闺闼[①]。 | 平平平仄仄平仄。（韵） |
| 杨花飘荡落南家。 | 平平平仄仄平平。（韵） |

含情出户脚无力。　　平平平仄仄平仄。（韵）
拾得杨花泪沾臆[②]。　　平平平平仄平仄。（韵）
秋去春还双燕子。　　平仄平平平仄仄。（韵）
愿衔杨花入窠[③]里。　　仄平平平仄平仄。（韵）

首先我们先解读一下北魏的历史和这位胡太后。北魏是鲜卑族人，拓跋珪于北魏登国元年（386年）建立政权，这是南北朝时期北朝的第一个王朝，至北魏永熙三年（534年）分裂为东魏和西魏为止，历二十帝，享国一百四十八年。而拓跋珪之所以能在拓跋族众多子弟中脱颖而出，除了他有勇有谋外，最主要的是凭借他母系家族和舅系家族强大的势力。经过血腥的战争，拓跋珪才得以获得皇权。为了防止自己的兄弟篡位，以及家族后辈子孙中再出现这种外戚干政的情况，拓跋珪通过战争手段，先将母族贺兰部、妻族独孤部、祖母族慕容部等这些势力庞大的部落歼灭，并先后逼死自己的母亲贺兰太后，赐死太子的母亲刘皇后，并同时降下残酷的"子贵母死"的旨意，即后宫女性只要生下男孩，并被确立为太子，他的母亲就必须被赐死，以避免因为"母以子贵"后发生争抢皇位、血流成河的情况。时光斗转，到了北魏王朝第八位皇帝宣武帝元恪在位（499—515年）时，魏宣武帝元恪因为笃信佛教，并没有赐死太子元诩的母亲胡氏，从而终结了这种残忍的"子贵母死"制度。在历史上这个胡太后，我们只知道姓胡，在《魏书·卷十三·列传第一》中记载有："宣武灵皇后胡氏，安定临泾人，司徒国珍女也。"她是大司徒胡国珍的女儿，由于漂亮，被当尼姑的姑母送进宫中，受到了魏宣武帝元恪的宠幸。刚刚进入宫廷，她便被封为"承华世妇"，这个"承华世妇”是北魏时期所出现的一种嫔妃称号，所以后人称她为“胡承华”。因为有“子贵母死”的祖训，当时皇宫中的女人们都害怕怀孕，尤其得知怀的是男孩以后，后宫这些嫔妃们，都会千方百计地将胎儿打掉。而这个“胡承华”得知自己怀孕，而且还是男孩的时候，不但不害怕，反而说：“天子怎么能没有继承人呢？假如我所怀的是男儿，按次序当为太子，那么为了江山社稷，即便是‘子贵母死’，我也在所不惜。”结果这个胡氏于永平三年（510年）果然诞下龙儿，魏宣武帝元恪非常高兴，将这个小皇子取名为“元诩”。元诩在他三岁时被确立为太子。然而魏宣武帝元恪由于笃信佛教，并没有杀掉胡氏，反而将她晋级为“充华嫔”，这个“充华嫔”也是皇宫中嫔妃的一种称号，故后人亦将胡氏称为“胡充华”。延昌四年（515年）魏宣武帝元恪去世，五岁的小太子元诩即位，尊高皇后为皇太后，他的亲生母亲为皇太妃。不久这个胡皇太妃就逼高皇太后到寺里出家为尼，同时将自己封为“宣武皇太后”，故后人也将其称为“胡太后”。从此她以辅佐年幼皇帝的名义而亲览万机，裁决政事，成为北魏朝廷独裁决断之人。由于魏宣武帝元恪去世得早，此时的胡太后三十余岁，年轻而守寡，正是青春寂寞的年纪，于是胡太后将目光瞄向了同是北魏大将、杨大眼之子杨白花。在权力的威逼下，杨白花最终做了胡太后的面首。伴君如伴虎，杨白花惧怕胡太后的杀伐无度，恐其喜怒无常且又惧怕当胡太后的面首，会给自己和家族引来杀身之祸。于是在某一次打猎的过程中，杨白花率其部下从北魏叛逃到南梁。胡太后闻报百转愁肠不已。为了追思往事，胡太后含泪写下了这首思念之词。本词作者贵为太后，能临朝听政，权倾一时，亦算得上女中豪杰。然而就是这样一位在政治上纵横捭阖的女强人，她也一如常人，不乏七情六欲，其所写亦不外乎闺情别绪、离愁思春、悲伤怀人，通过这首《杨白花》表现出了这位铁腕女强人细腻而不舍的情感经历。

首先词人以“杨白花”这个情郎名字为题目，即是将那无限的情意融入其中。“阳春二三月，杨柳齐作花。”阳春二三月，正是草长莺飞、万物复苏，闺怨愁长之际。眼见那杨树、柳枝上繁花怒放，从而惹得思妇愁怨陡起，这是睹杨花而思人。但见那“春风一夜入闺闼，杨花飘荡落南家”。“闺闼”即闺中小门，此指太后寝宫。那春风和着春日气息、和着那令人思念的杨花之味道，夜入太后寝宫。但那只是春日气息及浓浓树花的味道，而那令人思念的杨花，此时却已经舍我而去，落入了南家（南朝的梁国）。这里是惋惜，或是后悔，抑或是自责吧。“春风”句是双关，明写春风夜入寝宫，暗写太后春心荡漾，萌生思念情郎的无限爱意。

“含情出户脚无力，拾得杨花泪沾臆。”虽然人已去不可再见，而情思正浓的太后，却仍是恋恋不舍那份思恋，那浓郁的思恋、情伤的痛苦又使得太后浑身乏力，但为所思、所忆之人，她还是满腹情思，出户俯拾起杨花，睹物思人，不禁泪满胸襟。这几句其情之真率，令人掩卷。也正因为太后对杨白花爱之深、思之切，故忽发奇想，“秋去春还双燕子，愿衔杨花入窠里”。人已去、思念已成往事，于是太后只得遐想出美好的未来，祝愿那秋去春来之燕，衔得杨花入窠中。言外之意是不论杨花入到谁家窠中，都希望他能得以温暖、幸福与安定，当然最大的愿望还是回到自己的身边。这是以燕子双出双入、衔花入窠为喻，寄托和意中之人永相厮守的愿望。然而这种凄婉的情感是茫然的，最终也只能在宫人不断的连臂踏歌声中而“泪沾臆”了。

这首词构思巧妙，整体皆用比兴，以人、物同名这一契机，以物喻人，以借杨花而思杨白花的修辞手段，用简洁的语言，道出了一个女人的情思。句句写杨花，又句句诉相思。故沈德潜在《古诗源》中评其“音韵缠绵，令读者忘其秽亵”。

《杨白花》作为乐府“杂曲歌辞”古题之法，即始于胡太后之手，后遂为世人沿袭为乐府古题，吟咏不息。而这份宝贵的文化遗产，也就在这一畸形的情恋中，自觉不自觉地产生乃至保留下来，从而成为中华民族文化宝库中的一员。

杨白花出走以后，胡太后又把目光转向了自己的小叔子清河王元怿，幸臣郑俨、徐纥等人，致使朝政混乱。她又不顾民间疾苦，预征全国六年赋税，在全国耗巨资兴建寺、塔、石窟等，致使各地民众纷纷造反。此时因为胡太后的胡作非为，她和已经十八岁的儿子孝明帝元诩的裂隙越来越大，经过几次交锋，这个失去理智的妈妈，最终毒死了自己的儿子。为了能继续执掌朝政，胡太后立三岁的元钊为帝。此时契胡部落的酋长尔朱荣，借口为孝明帝报仇，率军攻陷洛阳。胡太后见大势已去，便自行削发为尼，躲进了佛寺之中。尔朱荣带兵进入洛阳，将太后及三岁的元钊皇帝溺死于黄河，随后发动了“河阴之变”，将两千余大臣屠杀殆尽，至此尔朱荣成为北魏王朝灭亡的掘墓人。

作为太后，她在政治生涯上是富有的，她聪悟多才，又能临朝听政，亲理万机。然而她在感情上却是多舛的，作为一个女人，尤其年轻守寡的女人，其感情生涯上应是窘迫的，尤其在皇宫的嫔妃制度下，即便身为宠妃、太后，其情感上也是空虚的。故读此词，我们首先要将关注点放在一个普通女人身上，而不是历史上这个纵横捭阖、荒淫无度的太后身上。

## 注释

① 闼（tà）：宫中的小门，这里指皇宫内苑。

② 臆（yì）：原指胸骨，此代表内心。

③ 窠（kē）：鸟兽的巢穴。

# 舞马词

## 词牌题注

《舞马词》是我国盛唐时期，为唐玄宗李隆基举行大型祝寿典礼活动时，其赞美曲词的一个章节，后此调成为词牌名。在唐人郑处诲《明皇杂录》中记载了《舞马词》的由来："玄宗尝命教舞马四百蹄，各为左右，分为部目，为某家宠，某家骄。时塞外亦有善马来贡者，上俾[①]之教习，无不曲尽其妙。因命衣以文绣，络以金银，饰其鬃鬣[②]，间杂珠玉。其曲谓之《倾杯乐》者，数十回奋首鼓尾，纵横应节。又施三层板床，乘马而上，旋转如飞，或命壮士举一榻，马舞于榻上，乐工数人立左右前后，皆衣淡黄衫，文玉带，必求少年而姿貌美秀者。每'千秋节'命舞于勤政楼下。"在《旧唐书·玄宗本纪》中记载："开元十八年，八月丁亥，上御花萼楼，以'千秋节'百官献贺，赐四品以上金镜、珠襄、缣丝，赐五品以下束帛有差。"

唐玄宗李隆基生于垂拱元年，即公元六八五年九月八日、农历的八月五日。在经历了其奶奶武则天将他"幽闭宫中，不出门庭者十余年"的软禁生活后，武则天驾崩，中宗李显继位，后被他的老婆韦皇后和女儿安乐公主所杀。李隆基和太平公主一起，杀韦皇后和安乐公主，并将自己的父亲李旦扶上了帝王位，但没隔多久，李旦禅位于自己的儿子李隆基，李隆基经过几年的改革，终于迎来了后人所称赞的“开元盛世”阶段。国家承平日久，在开元十七年（729年），时任尚书左丞相、集贤院学士的张说上表，请求将每年的八月五日、唐玄宗生日这一天，定为“千秋节”，并“著之甲令，布于天下，咸令休假，普天同庆”。唐玄宗自然是虚心接受臣下的建议，于是历史上第一个以皇帝生日作为节假日的大型庆典活动开始了。宫中教坊梨园子弟们，专门为玄宗皇帝创作了一场大型音乐盛会，并将这场音乐盛会命名为“千秋乐”。再以后人们为了纪念这个盛会，将“千秋乐”演变成为词牌名，这一点在崔令钦的《教坊记》中有详细的记载。这一天百官献贺，而皇帝也为此准备了诸多礼物，他特地制作了一批名为“千秋镜”的铜镜赐给四品以上的官员。为此皇帝还特别割江都、六合、高邮三县设置“千秋县”。天宝七年，又改千秋节为天长节，千秋县随之易名天长县，就是现在位于安徽滁州的“天长市”。这样一来既设了“千秋节”，作了《千秋乐》曲，又铸了“千秋镜”，还成立了“千秋县”，其目的是以图大唐江山“千秋万代永固”。互赠礼品的仪式结束后，正式的演出活动就开始了。《唐会要》记载了庆祝“千秋节”的盛况：“每千秋节，舞于勤政楼下，后赐宴设酺，亦会勤政楼。太常设乐，教坊大陈山车、旱船、走索、丸剑、杂技、角抵、百戏，又引上百匹大象、犀牛、舞马隆饰入场为戏。”而《新唐书·礼乐志》中，对当时的盛况描写道：“其日未明，金吾（将军）引驾骑，北衙四军陈仗，列旗帜，被金甲、短后绣袍。太常卿引雅乐，每部（唐时音乐有雅乐部，雅乐部之中又分‘坐部伎’‘立部伎’，又有云韶部、清乐部、鼓吹部、驱傩部、熊罴部、鼓架部、龟兹部、胡部、歌部等）数十人，间以胡夷之技。内闲厩使引戏马，五坊使引象犀，入场拜舞。宫人数百人衣绣衣，出帷中，击雷鼓，奏《小破阵乐》，岁以为常。”

从这一大段记载中，我们可大体了解到这场大型的音乐盛会场面之恢宏。当时，皇亲国戚、文武大臣、海外使节云集，先是互赠礼品，然后是观看节目，最后是在勤政楼下赐宴设酺。音乐会上有各种艺人表演各种节目，其中有一个舞马的庆典表演，由四百匹训练有素的舞马排列成行，身披绣锦，饰以金银珠玉，连鬃毛也修饰得十分漂亮。当一群身穿淡黄衣衫、扎雕花玉带、姿貌俊美的少年乐手奏起《倾杯乐》舞曲时，群马闻声起舞，奋首鼓尾，纵横应节，整齐划一，蔚为壮观。有骑手乘马跃上三层高台，在上面旋转如飞，有身材魁梧的壮汉用手托举宽大的榻板，而马在榻板上翩翩起舞。而艺人们用各种民族乐器，演奏各种不同的音乐，气势宏伟而壮观。

在唐时为此制曲者颇多。有《千秋乐》《千秋子》大曲。杂曲有《舞马辞》《舞马千秋万岁乐府词》。词牌有《舞马词》《千秋岁》《千秋岁引》《庆千秋》《倾杯乐》等。而据《古今词谱》云："《舞马词》平仄不拘叶，首句可不用韵。此与《回波》《三台》等皆六言绝句，用以按叠入歌，如七言之《清平调》《小秦王》等，虽字数相同，而体制自别。"

## 诗词赏析

### 舞马词

**张说**[3]

#### 其一

万玉朝宗凤扆[4]。千金率领龙媒。

眄[5]鼓凝骄躞蹀[6]，听歌弄影徘徊。

#### 其二

天鹿遥征卫叔，日龙上借羲和。

将共两骖[7]争舞，来随八骏齐歌。

#### 其三

彩旄[8]八佾[9]成行。时龙五色因方。

屈膝衔杯赴节，倾心献寿无疆。

#### 其四

帝皂龙驹沛艾，星兰骥[10]子权奇。

腾倚骧[11]洋应节，繁骄接迹不移。

#### 其五

二圣先天合德，群灵率土可封。

击石骖驔[12]紫燕，拟[13]金顾步苍龙。

#### 其六

圣君出震应箓，神马浮河献图。

足踏天庭鼓舞，心将帝乐踌躇。

## 格律

### 格一

仄平仄仄平平。（韵）平平仄仄平平。（韵）

仄仄平平仄仄，平平仄仄平平。（韵）

### 格二

平仄平平仄仄，仄平仄仄平平。（韵）

平仄仄平平仄，平平仄仄平平。（韵）

张说的《舞马词》共六首，俱为单调二十四字，与唐人六言绝句相同，且平仄不拘。六首词中，唯独“彩旄八佾成行”一词起句用韵，构成四句三平韵的形式，其余五首皆为四句两平韵的模式。

通过前面的词牌题注我们知道，“舞马”是唐代大型宫廷宴乐活动的一部分，此活动是为唐玄宗祝寿而设立，张说的这六首《舞马词》，即是写千秋节盛宴中舞马为唐玄宗祝寿时的场景。表现了祝寿活动开始后，马儿屈膝身体前倾，口衔酒杯向玄宗皇帝祝寿敬酒的情景。

第一首：“万玉朝宗凤扆，千金率领龙媒。眄鼓凝骄躞蹀，听歌弄影徘徊。”其中的第一、二句中的“万玉”和“千金”是指舞马身上装饰的珠宝之多，这就对应了《新唐书·礼乐志》中“玄宗又尝以马百匹，衣以文绣，络以金银，饰其鬃鬣，间杂珠玉，盛饰分左右”的描写。而“凤扆”中的“扆”是指古代的屏风，“凤扆”即是绘有凤凰纹的屏风，古时专指皇后座位后面的屏风。此时贵妃杨玉环正是如日中天之际，故而张说的这首开句，先大大地奉承了一下杨贵妃。“龙媒”即是传说中太阳神羲和所驾驶的由六条神龙拉的辇车，而龙又是帝王的化身，故这两句都是极言盛装的舞马，恭敬地向玄宗皇帝、贵妃娘娘朝拜的情景。第三、四句“眄鼓凝骄躞蹀，听歌弄影徘徊”，“眄”是斜视的意思，“躞蹀”是小步行走的意思。“弄影”原是指人的左顾右盼，而这里是指马头的左右摆动，与前二字的“听歌”相连，这种拟人化的写法极为传神。“徘徊”是指来来回回不停地走动，而此时所描写的是祝寿活动尚未开始时舞马的神态。这两句抓住了舞马的神韵，你看舞马斜视着那尚未擂响的战鼓，忍住躁动的性子，在原地踏步，听到那悠扬的歌声，似陶醉一般而摇头摆尾。这两句将舞马的神态、动态，眼中所见、耳中所听、心中所想刻画得极为传神。

第二首：“天鹿遥征卫叔，日龙上借羲和。将共两骖争舞，来随八骏齐歌。”第二首中前两句的“天鹿”和“日龙”都是神话传说中的神兽。“天鹿”是仙人卫叔的坐骑，而“日龙”即是传说中太阳神羲和所驾驭的六条神龙，这两种都是奔驰迅疾的神兽。第三句中的“骖”是指车两旁的马，而“八骏”即为传说中周穆王的八匹名马。据《拾遗记》中载：“王驭八龙之骏：一名绝地，足不践土；二名翻羽，行越飞禽；三名奔宵，夜行万里；四名超影，逐日而行；五名逾辉，毛色炳耀；六名超光，一形十影；七名腾雾，乘云而奔；八名挟翼，身有肉翅。”这第二首即是借神话传说中的神兽名骏，来赞美这批为唐玄宗祝寿时所用的宫廷舞马的俊美神威。

第三首：“彩旄八佾成行，时龙五色因方。屈膝衔杯赴节，倾心献寿无疆。”这首词中前两句“彩旄八佾成行，时龙五色因方”中的“旄”原指古代在旗杆头上，用牦牛尾做装饰的旗子。而“八佾”中的“佾”原指古代乐舞的行列。据段安节的《乐府杂录》中载：“《八佾舞》则六十四人，文武各半，皆著画帻，俱在乐悬之北。文舞居东，手执翟，状如凤毛；武舞居西，手执戚。文衣长大，武衣短小。”下面的“时龙”指舞马，这两句是说有彩旄的旗子高高飘扬，乐舞的行列齐整地排成八行，舞马身着五色的饰物按方位排列整齐。而下面的“屈膝衔杯赴节，倾心献寿无疆”两句，则是描写了舞马的动作：低下脖头、弯曲膝盖、口衔酒杯，随着音乐的节拍，频频地向皇帝敬献寿酒，遥祝万寿无疆。这第三首词，描写了祝寿活动正式开始时，舞马随着音乐的节拍，用嘴衔起酒杯，向皇帝敬酒祝寿的场面。

第四首：“帝皂龙驹沛艾，星兰骥子权奇。腾倚骧洋应节，繁骄接迹不移。”前两句中的“皂”即黑，“帝皂”为名马之一。“龙驹”指小马，“沛艾”指舞马兴奋奔跑的样子。“星兰”指像黑夜星辰一样散发的黄光，“星兰”亦为名马。“骥子”是优良的马驹，“权奇”指超凡的神态。这两句是说：黑色的小马昂首奔跃；黄色的小马神态超凡。而下面的“腾倚骧洋应节，繁骄接迹不移”则是对马儿的具体描写。奔腾转动合乎音乐节拍，所有的动作整齐划一。这两句再次印证了题注中所称“奋首鼓尾，纵横应节”之说。这第四首词，是以小马高贵的神态、舞姿的完美来赞美整个马群。

第五首：“二圣先天合德，群灵率土可封。击石骖驔紫燕，扒金顾步苍龙。”本词中的第一、二句中的“二圣”，并非实指周文王、周武王或某一个具体的先贤，而是指历代为民众做出贡献的众多先贤们。相传这些先贤们凭借天意，制定礼仪教化民众，创作音乐陶冶民众，所以综合这些先贤们的智慧，我们才能训练出如此有灵性的舞马，而凭这些舞马的聪明才智，简直可以给它们封地赐爵了。下面的“击石骖驔紫燕，扒金顾步苍龙”这两句是进一步赞叹舞马的灵性。“击石”即击打石质乐器，“骖驔”原指飞奔的边马，这里指舞马的腾挪跳跃之状，“拟金”中的“拟”为用手或器具撞击物体，“金”即是指金属乐器，“顾步”即止步，而“紫燕”和“苍龙”都是神话传说中的神马。这两句是讲，击打石质乐器，舞马就腾跳起舞，撞击金属乐器，舞马就静止不动，这也契合了古代士兵们“擂鼓前进、鸣金收兵”的原则。这第五首词是讲由于圣贤的礼乐教导有方，才使得群马如此聪明灵慧，悉如人意地进退有度。

第六首：“圣君出震应箓，神马浮河献图。足踏天庭鼓舞，心将帝乐踌躇。”本词的第一、二句中，“圣君”即指唐玄宗李隆基，“出”即受命，亦如圣旨中的“奉天承运”一般。“震”，威震、尊严。“箓”即是符，是帝王受命之书，天子受命执之，以御制天下。古人有“朕秉箓御天，握枢临极”之语。在史记《陈涉世家》中亦有“大楚兴、陈胜王”的箓符字样。箓符亦如帝王的玉玺一样，最著名的就要算“和氏璧”了，昔日秦始皇即在著名的和氏璧上刻有“受命于天，天下永昌”的箓符。自此以后，这种箓符即以玉玺的形式，流传至今，以至于历代历朝统治者临权都要“秉箓御天，握枢临极”。玉玺一旦丢失，则象征国家的灭亡。而“神马浮河献图”典故出于《易经·系辞》“河出图，洛出书，圣人则之”的典故，即神话中的黄河神马背驮图书出于黄河的传说。《河图》《洛书》原为我国古代儒家关于《周易》《洪范》二书来源的传说。“河图”即八卦，传伏羲氏统治天下之时，世有龙马出黄河，伏羲氏遂依其文而画八卦，称为“河图”，此即周易来源之传说。又夏禹治水时，黄河支流的洛水，出现了巨大的神龟，背负有文，其数至九，夏禹乃采用其法作成九畴，称为“洛书”，此即《洪范》的传说。而在《晋书》虚堂和尚语录中记载：“天基节上堂，河出图、洛出书，雷霆变化，鬼神莫测其由，且道是何祥瑞？良久：圣人复生。”此种现象历来被看作国泰民安、祥和、吉瑞、天子圣明的征兆。这两句是讲，受命于天的圣明之君威严、端庄地坐在龙庭之上，喜悦地看着舞马在表演浮河献图的节目。下面的“足踏天庭鼓舞，心将帝乐踌躇”中的“天庭”即龙庭，古代认为皇帝是天之子，龙之子，故所居之地称为龙庭或天庭。这两句是讲，舞马在宫苑中随着音乐而起舞，仿佛心中亦为帝王的喜悦而高兴。

综观整组《舞马词》，每首所描绘的侧重点不同，角度不同，有的侧重神态，如“眄鼓凝骄躞蹀”，有的侧重表现，如“屈膝衔杯赴节”，有的借用神话来比喻，如“神马浮河献图”等，都堪称神来之笔。尤其在表现盛唐时期舞马祝寿这一史实方面，以及舞马历史发展的脉络、起源等，都有不可忽视的历史价值。现在在我国乃至世界一些国家，亦有大型舞马比赛，称之为“盛装舞步”。

那么在唐玄宗生日上，这一批舞马的结局怎么样了呢？在郑处诲《明皇杂录》中记载道：“其后上既幸蜀[14]，舞马亦散在人间。禄山常观其舞而心爱之，自是因以数匹置于范阳。其后转为田承嗣所得，不之知也，杂之战马，置之外栈。忽一日，军中享士，乐作，马舞不能已。厮养皆谓其为妖，拥彗以击之。马谓其舞不中节，抑扬顿挫，犹存故态。厩吏[15]遽[16]以马怪白承嗣，命箠[17]之甚酷。马舞甚整，而鞭挞愈加，竟毙于枥[18]下。时人亦有知其舞马者，惧暴而终不敢言。”

## 注 释

① 俾（bǐ）：使。

② 鬃鬣（zōng liè）：马颈上的长毛。

③ 张说（667—731 年）：字道济，唐代文学家。原籍范阳（今河北涿州市），六八九年举贤良方正第一，授太子校书郎。唐中宗李显去周（武后称帝，改国号为周）复唐，升任兵部侍郎兼修文馆学士。唐睿宗景云二年（711 年），迁中书门下平章事，监修国史，封燕国公。朝中重要文诰，多出其手笔，与许国公苏颋（tǐng）并称为"燕许大手笔"。明人辑有《张燕公集》。

④ 扆（yǐ）：门窗之间的屏风。

⑤ 眄（miàn）：斜着眼睛看。

⑥ 蹀躞（dié xiè）：小步走路，往来徘徊。

⑦ 骖（cān）：驾在车两旁的马。

⑧ 旄（máo）：古代旗杆头上用牦牛尾做装饰的旗子。

⑨ 佾（yì）：古代乐舞的行列。

⑩ 骥（jì）：好马。

⑪ 骧（xiāng）：马仰头奔跑。

⑫ 驔（diàn）：马脚胫有长毫之称。一说称黄色脊毛的黑马。

⑬ 扨（chuāng）：用手或器物撞击物体。

⑭ 幸蜀：指安史之乱，唐玄宗到四川避难。

⑮ 厩（jiù）吏：厩指马圈或马棚，此指管马的小吏。

⑯ 遽（jù）：仓促、匆忙。

⑰ 箠（chuí）：鞭打。

⑱ 枥（lì）：马槽。

# 踏 歌

**词牌题注**

《踏歌》原为唐教坊[①]曲名，后用为词牌名。“踏歌”原是中国古代南方的一种民间歌舞，其形式是多人连手而歌，踏地以为节拍且歌且舞，故曰“踏歌”。这种“踏歌”，也叫“踏春”，古时又称之为“祓禊”[②]，是根源于中国古代的一种古老仪式，这种仪式在南、北方都有，最早都是以某种祭祀形式出现，北方大都由大祭师、萨满[③]主持，南方亦多以巫师、巫祝[④]主持，其祭祀的具体过程和形式虽然早已失传，但举行这种仪式的目的，都是为族、部落之人祈福，祈求风调雨顺、国泰民安、没有疾病、远离战争。在部落中，举行祭祀仪式，原本是没有时间和季节约定的，后来随着时间的推移，这些祭祀仪式或在冬天，但更多在春天举行，届时朋友相偕春游，先是饱览自然美景，然后人们在河水中沐浴，以除灾祛病，最后是以歌舞的形式，载歌载舞，大家连手而歌，踏地以为节拍，且歌且舞，此环节称之为“踏歌”。最后是宴饮，大家相互祝福，当时人们将这种完整的仪式称为“修禊”或“祓禊”。而著名的“修禊”活动，就是东晋永和九年的三月三日，王羲之与谢安等人，在浙江会稽兰亭，召集名流聚会，举行禊礼，饮酒赋诗，相互祝福，并写下了天下第一行书《兰亭序》。王羲之在《兰亭序》中写道："暮春之初，会于会稽山阴之兰亭，修禊事也。群贤毕至……"至此人们才将每年三月三日，定为固定的祓禊日，这一天同时也成了文人墨客的雅集日。为此很多人也写诗赞美祓禊一事，如杜甫在《丽人行》中写道："三月三日天气新，长安水边多丽人。"李白《赠汪伦》中写道："李白乘舟将欲行，忽闻岸上踏歌声。桃花潭水深千尺，不及汪伦送我情。"等等。再后来古人因"祓禊""踏歌"项目中，其歌、其舞、其欢声笑语的优美，衍生出来许多文学作品，据不完全统计，与"祓禊"或"踏歌"有关，或衍生的曲、词牌计有：《踏歌辞》《踏歌词》《踏莎行》《转调踏莎行》《踏莎美人》《踏青游》《踏春游》《踏阳春》《踏摇娘》《缭踏歌》《踏金莲》《踏枝间》《踏云行》《踏马阵》《踏月》《踏歌》《鹊踏枝》《队踏子》等众多作品，这些曲谱有些被录入教坊，成为曲牌，比如教坊曲中的《缭踏歌》《队踏子》《踏金莲》等。"踏歌"这种形式，因为是倚声而填，用于歌唱，所以《踏歌》既入《乐府诗集》，又入《全唐诗》。在《唐声诗》中，又名《春阳曲》，为唐德宗贞元年间（785—805年）舞曲，有惜春、伤逝之意。段成式《酉阳杂俎（zǔ）·诺皋（gāo）记》中曾记载："元和（806—820年）初，有一士人，失姓字，醉卧厅中，及醒，见古屏上妇人等，悉于床前踏歌，歌曰：'长安女儿踏春阳，无处春阳不断肠。舞袖弓腰浑忘却，蛾眉空带九秋霜。'其中双鬟者问曰：'如何是弓腰？'歌者笑曰：'汝不见我作弓腰乎？'乃反首，髻及地，腰势如规焉。士人惊惧，因叱之，忽然上屏，亦无其他。"

本调另有《踏阳春》者，收录于《历代诗余》中。《踏阳春》《踏春阳》二者均为古代民间踏歌之词。《异闻录》中曾记："邢凤之子梦数美人歌《踏阳春》曲：踏阳春，人间二月雨和尘。阳春踏尽秋风起，肠断人间白发人。”调名即取其首句“踏阳春”以为调名。宋人钱希白《洞微志》及李调元《全五代诗》中都记载有：“后周显德（周世宗柴荣年号，954年）中，齐州有人病狂，每唱歌曰：‘踏阳春，人间二月雨和尘。阳春踏尽秋风起，肠断人间白发人。’又歌曰：‘五灵华盖晓玲珑，天府由来汝府中。惆怅此情言不尽，一丸萝卜火吾宫。’后遇一道士欲治，病者云：‘每梦一红衣女子，引入宫殿，有小姑歌云云。’道士曰：‘此正犯大麦毒，女子，心神，小姑，脾神也。’按《医经》：萝卜食之，疾遂愈。”《唐五代词鉴赏辞典》中引《唐声诗·杂考》：“《春阳曲》乃《阳春曲》名之变也。古郢[⑤]中曲之高者曰《阳春》《白雪》。……齐梁乐府有《阳春曲》《阳春歌》……皆熙春[⑥]之声而非伤春。若齐梁之曲与邢凤所传，则伤春也。”

另外此调中还有《踏歌词》。在汉人刘歆《西京杂记》中载：“汉宫女以十月十五日，相与连臂踏地为节，歌‘赤凤凰’，此踏歌之始。古清商有《踏铜蹄》，唐乐有《缭踏歌》、《踏金莲》、《踏摇娘》（又作‘踏谣娘’）、《踏歌辞》、《踏歌行》之类，皆踏歌也。词沿其名，其歌法宜亦同之耳。”唐《辇下岁时记》：“（唐）先天（712年）初，上御安福门观灯，令朝士能文者，为踏歌。”陈旸（yáng）《乐书》云：“《踏歌》者，队舞也。”

刚才我们提到的《踏摇娘》，在《乐府杂录》中将其归为鼓架部。《踏摇娘》与另一个传统戏曲《苏中郎》都记载了同一个故事，其中“踏摇娘”与“谈容娘”其实是同一个人。名字中的“谣”与“摇”是通用的。“踏摇娘者，生于隋末，夫河内人，丑貌而好酒，常自号‘郎中’[⑦]，醉归必殴其妻。妻色美，善歌，乃自歌为恳苦之词。河朔演其曲而被之管弦，因写其夫妻之容。妻悲诉，每摇其身，故号‘踏摇娘’。”

崔令钦《教坊记》中曾载：“踏谣娘，北齐有人姓苏疱（pào）鼻，实不仕，而自号为郎中。嗜饮，酗酒，每醉辄殴其妻，妻衔怨，诉于邻里。时人弄之，丈夫著妇人衣，徐步入场行歌。每一叠，旁人齐声和之云：‘踏谣，和来，踏谣娘苦和来！’以其且步且歌，故谓之‘踏谣’。以其称冤，故言苦。及其夫至，则作殴斗之状，以为笑乐。今则妇人为之，遂不呼郎中，但云‘阿叔子’。调弄，又加典库，全失旧旨，或呼为‘谈容娘’，又非。”由此可知，无论《踏摇娘》《踏阳春》《踏春阳》还是《踏歌词》等，不过都是《踏歌》的变体而已。

此调有三体：计五言六句、五言八句及六十四字者诸体。另在《钦定词谱》中收朱敦儒和无名氏词两列，朱体为三段八十三字，前两段各四句四仄韵，后一段六句四仄韵。无名氏体为三段八十四字，前两段各四句四仄韵，后一段五句四仄韵。值得注意的是，此与下面介绍的唐人小令《踏歌词》不同。

## 诗词赏析

| **踏歌词** | **格律** |
|---|---|
| **谢偃**[8] | |
| 逶迤度香阁， | 平平仄平仄， |
| 顾步出兰闺。 | 仄仄平平平。（韵） |
| 欲绕鸳鸯殿， | 仄仄平平仄， |
| 先过桃李蹊。 | 平仄平平平。（韵） |

风带舒还卷，　　平仄平平仄，
簪花举复低。　　平平仄仄平。（韵）
欲问今宵乐，　　仄仄平平仄，
但听歌声齐。　　仄平平平平。（韵）

在前面题注中已谈到，“踏歌”是中国古代南方民间的一种歌舞形式，同时也是青年男女相会的一种形式，谢偃的这首《踏歌词》就是描写姑娘们从香阁中出来，相约到某处去载歌载舞、竟夜踏歌的情景。

“逶迤度香阁，顾步出兰闺”，首发句中的“逶迤”是形容延续不断的样子，“顾步”是形容停下脚步回头瞻望之意。《诗经·桧风·匪风》中有：“顾瞻周道，中心怛兮。”李白《行路难》中有：“拔剑四顾心茫然”及成语“掉头不顾”等都属此意。“香阁”与“兰闺”都为古时女子居住之所的美称，如张华《情诗》中“佳人处遐远，兰室无容光”等句。这两句是说姑娘们为去踏歌，而相继从香阁中走出来，而出门时还不忘左右回头看一看、望一望周边是否有人在注视着她，其娇羞心态表露无遗。这两句将作者细致入微的观察，融于笔端。“欲绕鸳鸯殿，先过桃李蹊”中的“鸳鸯”为水鸟名，在文学作品中用来喻夫妻，“鸳鸯殿”即指夫妻居住之所，在此隐喻男女幽会的场所。“桃李蹊”借用古谚“桃李不言，下自成蹊”之意。颜师古[⑨]注曰：“蹊，谓径道也，言桃李以其华（花）实之故，非有所召唤，而人争归趣（趋），来往不绝，其下自然成径，以喻人怀诚信之心，故能潜有所感也。”此注应是对这两句最好的注解。试想一下，人们经过一冬的休整后，体内的阳气随春日的到来而萌动、迸发。年轻人早就盼着能有这么一个令人手舞之、足蹈之的“踏歌”活动，于是是日，“人怀诚信之心，人争归趣（趋）而来往不绝”，而这些都是“潜有所感”之故。“风带舒还卷，簪花举复低。”这第五、六句即是写姑娘们在踏歌场所手舞之、足蹈之的狂欢景象。她们翩翩起舞，那舞姿时而狂放，时而舒缓，而姑娘身上的衣带亦随舞蹈的旋律时而舒展，时而收卷。姑娘头上的簪花也随之忽高忽低。在这里，作者并没有写姑娘们的舞姿如何、乐曲的旋律如何以及姑娘们对这种手舞之、足蹈之的载歌载舞活动是否有浓厚的兴趣，而是以“风带”的舒卷、头花的忽高忽低来形容姑娘们的舞姿优美、乐曲旋律之快，来映衬姑娘们对“踏歌”活动所产生的浓厚兴趣。“欲问今宵乐，但听歌声齐。”这最后两句，作者同样并未直接描写姑娘们彻夜狂欢后，那快乐无比的喜悦心情，而是以自问自答的设问句式告诉大家：今宵是否高兴，是否愉悦，是否快乐呢？你们大家听一听，姑娘们的歌声有多么齐整、嘹亮，就知道姑娘们今宵是否高兴，是否愉悦，是否快乐了！

这首五言八句的小词，前四句写姑娘们踏歌之前的情景，后四句写晚会开始到结束的感受，整首词没有用华丽的修辞方式，写得极为朴实。在用词上作者并未直接描写踏歌盛况，而是以物传神，以小见大，抓住突出的关键特征词，而衬托出盛大的场面。通过本词，我们不仅可以体味到古人参与歌舞晚会的盛况，而且还可以窥到隋唐时期的社会风貌。

## 注释

①教坊：唐高祖李渊始置内教坊于禁中，掌教习音乐。唐玄宗时期又置内教坊于京都，掌俳优杂技，教习俗乐。此后凡祭祀朝

会用太常雅乐，岁时宴享则用教坊俗乐。宋、金、元各代亦置教坊，明置教坊司，清废。

② 祓禊（fú xì）：祓，古代为除灾求福而举行的一种仪式；禊，古代春秋两季在水边举行的清除不祥的祭祀。

③ 萨满：萨满被称为神与人之间的中介者，能够以个人的躯体使人与鬼神之间实现信息沟通，一是通过萨满的舞蹈、击鼓、歌唱来完成精神世界对神灵的邀请，使神灵以“附体”的方式附着在萨满体内，并通过萨满的躯体完成与凡人的交流；二是以萨满为主体，同样通过舞蹈、击鼓、歌唱来做到“灵魂出壳”，以此在精神世界里上天入地，使萨满的灵魂能够脱离现实世界去同神灵交往。

④ 巫祝：古代称事鬼神者为巫，祭主赞词者为祝。后连用以指掌占卜祭祀的人。

⑤ 郢（yǐng）：古邑名。春秋战国时楚国的都城，治所在今湖北江陵县纪南城。

⑥ 熙春：明媚的春天。

⑦ 郎中：古代朝廷的高级官吏，职级仅次于丞相、尚书、侍郎。宋代以后，南方尊称医生为郎中，北方称医生为大夫。

⑧ 谢偃（yàn）（？—643 年）：文学家，本姓直勒氏，其祖曾仕北齐，后改姓谢。谢偃曾在隋朝为散从正员郎。唐贞观初，唐太宗引为弘文馆直学士，迁魏王府功曹，终为湘潭令。偃善作赋，现存诗四首。

⑨ 颜师古（581—645 年）：名籀（zhòu），字师古，雍州万年（今陕西西安）人，祖籍琅琊临沂。唐朝初年经学家、训诂学家、历史学家，名儒颜之推之孙、颜思鲁之子。

# 好时光

## 词牌题注

《好时光》原为唐教坊曲名，后用为词牌名，在《尊前集》与《词律》中，都将其定为唐玄宗李隆基亲制曲。因本词结尾处有“莫负好时光”句，取其结尾三字“好时光”为调名。此词双调四十五字，上下片各四句两平韵。

## 诗词赏析

| 好时光 | 格律 |
| --- | --- |
| **李隆基** | |
| 宝髻偏宜宫样， | 仄仄平平平仄， |
| 莲脸嫩、 | 平仄仄、 |
| 体红香。 | 仄平平。（韵） |
| 眉黛不须张敞画， | 平仄仄平平仄仄， |
| 天教入鬓长。 | 平平仄仄平。（韵） |
| | |
| 莫倚倾国貌， | 仄仄平仄仄， |
| 嫁取个、 | 仄仄仄、 |
| 有情郎。 | 仄平平。（韵） |

彼此当年少，　　仄仄平平仄，

莫负好时光。　　仄仄仄平平。（韵）

说起大名鼎鼎的唐玄宗李隆基，这是一个令人五味杂陈的人物。他出生于帝王之家，其父李旦虽然贵为皇帝，但是没有话语权，不久他的奶奶武则天将李旦废掉，自己当了皇帝，为了防止这些皇子皇孙们谋反，武则天将他们这些人“幽闭宫中，不出门庭者十余年”。这期间李隆基又经历了母亲因“巫蛊”被杀，父亲因有“异谋”而险遭杀害，之后张柬之和一些朝臣发动“神龙政变”，杀死了武则天的男宠张易之兄弟，迫使她让位于中宗李显，直到武则天死去，这些皇子皇孙们才得以自由。而李隆基的伯父中宗李显又太软弱，他的媳妇韦皇后效仿自己的婆婆武则天，和女儿安乐公主一起，杀死了中宗李显，准备自己称帝。但是李隆基和太平公主先一步发起“唐隆政变”，杀死韦皇后及其党羽，拥护自己的父亲李旦登上皇帝位。再以后为了遏制太平公主，李旦禅位于李隆基，从而开创了“开元盛世”。国家走上了正轨，承平日久后，李隆基也开始享受这一成果。先是他宠爱的武惠妃，为了让自己的儿子成为太子，设计害死了诸多王子，最后自己受惊吓而死。然后李隆基看上了他和武惠妃的儿子、寿王李瑁的妃子杨玉环，二人爱得死去活来，留下了数不尽的典故逸事。唐玄宗李隆基本来就精通音乐，而此时又娶了一个貌美如花、能歌善舞的妃子，这一阶段的玄宗皇帝，不但创办了“梨园”亲自教导这些子弟诗词歌赋，而且还和杨贵妃一起，创作了大型舞曲《霓裳羽衣舞》，其创作才华引起世界各国瞩目。这一时期唐玄宗创作了许多的诗歌，有为诛杀韦皇后创作的《夜半乐》词，为梅妃创作的《一斛珠》词。得到杨贵妃后李隆基兴奋无比，他创作了《得宝子》《荔枝香》词。再以后安史之乱，玄宗皇帝避难于四川，夜行栈道，雨中闻銮铃悲从心来，创作了《雨霖铃》曲。安史之乱平复后他终于能再回京城，创作了《还京乐》等调。但可惜的是，以上这些词调已经全部湮灭于历史长河中，其《好时光》一词为今仅见。

《好时光》是一首爱情之词，写法细腻，丝丝入微。从整首词来看，应是以情郎的身份，写给心仪姑娘的情词，有赞美，有惊叹，有惋惜，有劝慰，语意中带着些许的苦闷与无奈，这或许就是唐玄宗的亲身写照。

从上片词来看，此女子出身高贵，体态秀美，是个天生的美人。“宝髻偏宜宫样”首发句以美人的梳妆打扮写起，点明了出身和身份。“髻”为发丝，而发丝是用珠宝盛饰，可见其出身的高贵，非为一般的平民女子。而“宫样”又点明了女子的身份，她不是社会上的闲杂人员，而是与宫廷有千丝万缕的联系之人。一个美丽女人能否吸引大众目光，首先她的梳妆打扮是个焦点。“偏宜”是最合适、最恰当的意思，这句词的意思是，这满头坠满珠宝的美丽发丝，梳妆成高髻的样式是再适合不过了。我们在唐代古籍、绘画、考古中发现，唐代仕女好高髻堆发，对此我们可比照唐代人物俑、唐章怀太子墓中壁画及大量的唐时人物画等，唐刘禹锡《赠李司空妓》诗句中亦有“高髻云鬟宫样妆”等句。下面进一步描写这美丽女子到底是美在何处，“莲脸嫩、体红香”。那俏脸像柔嫩的莲花一样，粉中有白，白中透粉，那粉润的、视之令人窒息的肌肤，散发出阵阵令人迷恋的幽香。这粉白水嫩的肌肤，这白中透粉的娇面，在秀美的青丝映照下，熠熠生辉。下面的“眉黛不须张敞画，天教入鬓长”，是对美丽女子的进一步赞叹。在这里作者用了一个典故，据《汉书·张敞传》中记载，张敞为西汉人，官居京兆尹，即京城的最高行政长官，他每日早上都为自己的爱妻用一种青黑色的颜料画眉，并且画得非常入时好看，这轰动整个长安城。而本词中美丽女子的秀眉，不须任何加工描绘，便已令人注目、神往，更何况天生丽质的她，那长眉入鬓，自然而天成。这上片四句作者着重描写女子的外貌，从发丝、脸庞、肌肤、眉毛按顺序刻画，画面清晰，极有层次感。

下片“莫倚倾国貌，嫁取个、有情郎”。这下片的口吻似是一转，是劝慰？是叹惜？或是无奈与无助？你千万不要自恃有倾国倾城的美貌，就目空一切，还是趁着青春年少，嫁个有情有义，他爱你胜过你爱他的如意郎君吧。这里“倾国貌”是形容绝色女子令人倾倒的美丽姿容。语出《汉书·外戚传》：“孝武李夫人，本以倡进。初，夫人兄延年性知音，善歌舞，武帝爱之。每为新声变曲，闻者莫不感动。延年侍上起舞，歌曰：‘北方有佳人，绝世而独立。一顾倾人城，再顾倾人国。宁不知倾城与倾国，佳人难再得！’上叹息曰：‘善！世岂有此人乎？’平阳王因言延年有女弟，上乃召见之，实妙丽善舞。由是得幸，生一男，是为昌邑哀王。”“彼此当年少，莫负好时光。”趁着我们双方彼此少年英俊，应该去快乐地享受生活，迎接生活对我们的挑战，千万不要荒废了大好的时光。

纵观这下片之词，口吻微露怨意。是女子自恃美貌而过于高傲，还是宫廷斗争的无奈？或是皇室旨意的难违？总之情感曲折，令人寻味。

# 菩萨蛮

## 词牌题注

《菩萨蛮》原为唐教坊曲名，后用作词牌名。据唐人苏鹗《杜阳杂编》中称："大中（847—859 年）初女蛮国贡双龙犀，有二龙，鳞鬣爪角悉备。明霞锦，云炼水香麻以为之也，光耀芬馥着人，五色相间，而美丽于中国之锦。其国人危髻金冠，璎珞被体，故谓之菩萨蛮。当时倡优[①]遂制《菩萨蛮》曲，文士亦往往声其词。"

这里讲的是唐朝大中年间，位于现在缅甸境内，古代罗摩国国王派遣使团，就是我们所说的遣唐使，到唐朝的首都长安，就是现在的陕西西安来参观、学习、访问，并且给当时的皇帝唐宣宗李忱，进贡了他们国家一大批稀有的宝贝。其中最值得一提的就是，双龙犀和明霞锦。什么叫双龙犀呢？就是雕有双龙并且龙鳞、龙鬣、龙爪、龙角都雕刻得毫厘毕现、精美绝伦，用珍贵犀牛角做的一件稀世珍宝。这件珍宝本是罗摩国皇宫供奉之物，庇佑历代众生。而明霞锦呢？就是一种丝织品，这种锦本身是从水香麻这种植物中精炼出来的，它能散发出一种奇异的香味，奇香无比，而且浓香一旦附在人身上，历旬累月经久不掉。这种锦不但本身光彩辉映、五彩斑斓，它的各种颜色交错相配，还能组成各种图案，比中国所产的锦还要好。这些罗摩国到唐朝来朝贡的人，他们都梳有高高的发髻，佩戴着用黄金装饰的帽子，穿着全身缀满珠玉的服装，让人一看就好像活菩萨下凡。缅甸境内的古代罗摩国，一直是受佛教文化影响的国度，所以，这些朝贡女孩的装饰，自然有佛国的风范。又由于这些外国人所居住的地方，是被中国人称为南蛮的荒芜之地，而且在唐朝人们也习惯把漂亮的女孩称为“菩萨”，所以唐朝人就管她们叫“菩萨蛮”。意思是处于“南蛮的美丽女孩”。这古罗摩国的国王朝贡，不但带来了精美的礼物，而且还知道咱们的唐朝皇帝，各个是音乐中的行家圣手，所以同时也派来了她们国家顶尖级的乐师和歌舞团，来为咱们唐朝皇帝表演，她们的表演受到大唐皇帝的称赞，当时宫廷音乐家李可及[②]，又将这些蛮曲，配上咱们汉人习惯的乐调加以改编，再配上当时文人雅士写的诗词来演唱，一下子就轰动了朝野，从而成为历朝历代，文人墨客喜欢吟唱的《菩萨蛮》曲。以前有些人总是认为《菩萨蛮》这个词调的来历，是和我们平时供奉的佛祖、菩萨有关，通过以上的讲述，我们可以知道《菩萨蛮》词调中所说的“菩萨”，与我们的佛祖、菩萨根本没有任何关系。

《杜阳杂编》中记载的这件事情，是发生在唐朝大中年间（847—859年），而早在一百多年以前，唐玄宗开元时期（713—741年）的教坊中，已经列有此曲调。在崔令钦所著《教坊记》中，就记有此曲名，这种完整的宫廷音乐的出现，绝对不会像流传于民间的小调一样，由此我们可以推论，古罗摩国向我国朝贡远远不止一次，而且这种外国乐曲，也是前后不止一次输入中国。

此调在《宋史·乐志》《尊前集》《金奁集》中并入“中吕宫”。《张子野词》作“中吕调”。此词共四十四字，以五、七言组成，通篇两句一韵，共四易韵，上下片各两仄韵，两平韵，平仄递转。第一、二句为七言仄句，第三句为仄起五言句，换用平韵，第四句为五言拗句③。下片第一、二句均为仄起仄韵五言句，第三、四句均为平起平韵五言句，从而形成其音韵紧促而低沉，句式虽然不复杂但富于变化的特点。

作为词牌名称的出现，当为李白创制。宋人的《尊前集》中，载有李白词三首，即有此词。据宋僧人文莹《湘山野录》云："止此词不知何人写在鼎州沧水驿楼，复不知何人所撰。魏道辅泰④见而爱之。后至长沙，得古集于子宣⑤内翰家，乃知李白所作。"后来因为温庭筠词有"小山重叠金明灭"句，此调又名《重叠金》；南唐李煜词名《子夜歌》，一名《菩萨鬘》；韩淲词有"新声休写花间意"句，名《花间意》；又有"风前觅得梅花句"，名《梅花句》；有"山城望断花溪碧"句，名《花溪碧》；有"晚云烘日南枝北"句，名《晚云烘日》。

在这里值得注意的是，另有《菩萨蛮引》《菩萨蛮慢》，与此《菩萨蛮》是不同的词调，是双调一百零八字，上下片各十一句五仄韵体。而李煜的《菩萨蛮》别名《子夜歌》，也不同于双调的一百一十七字，上片十句四仄韵、下片十二句五仄韵的《子夜歌》。而《菩萨蛮》的另一个别名《巫山一片云》更易与双调四十六字，上片四句三平韵、下片四句两仄韵换两平韵的《巫山一段云》相混，望读者注意。另外《城里钟》、《女王曲》、回文体词始见《东坡乐府》，又称《联环结》，都是《菩萨蛮》的别称。

《菩萨蛮》也是曲牌名，属北曲正宫。字句格律与词牌前半阕同，用在套曲中。

## 诗词赏析

| 菩萨蛮 | 格律 |
| --- | --- |
| **李白** | |
| 平林漠漠烟如织。 | (平)平(仄)仄平平仄。（仄韵） |
| 寒山一带伤心碧。 | (平)平(仄)仄平平仄。（韵） |
| 暝色入高楼。 | (仄)仄仄平平。（换平韵） |
| 有人楼上愁。 | (仄)平(平)仄平。（韵） |
| | |
| 玉梯空伫立。 | (仄)平平仄仄。（换仄韵） |
| 宿鸟归飞急。 | (仄)仄(平)平仄。（韵） |
| 何处是归程。 | (平)仄仄平平。（换平韵） |
| 长亭连短亭[⑥]。 | (平)平(平)仄平。（韵） |

此词非咏题面本意，而是借此题另咏他事。此词是描写一个外出未归的游子，由于见到傍晚那冥冥暮色，从而引起的思乡之愁。

上片，作者看到冥冥暮色渐隐阁楼，看到那笼罩在树林上空的烟雾、那荒寒的远山，从而触动了作者的愁怀，引发了作者对家乡妻儿的思念。接着作者由自己的思念之情，进一步联想到，此时此刻，家乡的妻儿，也许会和自己一样，在冥冥暮色之中登楼远眺，并盼望着自己的归来吧。

下片，作者以家中妻子的口吻写道：玉阶久伫，而人不至；宿鸟归飞，而人不归。此寥寥数语，便很好地表达出了彼此的思念之情。接下来作者从想象当中，又回到现实中来，并以设问的形式讲道：何处是归程呢？归程是极为久远之事，没有日期，没有答案。这两句既写出了归程的遥遥无期，又写出了作者内心的惆怅。

这首词是唐五代词中，最为脍炙人口的作品之一。也有人认为，此调为唐宣宗时所作，不始于李白。明朝胡应麟《少室山房笔丛》中，又疑李白时尚未有词的出现。但此词不管是不是李白所写，在唐至五代这一时期，出现了这样一首词，将思人怀远之念，融入于山水空濛间，以唐人写诗之理念，贯通于抒情长短句中，打破了唐诗千篇一律、字数整齐归一的格局，对于宋词的发展，都是一个不小的进步，为此，此词得到古人高度的评价，并以其超强的感染力与李白的另一首词《忆秦娥·箫声咽》，被后人誉为“百代词曲之祖”。

说起此词调历史上还有一桩妙事，不得不说到花间派词人温庭筠。在宋人孙光宪所著的《北梦琐言》和《钦定词谱》中都曾言道：“宣宗爱唱《菩萨蛮》词。令狐相国假温飞卿新撰密进之，戒以勿泄，而遽言于人，由是疏之。”这里讲的是唐宣宗非常喜爱《菩萨蛮》这个曲调，经常让大臣们填些新词交由梨园子弟演唱。宰相令狐绹想讨皇帝的喜欢，但写的词句，又令皇帝不满意。于是他便找到当时极负盛名的温庭筠代写，听说是给皇帝写，温庭筠才思敏捷，文不加点，一挥而就：

小山重叠金明灭。鬓云欲度香腮雪。懒起画蛾眉。弄妆梳洗迟。

照花前后镜。花面交相映。新贴绣罗襦。双双金鹧鸪。

此词描写女子起床以后梳洗、打扮时的娇慵姿态，暗示了主人公孤独寂寞的心境。以容貌服饰奢华的描写，反衬出了主人公内心的寂寞空虚。再以鹧鸪双双的相亲相爱，反衬主人公的孤独。这献给皇帝的诗词，本来应该是洋溢赞美之辞的，可温庭筠却写人物的孤独和寂寞。原来这里面还有一段温庭筠和皇帝的过节。温庭筠小时候就有神童的美誉，精通音律，辞赋敏捷而能脱口而出，好讥刺权贵，多犯忌讳，被当时的达官贵人所厌恶，故屡举进士不第。一次唐宣宗微服出行，在路途遇上了当小差的温庭筠，温庭筠见来人气势很大，便很傲慢地问皇上说："你是长史、司马之流的大官吗？"皇帝说："不是。"温又问："那你是大参、簿尉之类的官吏吧？"皇上说："不是。"于是温庭筠很傲慢地摇摇头走开了。皇帝回宫以后越想越郁闷，你一个小破官就这么傲慢无礼，今后官大了怎么办呀？因此把温庭筠贬为坊城尉，并且在诏书中说：读书人应以德为重，文章为末。你这样的人，品德不可取，文章再好也是弥补不上的。从此温庭筠仕途艰难，一直当不了大官。所以现在就借给皇帝写词的机会来抒发一下心中的苦闷。以词中小女人的孤苦，告诉皇帝自己的官职太小。没有想到的是，这首词竟然受到了皇帝的赞赏。本来令狐绹嘱咐温庭筠，不要把代写这件事情说出去，结果还是被温庭筠捅了出去。这样一来，令狐绹不觉大怒，从而疏远了温庭筠，使温庭筠在以后的好长时间里受尽折磨。

唐圭璋《唐宋词简释》中言："此首写闺怨，章法极密，层次极清。首句，写绣屏掩映，可见环境之富丽；次句，写鬓丝缭乱，可见人未起之容仪。三、四两句叙事，画眉梳洗，皆事也。然'懒'字、'迟'字，又兼写人之情态。'照花'两句承上，言梳洗停当，簪花为饰，愈增艳丽。末句，言更换新绣之罗衣，忽见衣上有鹧鸪双双，遂兴孤独之哀与膏沐谁容之感。有此收束，振起全篇。上文之所以懒画眉、迟梳洗者，皆因有此一段怨情蕴蓄于中也。"

## 注 释

① 倡优：古代以音乐、歌舞或杂技、优伶、戏谑娱人的艺人合称。倡，指乐人；优，指伎人。后常并称。

② 李可及：唐代艺人。唐懿宗时为宫廷伶官。擅演参军戏。通音律，能啭喉唱新声曲，音辞曲折，称为“拍弹”，流行民间。编有大型舞蹈节目《叹百年队舞》。他还根据西南少数民族乐舞编了大型宫廷女子队舞《四方菩萨蛮》，亦作《菩萨蛮舞》，在宫中和安国寺演出。

③ 拗（ào）句：就是指格律诗句的格律没有按照常规平仄规律。拗句有小拗和大拗之分，出现拗句就要“救”，救有三种，本句自救、对句补救和一拗双救。

④ 魏道辅泰：指魏泰，生卒年不详，北宋士人。字道辅，襄阳人。出身世族。姐魏氏是北宋著名女词人，封道国夫人；姐夫曾布官至丞相。魏泰性诙谐，尤好谈朝野趣闻。善辩，与人谈笑，莫有能挡其词锋者。著有《临汉隐居集》二十卷、《临汉隐居诗话》一卷、《东轩笔录》十五卷，传于世。

⑤ 子宣（1036—1107 年）：子宣是曾布的字，江西南丰人。北宋大臣，曾易占之子（七十七年间曾家出进士十九位）。曾巩异母弟，曾任北宋右相。卒于润州（今镇江），赠观文殿大学士，谥“文肃”。

⑥ 长亭连短亭：古代设在路边供行人休歇的亭舍。庾信《哀江南赋》云：“十里五里，长亭短亭。”说明当时每隔十里设一长亭，五里设一短亭。

# 忆秦娥

## 词牌题注

《忆秦娥》原为唐教坊曲名，后用作词牌名。秦娥，古时秦晋之间称美貌女子为娥，秦娥即古时美女的通称。在我国第一部字形字典许慎[①]所著的《说文解字》[②]中有："娥，帝尧[③]之女，舜妻娥皇[④]字也。秦晋谓好曰娙[⑤]娥。从女，我[⑥]声。"而《忆秦娥》这个词牌更是伴有一段美丽的传说。这个传说最早见于汉人刘向的《列仙传》，其中载有：秦穆公之女弄玉善吹箫，常作凤鸣之响，后与善吹箫的仙人萧史结婚。再以后在宋人的《太平广记》中亦有其记录："萧史不知得道年代，貌如二十许人。善吹箫作鸾凤之音，而琼姿炜烁[⑦]，风神超迈，真天人也。混迹于世，时莫能知之。秦穆公有女弄玉，善吹箫。公以弄玉妻之，遂教弄玉作凤鸣。居十数年，吹箫似凤声。凤凰来止其屋，公为作凤台，夫妇止其上，不饮不食，不下数年。一旦，弄玉乘凤，萧史乘龙，升天而去，秦为作凤女祠，时闻箫声。今洪州西山绝顶，有萧史石仙台石室，及严屋真像存焉，莫知年代。"明人冯梦龙所著《东周列国志》第四十七回"弄玉吹箫双跨凤，赵盾背秦立灵公"讲的就是这个故事。这个美丽的传说故事发生在华山，因为传说中萧史、弄玉是居住在华山中峰，所以现今中峰又名玉女峰。玉女峰上许多古迹也因弄玉而得名。这里的品箫台、引凤亭等，就是传说中萧史吹箫引凤的地方。我们熟知的一些成语和俗语如“吹箫引凤”“乘龙而去”“乘龙快婿”等即由此而来。而另一个词牌名《凤凰台上忆吹箫》也因此而得名。

本调元人高拭词中注商调。《钦定词谱》以李白词为正体。因词有“秦娥梦断秦楼月”句，故名《忆秦娥》，或名《秦楼月》。苏轼词有“清光偏照双荷叶”句，名《双荷叶》。秦观词有“千载人图灞桥雪”句，名《灞桥雪》；又有词“马蹄踏遍曲江花”句，名《曲江花》。无名氏词有“水天摇荡蓬莱阁”句，名《蓬莱阁》。张辑词有“碧云暮合”句，名《碧云深》。宋媛孙道绚词有“花深深”句，名《花深深》。《忆秦娥》的称谓另有《玉交枝》《中秋月》《华溪仄》《忆秦郎》《楚台风》《庾楼月》等，都是以历代名家词中优秀词句而命名。

## 诗词赏析

| **忆秦娥** | **格律** |
|---|---|
| **李白** | |
| 箫声咽。 | 平⃝平⃝仄。（韵） |
| 秦娥梦断秦楼月。 | 平⃝平仄⃝仄平平仄。（韵） |
| 秦楼月。 | 平平仄。（叠韵） |
| 年年柳色， | 平⃝平⃝仄⃝仄⃝， |
| 灞桥伤别。 | 仄⃝平⃝平仄。（韵） |
| | |
| 乐游原上清秋节。 | 仄⃝平平⃝仄平⃝平仄。（韵） |

| | |
|---|---|
| 咸阳古道音尘绝。 | (平)平(仄)仄平平仄。（韵） |
| 音尘绝。 | 平平仄。（叠韵） |
| 西风残照， | (平)平(平)仄， |
| 汉家陵阙。 | (仄)(平)平仄。（韵） |

此词双调四十六字，上片二十一字，下片二十五字。有仄、平韵两种体。仄韵，上、下片各五句，三仄韵一叠韵。平韵始于贺铸，上、下片各五句三平韵一叠韵。此词非咏题面本意，而是借此题面，以比拟的手法，围绕着一个女子，怀念久别的爱人这一中心主题而写，是以托秦娥而抒写作者自己的情怀。

词人以“箫声咽”而发端篇首。这首发之句，便显示出这女子的凄楚。因为只有悠扬而欢快的箫声，才能把凤凰引来，才能有“吹箫引凤”的传说，但此刻在离人思妇的耳中，那本来悠扬而欢快的箫声，却变成了低沉、悲凉、凄切的呜咽之音，从而可见思妇心中自有苦楚、自有心绪。接下来的“秦娥梦断秦楼月”，这个“断”字，用得巧妙，秦娥夜半被那呜咽的箫声惊醒，看到那冰冷的月光洒向小楼，此刻的景物尽显秦娥内心的惆怅和孤寂。因为梦虽断了，人却还似乎沉浸在梦境的美好与欢娱中，这梦境一定是令秦娥愉悦的，这梦中之人也许就是秦娥思念之人，而现在却是梦醒人不见，只有眼前这冰冷的残月陪伴。下面的“秦楼月”这三字与上句最后三字重复，只是起一个连锁作用，而没有实际意义。“年年柳色，灞桥伤别。”“灞桥”是什么呢？在长安（西安）以东三十余里，原有一条灞水，汉文帝死后葬于此，后人遂称这里为“灞陵”。在灞陵附近有一座灞桥，是古人折柳送别的地方。《三辅黄图》记有：“灞桥，在长安东，跨水作桥。汉人送客至此桥，折柳而送别。”五代王仁裕《开元天宝遗事》中载有：“长安东灞陵有桥，来迎去送，皆至此桥，为离别之地，故人呼之为销魂桥。”就本词而言，秦娥见到一年一度的青青柳枝，而不禁勾起了往日与爱人分别的回忆，柳色见绿，然伊人何在？忆起当年分别的一幕，其痛苦之情自是不堪言表，因为这种没有结果的回忆与思念，更能徒增思妇的痛苦。

“乐游原上清秋节”，“乐游原”在京城长安，就是现在的陕西西安的东南部，这里有秦代的宜春苑和汉代的乐游苑故址。唐代长安年间（701—705年），武则天的女儿太平公主，在这里建造了一处庄园，每逢正月晦日[8]、农历三月三日[9]、农历九月九日[10]等重大节日，长安城中宫廷仕女，有身份的贵族，以及受邀请的朝廷大员，都会前来拜会、赴宴、登高、游玩、牧猎等。下面的“咸阳古道音尘绝”，“咸阳古道”即指通往京城长安的大路。“音尘”指车马经过所发出的声音和扬起的尘土，一个“绝”字，道出了通往京城长安的古道上，人声寂静，毫无声响。这两句相较，一个是秦娥在九月九日清秋之节登高临远，遥望古道，盼望自己的丈夫早日归来，但古道之上人迹杳无，静之极。而乐游原之上呢？却是人声鼎沸，热闹非凡。这是以动衬静，同样是过清秋节，是用乐游原上的人声鼎沸，来衬托思妇苦盼离人不归的孤寂和对爱人的思念。最后两句“西风残照，汉家陵阙”，“西风”即秋风，而以应上面的“清秋节”，“残照”即落日的余晖。而“阙”字，指古代高等级墓道外所立的石碑坊，用以应汉文帝陵阙之称。残阳下，西风凛冽，不管以前这里发生过什么，眼前所见，一捧黄土而已。这两句苍凉悲古，给人一种时光穿梭，陵谷变迁的洪荒大漠之感。故而王国维先生在《人间词话》中言道："太白纯以气象胜，'西风残照，汉家陵阙'寥寥八字，遂关千古登临之口。"

俞陛云在《唐五代两宋词选释》中言："此词白抒积感，借闺怨以写之，因身在秦地，即以秦女箫声为喻。起笔有飘飘凌云之气。以下接写离情，灞桥折柳，为迁客征人伤怀之处，犹劳劳亭为古送行之地，太白题亭上诗'春风知别苦，不遣柳条青'，同此感也。下阕仍就秦地而言，乐游原上，当清秋游赏之时，而古道咸阳，乃音尘断绝，悲愉之不同如是。古道徘徊，即所思不见，而所见者，惟汉代之遗陵废阙，留残状于西风夕照中。一代帝王，结局不过如是，则一身之伤离感旧，洵命之衰耳。结二句俯仰今古，如闻变徵之音。"此词对后世的影响极大，故《唐宋诸贤绝妙词选》中，将其列为百代词曲之祖。

## 注 释

① 许慎（约58—约147年）：字叔重，是东汉著名文字学家、语言学家，中国文字学的开拓者。精文字训诂。著《五经异义》《淮南鸿烈解诂》等书，已失传，另有《说文解字》传世。

②《说文解字》：十五卷，收字九三五三个，重文一一六三个，均按五四〇个部首排列，是我国第一部说解文字原始形体结构及考究字源的文字学专著。

③ 尧（约前2377—约前2259年）：姓伊祁，名放勋，十五岁时在唐县封山下受封为唐侯，史称唐尧。二十岁时，成为我国原始社会末期的部落联盟长。唐尧在位七十年，九十岁禅让于舜。约公

元前2259年去世。

④ 娥皇：上古时期部落酋长唐尧伊祁放勋的女儿，和妹妹女英同时嫁给了虞舜姚重华，在娥皇、女英的帮助下，虞舜多次脱险于危难中，约前2205年舜死于苍梧（今广西东南）之野，娥皇、女英跳湘江自尽，被后人称为湘君。

⑤ 娙（xíng）：女子身材修长，面貌俊美谓之娙。

⑥ 我：在古文献中这个“我”本义是“执戈之人”，转义为“王族”“贵族”。“女”和“我”联合起来表示“王族女子”“贵族女子”。引申义：美丽女子。另外在古文献中称少昊之母为“皇娥”，称帝舜元配为“娥皇”，后羿之妻为“姮娥”或“嫦娥”。因此“娥”可以认为是上古时代汉字发明之后，为帝王之妻专造的头衔。后世王朝的帝王之妻称“后”，可是上古时代的“后”都是男人，如“后稷”“后羿”“后土”“夏后”等。“后”在夏代当与“君”“王”同义。“夏后”氏即“夏王”之义。因此，上古的帝王元配不称“后”，要么是称“娥”，要么是称“媓”。现代汉语字典解释“媓”是帝舜之妻娥皇。古文献亦称伏羲之妻女娲为“女皇”，“女皇”合成一字就是“媓”。

⑦ 炜烁（wěi shuò）：炜，其意为光明；烁是指温度极高，能将金石熔化，形容酷热。炜烁合用意谓光彩闪耀。

⑧ 晦日：中国古老的传统节日，是指农历每月的最后一天。正月晦日为初晦，人们要到水边沐浴以去晦，沥酒以河水、弃破衣于街巷以送穷。

⑨ 三月三日：古称上巳节，是古人出门踏青、青年男女相会、文人雅士雅集的日子，历史上最著名的三月三日雅集，就是王羲之

的兰亭雅集。

⑩ 九月九日：清秋节，又叫重阳节，这一天古人们会倾家而出去踏秋、登高以求避灾，并插茱萸、赏菊花、祭祖。重阳节与除夕、清明、中元节的盂兰盆会，并称为中国传统四大祭祖节日。

# 丁督护歌

## 词牌题注

《丁督护歌》这个题目大名鼎鼎。《丁督护歌》是乐府[①]《清商曲辞·吴声歌曲》的旧题。在《乐府诗集·清商曲辞二》中记载："《丁督护歌》，一曰《阿督护》。"《宋书·乐志》中曰："彭城内史徐逵之被鲁轨所杀。宋高祖（刘裕）使府内直督护[②]丁旿[③]收殓殡埋之，（徐）逵之妻是高祖长女[④]也，呼（丁）旿至阁下自问殓送之事，每问辄叹息曰'丁督护'，其声哀切。后人因其声广其曲焉。"《唐书·乐志》曰："《丁督护》，晋宋间曲也。今歌是宋孝武帝[⑤]所制。"

在史书上或课本中我们经常看到"都护"和"督护"的字样，"都护"一词最早出现于西汉，"都"为城市、全部的意思，"护"为带兵监护，"都护"即为"总监护"之意。汉代在西域设有西域都护府，到唐代曾设安西、安北、单于、安东、安南、北庭六个都护府，都护府长官称为都护。而"督护"的"督"这个字，具有监管、察看、督促、监督、督战的意义。督护的职级比较高。

在文中提到的这个徐逵之的妻子、宋高祖刘裕的女儿到底是谁呢？在本丛书中我们还要讲一个《乌夜啼》的词牌，里面讲述了南朝宋高祖刘裕的长女，初被封为寿阳公主，后被封为会稽宣长公主，并用巧计救四弟刘义康和儿子于危难当中的大名鼎鼎的刘兴弟。刘兴弟出生于约东晋太元八年（383年），此时正值淝水之战[⑥]时期，她的母亲是刘裕结发妻子臧爱亲，生下长女后，刘裕把今后“招弟”和“兴弟”的期望，全部寄托在这个长女身上，于是给她取个大名叫“刘兴弟”。初为人父不久的刘裕便离家从军，后因在战场上杀敌勇猛，而不断加官晋爵。刘裕的官越做越大，于是刘裕就把她们母女俩接到身边，妻由夫贵，这个时候刘裕已经是东晋的豫章郡[⑦]公，因此臧爱亲得到了“豫章公夫人”的封号，刘兴弟也被封为“寿阳公主”。大约是在某一年的正月初七，寿阳公主来到梅花林赏梅游玩，玩累了，就在梅林边上含章殿的屋檐下睡着了。清风徐来，蜡梅飘雪，飘飘洒洒，其中一朵五瓣梅花，恰好落到寿阳公主的额头上。等她醒来，拂去额头上的梅花，但那五瓣淡淡红色的梅痕，已经深深地印在额头上，皇后听说了这件事情，也认为非常惊奇，让人用水去擦洗，但那花痕犹如与生俱来的一样，任你怎么擦洗也不能去掉，历三天后，梅痕才渐渐消退。宫女们觉得在额头上装饰几朵梅花的花瓣，更显娇俏，也都争相学着在额头上粘花瓣，显得非常时尚，从此这种打扮就变成了宫廷中宫女们每天的妆容。但蜡梅不是四季都有，她们就用金箔、银箔等材料剪成花瓣，贴在额头上或者面颊上，并且把这种装束起名叫作“梅花妆”，后来“梅花妆”慢慢地流行到了民间，以至流传至今，成为一种时尚的代言。等到寿阳公主长大了，刘裕千挑万选，选了秘书监[⑧]徐钦之的儿子徐逵之当女婿，并将这个女婿加官晋爵为彭城和沛二郡的太守。这个时候刘裕和其他的一些侍妾，虽然也有了几个儿子，但他们都还太小，所以刘裕非常看重这个女婿，每次打仗都将徐逵之带在身边，以图女婿能在今后自己的帝王路上，为自己撑起一片天地。义熙十一年（415年），身为太傅的刘裕，为了自己能顺利地跻身于帝王之位，决定剪除异己，进攻手握重权的平西将军、荆州刺史⑨司马休之，并任命自己的女婿徐逵之为振威将军，统领将兵为前锋，在破冢就是现在的湖北江陵东南这个地方，与拥护司马休之的雍州刺史鲁宗之的儿子鲁轨相遇，立功心切的徐逵之二话不说，就贸然向鲁轨发起了攻击。湖北江陵鲁轨守卫的这个地方，是长江的西岸，岩壁陡峭，高达数丈，且岩面光溜，正是防守的最佳天然屏障，进攻方必须攀登峭壁上去，才能和敌人决战。鲁轨充分利用这一地形优势，在悬崖上横向布下阵势，并辅以檑木巨石等守城工具严阵以待。所以可怜的徐逵之还没有弄清地形，贸然进攻必然导致大败，被杀于乱军之中，万余将士几无生还。刘裕听闻女婿战死大怒，带领将领以最快的速度渡江，用刀、剑凿穿岩土，形成一个个可以容纳脚趾的小洞穴，趁夜偷偷地向上攀登上去，最终大败了敌军，但遗憾的是没有抓到鲁轨，让他跑到了后秦。因为当时正值打仗期间，根本没有办法将徐逵之的尸体护送回家中，于是刘裕派遣手下最得力的大将，时任督护的丁旿主持所有的丧葬仪式，将徐逵之厚葬于战死之地。得胜回朝以后，长公主刘兴弟把丁旿直接请到自己居住的宫殿，详细地询问了自己夫君被杀的经过，和每一个大殓的细节，公主悲悲戚戚，每问一个问题都泪眼婆娑、声音哽咽地叹息道“丁督护”，其声音哀切颤抖，令人听起来掩泪不已。因为公主的这个声音太过哀切，后来就有人把“丁督护”三个字，当作一种悲哀的象征。当时有许多文人赋诗赞颂徐逵之为报国而捐躯的英雄壮举，一些音乐家又把这些诗谱成曲子去演唱，后来有人把为了纪念徐逵之的英雄壮举，所有诗人所写的所有诗，统一称为《丁督护》，从而形成了一个完整的乐章。再以后宋文帝刘义隆第三子、宋世祖孝武皇帝刘骏以《丁督护歌》为题材创作了五首短诗：

**其一**

督护北征去，前锋无不平。
朱门垂高盖，永世扬功名。

**其二**

洛阳数千里，孟津流无极。
辛苦戎马间，别易会难得。

**其三**

督护北征去，相送落星墟。
帆樯如芒柽[10]，督护今何渠。

**其四**

督护初征时，侬亦恶闻许。
愿作石尤风[11]，四面断行旅。

**其五**

闻欢去北征，相送直渎浦。
只有泪可出，无复情可吐。

这五首诗也是我们至今能见到最早的《丁督护歌》。从《乐府诗集》所存的以“丁督护歌”为题的诗歌来看，内容多写戎马生活的艰辛和思妇哀怨之情。

诗词赏析

| 丁督护歌 | 格律 |
| --- | --- |
| 李白 | |
| 云阳上征去。 | 平平仄平仄。（韵） |
| 两岸饶商贾[12]。 | 仄仄平平仄。（韵） |
| 吴牛喘月时， | 平平仄仄平， |
| 拖船一何苦。 | 平平仄平仄。（韵） |
| 水浊不可饮， | 仄平仄仄仄， |
| 壶浆半成土。 | 平平仄平仄。（韵） |
| 一唱督护歌， | 平仄平仄平， |
| 心摧泪如雨。 | 平平仄平仄。（韵） |
| 万人凿盘石， | 仄平平平平， |
| 无由达江浒。 | 平平平平仄。（韵） |
| 君看石芒砀[13]， | 平仄平平仄， |
| 掩泪悲千古。 | 仄仄平平仄。（韵） |

李白此调就是借用乐府旧题，取其哀切之声调，另创新意，与原来的题意无关。此调单调六十字，七仄韵。《丁督护歌》亦作《丁都护歌》。

此诗作于唐天宝六年（747年）六月，是李白漫游丹阳横山时所写。当时江苏太湖出产一种纹石，现在我们称之为太湖石，这是一种高级的建筑材料，可以用作园林陈设点缀之用。唐玄宗天宝年间承平日久，国库充盈，以致举朝豪奢成风，朝廷中许多的达官贵人，大兴土木，不惜工本地建造亭台楼阁，太湖石遂成紧俏之物。于是朝中大员便令地方官吏，大量搜集开采这种纹石，沿运河用船运往当时的首都长安，以应宫廷以及豪族园林建设之需。地方官吏更是征调大量劳力，强迫他们于严冬的枯水季节，冒着酷寒下河，于淤泥中采集这种奇石，堆放在河岸，然后打磨、加工、整形，等到夏季河水涨满的汛期，便将这些加工好的奇石，装船运到首都。然而运河的河道有宽有窄，河底有深有浅，待到天旱水涸之时，河道不通，地方官吏就要征调大量的纤夫，去艰辛地拖船拉纤。李白的这首诗就是这一历史状况的真实写照。

“云阳上征去，两岸饶商贾。”云阳，唐朝时属润州，治所即今江苏省丹阳县，在长江以南。当时江苏是全国的产粮大户，由于交通不便，故许多商品运不出来。唐开元（713—741 年）中期，朝廷下旨由润州刺史齐澣开凿渠道，将润州之水与长江连通，以方便运送太湖石，多少人想不到的是，本以为开凿渠道是为了运送粮食，而实际上却用来运载权贵们家中作为装饰点缀之用的太湖石。仅此一项，朝廷花费了大笔银两，没有惠及百姓，却富了两岸的商贾。然而就在这些商贾们大捞银钱的同时，有谁又会去关心那“吴牛喘月时，拖船一何苦”的纤夫们呢？在这里，作者用了“吴牛喘月”这样一个典故，是说吴地（今江苏南部、苏州一带）的水牛非常怕热，见到月亮以为是太阳，就紧张地喘起气来。语出南朝宋刘义庆的《世说新语·言语》：“满奋畏风，在晋武帝坐，北窗作琉璃屏，实密似疏，奋有难色。帝笑之。奋答曰：‘臣犹吴牛，见月而喘’。”作者以此典中的“吴牛喘月”，道出了这些纤夫生存状况的艰难和不易。“水浊不可饮，壶浆半成土”这两句讲述的是，在这挥汗如雨的艰苦劳作中，纤夫们所饮用之水，竟然混浊得不可饮用。水，并非黄金这种奢侈品，乃是人体必需之物，但这种人体必需之物的水，其混浊的程度，竟达到一壶当中有“半成土”的程度。这两句真实地反映了下层劳苦民众生存状态的悲惨，其艰辛可知，掩船纤夫以惨重的代价，换取微薄温饱的艰辛亦为可知，此与两岸那富饶的商贾，形成了鲜明对比。“一唱都护歌，心摧泪如雨。”这两句描述了纤夫们用吴方言唱着《都护歌》的拉纤小调而辛勤劳作，令闻者心碎，令闻者泪沾衣襟。“万人凿盘石，无由达江浒。”在这里，诗人笔锋一转，由纤夫转写采石场的工人。“万人”形容人数众多。“盘石”形容纹石之大。“无由”是没有办法。“江浒”中“浒”为水边，这里指的是长江边。“君看石芒砀，掩泪悲千古。”其中的“芒砀”，代表山石巨大且众多的意思，众多的采石人所采下的巨石，已经没有办法将它们运到江边了，可是再看看那一望无际的采石场中堆满的巨石，又怎不令人“悲千古”呢？

李白的这首《丁督护歌》以白描的手法、真实的写照，描绘了下层采石工人及漕运纤夫的悲惨生活，所写的是眼中所见，所道的是心中所想，直抒胸臆。与题注中所言“丁督护”其声哀切极为吻合，读罢全诗，不禁让人潸然泪下。

## 注释

①乐府：始于秦代，汉沿用秦时名称。前112年，汉武帝正式设立乐府，其任务是收集编纂各地民间音乐、整理改编与创作音乐、进行演唱及演奏等。后来人们就把这一机构收集并制谱的诗歌，称为乐府诗，或者简称乐府。到了唐代，这些诗歌的乐谱虽然早已失传，但这种形式却相沿下来，成为一种没有严格格律，近于

五、七言古体诗的诗歌体裁。宋代时，郭茂倩将所有乐府诗歌汇集到一起，编成《乐府诗集》。

② 督护：晋朝设立的专职军事职务。军事官员和行政官员部下都设立督护，有军事指挥权，统领部队，类似现代军队中的政委，与监军不同，有直接指挥作战的权力。

③ 丁旿（wǔ）：生卒年不详，只知道是刘裕手下大将，为刘裕打江山立下汗马功劳。

④ 高祖长女：寿阳公主刘兴弟。

⑤ 宋孝武帝：刘骏（430—464 年），中国南北朝时期宋朝的第五位皇帝，宋文帝刘义隆第三子。初封武陵王，素不得宠，屡镇外州。453 年，太子刘劭弑帝之后，刘骏亲率大军讨伐并夺取皇位，史称孝武帝。

⑥ 淝水之战：东晋太元八年（383 年），前秦出兵伐晋，于淝水之上、八公山之下、安徽寿县古城交战，最终东晋的谢石、谢玄仅以八万兵力，大胜八十余万苻坚前秦军队于淝水，这是我国历史上著名的以弱胜强的战役。此役留有风声鹤唳、草木皆兵、投鞭断流等成语。

⑦ 豫章郡：郡名，楚汉之际设置。在南昌县（今江西省南昌市区）。隋唐时改豫章郡为洪州。

⑧ 秘书监：官名，东汉延熹二年（159 年）始置。初始之际是掌管宫廷的图书典籍及著述。隋炀帝时曾称秘书省令。唐高宗时曾改称太史，元、明不设，遂废。

⑨ 刺史：古代官名。汉武帝元封五年（前 106 年）始置。“刺”，检核问事之意。皇帝认为地方官吏办事多有失职，故另派人

员出刺各地，以示纠察，后通称刺史。

⑩ 柽（chēng）：一种落叶灌木。

⑪ 石尤风：逆风、顶头风的俗称。伊世珍《琅嬛记》中记载：古代有商人尤某娶石氏女，情好甚笃。尤某远行不归，石氏女思念成疾，临死叹曰："吾恨不能阻其行，以至于此。今凡有商旅远行，吾当作大风为天下妇人阻之。"

⑫ 商贾（shāng gǔ）：古代称行走贩卖货物为商，坐地出售货物为贾。二字连用，泛指做买卖的人。

⑬ 芒砀（dàng）：砀，有花纹的石头；芒砀，形容山石大而多。

# 清平乐与清平调

## 词牌题注

《清平乐》和《清平调》均属唐大曲，原为唐教坊曲名，后用作词牌名。调名由来历史上有几种说法，现归纳如下：

一、《清调》《平调》原为汉乐府中清乐和平乐旧曲，有声而无词，原属“无射宫”，俗称“越调”。《碧鸡漫志》言：“《清平调》乃于古乐‘清调’‘平调’中制曲，乃祈求海内清平之乐曲，后引以为词调名。”

二、据唐李浚《松窗杂录》中言，是李白作应制《清平调》三首，后引以为词调名。

三、据欧阳炯《花间词叙》中言：“在明皇朝，则有李太白之应制《清平乐》词四首。”

四、《唐五代词鉴赏辞典》引《全唐五代词·笺评》中所说：“按《清平乐》为南诏乐调，当时南诏有清平官（相当于唐朝宰相），司朝廷礼乐等事，《清平乐》词调当源于清平官的官名。”

五、此调别名：《破子清平乐》《清平乐令》《忆萝月》《醉东风》等。

在沈括《梦溪笔谈》卷五载：“唐天宝十三载（公元754年），以先王之乐为雅乐，前世新声为清乐，合胡部者为宴乐（燕乐）。”沈括所言的雅乐，应该是指战国以前的古乐，也就是我们现在所说的《诗经》。清乐，也称为清商乐，是指汉魏六朝的乐府音乐，也就是我们现在说的乐府诗。而在本书前言中，我们所说到的燕乐，则是指隋唐时期所流传的音乐，起初多是五言和七言的小词小调，经过演变成为长词慢调的长短句体，当时称为曲子词，即唐宋词的雏形。而清商乐是指清商三调，即平调、清调、瑟调，谓之三调，而三调中的瑟调又被称作侧调。

据唐李浚《松窗杂录》中载：“开元中，禁中初种木芍药，即今牡丹也。得四本色，红、紫、浅红、通白者，上因移植于兴庆池东沉香亭前。会花方繁开，上乘照月白召太真妃以步辇从。诏特选梨园[①]子弟中特优者。得乐十六色。李龟年以歌擅一时之名，手捧檀板，押众乐前欲歌之。上曰：‘赏名花，对妃子，焉用旧乐词为？’遂命李龟年持金花笺宣赐翰林学士李白进《清平调》词三章。白欣承诏旨，犹苦宿酲未解，因援笔赋之。龟年以词进，上命梨园子弟约略调抚丝竹，遂促龟年以歌。太真妃持琉璃七宝杯，酌西凉州葡萄酒，笑领意甚厚。上因调玉笛以倚曲，每曲遍将换，则迟其声以媚之。太真饮罢，饰绣巾重拜上意。龟年常话于五王，独忆以歌得自胜者无出于此，抑亦一时之极致耳。上自是顾李翰林尤异于他学士。”张君房《脞说》云：“此为《清平乐》曲，按明皇宣白进《清平调》词，乃是令白于清、平调中制词，盖古乐取声律高下合为三，曰‘清调’‘平调’‘侧调’，此之谓三调，明皇止令就择上两调，偶不乐‘侧调’故也。”通过以上典籍所载，我们知道按张君房所言，《清平乐》在唐玄宗令李白作《清平调》前，就已经存在了，是玄宗皇帝不喜欢三调中的“侧调”，而令李白于三调中的“清、平”二调中写词，所以《清平调》应该源于《清平乐》。故《清平乐》和《清平调》是两个不同的调名。这也解释了一为于“清调、平调”中制曲，乃祈求海内清平之乐曲；一为李白作应制《清平调》三首，后引以为词调名；一为李白作应制《清平乐》四首；一为《唐五代词鉴赏辞典》引《全唐五代词·笺评》中所说：此曲乃南诏乐，是因官而得名，即此调来源于南诏的乐曲，在李白之前即已有之，李白是依曲填词。另外花间词人温庭筠《清平乐》词中有“新岁清平思同辇”句，即赞海内清平之意，而词牌这个“乐”字，我们是不是也应该认为是快乐之乐，而非音乐之乐呢？即海内清平令人快乐之意。因为唐五代是词牌初创早期，词牌往往是与内容相吻合的。下面分列出这两种不同的词调，以飨读者。

**诗词赏析**

| 清平乐 | 格律 |
| --- | --- |
| 李白 | |
| 画堂晨起。 | 仄平平仄。（韵） |
| 来报雪花坠。 | 平仄仄平仄。（韵） |
| 高卷帘栊看佳瑞。 | 平仄平平仄平仄。（韵） |
| 皓色远迷庭砌。 | 仄仄仄平平仄。（韵） |
| | |
| 盛气光引炉烟， | 仄仄平仄平平， |
| 素影寒生玉佩。 | 仄仄平平仄仄。（韵） |
| 应是天仙狂醉。 | 平仄平平平仄。（韵） |
| 乱把白云揉碎。 | 仄仄仄平平仄。（韵） |

此词双调四十六字，前段四句四仄韵，后段四句三仄韵。还有一首双调四十六字，前段四句四仄韵，后段四句三平韵（禁闱清夜）的词，均被《钦定词谱》列为正体。

李白的这首词大气磅礴，将晨起闻雪至，到把白云揉碎的漫天雪舞的豪情，写得淋漓尽致，无以复加。尤其是“应是天仙狂醉，乱把白云揉碎”句，浪漫中充满豪情，诗仙之词，果然不凡，若论起历代写雪诸调，此词当拔得头筹。下面我们再介绍一下《清平调》词。

诗词赏析

| **清平调** | **格律** |
|---|---|
| **李白** | |
| 云想衣裳花想容。 | 平仄平平平仄平。（韵） |
| 春风拂槛露华浓。 | 平平仄仄仄平平。（韵） |
| 若非群玉山头见， | 仄平平仄平平仄， |
| 会向瑶台月下逢。 | 仄仄平平仄仄平。（韵） |
| | |
| 一枝红艳露凝香。 | 仄平平仄仄平平。（韵） |
| 云雨巫山枉断肠。 | 平仄平平仄仄平。（韵） |
| 借问汉宫谁得似， | 仄仄仄平平仄仄， |
| 可怜飞燕倚新妆。 | 仄平平仄仄平平。（韵） |
| | |
| 名花倾国两相欢。 | 平平平仄仄平平。（韵） |
| 常得君王带笑看。 | 平仄平平仄仄平。（韵） |

解释春风无限恨，　　仄仄平平平仄仄，

沉香亭北倚栏杆。　　平平平仄仄平平。（韵）

李白的这三首《清平调》，别名也叫《清平辞》，均为单调二十八字，四句三平韵。从体裁上说应该是七言绝句的格式。

第一首“云想衣裳花想容，春风拂槛露华浓”，这两句以牡丹花作比，以描写牡丹花的艳丽而赞美杨贵妃的娇艳，写“露华浓”而喻杨贵妃如朝露下的牡丹般娇嫩欲滴，且还受尽春风（喻皇帝）的爱抚。“若非群玉山头见，会向瑶台月下逢。”“群玉山”，是指西王母所居之处。据称山中多玉石，故以为名。而据《汉武内传》中言：西王母年约三十许人，是一位容貌绝世之女神。瑶台即西王母所居之地。在这里将杨贵妃比喻为西王母这样高贵、这样绝世的佳人，只能在群玉山中看见或瑶台月下相逢。作者从空间上，既写名花，又写杨贵妃，再用春风比拟成为杨贵妃所得到君王的恩幸。接着诗人又以“群玉山”“瑶台”这非人间蟾宫阆苑中的脱凡超俗的仙女，而再一次表现出杨贵妃的高贵。

第二首作者用“巫山云雨”“汉宫飞燕”两故事，对比来写，既写名花，又写杨贵妃。写神女不如名花，名花为“露凝香”而暗喻杨贵妃的华美，而写神女为“枉断肠”，写赵飞燕不如杨贵妃，杨贵妃的宠幸为“露凝香”，而赵飞燕虽然可爱，也要靠着新妆，才能得到宠幸，再一次暗喻杨贵妃的花容月貌。作者是以神女的“枉断肠”，赵飞燕的“倚新妆”，来抬高杨贵妃，借古喻今，写出了杨贵妃的天姿绝色。这里作者用了两个典故，据郦道元《水经注》中所写，郭景纯云：“丹山在丹阳，属巴丹山，西即巫山者也，天帝女居焉。宋玉所谓：‘天帝之季女，名曰瑶姬，未行而亡，封于巫山之阳，精魂为草，实为灵芝，所谓巫山之女，高唐之阻，旦为行云，暮为行雨，朝朝暮暮，阳台之下。’旦早视之，果如其言。故为立庙，号朝云焉。其间首尾百六十里，谓之巫峡，盖因山为名也。”这就是“云雨巫山”典故的来历。另据《汉书·外戚传》中载：孝成皇后（赵飞燕），本长安宫人。初生时，父母不举，三日不死，乃收养之。属阳阿主家，学歌舞，善歌舞，体态轻盈，据说能在人手掌上所托的水晶盘中翩翩起舞，号曰飞燕。成帝尝微行出，过阳阿主，作乐。上见飞燕而悦之。召入宫，大幸。有女弟复召入，俱为婕妤②，贵倾后宫。作者借此两个典故，衬托杨贵妃的高贵。

第三首：作者从瑶台仙境返回到现实中，写杨贵妃之所以能在沉香亭畔遍倚栏杆，其原因是杨贵妃能长期得到皇帝的宠爱，是“常得君王带笑看”的结果。“名花倾国两相欢，常得君王带笑看。”这两句再次赞美名花、赞美杨贵妃。名花指牡丹，倾国指杨贵妃，名花养眼、养心、养神，而杨贵妃此三者功能兼而有之，这三者的妙处，君王自是知道，故而使得君王看到名花、看到杨贵妃就满脸笑意，而这发自内心的笑意，正是君王与杨贵妃的“两相欢”而引起的。“解释春风无限恨，沉香亭北倚栏杆。”“春风”意指君王，而“无限恨”中的“恨”又何来呢？唐高祖李渊从六一八年开国，至玄宗李隆基开元（713—741年）年间，大致已过百余年，国力正兴，库府充盈，升平日久，而唐开元二十八年玄宗初见杨玉环，开元二十九年将杨玉环度为女道士，待遇同于皇后，宫中将杨玉环已称为“娘子”，唐天宝四年又将其册封为贵妃。故而“后宫佳丽三千人，三千宠爱在一身”，“云鬓花颜金步摇，芙蓉帐暖度春宵。春宵苦短日高起，从此君王不早朝”（白居易《长恨歌》）。而这一切的代价是什么呢？是唐玄宗夺取皇权的残酷，是诛杀韦皇后和太平公主的血腥，是武惠妃冤杀诸多王子的残忍，是自己夺取儿媳妇的不安，诸多的愁怨、情怨堆积在一起，故而曰“恨”。解除心中之无限恨的方法是什么呢？就是在沉香亭畔斜倚栏杆，听丝竹管弦之乐，赏这养眼、养心、养神的名花以及神形兼修的杨贵妃。

据传杨贵妃极喜爱这三首诗，时常吟哦把玩，高力士因为李白在写这几首诗的时候，让自己为他脱靴、磨墨，深以此为大耻辱，于是向杨贵妃进谗，说李白以飞燕之瘦，而讥杨贵妃之肥；以赵飞燕私通赤凤一事，而讥杨贵妃宫闱中不检点。所以当年唐玄宗要委以李白高官，却没有成功，而且李白在写完此诗之后，就离开了首都，从此远离了政治中心。其原因我们在李浚的《松窗杂录》中可以看出一些端倪。“会高力士终以脱靴为深耻，异日，太真妃重吟前辞（指《清平调》），力士戏曰：‘始谓妃子怨李白深入骨髓，何翻拳拳如是邪？’太真妃因惊曰：‘何翰林学士能辱人如斯？’力士曰：‘以飞燕指妃子，是贱之甚矣。’太真颇深然之。上尝三欲命李白官，卒为宫中所捍而止。”

这三首诗，作者皆以绮丽之笔，高华之墨，为名花、为杨贵妃传神写照，引经据典，叹古喻今，挥洒自如，真不愧为诗仙神笔。

## 注　释

① 梨园：唐明皇李隆基优选懂音乐的几百名教坊子弟，在皇宫的梨园中，学习音乐知识，人们将这些人称为“皇帝梨园子弟”。

此为梨园发始之地。这是当时对宫廷艺人的别称，后来人们习惯上称戏班、剧团为“梨园”，称戏曲演员为“梨园子弟”，亦把几代从事戏曲艺术的家庭称为“梨园世家”，戏剧界称为“梨园界”。

② 婕妤：古代女官名，汉武帝始置，是帝王嫔妃的称号。

# 丽人曲

## 词牌题注

《丽人曲》这个词调，据《词名集解》引《别录》中称："昔有丽人喜雅歌，后因以为名。"单调二十字，四句二仄韵。此调现存最早作品当为崔国辅的这首《丽人曲》。

## 诗词赏析

| 丽人曲 | 格律 |
| --- | --- |
| 崔国辅 | |
| 红颜称绝代， | ㊥平平仄仄， |
| 欲并真无侣。 | ㊀仄平平仄。（韵） |
| 独有镜中人， | ㊀仄仄平平， |
| 由来自相许。 | ㊥平仄平仄。（韵） |

作者崔国辅是唐代的一位大诗人，祖籍青州益都县，就是现在的山东省青州市。他是唐开元十四年（726年）进士，曾任山阴尉、许昌令等。天宝初，入朝为左补阙，迁礼部员外郎，为集贤直学士。他与茶圣陆羽是莫逆之交，与孟浩然、李白交谊深厚，对杜甫又有知遇之恩。崔国辅以五言绝句著名，其诗虽然以宫闱儿女之情为主，却深得南朝乐府民歌之精髓。当时人们都认为，

对于五绝一体，当以崔国辅与李白、王维、孟浩然并列为“正宗”。我们要讲透崔国辅的这首诗，首先要先谈一谈门阀制度。崔国辅的祖籍是山东省青州，其祖先迁入到河北清河地区，因此崔国辅是出生于“清河崔氏阀阅”，那么这个“清河崔氏阀阅”是怎么回事，又有什么来头呢？“清河崔氏阀阅”是中国魏晋至隋唐时期著名大族，起源于秦代，先祖曾经立下赫赫战功，到南北朝时进入鼎盛时期，北魏孝文帝时期“崔、卢、郑、王”四姓，列为望族阀阅。“阀阅”是一个专有名词，“阀”指其战功，“阅”指其经历，“阀阅”是指有功勋的世家，即祖先立下硕大的功业，后人才能将其当作资本，只有这样深厚底蕴的家族，才能称为世家，才能号阀阅或门阀。到了隋唐时期，这些大的门阀家族，虽然已经远远不如先祖时期的辉煌，但根基还在，这些家族为维持门第血统的纯洁，以家族之清，鄙视他族之浊，依旧保持着天下士族首望的社会地位。这些家族之间相互婚嫁，自成一体，耻与其他诸姓为婚，否则会觉得无颜见人。唐贞观十二年春，唐太宗李世民命编撰《氏族志》，其中崔、卢、李、郑、王五大氏族名列前茅。唐太宗阅览后勃然大怒，其不能容忍的是，作为皇帝的李家居然排在崔家、卢家之后，为了维护皇室荣耀与脸面，唐太宗下旨重新排序，最后以皇族李氏为首，外戚长孙皇后家族长孙氏次之，降崔氏为第三，卢氏第四。然而朝廷中的名门望族如魏徵、房玄龄等名臣，依旧争相与山东崔族、清河崔族、范阳卢族等阀阅为婚。到了唐高宗李治年间，当时宰相李义府出身寒微，虽然官居宰相，却不入士族之法眼，想让其子与崔氏攀婚，而争得一些社会地位而遭到拒绝，因此怀恨在心，上告高宗希望下诏禁止五大姓之间相互联姻，为巩固自己的统治集团，尤其是皇族的陇西集团，唐高宗果然下令：“诏后魏陇西李宝，太原王琼，荥阳郑温，范阳卢子迁、卢浑、卢辅，清河崔宗伯、崔元孙，前燕博陵崔懿，晋赵郡李楷，凡七姓十家，不得自为婚。”这就是历史上著名的“禁婚家”。高宗的这个“禁婚诏”一出，不但没有达到效果，反而更加抬高了这“七姓十家”的身份与地位。《唐语林·卷四》中记录了一则趣事说：宰相杜审权听说崔程的女儿有容德，就为自己的儿子致书崔程，希望两家结为秦晋之好，崔程不但没有答应，而且对朋友说：“崔氏之门，若有一杜郎，其何堪矣。”就是说我们崔家，如果接受了这个姓杜的人，今后还有什么脸面去见人呀。最后在宰相大人坚请不已的情况下，崔程在没办法的情况下“乃于宝应诸院取一娣侄嫁之”，“娣侄”就是古代阀阅豪门家族中女儿出嫁时，从嫁共事一夫的妹妹或侄女，等同于侍妾。这就类似于上古时期，帝尧的两个女儿娥皇、女英一样，同时嫁给帝舜，一为后，一为妃一样。“宝应诸院”的“宝应”是现在江苏扬州的一个小地方，也就是说，崔程在崔氏家族的支梢旁系中，找了这么一个原本应该是陪嫁的媵女[①]，嫁给了宰相的儿子，要知道宰相杜审权也是出身于京兆杜氏，社会地位并不低，然而仍被崔程所嫌弃，可见在当时，其门第观念之深固。这“七姓十家”不仅蔑视诸姓，即使皇室也不能入其法眼，在他们认为，陇西李氏一族，虽然贵为皇族，但胡人化倾向严重，且根基太浅，所以当唐文宗李昂向宰相郑覃求婚，希望郑覃能把孙女嫁给皇太子时，郑覃宁可把孙女嫁给时为九品官的崔皋，也不愿意孙女当太子妃，当然这里有各种宫廷争斗的原因。为此文宗皇帝感叹道：“我家二百年天子，顾不及崔氏耶。”在有唐一代，这个崔氏家族共出宰相二十五人，其他高官不计其数，在社会上享有极高的声望。因此下层士族子弟，通过科举获得政治地位的同时，就是希望通过婚姻，来强化自身的门第观念，以此来提高自己的社会地位。而作为阀阅之门的“七姓十家”中的女孩子们，也是面临高不成低不就的状况，甚至于像白头宫女一样，老死家族之中也大有人在。作为崔氏门阀中重要的一位成员，崔国辅非常清楚其中的利弊关系，有其所感，所以才能写出这样一首《丽人曲》。

这是一首典型的仄韵五言绝句。此诗赞叹了一位绝世佳人的举世无双。此诗平铺直叙，直写该女子的美艳。“红颜称绝代，欲并真无侣。”这两句作者用朴实的语言赞颂了这美貌女子的美丽，独步当代，无与伦比，与世无双。这里这个“并”字，可谓关键之至，并存？并肩？并进？并立？并列？或谓之并蒂莲都可以，但作者语风一转，“欲并”却“真无侣”，要想找出一个并存的美貌女子或是好伴侣真是难呀！这个“真”字用得极好，我们可以想象一下，在这样的阀阅之家，本身并不缺少美貌女子，她们个个都美艳无比，貌比天仙，情人眼里出西施的味道可以有，但首先是情人在哪里？“独有镜中人，由来自相许。”“阀阅之家”在外人眼中辉煌鼎盛，永远笼罩在神秘的光环之中，但是其家族内部，门庭等级之森严，严苛无比，族中核心家庭中男女子弟（这里指正室所出嫡子女）犹如众星捧月，族中最好的资源他们优先享受，但庶出子女，即不是核心家庭中的男女子弟，其享受的资源会差很多，因此这两句紧承上句的“真无侣”，直言美人之美无复第二人，只有镜中自己的容貌亦堪称颂。这里的

"并""侣""独""相许"相连，是否道出了这位姑娘青春的烦恼？这样一位旷世的美人，虽然她丽质天生，却找不到一位能与自己相匹配的郎君，烦恼、幽怨之余，只得自顾自怜地拿起镜子，看着镜中的倩影，悄悄地将自己许配给了那镜中的倩影。最后这一句，给人一抹孤寂、一抹无奈之感。

## 注释

①媵女：媵人，原本指随嫁的人或物，男女都可以做媵人。春秋战国时期，媵女单指陪嫁出去的女性。主人出嫁一般作媵的是贴身婢女或一生相伴的好姐妹或亲戚。主人出嫁后随嫁媵女基本都成为侍妾。

# 谪仙怨

词牌题注

《谪仙怨》词调为唐玄宗于入蜀途中，思念已经仙逝的杨贵妃玉环，想起旧日贤臣张九龄[①]的一片忠心，遂取长笛吹所自制笛曲，曲成但有谱而无词。后刘长卿[②]始依谱而作词，但又不知道此谱调之缘由，再后窦弘馀[③]俱道此谱调始末，始知其缘由，此调又名《广谪仙怨》，亦名《剑南神曲》。

在宋人王谠[④]《唐语林·卷四·伤逝》条目中，记录了唐窦弘馀在《广谪仙怨》序中，叙述的玄宗所制此曲的过程，且十分详尽："天宝十五载（756年）正月，安禄山反，陷洛阳。王师败绩，关门不守。车驾幸蜀，次马嵬驿，六军不发，赐贵妃死，然后驾发。行至骆谷，上登高平，马上谓力士曰：'吾仓惶出狩，不及辞宗庙。此山绝高，望见秦川，吾今遥辞陵庙。'下马东向再拜，呜咽流涕，左右皆泣。又谓力士曰：'吾取张九龄之言，不至于此。'乃命中使往韶州，以太牢祭之。既而取长笛吹自制曲，曲成复流涕，诏乐工录其谱。至成都，乃进谱而请名，上已不记，顾左右曰：'何也？'左右以骆谷望长安索长笛吹出对之。良久，上曰：'吾省矣，吾因思九龄，亦别有意，可号为《谪仙怨》。'有人自西州传得者，无由知其本末，但呼为《剑南神曲》。其音怨切动人。大历中，江南人盛传。随州刺史刘长卿左迁睦州司马，祖筵闻之，长卿遂撰其词，意颇自得，盖亦不知事之始。（词略）其后台州刺史窦弘馀以长卿之词虽美，而与本曲意兴不同，复作词以广其不知者。”

天宝年间承平日久，以唐玄宗李隆基为首的李氏集团，和以杨贵妃为首的杨氏集团，这两大统治势力，上上下下骄奢淫逸，尤其是杨贵妃的族哥杨国忠当上宰相以后，大肆用兵，与外藩交恶，最终导致了安禄山以清君侧为名的“安史之乱”。战乱爆发，安禄山的大军直逼京城长安，李隆基狼狈出逃四川，由于是仓促逃命，此时除了三军将士有一些军备用粮，其他王公大臣及家眷，均是衣食无着，时值夏日，无衣尚可，而逃亡赶路，日行几十里，对于平日养尊处优之人，累先不说，无粮可食只能等死，尤其是一起逃亡的外藩使臣，平日在京城的吃穿用度，一切均由朝廷供给，而此刻无粮可食的他们，四处哀求无门，于是只能找宰相杨国忠诉苦，而此时焦头烂额的杨国忠，哪里还有闲心关注这些外藩使臣的死活，并大声呵斥他们，却不料这些外藩人，本就生猛凶悍，此刻又是急红了眼，一起围殴杨国忠。此时，杨国忠的死敌——太子李亨、宦官李辅国和陈玄礼一致认为，除去杨国忠的大好时机已来临。此时由陈玄礼出面对将士们进行煽动，说这场叛乱全是由杨国忠引起的，杀了杨国忠就可止息叛乱。太子的人如是说，将士们自然是相信，于是将士们一拥而上，乱刃砍死了宰相杨国忠，并要求唐玄宗杀掉杨贵妃。杨贵妃自缢后，为了防止其后人秋后算账，于是将杨国忠的妻子，时任户部侍郎的大儿子杨喧、小儿子杨晞，杨贵妃的姐姐、妹妹即韩国夫人、虢国夫人一同杀死，此次事件史称“马嵬驿之变”。等到大军来到陕西与四川交界，即周至县一个叫骆谷的地方，唐玄宗心生感慨，不知道自己这一走，还能不能再回京城，于是下马，回望祖上发家的千里秦川大地，不免呜咽流涕，在这里遥辞陵庙，哽咽着对高力士说，当时我要是肯听从张九龄的忠告，国家也不至于陷于此种危难中，并马上派人去韶州太牢，祭奠张九龄的亡灵。玄宗此时心有感悟，故而上马索长笛，吹笛成曲，潸然流涕。乐工将笛谱记下，事后问玄宗这是什么曲子，玄宗说："我是想起张九龄和一些其他的事情，此曲就叫《谪仙怨》。"随着年代久远，很多人根本不知道这个曲子的来历，只是管它叫《剑南神曲》，后来刘长卿依曲调而填词，写得非常好，但他也不知道这个曲调的来历，再后来窦弘馀将这个曲调来历的缘由，写出来告诉大家，以至于今天的我们，才了解到此曲调中内含的一段隐情。首先我们先欣赏一下窦弘馀《谪仙怨》词。

诗词赏析

## 谪仙怨

**窦弘馀**

胡尘犯阙冲关，金辂⑤提携玉颜。云雨此时萧散，君王何日归还。

伤心朝恨暮恨，回首千山万山。独望天边初月，蛾眉独自弯弯。

"胡尘犯阙冲关，金辂提携玉颜。"这里"胡尘"一词，专指胡人安禄山，"阙"在这里有双重意思，既有宫阙、城阙的意思，而当它词性发生变化以后，用作动词时，也有摧毁、削弱、毁伤的意思。"辂"原指古代车辕上，用来挽车的横木，此指用黄金装饰的大车。"提携"是牵扶、携带、照顾的意思。"玉颜"一词，原意多指美女，在这里指唐玄宗李隆基，是一种对尊长的敬称。这两句开门见山，直写安禄山攻城略地，唐玄宗仓皇逃难于四川的情景。“云雨此时萧散，君王何日归还？”这里作者用了一个“巫山云雨”的典故，“云雨”一词，出自宋玉《高唐赋》：“妾在巫山之阳，高丘之阻。旦为朝云，暮为行雨，朝朝暮暮，阳台之下。”（可详见本书之《巫山一段云》。）这里作者以“云雨”而代表唐玄宗和杨贵妃，此时杨贵妃已死，故以其“萧散”谓其二人的阴阳两隔。“君王何日归还？”这一声无奈的喟叹，道出了唐玄宗遥辞祖庙的哽咽与无奈。“伤心朝恨暮恨，回首千山万山。”作者在这里连用两个“恨”字，而且还是早也恨晚也恨，这里的意思很丰富，当初张九龄每次进谏，都提醒唐玄宗要小心提防安禄山，并断言安禄山必反，但忠言说多了，反而引起唐玄宗的反感，反说张九龄是诬害忠良。有一次安禄山犯了死罪，本该问斩，却让唐玄宗给拦了下来，估计此时此刻的玄宗皇帝肠子都悔青了。另外杨贵妃的死，也使得唐玄宗伤心不已，涕泪涟涟，要知道此时的唐玄宗，已经是七十一岁的老人了，国事、家事、天下事，想起来是事事头大。一句“回首千山万山”，这两个“山”字，又是道出了多少的“千山万山”那山山的无奈和不甘。陇西是李家的祖地，西安是李家的国都，这一走，不知何年何月才能回来，那重重的座座大山，恰似条条枷锁，囚禁着这个帝王的身心，因此是频频回首望故都。“独望天边初月，蛾眉独自弯弯。”一个“独”字，道尽了眼前的凄凉，想当年意气风发的玄宗皇帝，美人香肩、群臣相伴，何曾“独”过？但现在却是“独望天边初月”。初月如眉，细弯而媚，自然会让这个独自望月的老人心生联想，这两句自是孤独老人见那初月如眉，而遥想当年杨贵妃那“娥眉曾有人妒”的种种情愫。窦弘馀的这首《谪仙怨》词，可以说是“缘题而赋”的经典之作。下面我们再来看一看刘长卿的这首《谪仙怨》。

**诗词赏析**

| **谪仙怨**<br>**刘长卿** | **格律** |
|---|---|
| 晴川落日初低。 | 平平仄仄平平。（韵） |
| 惆怅孤舟解携。 | 平仄平平仄平。（韵） |
| 鸟向平芜远近， | （仄）仄（平）平（仄）仄， |
| 人随流水东西。 | 平平平仄平平。（韵） |
| | |
| 白云千里万里。 | 仄平平仄仄平。（韵） |
| 明月前溪后溪。 | 平仄平平仄平。（韵） |
| 独恨长沙谪去， | 仄仄平平（仄）仄， |
| 江潭春草萋萋。 | 平平平仄平平。（韵） |

这首词在《刘随州集》中，被列为六言诗，未标明词调，据唐窦弘馀《广谪仙怨》词前小序，我们才知是词。原著有两个小标题，一为《苕溪[6]酬梁耿别后见寄》，另一题为《答秦徵君、徐少府春日见集苕溪，酬梁耿别后见寄六言》。唐代宗大历八年（773年），刘长卿因得罪郭子仪的女婿、鄂岳观察使吴仲孺，被对方诬“犯赃二十万贯”，由知淮西鄂岳转运留后，贬官睦州（今浙江淳安）司马，而此词是作者被谪睦州，道经苕溪，在朋友所设的宴会上所作，其目的是酬答远谪好友梁耿的寄赠，词中对好友的处境

深感同情。又因同是被谪之人，故词中所述之情感较为凄凉。上片作者以景而动人，写了晴川下的落日，惆怅中的孤舟，远去的倦鸟，随着流水而各奔东西的好友。从而以这样一个凄凉背景，来衬托作者与好友伤别的情怀。那“落日初低”，代表一种情感、一种痛楚。那离开的孤舟、那远去的倦鸟、那飞逝的白云、那流动的溪水代表了一种无奈。因为“伴君如伴虎”这句话，是用血与泪总结出来的。在中国古代的官场，如果说一个人没有被贬谪过，或者说没有被贬谪过几次，我估计他都不好意思与同僚聊天，所以每个人所遇到的，每一个艰难处境，都是对自身的一种磨炼，是一种磨刀石的磨炼，这种磨炼会让你尽快成长，会让你更加强大。

下片，作者借白云向远在千万里之外的好友捎去问候，用明月的辉光向好友寄去同情。再以一个“恨”字，既道出了作者对好友贬谪表示的同情，又写出了自己与好友对所处现状之不满，表达了作者在思想上所产生的，与好友同病相怜的苦闷与彷徨的惆怅情怀。整个下片，作者以抒情为主，以托意为辅，呼白云、明月，唤江潭、春草，为自己的好友远谪、为自己所受的苦难遭遇，既鸣世事的不平，又寄深深的同情，从而很好地暗合了主题《谪仙怨》“其音怨切”之语。

清人卢文弨[⑦]曾对刘长卿的作品称赞道：“含情悱恻，吐辞委婉，绪缠绵而不断，味涵咏而愈旨。”俞陛云在《唐五代两宋词选释》中评论道：“长卿由随州左迁睦州司马，于祖筵之上，依江南所传曲调，撰词以被之管弦。‘白云千里’，怅君门之远隔；‘流水东西’，感谪宦之无依，犹之昌黎南去，拥风雪于蓝关；白傅东来，泣琵琶于浔浦，同此感也。”

## 注释

① 张九龄（673—740年）：字子寿，号博物，韶州曲江（今广东韶关市）人。唐朝开元时期名相、政治家、文学家、诗人，西汉留侯张良之后，西晋壮武郡公张华十四世孙。

② 刘长卿：字文房，官终随州刺史，世称刘随州。唐天宝年间进士。中唐极负盛名的诗人，长于五言，被稍后的诗人权德舆称为“五言长城”。尤工五律。有《刘随州集》存世。存词仅一首，即本文《谪仙怨》。

③ 窦弘馀：生卒年不详，扶风平陵（今陕西咸阳西北）人。会昌中为黄州刺史，宣宗大中五年（851年）为台州刺史。仅存《广谪仙怨》词一首。

④ 王谠（dǎng）：字正甫，生卒年不详，北宋长安（今陕西西安）人。武宁军节度使王全斌的五代孙，武胜军节度观察留后王凯的孙子，凤翔府都监王彭之子，宰相吕大防之婿，著有《唐语林》八卷。

⑤ 辂（lù）：古代车辕上用来挽车的横木，或者古时候用的一种大车。

⑥ 苕溪（tiáo xī）：位于浙江省北部，是浙江八大水系之一。

⑦ 卢文弨（chāo）（1717—1796年）：字召弓，人称抱经先生。原籍浙江余姚。乾隆十七年（1752年）一甲三名进士，授翰林院编修、广东乡试正考官、提督湖南学政等职。曾先后在江浙各地书院主讲经义二十余年。与戴震、段玉裁友善，潜心汉字，以校勘古籍称名于世。他对经义注疏有独到的见解。

# 拜新月与拜星月慢

## 词牌题注

《拜新月》原是唐教坊曲名，后用为词牌名。《拜新月》词以李端[1]词为正体，而《拜星月慢》是词牌名，是以周邦彦[2]词为正体。唐崔令钦《教坊记》所载曲名中，只有《拜新月》，而无《拜星月慢》。另据《艺文类聚・岁时部》引《续齐谐记》中载："桂阳成武丁有仙道，谓其弟曰：'七月七日织女当渡河，诸仙悉还宫。'弟问曰：'织女何事当渡河？'答曰：'织女暂诣[3]牵牛！'世人至今云织女嫁牵牛也。"据宗懔《荆楚岁时记》中载："七月七日为牵牛、织女聚会之夜，是夕，人家妇女结彩缕，穿七孔针，或以金银鍮石[4]为针，陈瓜果于庭中以乞巧。"另外在宋人金盈之《醉翁谈录・卷四・京城风俗记・八月》中载："俗传齐国无盐女，天下之至丑，因幼年拜月，后以德选入宫，帝未宠幸。上因赏月见之，姿色异常，遂爱幸之，因立为后，乃知女子拜月，有自来矣。旧传是夜月色明朗，则兔弄影而孕，生子必多。海滨老蚌吐纳月影，则多产明珠。比每年采珠捕兔者，卜此夕为验。"这也许是古籍中为数不多的，谈到女子因拜月而美容，立为皇后以及兔弄影而孕，生子必多，老蚌吐纳月影，则多产明珠的事例。任半塘《唐声诗》中称："唐之此曲，因民间拜新月之风俗而产生。大都为妇孺所为，旨在乞美、乞巧、乞遂人事。其拜七月为多，五月亦有。并有拜牛、女双星者。与拜月之俗相邻，亦具歌辞。唐典另有杂言，宋词有《拜星月慢》。”

这两个词调中的“拜”字是行敬礼，是尊崇，有倾倒、崇拜、拜服之意。古人认为，天上的星宿，即为凡间的帝王、将、相，这些大富大贵之人，在天上都有对应的星宿。而每个人的凶、吉、福、祸都可以从中得到相应的应验。天上有对应自己星宿的人，必是手握重权之人。古人又将月亮看作母性的象征，故而我国的阴历七月七日是为乞巧节。

## 诗词赏析

| 拜新月 | 格律 |
| --- | --- |
| 李端 | |
| 开帘见新月， | 平平仄平仄， |
| 便即下阶拜。 | 仄仄仄平仄。（韵） |
| 细语人不闻， | 仄仄平仄平， |
| 北风吹裙带。 | 仄平平平仄。（韵） |

此词单调二十字，四句两仄韵。《钦定词谱》称：“此即唐仄韵五言绝句，而语气微拗，填此词者，其平仄当从之。”

此词即咏题面本意。在前面的词牌题注介绍中，我们也讲过，拜月可在任意月份进行，亦不只是乞巧、乞福、乞美、乞寿，而是向月诉说心中各种语、各种所欲之事。在古代，中国妇女的地位十分低下，传统的封建礼仪，更是牢牢地禁锢了女人们的一切社会活动，未出嫁时，整日不得出内府，只能学些女红之类的手工，传说由于织女能将天上美丽的彩云，织成各种图案，故这些女子们在每年的七夕，便向月而拜，乞求织女能给自己一双巧手，织出自己今后的幸福生活；乞求织女的聪慧、美丽及大胆追求婚姻幸福的勇气，能给自己带来好运。出嫁后，更是乞求自己的生活幸福美满、多生子女，乞求家人的长寿，乞求相公对自己的怜爱或乞求外出求学的、做官的家人平安归来。总之，心中的各种语，各种所欲之事，苦闷，愁烦，各种甜、酸、苦、辣不便为外人所道者，都可一一向月诉说，向月倾诉，以解胸中之累。

“开帘见新月，便即下阶拜”，首开句没有辅语、没有铺垫，开门见山直写女子傍晚掀开门帘，望见一轮新月，便引起心中无限感慨，习惯使然，马上走下台阶，既不焚香，亦不讲排场，而是当即走下台阶向月而拜。“便即”二字，将她迫切的神态刻画得惟妙惟肖，可见心中之事祈盼之切。

“细语人不闻，北风吹裙带”，这两句轻灵之极，女子那么急切地拜月，心中可诉之语一定很多，是乞巧、乞福、乞美、乞寿、乞姻缘、乞子孙、乞怜爱、乞平安？喃喃细语只有天知、地知、月儿知，而“人不闻”，但见月光之下只有那孤独的倩影以及那飘飘的裙带。这种意境，你只有用心体味，才知其情醇、韵浓、意远、音袅。《唐五代词鉴赏辞典》中称，词人手法高超，举重若轻，看似蜻蜓点水，浮光掠影，实则苦心经营一字千钧。特别是后两句“含不尽之态于十字之中，可谓善说情者”，并引严羽《沧浪诗话》中，赞盛唐诗人之作：“如空中之音，相中之色，水中之月，镜中之象，言有尽而意无穷。”

**诗词赏析**

| 拜星月慢 | 格律 |
|---|---|
| **周邦彦** | |
| 夜色催更， | 仄仄平平， |
| 清尘收露， | 平⃝平平⃝仄， |
| 小曲幽坊月暗。 | 仄⃝仄平平仄⃝仄。（韵） |
| 竹槛灯窗， | 仄仄平平， |
| 识秋娘庭院。 | 仄平平平仄。（韵） |
| 笑相遇， | 仄平仄， |
| 似觉、 | 仄仄、 |
| 琼枝玉树相倚， | 平平仄仄平仄， |
| 暖日明霞光烂。 | 仄仄平⃝平平仄。（韵） |
| 水盼兰情， | 仄⃝仄平⃝平， |
| 总平生稀见。 | 仄平平平仄。（韵） |
| | |
| 画图中、 | 仄平平、 |
| 旧识春风面。 | 仄仄平平仄。（韵） |
| 谁知道、 | 平⃝平仄⃝、 |
| 自到瑶台畔。 | 仄仄平平仄。（韵） |
| 眷恋雨润云温， | 仄⃝仄仄仄⃝平平⃝， |
| 苦惊风吹散。 | 仄平平平仄。（韵） |
| 念荒寒、 | 仄平平、 |
| 寄宿无人馆。 | 仄仄平平仄。（韵） |
| 重门闭、 | 平平仄、 |

| | |
|---|---|
| 败壁秋虫叹。 | 仄⃝仄平平仄。（韵） |
| 争奈向、 | 平⃝仄⃝仄、 |
| 一缕相思， | 仄⃝仄平平， |
| 隔溪山不断。 | 仄平平仄仄。（韵） |

此词双调一百零四字，上片十句四仄韵；下片八句六仄韵。上片第五句和结句，是上一下四法。第七句以两字领两个六言句。下片第四句和结句，是上一下四法。

此词从结构上、布局上看极为精巧，一开始词人先为会见“平生稀见”女子布置了一个极为幽美的背景。“夜色催更，清尘收露，小曲幽坊月暗。”这三句写相逢的时间和环境，写出了更鼓催促，夜色降临，露水沾住街上的灰尘，以及那“小曲幽坊月暗”之地。这一句明是写幽幽的月色、曲折的回廊、雅致的院落，而实际上是道出了此“平生稀见”女子的出身。在孙棨《北里志》中，记有唐代伎女所居之地曰“坊曲”，并有南曲、北曲之称。而在崔令钦《教坊记》中，亦载有：“西京：右教坊在光宅坊，左教坊在延政坊。右多善歌，左多工舞，盖相因成习。东京：两教坊俱在明义坊，右在南，左在北也。”接着词人进一步写道：“竹槛灯窗，识秋娘庭院。”写了“竹槛”和“灯窗”。以优雅的景物之美来衬人物的高雅。而“秋娘”并非实指，犹如秦时称美女为秦娥一样。作者在这里用“杜秋”典。“杜秋，金陵女也。年十五，为李琦妾。后李琦叛灭籍之入宫，并有宠于景陵（唐宪宗李纯之墓，此代宪宗）。穆宗即位，命秋为皇子傅姆[⑤]。皇子壮，封漳王。郑注用事，诬丞相欲去异己者，指王为根，王被罪废削，秋因赐归故里。”此处借杜秋娘而再次点出该女子身份。“笑相遇”

这三个字，将二人见面的经过一带而过，在这里，词人省却大量笔墨，为后面着意渲染这位“平生稀见”女子，留下了余地。“似觉、琼枝玉树相倚，暖日明霞光烂。”这几句，词人极尽描绘人物之能事，大写特写这位女子之美，但句句又不落窠臼。“似觉”二字给人一种突如其来的感受，这种感受是什么呢？是那犹如“琼枝”和“玉树”一般互相交映而光洁耀眼的发髻；似那“暖日”和“明霞”样的光彩照人的面颊。写到这里，作者似觉不够，还不能表达人物的神态之美，于是再加一笔：“水盼兰情，总平生稀见。”这两句，以“水盼”言其明眸；用“兰情”论其性灵。至此这幅美人图方得以完成。现在再让我们回头看一遍这幅美人图的全景：夜色降临，那幽幽的月色衬出曲折的回廊、深幽的院落。这些都是外景，接着推进一层：槛外的修竹、窗内的灯。以上这一切全为背景，色调幽雅。然后推出全词的中心人物“秋娘”灿灿然立于庭院之中。这位美人的出现，使其色调一下子明快起来，犹如“琼枝、玉树”一般光洁耀眼；似那“暖日、明霞”一样光彩映人。其明眸如水、其性灵似兰，真正的一幅平生稀见的“美女之图”。

下片：“画图中、旧识春风面。”这是讲词人与“秋娘”的见面，并不是初见乍闻，而是在“画图中”早已见过面，称得上是神交已久了。写到此，词人笔锋一转，以“谁知道”领起下面的“自到瑶台畔。眷恋雨润云温，苦惊风吹散”句，在这里，“瑶台”意为神仙居住之地。晋王嘉《拾遗记·昆仑山》载：“昆仑者，西方曰须弥，山对七星之下，出碧海之中，上有九层。第九层山形渐小狭，下有芝田蕙圃，皆数百顷，群仙种耨[⑥]焉。旁有瑶台十二，各广千步，皆五色玉为台基。”后指神话中神仙所居之地为瑶台。至此我们方才醒悟到，上片那喻人、写景、点化境界，纯是作者追忆旧情，眷恋“平生稀见”之女子，而所怀的旧梦。读到这里，不禁使人拍案叫绝。追怀旧梦、忆昔情人，而不露踪迹；痛惜分别、恨其相离，而不落俗窠。这三句里的“自到瑶台畔。眷恋雨润云温”，是言其相遇后两情相悦的美妙，可是词人在这美妙之后，却横加一笔“苦惊风吹散”，痛苦其“惊风吹散”了“雨润云温”的，那妙不可言的美好，揭示了欢后苦别的悲剧。这一句极其含蓄，言简意赅。在此词人并未言明是何“风”将其“吹散”。但观词人履历，此词应是被贬后的游宦所作，因此才有这欢后的苦别。下面词人以一个“念”字，领起对眼前处境的描述：“念荒寒、寄宿无人馆，重门闭、败壁秋虫叹。”这两句所述的是今日自己的飘零落魄，与眼前的孤苦与思念，则全是由二人识秋娘庭院后，“雨润云温”之结果而引出的。那荒寒时节，词人羁旅孤寂地独宿于孤馆之中，关上房门，举目四顾，只有那残破的墙壁和那悲鸣的秋虫与自己为伴。上片言及欢愉，下片苦叹其凄楚，而之所以有如此之大的反差，正是上面“雨润云温”的结果。最后的“争奈向、一缕相思，隔溪山不断”，结尾句更为凄艳动人，是讲纵使水远山遥，其相思之情也不会断绝。这最后的三句，也正是由上片的美妙、下片的孤苦中，所结出来的无尽思念之果。

周济在《宋四家词选》中评注此词云：“全是追思，却纯用实写。但读前阕，几疑是赋也。换头再为加倍跌宕[⑦]之。他人万万无此力量。”

## 注 释

① 李端：字正己，号衡岳幽人，赵郡（今河北赵县）人。唐大历五年（770 年）进士，授秘书省校书郎，出为杭州司马等职。后因病辞官，居终南山草堂寺。工诗以七言体见长，与钱起、郎士元、韩翃等合称“大历十才子”。

② 周邦彦（1056—1121 年）：字美成，号清真居士。钱塘（今浙江杭州市）人。历任国子监主簿、校书郎等。徽宗赵佶时，提举大晟府，负责谱制词曲，是北宋末年词坛上的集大成者。无论男女爱情、游宦羁旅、写景寓情皆笔意含蓄，下字运意，皆有法度，且无一点市井气。有《清真词》（又名《片玉集》）存世，存词二百零六首。

③ 诣（yì）：谒见，拜访，多用于尊敬。

④ 鍮（tōu）石：自然铜。

⑤ 傅姆：保姆。

⑥ 耨（nòu）：除草的农具。

⑦ 宕（dàng）：放荡而不受拘束。

# 章台柳与杨柳枝

## 词牌题注

《章台柳》与《杨柳枝》二调原为唐教坊曲名，后用作词牌名。乐府横吹曲中有《折杨柳》，取意于张祜诗“莫折宫前杨柳枝，玄宗曾向笛中吹。伤心日暮烟霞起，无限春愁生翠间”。《折杨柳》就是《杨柳枝》的前身。据冯贽《南部烟花记》中载：“炀帝树堤，诏民间有柳一株者，赏一缣[①]。”何光远《鉴戒录》中载有炀帝《柳枝》词，并言道：“柳枝歌，亡隋之曲。”在唐五代，此词牌的本意，以咏杨柳为主。其内容多以托意杨柳而写离情或感叹时世的盛衰。后因韩翃[②]有《章台柳》一词，而韩翃之妾柳氏回诗首句有“杨柳枝”字，遂改成现在的名称。而据《钦定词谱》记载：“按白居易诗注，杨柳枝，洛下新声。其诗云：‘听取新翻《杨柳枝》’是也。薛能诗序，令部妓作《杨柳枝》健舞，复度新声。其诗云：‘试踏吹声作唱声’是也。盖乐府横吹曲有《折杨柳》名，此则借旧曲名，另创新声。后遂入教坊耳。”

在许尧佐《柳氏传》中记载：韩翃少负才名，孤贞静默，朋友皆为当时名士。柳氏为当时名士李生的歌伎，容貌娇美，极善歌曲，为当时京城名伎。李生与韩翃过从甚密，每逢韩翃来，柳氏常以隙壁窥韩所居。李生察其意，便请韩翃喝酒，席间并将柳氏赠与韩翃。韩、柳二人相亲相爱，如鱼得水。次年，韩翃中进士后回家省亲，不久又被任命为淄青节度使侯希逸的幕僚。时值安史之乱，柳氏陷于长安，恐被乱兵侮辱，乃剪发毁容，躲入尼庵。三年以后，韩翃托人带着他题写的《章台柳》词和一些钱财寻访柳氏。据载，后来韩翃亲入长安寻找柳氏，却不料柳氏被番将沙叱利所虏，由于柳氏貌美且有才华，被沙叱利宠为专房。后韩柳二人偶遇于路上，却又不便交谈，柳氏暗赠香膏，并表示是为势所迫。韩翃苦闷而醉酒，他的朋友许俊为韩翃之情所感动，策马赴沙叱利府中劫出柳氏，送还韩翃，侯希逸亦为之感动，亲自上书朝廷，成全韩、柳二人，传为佳话。

《词律》云："君平赠句，本只是诗，后人采入词谱，即以起句为名。其柳姬答词，亦以起句名《杨柳枝》，句法与此相同，故即附于此。"又云："此谱，凡调俱以字少者居前。此柳氏词，本二十七字，似应列于《杨柳枝》调之首。但七言绝句《杨柳枝》，其调最古，作者亦最多，不宜以此词为冠，故录附君平词后，不复入《杨柳枝》调内。览者勿谓例有异同也。"此词牌别称：《柳枝》《柳枝辞》《杨柳》《杨柳辞》《折杨柳》《添声杨柳枝》《寿杯辞》。

### 诗词赏析

| **章台柳** | **格律** |
| --- | --- |
| **韩翃** | |
| 章台柳。 | 平(平)仄。（韵） |
| 章台柳。 | 平平仄。（叠韵） |
| 昔日青青今在否。 | 仄仄平平(平)(仄)仄。（韵） |

| | |
|---|---|
| 纵使长条似旧垂， | 仄仄平平仄仄平， |
| 也应攀折他人手。 | 仄㊣平㊀㊣平仄。（韵） |

| **杨柳枝** | **格律** |
|---|---|
| **柳氏回赠** | |
| 杨柳枝， | 平仄平， |
| 芳菲节。 | 平平仄。（韵） |
| 所恨年年赠离别。 | 仄仄平平仄平仄。（韵） |
| 一叶随风忽报秋， | 仄仄平平仄仄平， |
| 纵使君来岂堪折。 | 仄仄平平仄平仄。（韵） |

这两个词调均为单调二十七字，各五句。韩翃词三仄韵一叠韵，柳氏词为三仄韵。

这二首词，篇幅虽短小，但其内涵却极为丰富。首先韩翃之词写得既小心谨慎，又委婉曲折。“章台柳，章台柳”，“章台”即西汉时京城长安的街名，沿街多为妓馆，街两旁曾遍植杨柳，后世多以“章台”二字，喻指为娼家聚集之地，“柳”字，明指柳树，暗喻“柳氏”，“昔日青青今在否”这一句离恨全在此间。经安史之乱，自己的心上人三年杳无音信，也不知昔日那似柳枝般柔美的恋人，还生存于世间否？其感情的投入、其谨慎的问询，显得极为含蓄。“纵使长条似旧垂”这里的“纵使”二字退后一步是设想其存于世间后的设问。首先是不知道柳氏是否还活着，如果柳氏经安史之乱而大难不死，仍然活在人世间，“也应攀折他人手”，纵然她柔美如初，但为生活所迫，是否也会像当初依附我一样依附于别人呢？这一句写得委婉曲折，小心谨慎。陈廷焯曾说：

“疑似之语，却说得婉转”。

柳氏之词其精彩处，不减韩翃处。“杨柳枝，芳菲节。”首先柳氏以杨柳自比，换言之，即是以杨柳的柔美来自比其柔美，以树之芳菲而喻己身的年华正茂。“所恨年年赠离别”这一句，内涵极深。表面的意思是：以“柳”取“留”音，人们折柳来赠送朋友，以示离别之后的怀念，而实际上却道出了作者的不幸。“赠”赠送，暗指当年李生把自己相赠韩翃一事。“离别”则是指既相赠，为何又分别之意。下面的“一叶随风忽报秋”，即谓时间的短暂，古人有“悲落叶于劲秋”之句。这里的“一叶”指柳氏自己，“风”即指安史之乱。自己已随着安史之乱的到来，变得极为老丑不堪，这句话就是暗指柳氏，在战乱期间剪发毁容、入尼庵事。“纵使君来岂堪折”，纵使夫君前来，看到这业已萎枯、老黄的柳枝，那么您还能像以前那样地爱我、疼我吗？整首词如泣如诉、凄楚哀婉之极。陈廷焯评此词道：“相忆之情，贞一之志，言外自见。”

## 注释

① 缣（jiān）：《说文解字》中，缣就是双丝的缯。汉以后，多用作赏赠酬谢之物，或作货币。唐制，布帛四丈为匹，亦谓匹为缣。

② 韩翃（hóng）：字君平，南阳（今河南南阳）人。唐天宝十三年（754年）进士。“大历十才子”之一，唐宝应年中（762年）任侯希逸部检校金部员外郎。唐代宗永泰元年（765年）侯希逸被逐，韩翃随后还长安，唐德宗年间为知制诰、驾部员外郎，官至中书舍人。原有集，已散佚。明人辑有《韩君平诗集》。

# 调笑令

## 词牌题注

《调笑令》原为唐教坊曲名，后用作词牌名。此调源自中唐，且有多种格式，《乐府诗集》载，中唐时《三台》《调笑》等六词，即所谓《中唐六调》。本是六言乐府诗，后演变为长短句之词。白居易有诗“打嫌调笑易”自注其“调笑：抛打曲名也”。此调是唐朝宫廷用于在宴会上作抛打游戏供演唱之词。此词又名《古调笑》《宫中调笑》《调啸词》《调笑词》《三台令》《转应曲》等。此词单调三十二字八句，四仄韵，两平韵、两叠韵。平、仄韵递转三次，第四、五句从仄韵转平韵。关键在于首两句短韵必叠，第六、七句必须是第五句末二字的倒转，构成笔意环回的特点。这也就是此调又称《转应曲》的由来。但唐人制调，审音必精，其平仄不同，自中律吕，填者或择一体宗之，更为严谨。

## 诗词赏析

| 调笑令 | 格律 |
| --- | --- |
| 韦应物[①] | |
| 胡马。 | 平仄。（仄韵） |
| 胡马。 | 平仄。（叠韵） |

远放燕支山下。　　㊀㊀㊁平㊁仄。（韵）

跑沙跑雪独嘶。　　㊁㊁㊁㊀㊁平。（换平韵）

东望西望路迷。　　㊁㊀㊁㊀仄平。（韵）

迷路。　　平仄。（换仄韵）

迷路。　　平仄。（叠仄韵）

边草无穷日暮。　　㊁㊀㊁平㊀仄。（韵）

在唐代文人词中，本词是比较早的一首，描写草原风光的词。胡马即指我国西北、甘肃等一带出产的优秀战马。词人借写良马，而暗喻辛苦戍边的将士。下面的“远放燕支山下”，其中的“燕支山”的“燕”字，可写作“烟”或“焉”，在今甘肃省永昌县境内，因产燕支草而得名。“燕支”或作“胭脂”，可作妇女化妆之用。《太平御览》载：“匈奴失此山，作歌道：‘失我燕支山，使我妇女无颜色’。”即指此。“跑沙跑雪独嘶”中的“跑”即通“刨”，古诗中有“马饥跑雪衔草根”句。“东望西望路迷”指东张西望，眼前一片迷茫，看不到出路。最后的“迷路。迷路。边草无穷日暮”句指彷徨四顾，是对前句的引申。整首词，写一匹优秀的战马在燕支山下迷路，它极端焦虑地用蹄子刨着被雪覆盖的土地，时而东望西望，时而嘶叫、悲鸣。它彷徨四顾，找不到出路，看到的只是夕阳西下，和那无边无际的草原。词人借一匹找不到归宿的良马所产生出的迷惘、不安，曲折地表现了征人远戍边关所必然产生的孤独与痛苦。

## 注　释

① 韦应物（737—791 年）：京兆万年（今陕西省西安市）人。

少任侠，年轻时曾作过唐玄宗护卫，多不法，后折节读书，应举登第，历任左司郎中、江州刺史、苏州刺史等，人称韦苏州。他是从盛唐到中唐有多方面成就的诗人，后人将韦应物本人称为田园山水诗人，其诗体称为田园山水体。著有《韦苏州集》十卷，词仅存《三台》《调笑》数首。

# 还京乐

## 词牌题注

《还京乐》原为唐教坊曲名，后用为词牌名。据段安节《乐府杂录》称："明皇（唐玄宗李隆基）自潞州入平内难，正夜半，斩长乐门关，领兵入宫翦逆人。后乐人张野狐撰此曲。（按：《御览》作'平韦庶人'）后乃命乐人撰此曲。"《碧鸡漫志》中引《唐史》云："民间以明皇自潞州还京师，夜半举兵，诛韦皇后[①]，制《夜半乐》《还京乐》二曲。今黄钟宫有《三台》《夜半乐》，中吕调有慢、有近拍、有序，不知何者为正。"

这个词牌讲述了唐朝历史上一次著名的宫廷政变——唐隆政变。嗣圣元年（684 年），年逾花甲的武则天，废其长子中宗李显为庐陵王，立四子李旦为帝，是为睿宗。李旦虽然名义上是唐朝皇帝，但武则天只允许他处理一些简单的公文，不许他临朝听政，朝廷的军政大权被武则天牢牢地控制着。圣历三年（700 年），武则天去唐建周称帝，改元天授。神龙元年（705 年），武则天病危，宰相张柬之等人发动兵变，先杀其男宠，再逼迫武则天退位，武则天被迫禅位于皇太子李显。此时中宗李显的皇后韦氏，勾结权臣，欲效婆婆武则天自立为女皇帝，于是景龙四年（710 年）韦后与女儿安乐公主合谋，用毒药杀死了唐中宗李显，并准备将李旦及李隆基和一些朝臣一起除掉。但早有准备的李隆基等人提前发动政变，从潞州（治所在今山西长治）带兵回师京城长安，于夜间率军突袭羽林营，并策反了羽林军，攻入玄德门，李隆基引兵进入内宫，守卫内宫的武士纷纷倒戈响应，韦后于慌乱中逃入飞骑营，反被飞骑营守将斩首，将其首级献于李隆基。平叛部队随后将安乐公主及凡身高高于马鞭的韦氏集团男性成员皆处死，这次事件史称“唐隆政变”。政变成功后，宫廷大音乐家张野狐创作了《夜半乐》《还京乐》两个曲调。此二曲调，真实地记录了“唐隆政变”这一重大历史事件。另外《夜半乐》《还京乐》《喜回銮》《帝归京》《喜还京》等曲牌，均应源于此事。而作为词牌出现的《夜半乐》《还京乐》，在《钦定词谱》列为正体的一为一百四十四字，前段十句五仄韵，中段九句四仄韵，后段七句五仄韵的柳永的《冻云黯淡天气》；一为双调一百零三字，前后段各十句五仄韵的周邦彦的《禁烟近》之词。然柳永词与周邦彦词均是借旧曲名另翻新声，非调咏本意，而是另言他事。

## 诗词赏析

| **还京乐** | **格律** |
|---|---|
| **窦常**[2] | |
| 百万初休十万师。 | (仄)仄平平仄仄平。（韵） |
| 国人西望翠华时。 | (仄)平(平)仄仄平平。（韵） |
| 家家尽唱升平曲， | 平平仄仄平平仄， |
| 帝幸梨园亲制辞。 | (仄)仄平平平仄平。（韵） |

这是一首典型的唐人七绝，与宋词《还京乐》长调慢词不同。

此调咏明皇平叛后，自蜀地还京之盛况，虽非咏明皇平韦后还京之战事，但距题面本意不远。本首诗描写了安史之乱后，唐明皇由蜀（四川）还京师长安剪逆贼，初平战乱后，举国上下，喜庆安定的情景。

首发两句："百战初休十万师。国人西望翠华时。"天宝十四年（755年）爆发的安史之乱，使大唐帝国一夜之间，从繁荣走向崩溃，就连开创了"开元盛世"的唐玄宗李隆基，也迫于无奈逃往蜀地避难，并在马嵬坡前，葬送了其一生的挚爱杨玉环的性命。而安禄山叛军所到之处，烧、杀、抢、掠无所不至。据《资治通鉴》所载：叛军"每破一城，城中衣服、财贿、妇女皆为所掠。男子、壮者使之负担，羸、弱、老、幼皆以刀槊戏杀之"。皇帝都过上流亡生活，更何况百姓呢？人民流离失所、怨声载道，人人盼望安定。经过几年的激战，唐军收复了国都长安，玄宗由蜀返京。据史载：当玄宗由肃宗陪伴着，由长安城的开远门入城时，一路上"旗帜烛天，彩棚夹道，欢呼雀跃，涕泣歌舞"。这是唐军历经无数次艰苦卓绝战役所取得的成果，词中的"翠华"原指皇帝出行仪仗中，一种用翠鸟羽毛作装饰的伞盖，这里的"翠华"即指皇帝，而一个"望"字又道出了全体国人盼望统一、人心思安的迫切愿望。

下面的"家家尽唱升平曲，帝幸梨园亲制辞"，这两句紧承上两句，道出了唐军收复京都，迎还皇帝，给人民带来的欢乐喜庆。于是家家户户唱起了太平之曲，奏起了升平之乐。而皇帝又去梨园亲自制辞、谱曲，是欢庆胜利？还是怀念贵妃？或是感叹时政？堪谓"问君能有几多愁，别是一番滋味在心头"。关于"帝幸梨园亲制辞"一句，《明皇杂录》中有一段记载，似是此句的注脚。“唐玄宗自蜀回，夜登勤政楼，凭栏南望，烟云满目，上因自歌曰：‘庭前琪树已堪攀，塞外征夫久未还。’盖卢思道之词也。歌歇，上问：‘有旧人乎？逮明为我访来。’翌日，力士潜求于里中，因召与同至，则果梨园子弟也。其夜，上复与乘月登楼，唯力士及贵妃侍者红桃在焉。遂命歌《凉州词》，贵妃所制，上亲御玉笛为之倚曲。曲罢相睹，无不掩泣。上因广其曲，今《凉州》传于人间者，益加怨切焉。”此段注脚似乎给人以无限遐想的空间，令人叹惜。

为了读者阅读方便，现将双调一百零三字，前后段各十句五仄韵周邦彦之词列出，以飨读者。

### 诗词赏析

| **还京乐** | **格律** |
| --- | --- |
| **周邦彦** | |
| 禁烟近， | 仄⃝平仄， |
| 触处浮香秀色相料理。 | 仄⃝仄平平仄仄平仄⃝仄。（韵） |
| 正泥花时候， | 仄仄⃝平平⃝仄， |
| 奈何客里， | 仄平仄⃝仄， |
| 光阴虚费。 | 平平平仄。（韵） |
| 望箭波无际。 | 仄仄平平仄。（韵） |
| 迎风漾日黄云委。 | 平⃝平仄仄平平仄。（韵） |
| 任去远， | 仄仄仄， |
| 中有万点， | 平仄仄⃝仄⃝， |
| 相思清泪。 | 平平平仄。（韵） |

| | |
|---|---|
| 到长淮底。 | 仄平平仄。（韵） |
| 过当时楼下， | 仄㊣平平仄， |
| 殷勤为说， | 平平仄仄， |
| 春来羁旅况味。 | 平㊣㊣㊀仄仄。（韵） |
| 堪嗟误约乖期， | 平平仄仄平平， |
| 向天涯、 | 仄平平、 |
| 自看桃李。 | 仄平平仄。（韵） |
| 想如今、 | 仄平平、 |
| 应恨墨盈笺， | ㊣仄仄平平， |
| 愁妆照水。 | 平平仄仄。（韵） |
| 怎得青鸾翼， | 仄仄平平仄， |
| 飞归教见憔悴。 | ㊣平平仄平仄。（韵） |

## 注释

① 韦皇后：唐中宗李显的皇后。因干预朝政，贿卖官爵，与其女儿安乐公主毒死中宗李显，欲自立为帝，被时任临淄王的李隆基即唐玄宗起兵诛杀。

② 窦常：唐朝人，历经玄、肃、代、德、顺、宪、穆、敬宗等八朝。字中行，扶风（今陕西咸阳市西北）人。唐代宗大历十四年进士，以讲学著书为事。后入朝为侍御史、迁水部员外郎。后历任朗、夔、江、抚四州刺史，终国子监祭酒。

# 长相思

## 词牌题注

《长相思》原为唐教坊曲名，后用作词牌名。据南朝乐府《杂曲歌辞》[1]中记载：《长相思》取义于《古诗十九首》[2]。

《古诗十九首》第十七首："孟冬寒气至，北风何惨栗。愁多知夜长，仰观众星列。三五明月满，四五蟾兔缺。客从远方来，遗我一书札。上言长相思，下言久离别。置书怀袖中，三岁字不灭。一心抱区区，惧君不识察。"

第十八首："客从远方来，遗我一端绮。相去万余里，故人心尚尔。文彩双鸳鸯，裁为合欢被。著以长相思，缘以结不解。以胶投漆中，谁能别离此。"

第十九首："明月何皎皎，照我罗床帏。忧愁不能寐，揽衣起徘徊。客行虽云乐，不如早旋归。出户独彷徨，愁思当告谁。引领还入房，泪下沾裳衣。"

取其十七首中"上言长相思，下言久离别"，十八首中"著以长相思，缘以结不解"中的"长相思"为调名。这其中的原因是什么呢？《古诗十九首》通篇是以游子、思妇的相思互念之言，道人间的离愁别绪、士人的彷徨失意和人生无常之感叹。《古诗十九首》要把它看成一个整体，才能真正得到诗中那种温厚缠绵的相思感受。

汉代的一些制度，使得一些文人不得不背井离乡，长期漂泊在外。这些文人墨客以其文情才华，比一般的士人和商贾多了一些风花雪月的浪漫、春花秋月的遐思，因此这些人对拥有爱情、家庭的温馨，以慰藉孤独的心灵有更高的渴求。于是旅途中羁旅行役、相思怀人之苦的吟咏成为《古诗十九首》中的一大主题。《古诗十九首》的相思怀人之作，有很多是从女性角度着笔的。首先，这是由于在古代社会中，女性因其特定的处境，只能把全部的生命感观、生活乐趣寄托于爱情和婚姻关系上。其次，古代女性生活环境的狭小封闭，又受到传统礼教中“唯女子与小人难养也”及“女子无才便是德”的礼教束缚，遇事无法随时与他人去沟通，导致其眼界不宽，只能在孤独中无止境地去咀嚼体味相思的痛苦，而这些女性其思维的缜密、深婉、细腻，又是男性所体味不到的。女性丰富的情感和敏锐的触角，亦为诗人的创作，提供了丰厚的思维空间与无限广阔的意境。在十七、十八、十九这三首诗中，就是以女性的细腻视角，言妻子收到了离家在外、久别不归的丈夫给妻子写有“上言长相思，下言久离别”的书信后，那喜出望外、似珍宝一样贴于心、藏于怀中的喜悦，尤其是在收到丈夫寄来的丝织品后，这更加触动了妻子内心的细腻感触，并以“著以长相思，缘以结不解”，表现出那“以胶投漆中，谁能别离此”的如胶似漆不能分离的思念，并把这种思念，一针一线地融进于绣成双栖双宿的鸳鸯图案中。但不管此时的妻子怎样惊喜和高兴，那皎皎明月所照射下的却是形只影单、泪下沾衣、愁思满腹、忧愁彷徨而不寐的一个人，所以妻子发自内心地道出了“客行虽云乐，不如早旋归”的感叹。也正是看到了这种缠绵不绝的男女互念的相思之情，感念到了凄凉孤苦、长期漂泊在外得不到慰藉的心灵，才引发了羁旅在外的文人发自肺腑的喟叹，从而创作出《长相思》这个词调。

此词因林逋词中有“吴山青”句，故名《吴山青》；张辑词中有“江南山渐青”句，故名《山渐青》；王行词中有“青山相送迎”句，故名《青山相送迎》；在《乐府雅词》中名《长相思令》，又名《相思令》；其他如《越山青》《长思仙》《琴调相思令》《双红豆》《忆多娇》《长相思慢》等都是《长相思》的别名。此调以白居易[3]词为正体。清沈谦仄韵体词有“落叶秋窗眠”句，故又取名《落叶秋窗》。此词双调三十六字，上下片各四句十八字，三平韵一叠韵。

## 诗词赏析

| **长相思** | **格律** |
|---|---|
| **白居易** | |
| 汴水流。 | 仄⃝仄⃝平。（韵） |
| 泗水流。 | 仄仄⃝平。（叠韵） |
| 流到瓜洲古渡头。 | 平仄平平仄仄平。（韵） |
| 吴山点点愁。 | 平平仄仄平。（韵） |
| | |
| 思悠悠。 | 仄平平。（韵） |
| 恨悠悠。 | 仄⃝平平。（叠韵） |
| 恨到归时方始休。 | 仄仄平平平仄平。（韵） |
| 月明人倚楼。 | 仄平平仄平。（韵） |

此词即咏题面《长相思》本意。这是一首怀人念远的抒情小词。此词上片写景，下片抒情，从而使情、景交融在一起，将一个月下凭楼远眺、盼夫早日归来女子的心境，细腻委婉地刻画了出来。

作者以水而发端于篇首，词中的汴水、泗水、瓜洲的古渡头，以及吴山之愁，明是写景，暗里却是抒情。江水由汴水流经泗水，再由泗水流到瓜洲古渡头即长江入海口，从而回归大海。可是那远离自己的“游夫”，却经年漂游，行踪不定，不见回来。写到这里，词人顺理成章地推出了“吴山点点愁”之句。这令人苦闷的一切，使得那吴地的群山，也不免为孤独之人的愁苦而吟叹。在《放歌集》卷一中，陈廷焯[④]云“吴山点点愁”五字精警。

下片，作者旨在抒情。词中的“思悠悠”和“恨悠悠”这两句，将对其“游夫”的思念之情，和恨其“游夫”不早日回归的心情，极为含蓄地表达出来。那么这种恨到何时为止呢？只有那“游夫”归来后，这种思念之情才算罢了。“月明人倚楼”句，道出了思妇之苦。这一女子的思夫之情，思念悠远而漫长，恨亦悠远而漫长，思由情起，恨由爱生，思念和怨恨的情绪交织在一起，而此思此恨何时休呢？待到人归方始休，而现在却只能倚楼望明月了。在同一词牌下，晏几道词中写道：“长相思，长相思。若问相思甚了期。除非相见时。长相思，长相思。欲把相思说与谁。浅情人不知。”白词与晏词相较，两词一委婉含蓄，一热辣直白。此词的内容和词牌《长相思》极为吻合，是名副其实的“长相思”。

俞陛云[⑤]《唐五代两宋词选释》[⑥]：“此词若晴空冰柱，通体虚明，不着迹象，而含情无际。由汴而泗而江，心逐流波，愈行愈远，直到天末吴山，仍是愁痕点点，凌虚着想，音调复动宕入古。第四句用一‘愁’字，而前三句皆化‘愁’痕，否则汴泗交流，与人何涉耶！结句盼归时之人月同圆，昔日愁眼中山色江光，皆入倚楼一笑矣。”

## 注释

①《杂曲歌辞》：杂曲是乐府的一种，它本是一些散失了或残存下来的民间乐调的杂曲，由乐府加以整理。其内容多是诗人述志感怀之作，形式上也不合音律。与五言古诗相接近，主要流行于汉至唐代。

②《古诗十九首》：南朝昭明太子萧统从传世无名氏《古诗》中选录十九首编入《昭明文选》而成。其都是在汉代民歌基础上发展起来的五言诗，内容多写离愁别恨和彷徨失意，艺术成就极高。

③ 白居易（772—846 年）：字乐天，自号醉吟先生、香山居士。祖籍太原，唐贞元（785—805 年）年间进士，曾任翰林学士、左拾遗、左赞善大夫。曾主张“文章合为时而著，诗歌合为事而作”，要求诗要写得通俗易懂，使老妪能解。早年与元稹齐名，世称“元白”；晚年又与刘禹锡齐名，称“刘白”。他存词不多，但他是唐朝早期写词较好的一位词人，对当时文人词的发展起到了一定积极作用。著有《白氏长庆集》，存词二十余首。

④ 陈廷焯（1853—1892 年）：字亦峰，又字伯与，丹徒（今江苏省镇江市）人，光绪十四年（1888 年）举人，是晚清著名词家，其《白雨斋词话》被后学誉为词学典范而推崇。

⑤ 俞陛云（1868—1950 年）：字阶青，别号斐盦，堂号名乐

静堂，故又称乐静老人。浙江德清人，近代知名学者、诗人，精通书法。俞陛云是清末闻名中外的经学大师俞樾之孙，现代著名文学家俞平伯之父。

⑥《唐五代两宋词选释》：共收唐词二十三家、六十首，五代词（包括南唐二主）二十五家、一百八十三首，宋词七十二家、六百六十六首，合计词人一百二十家。

# 柘 枝

## 词牌题注

《柘枝》原为唐教坊曲名，后为词牌名。任半塘《唐声诗》[①]云：此曲为唐“玄宗开元（713年）以前人作，《名解》尚无定说，或谓征拓羯[②]之辞，或谓出石国（西域古国），亦可能因舞，装以柘[③]枝为饰而得名”。而《唐五代词鉴赏辞典》中载有：《柘枝词》的词调依柘枝舞而得名。一般认为，柘枝舞是由西域一带传入的一种舞曲，舞时让两位女童戴上系有金铃的舞帽，系上银带，绣罗宽袍，藏在莲花状的道具中，鼓声一响，莲花花瓣绽放，两女童轻盈地跃出而双双对舞，在翩翩起舞时，伴随有莲花转动所发出的美妙音乐。在白居易和唐人的诗篇中，有很多描写柘枝舞的佳句，如：“平铺一合锦筵开，连击三声画鼓催。”（白居易《柘枝妓》）这些诗作中，大部分都有描写动人心魂的鼓声，说明柘枝舞是在鼓声伴奏下出场并起舞的，其舞蹈必然具有节奏鲜明、气氛热烈、风格健朗的特点。这应该是与唐朝皇帝喜爱音乐有关，尤其是被誉为八音领袖的唐玄宗李隆基，在羯鼓上的造诣非比常人，所谓：“上有所好，下必效焉。”在唐玄宗时期，凡与羯鼓沾上边的舞曲、乐曲都得以极大限度发扬光大。南卓《羯鼓录》[④]载有：李隆基于二月初，见皇宫内的柳树、杏树等都已发芽，“覩[⑤]而叹曰：‘对此景物，岂得不为他判断之乎？’左右相目，将命备酒，独高力士遣取羯鼓，上旋命之临轩纵击一曲，曲名《春光好》，神思自得。及顾柳杏，皆已发拆[⑥]，上指而笑谓嫔御曰：‘此一事不唤我作天公，可乎？’又制《秋风高》，每至秋空迥彻，纤翳[⑦]不起，即奏之，必远风徐来，庭叶随下。其曲绝妙入神，例皆如此。”玄宗如此雅好羯鼓，唐时的王公大臣无不习之，所以羯鼓在唐开元、天宝年间盛行一时，而据《辞海》中载：“柘枝舞为唐代西北少数民族舞蹈，出自古郅支[⑧]（唐代属安西大都护府管辖，即今哈萨克斯坦境内江布尔）。”唐卢肇《湖南观双柘枝赋》中所谓：“古也郅支之伎，今也柘技之名。”最初为女子独舞，舞姿矫健，节奏多变，大多以鼓伴奏，后来又有双人舞，名《双柘枝》。宋代发展为人数众多的队舞，名《柘枝队舞》。宋代的官乐，有所谓的由七十二小孩组成的柘枝队，穿上五颜六色的舞蹈服饰，逢朝廷大宴，上场演出。

而“柘”本为植物名。落叶乔木，又名黄桑，夏季开花，花为雌、雄异株，叶可养蚕，果可食，皮可造纸，根皮可入药，木材中心为黄色，质地坚硬，是一种贵重的木材，古人对其极为重视。词名或是据植物名而来，亦如虞美人草一样。

此调其别称计有《柘枝》《柘枝引》《忆柘枝》《屈柘》《屈柘枝》《屈柘辞》《掘柘枝》《掘柘辞》《握柘辞》《播柘辞》等。

诗词赏析

| 柘枝词 | 格律 |
| --- | --- |
| 白居易 | |
| 柳暗长廊合， | ㊀仄平平仄， |
| 花深小院开。 | 平平仄仄平。（韵） |
| 苍头铺锦褥， | ㊉平平仄仄， |
| 皓腕捧银杯。 | ㊀仄仄平平。（韵） |
| 绣帽珠绸缀， | ㊀仄平平仄， |
| 香衫袖窄裁。 | ㊉平仄仄平。（韵） |
| 将军拄球杖， | ㊉平平仄仄， |
| 看按柘枝来。 | ㊀仄仄平平。（韵） |

白居易《柘枝词》为典型的五言八句的五律结构，这首小词共分四个部分，属层层递进式描写，先描写场所的宽大，再描写家中仆人的华丽，接下来描写舞女的俊美，最后点明豪宅主人的身份。“柳暗长廊合，花深小院开”这两句点出了庭院的宽大与豪华，那长长的围廊似隐似现，掩映在浓郁的柳荫之中，由此可见其宅院广大，一般人家哪有此等景致？而柳荫掩映下的长廊，又别有洞天地显现出错落有致的、花香袭人的精巧小院。此所谓的园中有园，院中有院，就好像颐和园中的谐趣园一样，精巧别致，优雅清新。在这精巧别致、优雅清新的园中，小院的“苍头铺锦褥，皓腕捧银杯”。苍头是古时私属家仆，只见他展开用云锦织就、豪华精美的褥子，亭亭玉立的少女奉上斟满美酒的银杯。“绣帽珠绸缀，香衫袖窄裁”这两句是描写柘枝舞演出开始时，小舞女们头戴缀满各色珠宝，用绸缎织就的俊美小帽，身穿裁剪合体

的窄袖衣衫，其人物一亮相，那阵阵龙涎香气便扑面而来。至此，作者用“柳暗、花深、小院”写出了庭院的宽大与豪华，用“锦褥、皓腕、银杯”以衬托其家庭的不凡，再用“珠绸、香衫”写舞女装扮的华丽，这一切都为最后的主人公出场作足了铺垫，起到了以宾衬主的艺术效果，尽管主人公未出场，但其形象已出，因为至此我们已强烈地感受到了他那不凡的身份和富贵的家族气息。“将军拄球杖，看按柘枝来。”至此，我们方知，难怪有如此宽大与豪华的庭院，难怪捧那银杯的都是那“皓腕凝霜雪”的纤纤玉手，更难怪连那跳柘枝舞的舞女都如此之高贵，原来这里是大将军的豪府大宅。将军拄着手杖是为看柘枝舞而来，前面作者花大量笔墨，不遗余力地去赞颂庭院、家仆、舞女，而对主人公的出场描写却近乎白描，言简意赅地寥寥带过，这就是一种艺术手法。有了前面华美的衬托，其最后不论是谁出场，不论其衣物、穿戴都可显示其华贵，更何况其主人公是大将军呢？

此词艺术手法高超，属递进式的以宾衬主的描写法，极有层次感，读来令人愉悦。

## 注释

①《唐声诗》：任半塘著。本书从音乐和舞蹈的制作与演奏方面，对唐代五、六、七言近体诗及其少数变体进行了研究。上编阐述理论，下编对唐、五代入乐入舞并有调名的诗共134调，155格，分别就辞、乐、歌、舞和杂考等方面加以详细考订。本书涉及的领域及取得的成果，具有开创性的意义和较高的学术价值。

② 拓羯（tuò jié）：羯是古代少数民族，是匈奴的一个分支，

位于今山西省东南部，东晋时曾在黄河流域建立后赵国。拓羯是唐代西北对卫士、战士的称谓。

③ 柘：读音为 zhè。

④《羯鼓录》：唐南卓著述，是一部音乐史料，共一卷，分前、后二录。此书保存了关于唐代乐器羯鼓的珍贵资料。羯鼓是一种古代打击乐器，南北朝时经西域传入中原，盛行于唐开元、天宝年间。唐玄宗李隆基及宰相宋璟等，都善于击羯鼓，以绝技著称，鼓曲因此风靡一时。

⑤ 覩（dǔ）：古同睹。

⑥ 坼（chè）：裂开。

⑦ 纤翳（yì）：指微小的障碍，多指浮云，也可指事情的障碍。

⑧ 郅支（zhì zhī）：古匈奴的一支，后世以郅支代称外寇。

# 燕子楼

## 词牌题注

《燕子楼》这个曲调有一个令人悲伤的、带着愁痕与啼痕、含泪而咽的凄婉故事。故事的主人公是唐朝大诗人白居易和一个叫关盼盼的歌伎。

白居易在唐朝也是一个家喻户晓的人物，官虽说做得不大，但由于诗词写得好，曾得到过皇帝的赏识，并于贞元十六年（800年），高中第四名进士，被朝廷授予秘书省校书郎的官职。在唐朝这个属秘书省管辖的官阶为从九品，主要做文章的校对和专门典校藏书的工作，类似于现在国家图书馆的工作人员，虽说官职不大也不高，但这是京官哪，巴结他的人还真不少。某一次驻扎在江苏徐州的武宁军节度使，唐朝名臣张建封[①]邀请白居易去他的防地游玩，宴席间，张建封让自己的爱妾关盼盼为白居易跳了一曲《霓裳羽衣舞》，此事令白居易经年不忘。十几年后白居易在《燕子楼》一诗中曾有小序云："徐州故张尚书有爱妓曰盼盼，善歌舞，雅多风态。余为校书郎时，游徐、泗间。张尚书宴余，酒酣，出盼盼以佐欢，欢甚。余因赠诗云：'醉娇胜不得，风袅牡丹花'，一欢而去，尔后绝不相闻，迨兹仅一纪[②]矣。昨日，司勋员外郎张仲素绘之访余，因吟新诗，有《燕子楼》三首，词甚婉丽，诘其由，为盼盼作也。绘之从事武宁军累年，颇知盼盼始末，云：‘尚书既殁，归葬东洛，而彭城[3]有张氏旧第，第中有小楼名燕子。盼盼念旧爱而不嫁，居是楼十余年，幽独诀然，于今尚在。’余爱绘之新咏，感彭城旧游，因同其题，作三绝句。”

在这里有两个问题：一是关盼盼到底为谁之妾，其说不一。有的史书记载，白居易序中所称的张尚书即为唐朝名臣张建封，而有的史书中称，白居易小序中所言的尚书为唐朝名臣张建封之子张愔（yīn），他们两人是父子关系，但为何二人都与关盼盼扯上了关系？唐玄宗与杨贵妃之间的关系大约是父承子业，张愔与张建封之间难道是子承父业？二是白居易小序中讲：“余爱绘之新咏，感彭城旧游。”这个绘之新咏，又为后人留下了疑团。“绘之”自然是指张仲素字绘之，《燕子楼》一诗的作者是关盼盼，还是张仲素所为？也就是说，“绘之新咏”是绘之咏关盼盼所作之诗，还是绘之咏自己的作品？这场笔墨官司，持续了千余年，至今还各持其说。这就是历史，而历史中这些谜团，就是后人们所要探寻的。

这里所说的“燕子楼”在今江苏省徐州市内的燕子楼公园内，是唐贞元（785—805 年）年间，朝中武臣、武宁军节度使张建封镇守徐州时，在其府第中为其爱妾所建的一座精美小楼。千百年来，这座小楼屡经战火，多次被毁，又数次重建，原因是这里所发生的其人其事令人唏嘘不止，尤其是历代文人雅士所赋大量诗词，遂使“燕子楼”声名远播。而诗词中被吟咏的主人公即是小楼的居住者——关盼盼。今天，我们只知道关盼盼是彭城（今徐州市）人，是生活于唐贞元年间的一位能歌善舞、精通各种乐器、工诗、擅词、尤精《霓裳羽衣舞》的一位色艺双馨的才女。用今天的眼光看，应该是个技艺精湛的大艺术家了。难能可贵的是，关盼盼不但才貌出众，且人品尤佳，对爱情忠贞不渝，以至夫君死后，她抛弃了外界的一切应酬，幽然独处，居是楼十余年，孑然一身度过了凄凉的后半生。此情此景被历代文人多唏嘘感叹，故而吟咏不断，文学作品迭出，元《燕子楼》杂剧，明《警世通言·卷十·钱舍人题诗燕子楼》中，都对燕子楼中发生的故事有过具体的描述。

## 诗词赏析

### 燕子楼

**关盼盼**

**其一**

楼上残灯伴晓霜，独眠人起合欢床。

相思一夜情多少，地角天涯未是长。

**其二**

北邙[④]松柏锁愁烟，燕子楼中思悄然。

自埋剑履歌尘散，红袖香销已十年。

**其三**

适看鸿雁岳阳回，又睹玄禽逼社来。

瑶瑟玉箫无意绪，任从蛛网任从灰。

此诗第一小绝句为关盼盼夜中的相思、早起的幽怨。“楼上残灯伴晓霜，独眠人起合欢床。”这两句凄婉哀怨，一盏孤灯，伴幽怨凄苦之人，孤灯所点燃的不是希望而是思念。一张“合欢床”

能令作者思起几多往事，这床上又包含几多欢娱、几多慰藉，可现在物是人非事事休，床是昔日之床，而人却归葬东洛，昔日二人的合欢之床，如今却只能独眠，这里的“独”与“合”字，一孤单一欢娱对比强烈。由于“独眠”而言灯残，青灯残照而伴独眠之人，从天黑到破晓，而“楼上”二字更给人一种视觉上的清冷孤苦无助之感。“相思一夜情多少，地角天涯未是长。”这两句即是对上两句的总结，需知残灯、晓霜、独眠的孤苦与辗转反侧的幽怨岂有酣睡之理，故曰相思。而这一夜的相思之情，叠加起来比那“地角天涯”的路还要漫长，况且是非一夜之思、一夜之想、一夜之孤，而是长达十余年的相思之情啊！

第二小绝句为关盼盼今昔哀怜，思念尚书。“北邙松柏锁愁烟，燕子楼中思悄然。”诗中的北邙，即为白居易诗前小序中所称，“尚书既殁，归葬东洛”中的北邙坟场。自尚书去后，关盼盼居是楼十余年，爱而不嫁，故曰“燕子楼中思悄然”，其情真意切之心，拳拳爱念之意令今人赞叹。“自埋剑履歌尘散，红袖香销已十年。”关盼盼不但爱而不嫁，且谢绝一切应酬和关系，并将过去自己“善歌舞”时用的“剑”及“鞋”等物收藏起来，从此不着红袖舞衣已十年。这句“红袖香销已十年”表明关盼盼斩断红尘世事、尘缘爱念的意志之坚，以“风袅牡丹花，善歌舞，雅多风态”的关盼盼来讲，自尚书故后，是不愁没有出路的，但她却毫无此念，忠于爱情，也并非现在人们的观念，居是楼十余年，无非是相中了这块风水宝地或是等待政府拆迁而多拿些银子。故而盼盼之情操也因此得到了历代名人的赞叹。

第三小绝句为关盼盼眼见时光已逝，从而感叹青春已过。“适看鸿雁岳阳回，又睹玄禽逼社来。”大雁秋天自北向南飞至湖南衡阳而止，春天大雁由南向北而飞，故有“衡阳雁去无留意”之语。“玄禽”即雨燕。“社”即社日，在二十四节气中春分的前后，是人们祭祀土神、祈祷丰收的重大节日。鲁迅《社戏》一文中曾提及：燕子春天由南北飞，临近社日，即可见其踪迹。这两句既是以双飞双宿的鸿雁及呢喃亲语的燕子来比合欢床上的孤眠之人，又是感叹一年将至，又添一岁之愁烦。下面的“瑶瑟玉箫无意绪，任从蛛网任从灰”，承上面“红袖香销已十年”句，白居易小序中称关盼盼“善歌舞，雅多风态”，关盼盼既为尚书之爱妓，其自我的技艺修养自是极高，瑶瑟玉箫自是心爱之物，可如今却任蛛网、灰尘掩其昔日之华丽的光辉而熟视无睹，其思恋、爱旧、誓节之心可谓感人。

白居易和诗：

**其一**

满床明月满帘霜，被冷灯残拂卧床。
燕子楼中霜月夜，秋来只为一人长。

**其二**

钿带罗衫色似烟，几回春暮即潸然。
自从不舞霓裳曲，叠在空箱十一年。

**其三**

今春有客洛阳回，曾到尚书墓上来。
见说白杨堪作柱，争教红粉不成灰。

一般来讲原诗好写，和诗难作，但白居易这三首和诗，写得有声有色，不减原诗。这第一小绝句，重点突出了关盼盼的愁多知夜长的无助之心情。和诗紧扣关盼盼原作，以“满床明月满帘霜”承关盼盼的晓霜之下的“合欢床”。而“被冷灯残拂卧床”的“拂”字，将残灯之影言成有情感之物，拟人化，以“被冷”承上首的独眠之人独卧于合欢之床上，因为霜寒人稀，故称“被冷”。“燕子楼中霜月夜，秋来只为一人长。”而在秋霜月夜下，一个人的秋夜自是感秋之苦、恨秋之长。古诗有云：“良宵惜夜短，愁多知夜长。”因而只有愁苦相思之人，才夜不成寐，才能深深体会到夜中的寂寞是多么孤苦无助。

第二小绝句，白居易以关盼盼的着装开始写起，“钿带罗衫色似烟，几回春暮即潸然”。哪个少女不善怀春？既是怀春少女，哪个不善梳妆打扮？可是关盼盼打扮起来，让谁看呢？每每春至，谁个多情少女不想盛装打扮，尤其是雅多风态的关盼盼，更是盼其春至景回，跳上一段《霓裳羽衣舞》，吹上一曲优雅之弦乐，可每每思起往事旧爱，便不由使人潸然泪下，唉！不舞也罢。“自从不舞霓裳曲，叠在空箱十一年。”于是只得将承载昔日繁华的霓裳羽衣叠在空箱之中。这里的“几回春暮即潸然”即道出了独眠之人由春至而思人，思人而落泪的孤苦和无助。

第三小绝句作者旨在念旧。“今春有客洛阳回，曾到尚书墓上来”，因尚书之墓在洛阳，张仲素在洛阳拜见白居易，而关盼盼却在徐州。故诗中有“有客洛阳回”句。“见说白杨堪作柱，争教红粉不成灰。”这两句中的“白杨堪作柱”句，明指尚书墓前的白杨已经粗得能做柱子了，暗喻尚书去世之久，而“红粉”则是指关盼盼。一句“争教红粉不成灰”令关盼盼伤心欲绝，难道我老公死，我就一定要殉情吗？传闻白居易写完上述三首诗后似觉得不过瘾，他又另写了一首诗：

**感故张仆射诸妓**

黄金不惜买蛾眉，拣得如花四五枝。

歌舞教成心力尽，一朝身去不相随。

这首诗显然是在讽刺张尚书这些当年的侍妾们，不曾随死殉葬。而此诗竟也成了关盼盼的催命符。关盼盼在接到白居易此诗之后泣曰："妾非不能死，恐我公有从死之妾，玷清范耳。"于是关盼盼提笔含泪写下了如下诗句：

自守空楼敛恨眉，形成春后牡丹枝。

舍人不会人深意，讶道泉台不去随。

诗罢，关盼盼掷笔旬日不食而卒，只留下了这一段她与燕子楼的凄美爱情故事。关盼盼死了，而逼死关盼盼貌似正人君子的白居易，却依然过着"樱桃樊素口，杨柳小蛮腰"的奢华生活。他在《追欢偶作》中写道："十载春啼变莺舌，三嫌老丑换蛾眉。"意思是说他府中所养的家伎每过三年，这些女孩子就老了、丑了，而他也玩腻了，所以就必须换一批年轻的、有新鲜感的进来，十年间换了三次。而此时的白居易已是风烛残年，而所说的有着樱桃小口的樊素，有着杨柳小腰的阿蛮才不过二十，正值潋滟年华。甚至还有更过分的，即将退休前的白居易，把曾经自己管辖内的一整套上百名吹拉弹唱的女艺人，弄到了自己的家中，亦写诗炫耀道"菱角执笙簧，谷儿抹琵琶。红绡信手舞，紫绡随意歌。"在这种男尊女卑的社会中，他的一首诗害死了不计其数的"关盼盼"，思来令人唏嘘。

历代咏《燕子楼》事，不乏其人。如苏轼的"燕子楼空，佳人何在，空锁楼中燕"（《永遇乐》），周美成的"燕子楼空，暗尘锁一床弦索”(《解连环》)，等等。字句都极为优美。尤以苏轼句，概括性极强。宋朝词人晁无咎对此曾有过“只三句，便说尽张建封燕子楼一段事，奇哉”的赞誉。周美成、苏轼等一些词人的佳词、美句之所以被后人所乐道，关键在于他们能寄情于景，借古而伤今，但他们寄情而不伤于情，怀古而不拘于古，能达到此种境界者，非大手笔，而不能为之。

## 注 释

① 张建封（735—800年）：字本立。邓州南阳县（今河南南阳）人。历任岳州刺史，寿州刺史。贞元四年（788年），授徐泗节度使，累加检校尚书右仆射。其人礼敬文士，唐宋八大家之一的韩愈等众多当时的文士皆为其幕僚。有《张建封集》，已佚。《全唐诗》及《全唐诗外编》录有其诗。

② 一纪：古时十二年为一纪。

③ 彭城：《资治通鉴》卷八记载：“彭门记：彭祖，颛顼之玄孙，至商末寿及七百六十七岁，今墓犹存，故邑号彭城。”即今之徐州。

④ 北邙：山名，因在洛阳之北，故名。东汉、魏、晋的王侯公卿多葬于此。

# 雁门太守行

## 词牌题注

《雁门太守行》是《乐府诗集·卷三十九·相和歌辞[①]十四》中的《瑟调曲》三十八首之一。“行”在这里不是行走的“行”，而是歌行体[②]的“行”，是“歌”的意思。这个题目的原意是“赞美雁门太守的歌”。《雁门太守行》古歌词歌颂的是东汉时期洛阳令王涣的政绩，与当时雁门关的太守无关。这句话引用南朝齐书法家、王羲之四世族孙王僧虔在《宴乐技录》[③]中所云：“《雁门太守行》歌古洛阳令一篇。”在《汉书》中，对这个古洛阳令王涣的政绩是称赞有加。王涣字稚子，是广汉郪（qī）县人（今四川三台县郪口）。少年时喜行侠仗义，长大以后发誓读书，刻苦学习研读律令，并学有所成，后来经过地方官吏和他做太守的父亲推荐，王涣担任了郡太守的功曹，就是太守助理，他对自己分管的工作认真负责，不久王涣就被举荐为茂才[④]，并任命他做了温县县令，此时县里有很多奸诈之徒经常胡作非为，成了当地百姓的大患。王涣用严厉的手段肃清了境内违法之人，使得辖内安定太平，即便是商人也敢于在外面露宿，就连一些放牛的穷苦人，只要说自己是王涣治下的人，就没有人敢欺负他们。王涣担任了三年温县县令后，升为兖州刺史，他严格纠察所属郡县的公职人员，不使他们违法乱纪，令其尽职尽责服务百姓，因此声名大振，被皇帝任命为洛阳令。洛阳是当时汉朝的首都，类似于今天的北京。大家都知道京官难当，因为天子脚下，有太多的皇亲国戚，谁都得罪不起，稍有不慎，就要掉脑袋。因此王涣严格要求自己，办事清平公正，处理案件也宽严得当。对那些历届官府所不好判决、长久搁置的案件，王涣无不弄清真伪，还大家以公道。同时他还不畏权贵，对贪赃枉法之人加以严惩，故京城的老百姓都称颂信服他。元兴元年（105 年），任洛阳令三年的王涣不幸去世，噩耗传出，百姓们没有不叹息的，前去祭奠者多达数千人。王涣的灵柩运回家乡路过弘农县的时候，当地的百姓都自发地在路旁加以祭奠。官吏们非常惊讶，因为这里不是京城，王涣也没有在这里当过官呀，于是就问百姓这样做的缘故，百姓说过去做生意带物品到洛阳贩卖，经常被守城的士卒和关口的衙门盘剥，自从王涣任洛阳令，就再也没有这种盘剥事情的发生，所以现在来祭奠王涣以报答他的恩情。那些护送王涣灵柩的官吏感叹地说：没有想到王涣的德政教化，令人民怀念感激达到这样的地步。再后来，邓太后⑤执政期间，她还下诏称赞王涣“尽心奉公，务在惠民，功业未遂，不幸早逝，百姓追思，为之立祠，自非忠爱之至，孰能若是者乎”，并任命王涣的儿子王石为郎中，要知道在汉朝这个郎中是仅次于丞相、尚书的大官。当时东汉桓帝⑥下诏要拆毁全国所有名人祠堂，但同时下诏两处祠堂要保留，一个是汉武帝时的太傅卓茂⑦在密县的祠堂，另一个就是王涣在洛阳的祠堂，由此可见王涣在当时的影响力之大。然，查《汉书》未见朝廷任命王涣当过“雁门太守”之职，抑或为史书遗漏？故不知《古今乐录》中，何故称《雁门太守行》是歌颂洛阳令王涣政绩。故而《乐府解题》中亦曰："按古歌词，历述涣本末，与传合。而曰《雁门太守行》，所未详。若梁简文帝'轻霜中夜下'，备言边城征战之思，皇甫规雁门之问，盖据题为之也。"抑或为《雁门太守行》之调古已有之，是赞颂雁门太守的歌，而后人是因缘古调之音，另赋王涣的政绩？此疑团留后人待查。

观简文帝所作五言乐府诗，虽说是吟咏边塞征战，"备言边城征战之思"，但内容亦似与"王涣"无关。而下面我们要介绍的李贺《雁门太守行》，虽祖其边塞征战意，但是以诗文内容看，却是以中唐藩镇割据为题材，亦未见与王涣事迹有关。而李贺的这首《雁门太守行》同样是《乐府诗集·卷三十九·相和歌辞十四》中的《瑟调曲》三十八首之一。

雁门关是中国古代长城上最重要的关隘之一，位于中国山西省忻州市的雁门山中，雁门关又名西陉关，与宁武关、偏关合称为"外三关"。历史上围绕雁门关发生了无数起重大历史事件，对中国历史的发展产生过重要影响。如著名的赵襄子灭代[8]，胡服骑射[9]，更有秦始皇、刘邦、卫青、霍去病等人在雁门关抗击外敌的故事，故而雁门关一词所代表的是战争、悲壮和惨烈。所以后人多取其题面之意，咏边塞征战之事。

诗词赏析

## 雁门太守行

**李贺**

黑云压城城欲摧，甲光向日金鳞开。
角声满天秋色里，塞上燕脂凝夜紫。
半卷红旗临易水，霜重鼓寒声不起。
报君黄金台上意，提携玉龙为君死。

李贺的这首诗严格说起来不能称为“七律”，只能称为“歌行体七言律诗”，原因主要有以下几个方面。一是因为用韵不符。律诗要求用平声韵，且一韵到底。李贺这首诗，前两句押平声韵，后面六句押仄声韵；二是颔联和颈联没有采用对偶句。由于不符律诗格律要求，所以这首诗不能严格称为七言律诗。在唐代以前的古诗体是一种不讲究格律，也没有字数、句数限制的诗体。它有较宽的押韵范围，不受格律的严格束缚，可以说是古人的一种半自由体诗。后人将其称为“乐府诗”。后来唐人对这类诗体在其字数、句数、韵律上严加规制，就有了唐代“近体诗”即“格律诗”的规模，如七律、七绝、五律、五绝，等等。再以后由于社会复古风的产生，诗人们感到唐以前的古体诗别有一番风味，于是为了将古体诗与新兴的格律诗相区别，便有意模仿汉魏六朝古诗的写法，在某些方面加以限定，从而形成了唐代古体诗的固定模式。其结果就是把唐以前完全自由的诗体，变成一种处于格律诗与自由诗之间的半自由诗。李贺的这首诗，即是这种半自由诗。这种半自由体诗，因为不是非常讲究韵律，故在抒发感情的时候，可以直抒胸怀，而且雁门关本身就代表了一种苍凉、荒芜、战争和惨烈，故以此调为题所作之诗均宜表现雄浑、悲壮的情感。

李贺生活的中唐时代，藩镇叛乱此伏彼起，发生过多次重大的战争，其中元和四年（809年）三月，契丹怒皆部人，也是隶属于唐朝大将王承宗的父亲，唐宪宗曾加其为同中书门下平章事（宰相）头衔的成德军节度使王士真去世，王承宗先称自己为留后[⑩]，没有得到朝廷的批准，为了表示和朝廷没有二心，他就把其下辖的德（山东陵县）、棣（山东惠民）二州献给了朝廷，后经他人挑拨，王承宗后悔，想要回二州的统治权，于是他囚禁了德州刺史薛昌朝。唐宪宗劝谕王承宗释放薛昌朝，王承宗采取不达目的决不放人的原则，使得朝廷对此非常尴尬。随后唐宪宗下诏削夺王承宗的一切爵位。元和五年（810年），唐宪宗遣军对王承宗进行讨伐失败，被迫罢兵。元和十一年（816年），唐宪宗遣十万兵马再次讨伐王承宗，元和十二年（817年）大破王承宗于南宫地区，王承宗见大势已去只得向朝廷请降，“自陈为奸人所离间，乞输贡赋，请官吏，许其自新”。当时朝廷亦因连年战争而久战乏力，于是便下诏任命王承宗为成德军节度使。元和十三年（818年），王承宗迫于朝廷消除藩镇的形势，献地谢罪。元和十五年（820年）王承宗死，其弟王承元遣散家财上表归顺朝廷。李贺的这首诗，即是在这一历史事件的大背景下产生的。以朝廷削平藩镇割据，维护国家统一的目的出发，赞颂了将士们誓死平叛的决心。全诗八句，有声有色地描写了将士们从守城到战斗到撤退再到战斗的全过程。

“黑云压城城欲摧”，诗人开篇，用比喻的手法，将敌军的进犯比喻为“黑云压城”，而将其紧迫的形势又比喻为“城欲摧”，其中的“压”字给人以紧迫、威胁之感。第二句，诗人用“甲光向日金鳞开”而再一次地比喻出边城被困的危急形势。用像“金鳞”一样多的“甲光”再一次点出了敌众我寡、边城危在旦夕的紧急情况，以承上句的“黑云压城”句。“角声满天秋色里，塞上燕脂凝夜紫”这两句，描写了战争双方的鏖战是那样酷烈，呜咽的号角整日充斥于肃杀的秋日之中，以形容战争的惨烈，以至于那流出的殷红色的血迹，在那茫茫的秋夜中逐渐凝成了紫色。在这里作者并没有直接描绘那激战惨烈的场面，而是对战后那秋月下的大片胭脂般紫红的血迹加以渲染，来突出战斗的酷烈。“半卷红旗临易水，霜重鼓寒声不起”，这里的“霜重鼓寒声不起”，字面上是说由于深秋的严寒霜重，以至于将士们擂起的鼓声都不响亮，但隐喻的是由于朝廷将士牺牲惨重，只得偃旗息鼓，被迫转移。尤其以第五句“半卷红旗临易水”句最为悲壮。其中的“易水”一词，令人思起荆轲当年在易水临别时曾唱的《易水歌》“风萧萧兮易水寒，壮士一去兮不复还”之言，表现了勇士们视死如归的豪情。“报君黄金台上意，提携玉龙为君死。”最后这两句，我们可以理解为将士们被迫撤退，走到易水这个地方，面对易水，想起当年荆轲刺秦王的故事，记起了荆轲临行之时对燕太子丹所唱的“风萧萧兮易水寒，壮士一去兮不复还”的《易水歌》，精神为之一振，战斗之情陡起，为了报答君王对自己的厚爱，又提起宝剑冲向敌人，甘愿以身报国。其中的“黄金台”为战国时燕昭王所建，昭王曾放千金于台上，用以招聘天下的贤士。而“玉龙”二字，即宝剑的代称。《晋书·张华传》记载有一段关于龙泉剑的故事：宰相张华有一天看到一股紫气从地面直冲到天上的北斗星和牵牛星之间，张华找来懂天象的雷焕，雷焕说这是豫章一带丰城那个地方有宝剑之气上冲于天。于是张华就把雷焕派到了丰城作了县令来寻找这个宝剑，后来果然在丰城县地下掘出了两把宝剑，就是传说中的龙泉和太阿两剑。雷焕把一把剑送给张华，自己留了一把。后来发生晋朝的八王之乱，张华被杀，他的剑不知所终，雷焕的剑传给儿子雷华。有一天，雷华经过延平津这个地方，过河的时候，佩在腰间的宝剑突然从剑套中跳出，跃入水中。手下人赶紧下水去寻，只看到两条龙于水中盘桓，须臾光彩照水，波浪惊沸，于是失剑。诗人以这两个典故入诗，赞颂了将士们为保国土，不畏强敌，慷慨赴难的英雄气概，其中又寄托了作者渴望以才报国的迫切心情。

本诗为李贺的代表作之一，诗中所用的色彩极为丰富，“金”色、“胭脂”色、“红”色、“黄”色，再配上“黑”色、“秋”色、“白”色，这诸多的色彩配在一起，非但没有给人一种妖艳的感觉，反而却给人一种厚重、悲壮的压抑感。这种独树一帜、另辟蹊径的诗风，即为“长吉体”。据传，一次李贺以诗拜见韩愈，时韩愈送客方归，正欲解带入睡，门人呈上李贺的这首《雁门太守行》，韩愈只读了第一句的“黑云压城城欲摧”，便整衣束带将李贺邀入室内，奉为上宾，于是这位“文章巨公”韩愈的睡意，就被李贺诗中那压城的黑云驱赶得无影无踪了。

## 注释

① 相和歌辞：《乐府诗集》中的一类，盛行于汉魏时期。《乐

府诗集》把乐府诗分为郊庙歌辞、燕射歌辞、鼓吹曲辞、横吹曲辞、相和歌辞、清商曲辞、舞曲歌辞、琴曲歌辞、杂曲歌辞、近代曲辞、杂歌谣辞和新乐府辞等十二大类。“相和歌辞”又分为相和六引、相和曲、吟叹曲、平调曲、清调曲、瑟调曲、楚调曲和大曲等类。

② 歌行体：古代汉族诗歌体裁之一，是初唐时期在汉魏六朝乐府诗的基础上建立起来的歌行体。它是南朝宋鲍照所创，而且在此基础上发展了七言诗，创造了以七言体为主的歌行体。明代文学家徐师曾在《诗体明辨》中对“歌”、“行”及“歌行”作了如下解释：“放情长言，杂而无方者曰歌；步骤驰骋，疏而不滞者曰行；兼之者曰歌行。”

③《宴乐技录》：此书现已散佚，其部分片段存于宋代郭茂倩的《乐府诗集》中，对研究汉代相和歌的传承与发展具有重要的参考价值。

④ 茂才：东汉时，为避光武帝刘秀的讳，将秀才改为茂才。

⑤ 邓太后：和熹邓皇后（81—121 年），讳邓绥，为东汉和帝皇后、东汉女政治家，南阳新野人（今河南新野），是汉光武帝时太傅邓禹的孙女。

⑥ 汉桓帝：刘志（132—167 年），东汉第十位皇帝，汉章帝曾孙，在位二十一年。

⑦ 卓茂：字子康，父祖皆至郡守。习《诗》《礼》及历算，究极师法，称为通儒，性宽仁恭爱。

⑧ 赵襄子灭代：前 475 年，赵襄子以姐姐为诱饵，将姐姐嫁给代国的国君代子，然后赵襄子与代子在夏屋山（在今山西代县东

北即雁门关附近）会盟，在酒宴上赵襄子突然击杀了毫无防备的代子，然后引兵灭掉代国。

⑨ 胡服骑射：战国时，赵国是一个非常弱小的国家，经常被别的国家欺负，赵武灵王决定实行改革，下令军队脱掉长衫，穿上胡人的短袖服装，学习胡人骑马射箭的作战方法。最终赵国军事力量日益强大，西退胡人，北灭中山国，并把林胡、楼烦两国上千里的土地并入自己版图，最终成为“战国七雄”之一。

⑩ 留后：唐代节度使、观察使缺位时设置的代理职称。唐安史之乱后，节度使不服朝命，遇事或年老不能任事，常以子弟或亲信代行职务，称节度留后或观察留后。事后强迫朝廷补行任命为正式节度使或观察使。五代仍有留后，北宋置节度观察留后，后改名承宣使。

# 金铜仙人辞汉歌

## 词牌题注

《金铜仙人辞汉歌》中主要吟咏的对象是“金铜仙人”，那么，这个金铜仙人到底是什么来历呢？我们翻开北宋司马光所著的《资治通鉴》，卷二十中载有：“春（指汉武帝元鼎二年，即前115年）起柏梁台，作承露盘，高二十丈，大七围，以铜为之，上有仙人掌，以承露，和玉屑饮之，云可以长生。宫室之修，自此日盛。”而在《三辅黄图》卷三中亦有：“建章（宫）有神明台，武帝造祭仙人处。上有承露盘，有铜仙人舒掌捧铜盘玉杯，以承云表之露。以露和玉屑服之，以求仙道。”在三国魏曹植《承露盘铭》中记有：“固若露盘，长存永贵。”这里讲的是：汉武帝刘彻取得天下后，国富兵强，自然就想长生不老，寿与天齐，信奉神仙永驻之辞，于是听巫师之言，用天降露水和玉石碎屑一齐服用，可补阳延寿，刘彻坚信不疑，于是下令就在陕西的长安城[①]皇宫建章宫内，建造了一座柏梁台，台高二十丈，总高近七十米，顶端铸铜仙人，铜仙人以手掌托铜质盛露盘，用以收取云端上洁净的露水，然后用这云端上洁净的露水和玉石磨成的粉屑炼丹吞服，以达到寿与天齐、长生不老的成仙之道。这个“柏梁台”建成后，元封三年，汉武帝和朝廷食俸两千石以上的大臣，在柏梁台作梁台联句诗，“诏群臣二千石有能为七言诗，乃得上坐”。关键是“能为七言诗，乃得上坐”，也就是说，你光有身份地位不行，必须会写七言诗才能有座位坐下，后来一些学者认为，汉武帝柏梁台这些联句诗，不仅是我国七言诗的源头，还认为由此创立的柏梁诗体，是联句诗体的鼻祖，虽然学术界对此尚存争论，但是瑕不掩瑜，我们且不论真假，只说其成就。总之“仙人承露盘”一词，应是汉武帝始创。到了后元二年（前 87 年），汉武帝去世，享年七十岁，虽然没有寿与天齐，但这在当时也算是高寿了。所以到了三国时期，魏明帝曹睿在河南洛阳坐稳了皇帝的龙椅，亦想寿与天齐，四处寻求长生的丹方，听说汉武帝能长寿是因为承露盘之功，就命人到陕西长安将其拆下运往邺城（今河北临漳，当时魏的权力中心），《汉晋春秋》中称：“帝徙盘，盘折，声闻数十里，金狄[②]（即铜人）或泣，因留霸城[③]。”在从长安搬迁的过程中，由于这个仙人承露盘体积太过庞大，而从中折断了，倒塌的声音声闻数十里，当地百姓传闻这个手捧承露盘的仙人在哭泣。这个珍贵的汉室遗物，原本可以令我们今人大饱眼福，最后却落了个去向不明、不知所踪而成为憾事。现如今，在北京北海公园的琼华岛上，仿膳的北门附近，也有一根高 2.8 米的雕龙汉白玉石柱，柱顶站立一位 1.5 米高的铜质仙人，他面朝北海湖面，双手高举荷花形大铜盘，这个物件是大清乾隆皇帝，依据汉武帝刘彻的仙人承露盘仿制，一为怀古，二为祈求四海升平。

## 诗词赏析

李贺[④]《金铜仙人辞汉歌》并序：魏明帝青龙九年八月，诏宫官牵车取汉孝武捧露盘仙人，欲立置前殿。宫官既拆盘，仙人临载，乃潸然泪下。唐诸王孙李长吉遂作《金铜仙人辞汉歌》。

茂陵刘郎秋风客，夜闻马嘶晓无迹。
画栏桂树悬秋香，三十六宫土花碧。
魏官牵车指千里，东关酸风射眸子。
空将汉月出宫门，忆君清泪如铅水。
衰兰送客咸阳道，天若有情天亦老。
携盘独出月荒凉，渭城已远波声小。

此诗即咏题面本意。据朱自清《李贺年谱》中载：此诗作于元和八年（813年），时值李贺因病辞去奉礼郎职务，由京城长安（今陕西西安）赶赴洛阳在途中所作。其时，诗人“百感交并，故作非非想，寄其悲于金铜仙人耳”。此诗共十二句，四句为一小段，共三小段。

第一小段，诗人感叹年华如梭，往日“画栏桂树悬秋香”的三十六宫内，随着“茂陵刘郎”（即汉武帝）的死去，早以面目全非，今非昔比了。“茂陵”即为汉武帝刘彻的陵墓，“刘郎”即为汉武帝刘彻，而“秋风客”是古代指人死后所变成的鬼魂，承下句的“夜闻马嘶晓无迹”。既然是鬼魂，自然是闻不得鸡鸣而晓去夜来的。在这里诗人感叹物换星移，大有“旧时王谢堂前燕”之喟叹，江山依旧是江山，只是“物是人非事事休”矣！这一段亦是对自己身世的感叹。李贺的远祖是唐高祖李渊的叔父李亮，曾经被封为大郑王，属于唐宗室的远支，武则天执政时大量杀戮高祖子孙，到李贺父亲李晋肃时，早已家道中落，但李贺对自己有李唐宗室血统这一点十分自豪，处处凸显其高贵，在他的诗里出现最多的就是“唐诸王孙李长吉”。一句“茂陵刘郎秋风客”中所反映出的是李贺骨子里、血液中的不羁，将汉武大帝直呼为“刘郎”，也表现了李贺对现实不满的一种宣泄。这种不满的宣泄，是直指当时的最高统治者——他的宗室远亲唐宪宗李纯。史载李贺少儿勤读，七岁能辞章，十八岁左右即已诗名远播，本可早登科第，振其家声，但年未弱冠，即遭父丧。按当时的律例，服丧以三年全期为限，三年以后，二十一岁的李贺参加河南的地方考试，并获得优异成绩，年底即可赴长安应进士举。可是妒才者谓李贺父名“晋肃”，“晋”与“进”犯“嫌名”，因此李贺不能进行“进士”的考试。尽管韩愈“质之于律”“稽之于典”为其辩解，终不获朝廷的首肯，科举高中而振兴家室的愿望自此破灭。科举的无望，令李贺产生了对现实的不满，而此次他辞去“奉礼郎职务”的原因就是仕途不畅，没有达到他想象中王室贵族应该得到的礼遇，因此苦闷至极的他几次愤而辞职，但被生活所迫，又多次不得不四处去求职。因此他诗中流露出的最多的情绪，就是表现其在政治上不得意的悲愤。

第二小段，诗人写铜仙人被拆一事。魏官（即魏明帝派去拆铜仙人之人）千里迢迢牵车至此，风尘仆仆而来，旨在将那汉时明月照射过的铜仙人迁出建章宫。因那铜仙人为汉武帝所造，故诗中有“汉月”一词。接下来的“忆君清泪如铅水”句，即是讲那铜仙人临载而潸然泪下之事。在这里，作者是将铜仙人比拟为有感情的人，临走之时，回忆起汉武帝对自己的宠爱，忍不住流泪。这一段，虽是讲铜仙人一事，但却是在暗喻作者本身受到的不公平的政治遭遇。

第三小段，作者是写铜仙人在迁走路上的情景。没有鲜花、没有美酒，只有道边的“衰兰”相送。此情此景，天公若是有情之人，也会愁得鬓发斑白而衰老的。这一句“天若有情天亦老”为历代所咏的名句。司马光曾赞叹道：“奇绝无对。”由此可见此句感人之深。接下来的“携盘独出月荒凉”这一句中的“独”字，“荒凉”字，明写铜仙人，却是暗喻作者自己的孤独与苦闷。最后一句“渭城已远波声小”，作者借助时间和声音的变化，以那铜仙人渐行渐远去，而委婉地表现出了铜仙人不忍离去而又不得不离去的悲惨状况。这也是诗人仕途无望、被迫辞官回归家乡的真实写照。

这首《金铜仙人辞汉歌》，是作者有感于社会现状而寄悲于铜仙人，将自己的不幸寄寓于铜仙人，以铜仙人的遭遇道出了自己的遭遇，以铜仙人的劫难道出了自己的劫难。这首诗语言洗练，而含意极深，设想奇特，而又深沉感人，因此成为诗人的代表作品。

## 注　释

① 长安城：长安是西安的古称，是历史上第一座被称为“京”的都城，也是历史上第一座真正意义上的城市。周文王时就定都于此，筑设丰京，武王即位后再建镐京，合称丰镐，西安简称“镐”（hào）即源于此。汉高祖五年（前 202 年）置长安县，在渭河南岸、阿房宫北侧、秦兴乐宫的基础上兴建长乐宫，高祖七年（前 200 年）营建未央宫，同年国都由栎阳迁移至此，因地处长安乡，故名长安城，取意“长治久安”。

② 金狄：秦始皇二十一年（公元前 226）收天下兵器，铸金人十二，汉武帝列于甘泉宫。

③ 霸城：灞桥，在今陕西省西安市城区东十公里灞水上。

④ 李贺（790—816 年）：字长吉，唐皇室远支，家世没落，生活困顿，仕途不畅，官止奉礼郎。又因避家讳，被迫不得应进士科考试。其诗长于乐府，多表现政治上不得意的悲愤。严羽《沧浪诗话》称为“李长吉体”，有《昌谷集》存世。

# 凉州词

## 词牌题注

《凉州词》是唐代乐府曲名，是歌唱凉州边塞生活的歌曲。古凉州即是今天的甘肃省武威市、河西走廊一带，隋唐时期，凉州是唐朝三大经济中心之一。这里是汉族和少数民族杂居之地，歌舞是当地人民群众日常生活、劳动中不可或缺的组成部分，有诗形容其歌舞繁华之状为“车马相交错，歌吹日纵横”。早在西汉年间，汉武帝在开疆拓边时，就把从凉州得到的音乐、乐伎、乐器等，都一同带回长安，由此也使汉人认识了钟、磬、贝、笙、箫、弹筝、琵琶、五弦、横笛、腰鼓、檐鼓、铜鼓、羯鼓、大筚篥、小筚篥、凤首箜篌等西域外族乐器。此调是唐开元六年（718年），西凉府都督郭知运进献给唐玄宗的凉州宫调曲。郭知运是唐朝的大将，一生中率军斩杀进犯唐朝疆土的突厥、吐蕃之敌无数，为唐朝江山的稳定立下了汗马功劳，开元九年（721年），薨于军中，时年五十五，追赠上柱国[①]、凉州都督，谥号为威，中书令张说撰写碑文，配享太公庙。

郭知运在任期间，知道皇帝酷爱音乐，于是他就搜集了一批西域的曲谱，进献给唐玄宗，其中便有著名的《凉州曲》。唐玄宗将这些曲调交给教坊并将这些异域曲调与中原曲调相融合，配上新的歌词演唱，且以这些曲谱产生的地名为曲调名。后来许多诗人都非常喜欢这种异域风情的音调，并根据这种音调的音节填写新词，比如王之涣的：“黄河远上白云间，一片孤城万仞山。羌笛何须怨杨柳，春风不度玉门关。”以及王翰[②]所写的《凉州词》。从此这个《凉州曲》的曲调风行天下。据王灼《碧鸡漫志》：“凉州曲，《唐史》及《传载》称《天宝乐曲》，皆以边地为名，若凉州、伊州、甘州之类。《吐蕃史》及《开元传信记》亦云：‘西凉州献此曲。’”宋李上交的《近事会元》中，在《凉州》《新凉州》条目下记载：“唐明皇开元六年，西凉州都督郭知运进。又有《新凉州》，并在宫调上宫。窃详七宫有《八凉州》，内正宫别有《小凉州》，亦曰《碎宫凉州》，其慢遍中来，七宫凉州中美声，聚而为之。此有似《新凉州》也。又《郑棨传信记》云：‘初郭知运进此曲，上召诸王便殿听之，曲终，宁王不乐，对曰：此曲虽佳，臣有间焉。夫音者，始于宫、商，成于角、徵、羽，莫不根袭于宫、商也。斯曲宫杂而少徵，商乱而加暴，宫君商臣也。宫不胜则君势卑，商有余则臣事僭。卑则逼下，僭则犯上，落于忽微，形于音声，播之于歌咏，见之于人事。臣恐有播越之祸，悖迫之患，莫不兆于斯曲也。上默然。后有安史之乱。”另在《西凉州曲》条目下记有：“唐《幽闲鼓吹》云：元载子名伯和，势倾中外。时闽帅寄乐伎十人，仅半岁无因得进，伺其门下弹琵琶人康昆仓，得通伯和，一试之尽遗昆仑矣。先有和尚段善本者，自制《西凉州》，昆仑求之不与，至是以乐伎半赠之，乃肯传焉。今《道调凉州》是也。”而《明皇杂录》亦有：“唐玄宗自蜀回，夜阑乘月登楼，唯力士及贵妃侍者红桃在焉，遂命歌《凉州词》，贵妃所制，上亲御玉笛为之倚曲，曲罢相睹，无不掩泣，上因广其曲，今《凉州》传于人间者，益加怨切焉。”在唐玄宗时期，这个曲调非常流行，许多诗人都以此调填写过新词，如孟浩然、王之涣、王翰、张籍、元稹、白居易等。

**诗词赏析**

| **凉州词** | **格律** |
| --- | --- |
| **王翰** | |
| 葡萄美酒夜光杯。 | ㊣平㊀仄仄平平。（韵） |
| 欲饮琵琶马上催。 | ㊀仄平平仄仄平。（韵） |
| 醉卧沙场君莫笑， | ㊀仄㊣平平仄仄， |
| 古来征战几人回。 | ㊀平㊀仄仄平平。（韵） |

此唐声诗是典型的七绝体，诗即为题面本意。这是一首著名的边塞诗。而所谓的“边塞诗”就是以描写边塞风光、军旅生活为表现对象的诗，虽然王翰只有一首边塞诗传世，但这首诗足以奠定其在文学史上名家的地位。这首《凉州词》被明代王世贞推为唐代七绝的压卷之作，可见其历史地位的尊崇。

“葡萄美酒夜光杯，欲饮琵琶马上催。”据东方朔的《十洲记》中载：周穆王时，西胡献夜光常满杯，杯用白玉精制而成，光明夜照。在此诗中，夜光杯指极精制的酒杯。起首两句：手里握着精致的酒杯，面对琼浆美酿，正要痛饮，却听到了催人征战的号角。前两句，寥寥十四个字，便勾勒出了大漠荒天、悲壮肃然的境界。而后，诗人笔锋一转，“醉卧沙场君莫笑，古来征战几人回”，用调侃和诙谐的顽皮语调写道：当我醉卧于沙场时，您可千万莫要笑我没出息呀！因为铮铮铁汉在战场之上，又能有几人生还呢？上战场本是凶多吉少的事，与其哭哭啼啼，做小女儿难舍状，还不如做铮铮铁汉，举杯痛饮后，去上阵杀敌。

全诗充满了悲壮之情，读来使人有一种“风萧萧兮易水寒，壮士一去兮不复还”之感。《艺苑卮言》：“‘葡萄美酒’一绝，便是无瑕之璧。盛唐地位不凡乃尔。”《而庵说唐诗》：“此诗妙绝，无人不知，若非细细寻其金针，其妙亦不可得而见。……若论顿挫，‘葡萄美酒’一顿，‘夜光杯’一顿，‘欲饮’一顿，‘琵琶马上催’一顿，‘醉卧沙场’一顿，‘君莫笑’一顿，凡六顿，‘古来征战几人回’则方挫去。夫顿处皆截，挫处皆连，顿多挫少，唐人得意乃在此。”

注释

①上柱国：柱国原为国都之意，上柱国是一个国家军事武装的最高统帅，是保卫国都的最高武官职，后成为功勋的荣誉称号。此官职是战国时期楚国设置，其地位在令尹和相国之下。

②王翰：生卒年不详，字子羽，并州晋阳（今山西太原）人。景云元年（710年）进士。历任驾部员外郎、仙州别驾等，后贬道州司马。他性情豪荡，恃才不羁，喜纵酒游乐。其诗多壮丽之词。所著诗集，已失传。据《旧唐书》本传和《新唐书·艺文志》载，王翰有文集十卷，宋代已不传，今《全唐诗》仅录其诗一卷十四首。

# 浪淘沙与浪淘沙令

## 词牌题注

《浪淘沙》与《浪淘沙令》二者原为唐教坊曲名，后为词牌名，为唐声诗七言绝句体，起于民间。内容多借江水流沙抒发人世感慨，或歌咏男女爱情，咏调名本意，即调名等于词题。文人填此调当始于刘禹锡，按《钦定词谱》中称："《浪淘沙》创自刘（禹锡）、白（居易）。"《浪淘沙》为单调二十八字，四句三平韵的七绝体。

## 诗词赏析

| **浪淘沙** | **格律** |
| --- | --- |
| **刘禹锡** | |
| 莫道馋言如浪深。 | ㊀仄平平㊉仄平。（韵） |
| 莫言迁客似沙沉。 | ㊀平㊉仄仄平平。（韵） |
| 千淘万漉[1]虽辛苦， | ㊉平㊀仄㊉平仄， |
| 吹尽狂沙始到金。 | ㊉仄平平仄仄平。（韵） |

这是刘禹锡《浪淘沙》组诗九首中的第八首，其他几首，作者依景物而写了黄河、洛水、汴水、鹦鹉洲、濯锦江、澄洲、钱塘潮涌和世事轮回之理，一首一景，不离"浪淘沙"本意。而本

首以沙中淘金为喻，显示了作者变阻力为动力的强大自信力。

说起这组诗，不能不感叹作者那饱经风霜、浪淘金沙般的坎坷人生路。刘禹锡生于洛阳，长于苏州，自称是中山靖王刘胜的后代。十九岁游长安，唐贞元九年（793年）进士及第，登博学宏词科，为太子校书，累迁监察御史。照此下去，他的前程似锦，光辉灿烂而不可限量。但后来刘禹锡却依附于王叔文[②]集团，参与其“永贞革新”，并由此升任屯田员外郎[③]。这时的刘禹锡少年得志，与柳宗元等人一起投身改革中，但改革最终触动的是官宦家族及各财阀的根本利益，所以以王叔文为首小利益集团的改革，从改革之初便存在诸多的缺陷。果然改革只维持了仅仅一百四十六天，就发生了宫廷政变，以宦官们强迫顺宗李诵皇帝“内禅”让位给宪宗李纯，这个美丽的政治改革幻想最终寿终正寝。于是，这个王叔文集团两位最主要的人物二王被赐死，其余八人先后被贬为边远地方的司马，史称“二王八司马”事件。刘禹锡先是被贬连州刺史，在去上任途中，宪宗皇帝又下旨，再贬为朗州司马，几经风雨，经十年贬谪后，刘禹锡等改革派奉旨回京，时值阳春三月，草长莺飞，长安的牡丹怒放，刘禹锡内心充满春天的喜悦。他本人亦认为谪旅生涯即将结束，等待他的将是柳暗花明般的灿烂前程，此时京城的公园内繁花似锦，而玄都观中桃花吐艳，刘禹锡携友人去观赏，当看到游玩的人中有许多朝廷新贵，他在得意之际写下了《戏赠看花诸君子》：

**元和十年自朗州至京，戏赠看花诸君子**

紫陌红尘拂面来，无人不道看花回。

玄都观里桃千树，尽是刘郎去后栽。

这首诗表面上是描写人们去玄都观，看桃花的盛况，但骨子里却是讽刺当时权贵的。这里的千树桃花暗喻那些投机取巧的、春风无限的新贵，而把诸多看花之人暗喻为趋炎附势、攀结权贵之小人，一句“紫陌红尘拂面来”，道尽了争攀权贵之人的众生之相，尤其是“尽是刘郎去后栽”一句，更是从根本上讽刺和骨子里蔑视那些新贵，你们也不过是我被排挤出朝廷以后被新提拔的年轻人罢了。因此，他的这种轻蔑和讥讽，深深地触怒了权贵，使他的政敌们感到异常难受。本来此次刘禹锡被召还，作为宰相的裴度尽了极大努力，准备在京城为他安排一个职位，但《戏赠看花诸君子》的玄都观诗：“语讥忿，当路不喜，又谪守播州。中丞裴度言：‘播，猿狖所宅，且其母年八十余，与子死决，恐伤陛下孝治，请稍内迁’。”就是这首诗一出，包括皇帝、权贵们都觉得心中横亘一根大刺，于是以“语涉讥刺”的罪名，准备将他贬谪到边远的播州。播州位于现在的贵州省遵义市，地处贵州省北部、大娄山脉的中心地区，紧邻四川、重庆间，山川险要，广袤千里，这里豺狼虎豹横行且瘴气滔天，外人很难进入，汉人进去，基本是有去无回，而且此时刘禹锡的母亲年逾八十，刘禹锡此一去，估计就是和家人永别之日。在裴度的斡旋下，朝廷才将刘禹锡贬为连州刺史。其间刘禹锡回洛阳丁忧④，三年后转任夔州刺史，五十五岁时，又被贬迁和州刺史。这连续多次的遭贬、放逐达二十三年之久。作者饱经了人世沧桑、世情冷暖、宦海风波后，并未被这残酷的政治党阀打击所压倒，而是以政治家坚守的政治信念、以诗人敏锐的思辨能力沉静地吟道：“莫道谗言如浪深，莫言迁客似沙沉。”不要怕君王身侧小人当道，谗言似大浪深渊；也不要说羁旅生涯、宦海沉浮似沙深沉。愈是困难愈要坚挺，黎明前的寒冷是短暂的，黎明前的黑暗是一时的。你只要坚持住，不在黎明前的寒冷中倒下、不在黎明前的黑暗中迷失方向，那么你会迎来光明。即使你似沙沉深渊，那么“千淘万漉虽辛苦，吹尽狂沙始到金”。是金子不管何时何地都会发光，沙子是永远埋没不了赤金的。含冤受屈的正直之士，尽管历尽千辛万苦，但终将会战胜邪恶，冤屈终将会大白于天下的。刘禹锡的这首《浪淘沙》中所指的“千淘万漉”即是指所经历的各种劫难，“狂沙”喻奸佞小人，“真金”，即指自己及所有的正直之士。诗人坚信自己是永不磨灭的真金，而那些奸佞小人则是狂沙，最终会被历史的长河所淘汰。《唐才子传》中记录道：“后由和州刺史入为主客郎中[5]。至京后，游玄都咏诗，且言：‘始谪十年，还辇下，道士种桃，其盛苦霞。又十四年而来，无复一存，唯兔葵燕麦动摇春风耳。’权近闻者，益薄其行。裴度荐为翰林学士，俄分司东都，迁太子宾客。会昌时，加检校礼部尚书，卒。公恃才而放，心不能平，行年益晏，偃蹇寡合，乃以文章自适。善诗，精绝，与白居易酬唱颇多，尝推为‘诗豪’，曰：‘刘君诗在处，有神物护持。’”

孟棨的《本事诗》对刘禹锡的这首《浪淘沙》词作的缘由有详尽的说明：“刘尚书自屯田员外左迁朗州司马，凡十年始征还。方春，作《赠看花诸君子》诗曰：‘紫陌红尘拂面来，无人不道看花回。玄都观里桃千树，尽是刘郎去后栽。’其诗一出，传于都下。有素嫉其名者，白于执政，又诬其有怨愤。他日见时宰，与坐，慰问甚厚。既辞，即曰：‘近者新诗，未免为累，奈何？’不数日，出为连州刺史。其自叙云：贞元二十一年春，余为屯田员外，时此观未有花。是岁出牧连州，至荆南，又贬朗州司马。居十年，诏至京师，人人皆言有道士手植仙桃满观，盛如红霞，遂有前篇，以记一时之事。旋又出牧，于今十四年，始为主客郎中。重游玄都，荡然无复一树，唯兔葵、燕麦动摇于春风耳。因再题二十八字，以俟后再游。时太和二年三月也。”诗曰：“百亩庭中半是苔，桃花净尽菜花开。种桃道士归何处？前度刘郎今独来。”我们从《唐才子传》和《本事诗》中的记载以及刘禹锡这三首诗的脉络中，可以看出刘禹锡那“不依傍古人，不将就俗目”的高贵、傲然的品质。

“千淘万漉虽辛苦，吹尽狂沙始到金”这两句策警之语，可谓字字珠玑，句句锦绣。当你认为生不逢时，或是人生不得意，或是横遭谗害，或是处于人生低谷之时，你永远记住一句话：“蓬蒿掩着灵芝草，污泥陷着紫金盆。”再读一读这警策之句，它会给你带来鼓励与希望，它会让你感到金子永远是金子，不管身处何地，最终“吹尽狂沙始到金”。下面把将此“唐声诗”《浪淘沙》，改为词牌名《浪淘沙令》的李煜之词列出。

## 诗词赏析

| 浪淘沙令 | 格律 |
|---|---|
| 李煜 | |
| 帘外雨潺潺。 | (平)仄仄平平。（韵） |
| 春意阑珊。 | (平)仄平平。（韵） |
| 罗衾不耐五更寒。 | (平)平(仄)仄仄平平。（韵） |
| 梦里不知身是客， | (仄)仄(仄)平平仄仄， |

一晌贪欢。　　　　　　㊀仄平平。（韵）

独自莫凭栏。　　　　　㊀仄仄平平。（韵）
无限江山。　　　　　　㊉仄平平。（韵）
别时容易见时难。　　　㊀平㊉仄仄平平。（韵）
流水落花春去也，　　　㊉仄㊀平平仄仄，
天上人间。　　　　　　㊉仄平平。（韵）

调至五代，由南唐后主李煜将单调二十八字、四句三平韵的七绝体的《浪淘沙》始改为五十四字，上、下片各二十七字，五句四平韵的双调小令，演变为词牌名，后人填词平仄据此。此调宋人名《浪淘沙令》，而柳永和周邦彦之长调《浪淘沙慢》亦是用旧曲调另谱新声。此调词牌别称计有《过龙门》《浪淘沙近》《炼丹沙》《龙门令》《卖花声》《曲入冥》等。《花间集》作《浪涛沙》。

这首词是李煜被俘以后的作品，是李煜去世前不久所写。李煜的词以被俘前后为界限，前期之词温婉秀润，一派帝王恢宏之气，气度不凡。被俘以后，他始知兵戈之苦，很多人都说李煜是因为贪玩才误国，才导致国破而家亡，这是因为这些人对史书没有研究透。没错，国家是败亡在李煜手中，但是你要知道，在李煜父亲即我们所说的南唐中主李璟手里，国家就已经呈现出败亡之景象。须知我们所谓的“南唐中主”“南唐后主”的称谓后面，是另有隐情的。李煜的爷爷李昪是南唐的初代皇帝，为“南唐先主”，庙号“南唐烈祖”，谥号“光文肃武孝高皇帝”。李煜的父亲李璟继位，是为“南唐元宗”。但是李璟即位后开始大规模对外用兵，虽然使得南唐疆土为最大化，但是李璟奢侈无度，导致政治腐败，国力下降，被后周夺取大片土地，被迫从金陵迁都洪州，并下令去掉“南唐元宗”帝号，改称“国主”，史称“南唐中主”，并被迫使用后周年号，时为后周显德五年（958 年）。公元 961 年李璟逝世于南昌，时年四十六岁。死后经李煜向宋太祖上表，请求恢复李璟的帝王身份，获宗主国宋朝特许后，而被追加庙号为“元宗”，谥号为“明道崇德文宣孝皇帝”。北宋建隆二年（961 年），李煜继位，尊宋为正统，岁贡以保平安。开宝四年（971 年）十月，宋太祖灭南汉，李煜去除唐号，改称“江南国主”。次年，贬损仪制，撤去金陵台殿鸱吻以示尊奉宋廷。开宝八年（975 年），李煜兵败降宋，被俘至汴京（今河南开封），授右千牛卫上将军，封违命侯。太平兴国三年（978 年）七月七日，李煜死于汴京，追赠太师，追封吴王。世称南唐后主、李后主。史载，宋太宗赵光义曾问南唐旧臣潘慎修：“李煜果真是一个暗懦无能之辈吗？”潘慎修答道：“假如他真是无能无识之辈，何以能守国十余年？”徐铉在《吴王陇西公墓志铭》中也写道：“李煜敦厚善良，在兵戈之世，而有厌战之心，虽孔明在世，也难保社稷；既已躬行仁义，虽亡国又有何愧！”所以读李煜的这首词，就一定要读懂读通南唐的历史。

## 注释

① 漉（lù）：动词，使之干枯、干竭。

② 王叔文（753—806 年）：浙江山阴（今浙江绍兴）人，是唐朝中期颇受争议的政治家、改革家，曾官至翰林学士，是“永贞

革新”集团的核心领导者，其主政期间，密交名士、广结朋党。宪宗即位后，王叔文被赐死，其余党羽被贬为边远诸州司马，史称“二王八司马”事件。

③ 屯田员外郎：东汉末年曹操始置，掌天下屯田之政令。唐在尚书省工部设屯田郎中一名，秩从五品上，屯田员外郎一员，秩从六品上。

④ 丁忧：丁，遇到、遭逢。忧，居丧。指拥有官吏身份的人，遭逢父母的仙逝，必须辞官回祖籍，为父母守制三年。其间停止一切娱乐活动，吃、喝、住、睡等均在父母坟前。家有丁忧，若有匿而不报者，一经查出，将受严惩。

⑤ 主客郎中：唐宋时礼部设主客郎中，以掌管少数民族及外国宾客接待之事。

# 潇湘神

## 词牌题注

《潇湘神》又名《潇湘曲》，是潇湘[①]一带人们在祭祀湘妃时所唱的歌曲。那么这个湘妃是谁？人们为什么去祭奠她呢？这个词牌和她又有什么关系呢？

读司马迁《史记·五帝本纪》，有这样一段记载："舜年二十以孝闻，年三十尧举之，年五十摄行天子事，年五十八尧崩，年六十一代尧践帝位。践帝位三十九年，南巡狩，崩于苍梧之野。葬于江南九疑，是为零陵。"这段记载中述说了历史上两位伟大的帝王尧和舜。据《史记·五帝本纪》中记载：舜的父亲是个盲人，母亲早逝。舜非常孝顺，而他的父亲却非常愚昧，而且这个愚昧的父亲在舜的母亲去世后不久又续娶了一个非常顽固的妻子，尤其是舜的这个后母有了一个叫象的孩子之后，这对父母就处处看舜不顺眼，后来舜的弟弟长大了，由于有父母的宠爱，他对哥哥舜非常傲慢无理，后来舜的父亲和他的弟弟象几次设计要杀死舜，但都被舜机警地躲了过去，而越是这样，舜越是和他们和睦相处，尽孝悌之道，殚精竭虑地尽力把家治理好，以至于年近三十了还没有娶妻。这个时候，作为帝王的尧执掌天下大权已经七十年了，于是就想寻找自己的继任者，这时有人就举荐了舜。尧召见了舜，觉得非常满意，就让舜接管自己的一部分工作，为了让舜安心，尧不但把自己的两个女儿娥皇和女英许配给了他，还让自己的几个儿子协助他一起工作。二十年过去了，此时的舜已经是五十岁的人了，由于他的德行受到人人称赞，于是尧就让舜“摄行天子之事”，自己当了甩手掌柜。在舜五十八岁的这一年，年近百岁的帝王尧去世了，于是大家推举舜登帝王位，但舜非常谦逊地说自己还不够格，希望大家再举荐贤良的人。就这样又过了三年，在舜六十一岁的时候，才“代尧践帝位”。舜登上帝王位三十九年以后的某一天，这个已经年满百岁的老人，竟然去了南方“巡狩”（就是去打猎），要知道当时舜的都城在“舜都蒲阪”，“蒲阪”就是今天山西运城永济这个地方，从山西永济到他去巡狩的湖南、广西交界的苍梧这个地方有近两千公里的路程，远古时代的交通之不便是远超我们想象的，一个百岁老人跋山涉水到几千公里之外的地方去打猎，而且还不知道什么原因竟然“崩於苍梧之野，葬於江南九疑”。竟然死在了广西“苍梧”这个地方，按照叶落归根的传统，帝王驾崩，应该马上将尸身运回都城再行帝王葬礼，但这里却是将一代帝王的尸骨，“葬于江南九疑”这个地方。“九疑”是什么地方呢？九疑在当时不是一个具体的地名，北魏郦道元《水经注·湘水》云：“营水出营阳泠道县南山，西流径九疑山下。蟠基苍梧之野，峰秀数郡之间，罗岩九举，各导一溪；岫壑负阻，异岭同势；游者疑焉，故曰九疑山。”《太平御览》卷四一引《郡国志》云：“九疑山有九峰：一曰丹朱峰；二曰石城峰；三曰楼溪峰，形如楼；四曰娥皇峰，峰下有舜池，池旁春月百鸟生卵，人取之则迷路，致本处可得还；五曰舜源峰，此峰最高，上多紫兰；六曰女英峰，舜墓在此峰下；七曰箫韶峰，峰下即象耕鸟耘之处；八曰纪峰，马明生遇安期生授金液神丹之处；九曰纪林峰，周义山字秀通，开石函得《李山经》，读之得仙也。九水七则流归岭北，二则翻注广南。”也就是说九疑是湖南、广西之间九座大山的总称，因为这九座大山“异岭同势；游者疑焉，故曰九疑山”。而舜死后就被埋葬在湖南境内的“零陵”这个地方，而这个“零陵”应该就是由舜帝陵而得名。而在舜帝去南方狩猎的时候，他的两个妃子娥皇和女英在干什么我们不得而知，但可以肯定的是她们姐妹俩并没有跟随舜去南巡，不然的话，她们姐妹俩也就不会听到自己丈夫的死讯，而千里迢迢地去寻找丈夫的尸骨。二人寻湘江找潇水，来到九疑山即苍梧山这个地方，但见这九座大山是山水相仿，一脉相连而令人迷惑，最终也未能寻见自己丈夫的尸骨，二女悲痛万分，哭了七天七夜。她们的眼泪洒在竹上，留下了点点斑痕，成为我们今天看到的斑竹。后来娥皇和女英二人忧思成悲，于是相继投湘水而亡，成为湘水之神，也就是我们后世所说的湘灵。这是一个美丽而凄绝的故事！事实的真相到底是什么？说起尧、舜、禹，首先让我们想到的是历史教科书中那个天下清明的上古时期。尧让舜，舜让禹，贤者居之的“禅让制”，成为自古以来津津乐道的美谈，给了我们对那个时代最美好的想象空间。然而，仔细研读这段历史，却发现现实可能并不像我们想象中那样美好。口口相传的尧、舜、禹的禅让制度，可能就是一个政治谎言，其背后是血淋淋的真相。所谓的秦始皇焚书坑儒以后，好多的历史典籍被毁，某次一个盗墓人挖开了一口大墓，墓中出土了一本典籍，后人管它叫《古本竹书纪年》。此书明白无误地记载了尧、舜、禹之间的残酷而血腥的斗争：“昔尧德衰，为舜所囚也，舜囚尧，复偃塞丹朱，使不与父相见也。舜囚尧于平阳，取之帝位。舜放尧于平阳。”这云山雾绕的是什么意思呢？这里讲的是：尧与舜是翁婿关系，为了权力，做女婿的不但囚禁了岳父，而且还囚禁了他的小舅子——尧的儿子丹朱，以至于尧和他的儿子不能相见，从而自己用武力登上了帝位。后来舜待帝位稳定后，又把岳父流放到了平阳这个地方。再以后，历史上所说的舜的后继者大禹，有模有样地继承了舜的做法，通过战争的方式，成功地把年老的舜赶到了苍梧这个地方，并且在战斗中杀死了他，这就导致一代帝王的尸骨不能叶落归根。在这场惨烈而持久的战争中，或者是舜带领族人一路败退与逃亡，或者是禹突然发动战争，或者是禹囚禁了舜的家眷，或者是其他我们不知道的原因，总之舜在战争中根本无暇带着娥皇与女英一起逃走，才导致了舜死后娥皇、女英闻讯赶往潇湘一带，寻丈夫尸骨不着而跳江殉情的结果。所谓的禅让制度不过是后来墨、儒之流为粉饰统治者背后血淋淋的你死我活之争而撒出的政治谎言而已。因为纵观历史上每一次美丽的“禅让”，其背后，无不是以“禅让”者和他的族人，那流尽了血液的尸骨为代价的。而生前美丽善良的被史书大加夸奖贤惠的娥皇和女英，殉情之后，也许是痛恨战争，也许是痛恨害死丈夫的敌人，总之她们死后，变成了兴风作浪的恶神。《山海经》载：“洞庭之中，帝二女居之，是常游于江渊，出入必以飘风暴雨。”晋张华《博物志·史补》云：“舜崩，二妃啼，以涕挥竹，竹尽斑。”今江南有“斑竹”“湘妃竹”之说，盖源出于此也。娥皇、女英二妃的传说在后世影响极大，屈原的

《九歌》中的《九歌·湘君》《九歌·湘夫人》是最早的歌颂二妃的不朽诗篇。以后历朝历代诗词人也吟咏不断。五代末宋初佚名的《尊前集》中记载有唐刘禹锡的《潇湘曲》两词，其调名本意即咏娥皇与女英，赋题本意，这也是唐代潇湘间祭祀湘妃的神曲。可以说此调始于刘禹锡，后人据此而作词。但这里值得注意的是，此《潇湘神》本调与《捣练子》调之别名《潇湘神》调不同。

**诗词赏析**

| **潇湘神** | **格律** |
|---|---|
| **刘禹锡** | |
| **其一** | |
| 湘水流。 | 平仄平。（韵） |
| 湘水流。 | 平仄平。（叠） |
| 九疑云物至今愁。 | 仄平㊣仄仄平平。（韵） |
| 君问二妃何处所， | ㊣仄仄平平仄仄， |
| 零陵香草露中秋。 | 平平平仄仄平平。（韵） |
| **其二** | |
| 斑竹枝。 | 平仄平。（韵） |
| 斑竹枝。 | 平仄平。（叠） |
| 泪痕点点寄相思。 | 仄平㊀仄仄平平。（韵） |
| 楚客欲听瑶瑟怨， | ㊀仄仄平平仄仄， |
| 潇湘深夜月明时。 | 平平平仄仄平平。（韵） |

这两首词均为单调二十七字，五句三平韵，一叠韵，此词首

三字例用叠句。两词不同处是其一的“九疑云物至今愁”，“君问二妃何处所”，其中“云”字平声，“君”字平声。其二的“泪痕点点寄相思”，“楚客欲听瑶瑟怨”，其中“点”字仄声，“楚”字仄声。

此二词均咏题面本意。八〇五年，永贞革新失败后，刘禹锡作为参与革新的核心成员被朝廷贬为朗州司马，这个朗州就是今天的湖南省常德市。此时的刘禹锡从三十三岁贬到朗州，到四十三岁被召回京，居朗州十年，这是他二十三年贬谪生涯中，时间最长、处境最差的十年，但同时也是他积累最丰富、思考最深刻、信念最坚定的十年。在朗州，他探幽访胜，寄情风物，寻古觅迹，可以说刘禹锡把一生中最美好、最富创造力的时光留给了朗州，据记载他现存八百余首诗歌和二百四十多篇文赋中，有二百多首（篇）是在朗州完成的。《旧唐书》[②]中曾记载刘禹锡在朗州时：“蛮俗好巫，每淫辞鼓舞，必歌俚辞。禹锡从事于期间，乃依骚人之作，为新辞，以教巫祝。”刘禹锡在写此词之时，应该是观看了潇湘间祭祀潇湘神的活动，感觉到他们在祭祀仪式上，所唱的神曲太过于俚语俗腔，故而他依据屈原所创作《九歌》的经验，为当地巫祝就是巫师们新谱写了这个《潇湘神曲》。古人是依曲而写辞的，由于时间的暌隔，我们现在只能看到其词而难闻其音了，惜哉。

在这两词中，词人第一首以舜怀念二妃为题，借问二妃魂归湘水的去向为由，道人世沧桑。以清秋时节，零陵之上长出荒草而伤感悲悯，突出了一个“愁”字。第二首以“斑竹枝”而发端篇首。“斑竹”即“湘妃竹”，又名“相思竹”，从古至今潇湘一带的青年男女爱恋，都是以这相思之竹作为凭证。下面的“泪痕点点寄相思”句，则是紧承上句的“斑竹”二字。这留有湘妃斑斑泪痕的竹枝，寄托着二妃对舜帝的思念之情，斑痕无数，相思无尽。“楚客欲听瑶瑟怨”句中的“楚客”，原指屈原，后泛指贬官的人，作者此时贬谪朗州，故而刘禹锡将自己比为“楚客”。屈原在《楚辞·远游》中有“使湘灵鼓瑟兮”之语。瑶瑟即瑶台之瑟，瑟的美称。“潇湘深夜月明时”，即贬谪之人在深夜月明之时，可以在江边听到由于湘灵鼓瑟而发出的哀怨、凄婉的曲子声音。这是境由心生的不二写照，这第二首突出了一个“怨”字。

词人以事而论事，以《潇湘神》曲子之幽怨，而论述湘灵的悲哀，以自己的被贬，而道出了“楚客”的凄楚之心。所以，我们在读此词时，也可以从中体味出词人对当朝统治者的深刻不满。

## 注释

①潇湘：湘江与潇水的并称。湘江是湖南省最主要的水系，而潇水是湘江最大的支流。

②《旧唐书》：原称《唐书》，共二百卷，后晋刘昫所著。入宋以后宋祁、欧阳修等所编著《新唐书》问世后，才改称《旧唐书》。

# 竹枝词

## 词牌题注

《竹枝词》的前身，原为巴渝地区（今四川东部）流行的一种古老民歌，其所唱内容是按当地风俗和男女恋情随类而赋，没有固定的词语，没有时间、地点的约束，兴至即唱，具有极具浓厚的地方色彩。在重大节日时，人们聚在一起，边舞边唱，用鼓和短笛伴奏，大家一起赛歌时，谁唱得最多，谁就是优胜者。唐刘禹锡任夔州[①]刺史时，某一次他来到建平这个地方视察，看到当地老百姓载歌载舞，边唱边跳，那悠扬的曲调、曼妙的舞姿深深地吸引了他，于是刘禹锡便依其曲调，写成《竹枝词》两组，此调在唐贞元、元和年间极为盛行。刘禹锡在《竹枝词序》中说："四方之歌，异音而同乐。岁正月，余来建平，里中儿联歌《竹枝》，吹短笛击鼓以赴节。歌者扬袂睢舞[②]，以曲多为贤。聆其音，中黄钟之羽，卒章激讦[③]如吴声。虽伧伫[④]不可分，而含思宛转，有《淇澳》[⑤]之艳。昔屈原居沅湘间，其民迎神，词多鄙陋，乃作《九歌》，到于今荆楚歌舞之。故余亦作《竹枝词》九篇，俾[⑥]善歌者扬之，附于末，后之聆《巴歈》[⑦]知交风之见焉。"刘禹锡写完《竹枝词》之后，朝廷正式将其列入唐乐府之中，名为《竹枝子》。从现存的资料看，当时有《蜀竹枝》《江南竹枝》《渔家竹枝》等多种调式，尤其以《蜀竹枝》词居多，但大部分都是七言二句式用韵较宽。在敦煌石窟所藏唐人手写卷子中，亦发现了《竹枝词》四句体式。而《竹枝词》七言二句体式的特点是：每句第二字列用“平声”，其他的字平仄不限，每句押韵，韵脚可平可仄，每句七言的前四后三之间以及句末，有“和声”，前后两和声要押韵。在《钦定词谱》中，列有皇甫松一平韵、一仄韵共二体。

## 诗词赏析

**竹枝**

**皇甫松**

芙蓉并蒂（竹枝）一心连。（女儿）
平平仄仄　　　　仄平平。（韵）
花侵槅子（竹枝）眼应穿。（女儿）
平平仄仄　　　　仄平平。（韵）

这里的“竹枝”和“女儿”就是“和声”，是对歌时，大家一起唱的随和之声。其中“枝”“儿”均为叶韵。而观唐及五代人所作《竹枝》词中，刘禹锡、白居易所作无和声，而皇甫松、孙光宪等人词都有和声。故《钦定词谱》列黄甫松是词。但是刘禹锡即为创调者，现亦列词于下。此词别名《竹枝曲》《竹枝辞》《竹枝歌》《竹歌》等。

诗词赏析

| 竹枝词 | 格律 |
| --- | --- |
| 刘禹锡 | |
| 杨柳青青江水平。 | ㊣仄平平平仄平。（韵） |
| 闻郎江上唱歌声。 | ㊣平㊣仄仄平平。（韵） |
| 东边日出西边雨， | ㊣平㊀平平平仄， |
| 道是无晴却有晴。 | ㊀仄平平仄仄平。（韵） |

这是一首恋歌，是以一个怀春少女的口吻而写，表现了少女初恋时的微妙心理。“杨柳青青江水平”写出了少女所处的环境及所看到的眼前景物。那青青的杨柳以及那犹如镜子般平静的江水，托出了怀春少女那愉快的心情。“闻郎江上唱歌声”，怀春少女耳中听到情郎那熟悉而又亲切的、从江上传来的歌声，写出了怀春少女的期盼和兴奋。“东边日出西边雨，道是无晴却有晴。”这第三句和第四句，则是续写怀春少女听到情郎歌声后的心理活动，姑娘虽然很喜欢这个情郎，但对于情郎的心思却捉摸不透，于是便将情郎的心比拟为那博大的天空，比拟为晴雨季节。说他是雨天吧，东边出着太阳；说他是晴天吧，西边又下着雨，真是让人捉摸不透。你说他无情（晴）吧，东边又出着太阳；你说他有情（晴）吧，西边又下着雨。这两句作者采用“双关”的修辞方法，使得整首诗含蓄委婉，深沉而不露。作者通过这两句心理描写，用朴素的语言将那少女的迷惘、疑虑、眷恋及怀春少女所共有的那种忐忑不安，剪不断、理还乱的特有心情刻画得淋漓尽致。

## 注释

① 夔（kuí）州：今四川奉节一带地区。

② 扬袂（mèi）睢（suī）舞：袂，袖子。睢，仰目。大家挥动长袖，手挽手仰起头，载歌载舞。

③ 激讦（jī jié）：激烈昂扬。

④ 伧伫（cāng zhù）：杂乱粗野且狂放。

⑤ 淇澳（qí ào）：是《诗・卫风》中篇名，是“美武公之德”，即赞美“卫武公”有文采又能听其规谏，是值得称颂的意思。

⑥ 俾（bǐ）：使。

⑦ 巴歈（yú）：指巴渝舞或巴渝歌。

# 乌衣巷

## 词牌题注

乌衣巷在今南京市秦淮区，秦淮河畔南岸，是中国历史悠久、极负盛名的古巷，是三国孙权时期东吴卫戍部队的驻扎之地，由于当时这里的士兵们都身披黑色的铠甲，所以人们管这里叫“乌衣营”。斗转星移，转眼到了东晋时期，三一八年，司马睿坐上了皇帝的位置，是为晋元帝。一个帝王的崛起，幕后必有一个起主导作用的推手，而晋元帝登基，其幕后最大的推手就是王导。王导出身于魏晋名门“琅琊王氏[①]”，他的祖父王览[②]是西晋的光禄大夫。王导与当时没有登上帝王位的琅琊王司马睿从小就是好朋友，可以说王导就是司马睿的智囊，没有王导，这个帝王座位花落谁家还是未知数。所以司马睿当了皇帝以后，屡次加封王导，以至于司马睿登基的当天，竟要拉着王导一起接受百官的朝拜，这件事被史书上称为“王与马，共天下”。而王导也不愧皇帝的恩典，招揽并安抚南北方的士族门阀，使之为朝廷所用，并团结中下层人士，尤其是兴办学校这一举动意义深远，对以后科举制度的发展起到了奠基的作用。《晋书》中赞道：“观其开设学校，在乎沸鼎之中，爰立章程，在乎栉风[③]之际，虽在世道多故，而规模弘远矣。”晋元帝司马睿能坐稳江山，我们不得不说是谢安的功绩。谢安也是出身于名门世家，他的父亲谢裒[4]，官居九卿之首的太常[5]高位。所以谢安从小就受到了极好的教育，但他性情散淡，平日侣鱼虾而友麋鹿，结交王羲之等人一起研读书法，且成就极高，直到四十多岁才赴任丞相一职，从而创造了我们经常谈起的“东山再起”这一成语。谢安上任之初就成功地阻止了桓温[6]的篡位之举。太元八年（383年），前秦苻坚率领着号称百万的大军南下，志在吞灭东晋，统一天下。当时军情危急，朝廷上下一片恐慌，可是谢安临大战之际，异常地镇定自若，以征讨大都督的身份总揽军事，精心策划战役的每一个细节，最终以八万精兵击败前秦苻坚百万大军，这一战役创造出“投鞭断流”“风声鹤唳”“草木皆兵”“围棋赌墅”“小儿破贼”等成语，从而奠定了东晋百年的安定局面。王导和谢安这两位立足史书的重要人物，当年他们都居住在“乌衣营”这里。不过到了东晋这个时候，这里已经改名叫“乌衣巷”了，居住在“乌衣巷”里面的王导和谢安家族的成员，被当地的百姓称为“乌衣诸郎”。然而从这个“乌衣巷”王、谢家族中走出来的人物，却都是足以影响历史、震烁古今之巨擘。从王家走出的王羲之、王凝之、王徽之、王献之、王洵等文化巨擘，其书法、其文章成就登峰造极，历经一千六百余年，其墨痕光辉于历朝历代，恒定为世界瑰宝。随手翻开我们的成语词典，关于王氏家族在这一时期创造的成语达几十个之多，如弹冠相庆、卧冰求鲤、琳琅满目、东床佳婿等。而从谢家走出的谢灵运是中国山水诗派的鼻祖，他与谢氏后裔的大诗人谢惠连、谢朓，在文学史上并称“三谢”，嫁给王凝之的才女谢道韫一句“未若柳絮因风起”至今被人们津津乐道，她对其丈夫王凝之的平庸感到不满，感叹："实不知天壤之下，竟有此王郎。"成语"天壤王郎"的出典即由此而来。谢石、谢玄二人在淝水之战中出色把控战争的艺术才华，亦足以永载军事史册令今人仰视。如果我们的视线再外延一些，在魏晋这一时期，当时的建康城内云集了大批在各自的领域中几乎都称得上是开天辟地的巨匠，如著名的诗人颜延年、沈约、鲍照，编《昭明文选》的萧统太子、著《文心雕龙》的刘勰、《诗品》的作者钟嵘、成语"画龙点睛"的主角画家张僧繇、数学家祖冲之、天文学家虞喜、化学家葛洪、医学家陶景弘、著有《神灭论》的哲学家范缜，等等。这些人在历史上与著名的"乌衣巷"一起都将作为一个时代的名片，带着历史的回味，深深地刻入中华文化的肌肤之中，融入到它的血液里面，从而铸就永恒的历史丰碑。历史像水一样流淌，四百余年后的某一天，唐朝大诗人刘禹锡漫步于这个已成为金陵兴亡的象征、更已成为古今变迁的代言、带着历史深邃气息、具有苍凉古朴特征的乌衣巷中，刘禹锡的脑海里抚触历史，在思古抚今的喟叹中，在不知不觉间吟出了一首传世名篇。

**诗词赏析**

| **乌衣巷** | **格律** |
| --- | --- |
| **刘禹锡** | |
| 朱雀桥边野草花。 | ㊀仄平平仄仄平。（韵） |
| 乌衣巷口夕阳斜。 | ㊉平㊀仄仄平平。（韵） |
| 旧时王谢堂前燕， | ㊉平㊀仄平平仄， |
| 飞入寻常百姓家。 | ㊀仄平平仄仄平。（韵） |

此诗即咏题面本意。此诗是刘禹锡的组诗《金陵五题》中的第二首。这组诗曾博得白居易“掉头苦吟，叹赏良久”的赞语。同时，这也是刘禹锡最得意的怀古名篇之一。

诗人以“朱雀桥边野草花”而发端篇首。这首发之句，便隐隐地暗透出荒凉之感。诗中的“朱雀桥”即在秦淮河附近，相传在旧时的桥上，装饰着两只用铜铸就的朱雀，为谢安所为，此桥因此而得名。下面的“野草花”三字，繁花茂草本是繁荣、兴盛的象征，而朱雀又为二十八星宿中南方七宿的合称，道教中所信奉的南方之神，是一种能使人吉祥平安、富贵长寿的吉鸟。这“朱雀桥”就是富贵、豪华、权力的象征，这样高大上的豪华之桥，却处处生长着“野草”，这一反差给人一种荒芜杂乱的感觉，本是繁荣盛地，但而今却是荒草一片，今昔的对比、盛衰的对比可谓强烈。第二句“乌衣巷口夕阳斜”，也是今昔对比之后的感叹。乌衣巷因为是豪门望族的居住之地，从中又走出了无数熠熠生辉的历史人物，所以这里应该是阳光普照、车水马龙而热闹非凡，但如今却是夕阳残照，门前冷落而车马稀，这又是一个强烈的反差对比。最后两句，“旧时王谢堂前燕，飞入寻常百姓家”，这两句，更给人以强烈的震撼。王导、谢安二人是开国功臣、鼎邦大柱，其宅府之豪奢不是现在的人们所能想象的，然而随着历史的演变、朝代的更迭，过去繁华的王府被百姓民居取而代之，无人知晓这里所发生的事件，但作者却以旧时王府老燕，这个见证了历史更迭精灵的视觉，道兴衰、言荒凉，一句“寻常巷陌”，道尽了人事沧桑、沧海桑田之变化，以今日的破败巧妙地暗示了昔日乌衣巷的繁华，并通过这更加强烈反差的对比，表达了深沉的怀古之忧伤。刘禹锡眼前的颓败、眼前的废墟、眼前的野草、眼前的瓦砾，看似是乌衣巷的兴衰，看似是王、谢两家的兴衰，但实际上是六朝豪族的兴衰，甚至可以看作两晋南北朝历史的兴衰。然而令刘禹锡没有想到的是，他眼中所见证的这一部历史的兴衰史，却在他吟咏喟叹的那一刻，乌衣巷已经在这野草破败的废墟中、夕阳老燕的回忆中得以重生、得以永恒。繁华昌盛与否、瓦砾废墟也罢，已经变得不再重要，只要它的名字在，它就被升华成了一种兴亡存败的象征、一种古今变迁的象征、一种历史符号的象征。

## 注释

①琅琊王氏：中国古代顶级门阀士族，晋代四大豪族“王谢袁萧”之首，有“华夏首望”之誉称。祖籍于西汉时期的琅琊临沂（今山东省临沂市），西晋末年永嘉之乱时举族迁居金陵。据记载，从东汉至明清一千七百余年，琅琊王氏共培养出了以王吉、王导、王羲之、王元姬等人为代表的九十二位宰相和六百多位文人名士。

②王览（206—278年）：字玄通，琅琊临沂（今山东临沂）人。二十四孝之一“王览争鸩”典故的主人翁，亦是二十四孝之一“卧冰求鲤”的主人翁、西晋太保王祥的同父异母弟，“书圣”王羲之的曾祖。历经东汉、三国和西晋三代，曾出仕曹魏及西晋，在西晋官至光禄大夫。

③栉（zhì）风：栉风沐雨。栉，梳头发。风，疾风。沐，洗浴。雨，雨水。即以风梳发，用雨水洗浴，形容人经常在外面不顾

风雨地辛苦奔波。

④ 谢裒（póu）（282—346 年）：字幼儒，陈郡阳夏（今河南太康）人，出身于陈郡谢氏，东晋元帝的吏部尚书，谢安之父。自幼文笔出众，在西晋首都洛阳市的琅琊王司马睿的王府担任掾吏（地方官府中办理文书的人）。后追随司马睿南渡建康即现在的南京市，奠定了谢氏家族在东晋豪门之地位。

⑤ 太常：官名，为九卿之一，掌宗庙礼仪之官，祭祀时充当主祭人皇帝的助手，其位列于诸卿之首。

⑥ 桓温（312—373 年）：字元子，谯国龙亢（今安徽怀远龙亢镇）人。他是东晋明帝司马绍的驸马，因战功卓著而独揽朝政十余年，操纵废立，有意夺取帝位，终因受制于朝中王、谢势力而未能如愿。

# 抛球乐

## 词牌题注

《抛球乐》原是唐教坊曲名，后用为词牌名。在《宋史・乐志》[①]中记有："女弟子舞队，三日抛球乐。"《唐音癸签》[②]中更加明确地指出："《抛球乐》，酒宴中抛球为令，其所唱之词也。"这里所说的就是《抛球乐》这个词调的来历。它是唐朝人在酒席宴会上喝酒时，抛花球、行酒令的宴乐游戏，类似于我们现在的猜拳、猜谜语一样，谁输了谁喝酒。唐朝人为了在酒宴上助兴，就拿一只彩球相互抛掷，类似于现在的击鼓传花一样，球最后抛掷到谁手里，谁就要喝酒，不但要喝酒而且还要写诗，写完诗还要找歌女来演唱助兴。诗写得好不好、歌唱得好不好，宴席上不但要有评委评判，还要分出名次、等级，这在当时形成了一种叫赌诗、竞唱的文人风气，而且非常流行，唐人就把这种游戏叫"抛球乐"。而这些为了助兴所作之诗词，基本上都是酒席宴会上的即兴之作。《抛球乐》从最初的形体上看，尤其是我们从最古老的版本《敦煌曲子词集》[③]中可以看出，此调本是唐人古诗，形体上与七律、七绝或五律、五绝相同，且用韵宽泛，内容均为酒宴之词。再以后词调发生了转变和延伸，内容也不仅仅是局限于酒宴之词，而是融入了一些闺情和离愁别恨。此调在正式纳入教坊以后，经过专业人员谱曲、润色，再由专业演员演唱后，形式更是多种多样，但此时还是以小令为主。此调最初的形式是单调三十字，六句四平韵，中二句作对偶。《敦煌曲子词集》中，此词调形式为单调四十字，六句四平韵。另有单调三十三字，七句三平韵一叠韵者。但不管是三十字体、三十三字体还是四十字体，词中所涉及的句式、韵位都有不同。三十字者始于刘禹锡，三十三字者始自晚唐词人皇甫松，四十字者始于冯延巳。因冯延巳词中有“且莫思归去”句，此调又名《莫思归》。另外宋人柳永亦有此调，是为长调，与此体不同，是借旧曲名，另倚新声。《乐章集》[④]注林钟商调[⑤]，双调一百八十七字，上片十九句七仄韵，下片十七句七仄韵，与唐词小令，体制迥然各异。

另外《抛球乐》也是曲牌名。一名《彩楼春》，属北曲黄钟宫。字数与词牌不同，用在套曲中。下面列三首不同朝代、不同格律的词，以窥其变化的轨迹。

## 诗词赏析

| 抛球乐 | 格律 |
| --- | --- |
| 刘禹锡 | |
| 五色绣团圆。 | ㊀仄㊀平平。（韵） |
| 登君玳瑁筵。 | 平平仄仄平。（韵） |
| 最宜红烛下， | 仄平平仄仄， |
| 偏称落花前。 | ㊉仄仄平平。（韵） |
| 上客如先起， | 仄仄平平仄， |
| 应须赠一船。 | ㊉平㊀仄平。（韵） |

此即为单调三十字体。清人王奕清所著《钦定词谱》[⑥]称："此本唐人小律，后入教坊，被之管弦，遂相沿为词。中二句必用对偶，诸作皆然。"

| 抛球乐 | 格律 |
| --- | --- |
| **皇甫松** | |
| 金蹙花球小， | 平仄平平仄， |
| 真珠绣带垂。 | 平平仄仄平。（韵） |
| 绣带垂。 | 仄仄平。（叠） |
| 几回冲蜡烛， | 仄平平仄仄， |
| 千度入香怀。 | 平仄仄平平。（韵） |
| 上客终须醉， | 仄仄平平仄， |
| 觥盂[⑦]且乱排。 | 平平仄仄平。（韵） |

此即为单调三十三字句式，此词首句不用韵，在第二句下多"绣带垂"三字迭句和声。和声即相合之声，亦如皇甫松的《采莲子》一词中的"举棹、年少"，刘禹锡《竹枝词》中的"竹枝、女儿"一样，是众人相合之声。

| 抛球乐 | 格律 |
| --- | --- |
| **柳永** | |
| 晓来天气浓淡， | 仄平平仄平仄， |
| 微雨轻洒。 | 平仄平仄。（韵） |
| 近清明、风絮巷陌， | 仄平平、平仄仄仄， |
| 烟草池塘， | 平仄平平， |
| 尽堪图画。 | 仄平平仄。（韵） |
| 艳杏暖、妆脸匀开， | 仄仄仄、平仄平平， |

| | |
|---|---|
| 弱柳困、宫腰低亚。 | 仄仄仄、平平平仄。(韵) |
| 是处丽质盈盈， | 仄仄仄仄平平， |
| 巧笑嬉嬉， | 仄仄平平， |
| 争簇秋千架。 | 平仄平平仄。(韵) |
| 戏彩球罗绶， | 仄仄平平仄， |
| 金鸡芥羽， | 平平仄仄， |
| 少年驰骋， | 仄平平仄， |
| 芳郊绿野。 | 平平仄仄。(韵) |
| 占断五陵游， | 仄仄仄平平， |
| 奏脆[8]管、繁弦声和雅。 | 仄仄仄、平平平平仄。(韵) |
| 向名园深处， | 仄平平平仄， |
| 争泥画轮， | 平仄仄平， |
| 竞羁宝马。 | 仄平仄仄。(韵) |
| | |
| 取次罗列杯盘， | 仄仄平仄平平， |
| 就芳树、绿影红阴下。 | 仄平仄、仄仄平平仄。(韵) |
| 舞婆娑， | 仄平平， |
| 歌宛转， | 平仄仄， |
| 仿佛莺娇燕姹。 | 仄仄平平仄仄。(韵) |
| 寸珠片玉， | 仄平仄仄， |
| 争似浓懽[9]无价。 | 平仄平平平仄。(韵) |
| 任他美酒， | 仄平仄仄， |
| 十千一斗， | 仄平仄仄， |
| 饮竭仍解金貂贳[10]。 | 仄仄平仄平平仄。(韵) |

| | |
|---|---|
| 恣幕天席地， | 仄仄平仄仄， |
| 陶陶尽醉太平， | 平平仄仄仄平， |
| 且乐唐虞景化[11]。 | 仄仄平平仄仄。（韵） |
| 须信艳阳天， | 平仄仄平平， |
| 看未足、已觉莺花谢。 | 仄仄仄、仄仄平平仄。（韵） |
| 对绿蚁[12]翠蛾[13]， | 仄仄仄仄平， |
| 怎忍轻舍。 | 仄平平仄。（韵） |

此即为柳永双调句式。观柳永全词的主题亦是赋题之本意。就此词《钦定词谱》中称："按《宋史·乐志》有夹钟商《抛球乐》，其词不传。元人有黄钟宫《抛球乐》，字数参差，词亦俚卑，《乐章集》亦仅见此作，别无可校。平仄宜尊之。"

从刘禹锡和皇甫松的《抛球乐》中，我们不难看出这个词牌确实是唐人于酒席宴上抛花球、行酒令的宴乐游戏，亦均为酒宴上的即兴之作。如刘禹锡的"五色绣团圆。登君玳瑁筵"、皇甫松的"金蹙花球小，真珠绣带垂"都是形容花球的形状，花球不大，却是五颜六色，富丽堂皇，因为这小小的花球要在主人所设置的豪华的玳瑁筵上，尽显其魅力和神威。而这种抛球乐游戏的玩法是"最宜红烛下，偏称落花前""几回冲蜡烛，千度入香怀"。由此我们可以想象一下当时那热闹的场面：红烛美酒下宾客们开怀畅饮嬉笑游玩，一只小小的彩球在红烛的照耀下、在众人的手中抛来抛去，球落处，引起一片片欢声笑语，筵席上那奏乐声、吟唱声、罚酒声、嬉笑声、豪饮声、惊叫声、赞叹声、倒酒声、娇吟声、碰杯声、嗔怪声不绝于耳。而这种抛球乐的游戏也是要遵守规则的，这就好像军队里面一定要有监军一样，在这种酒宴上，监酒是必不可少的，“上客如先起，应须赠一船”“上客终须醉，觥盂且乱排”。在这里刘禹锡和皇甫松的词中都同时出现了一个“上客”，这个“上客”即是指尊敬的客人，在这里即指全体的宾客。在刘禹锡词中比较委婉地说：所来的宾客之中要是有中途退席的，那么在这里的监酒官，就一定要先罚他喝下去满满的一大杯酒以后才能让宾客离开。而皇甫松的词中比较豪放地直接告诉你结果：筵席终了，你会看到那满视野东倒西歪、交错叠放的各种酒具，肴馔狼藉的杯盘，再看看宾客们那大醉淋漓的憨态：既有“娇痴不怕人猜，和衣睡倒人怀”（朱淑真《清平乐·观湖》）的，又有酒酣耳热、酒酣胸胆，试论“天下英雄谁敌手”（辛弃疾的《南乡子·登京口北固亭有怀》）的，也有“陶陶尽醉太平”（柳永《抛球乐·晓来天气浓淡》）的，亦有大醉而“了不知南北”（秦观《好事近·春路雨添花》）的，等等，憨态毕呈，不一而足。而柳永词中对这种“抛球乐”的游戏描写更是细致入微。上片从早上的微雨到春天的烟草池塘，这开篇语，便透着那么一种轻快、活泼，以“宫腰低亚。是处丽质盈盈”来描写少女美丽的体态，以“戏彩球罗绶”“少年驰骋，芳郊绿野”来描写其热闹竞相追逐的场面，以“奏脃管、繁弦声和雅”来描绘其盛会的高雅。下片作者以“取次罗列杯盘”“舞婆娑，歌宛转”描写盛会的空前，以“任他美酒，十千一斗，饮竭仍解金貂贳”来描写“陶陶尽醉太平”那“唐虞景化”的盛世。最后词人无不遗憾地叹道：“须信艳阳天，看未足、已觉莺花谢。对绿蚁翠蛾，怎忍轻舍。”是呀，这梦幻美好的一幕幕真个是看未足怎忍轻舍、轻抛哇。

## 注释

①《宋史·乐志》:《乐志》是历代史书中的一个重要组成部分。在纪传体史书中,《乐志》是用以综述音乐发展沿革、典章制度的篇章。

②《唐音癸签》:明人胡震亨所编《唐音统签》中的第十签,原书每签以十个天干名号为序,第十签即为癸签。它是一部诗话集,辑录有关唐诗的研究资料,共有三十三卷,对唐诗研究有重要的参考价值。

③《敦煌曲子词集》:在敦煌发现的民间词曲总集。收录敦煌清理出的唐五代词曲一百六十一首。上卷为长短句,中卷为唐人写本《云谣集杂曲子》,下卷为乐府。是研究敦煌词的重要参考资料。

④《乐章集》:北宋柳永词集。明、清、民国多有刻本,按宫调编排,共收十六个宫调,一百五十个词调。

⑤林钟商调:每一个词调,都有它所归属的宫调。宫调是由七音、十二律构成的。宫、商、角、徵、羽、变宫、变徵叫作七音,黄钟、大吕、太簇、夹钟、姑洗、仲吕、蕤宾、林钟、夷则、南吕、无射、应钟叫作十二律,古人用律、音相配,十二律与七音相适应,即为某某调。古人律历相配,十二律与十二月相适应,谓之律应。单数律名称“六律”,双数称“六吕”。七音是唱声的高低,十二律则是音阶的高下。以宫音乘十二律名曰宫;以其他六音乘十二律谓之调。宫凡十二,调凡七十二,合称八十四宫调。凡一首曲子属于何宫何调,则看其板落于何音。古人讴曲,有板眼之说,今京剧亦有之,板即强拍,眼是弱拍。板所落之音,名为煞音,煞音如为宫音,且此宫音对应于黄钟律,则为黄钟宫,余

者自可类推。唐宋燕乐，只用宫、商、徵、羽四音为煞音，用律亦仅用黄钟、太簇、姑洗、仲吕、林钟、南吕、应钟七律，故燕乐为二十八宫调。自南宋，则仅用十九调，是为七宫十二调。宫调与声情有关，一个词调可以入不同的宫调（因为是以文化乐，不仅宫调可以不同，旋律也可以不一样），则其表现的声情亦不相同。黄钟宫宜富贵缠绵，正宫宜惆怅雄壮，大石调宜风流蕴藉，小石调宜旖旎妩媚，仙吕宫宜清新绵邈，中吕宫宜高下闪赚，南吕宫宜感叹伤婉，双调宜健捷激枭，越调宜陶写冷笑，商调宜凄怆怨慕，林钟商调宜悲伤宛转，般涉羽调宜拾掇坑堑，歇指调宜急并虚揭，高平调宜涤荡滉漾，道宫宜飘逸清幽，宫调宜典雅沉重，角调宜呜咽悠扬。

⑥《钦定词谱》：清康熙时，陈廷敬、王奕清等奉康熙圣旨编写，以万树《词律》为基础，收八二六个词牌，二三零六体。

⑦ 觥盂：觥（gōng）指盛酒器。盂（yú）即饮酒器。

⑧ 脃：古同脆。

⑨ 懽：古同欢。

⑩ 贳（shì）：出租，出借。

⑪ 唐虞景化：唐虞是唐尧与虞舜的并称。亦指尧与舜的时代，古人认为这个时代是太平盛世。景化，是敬仰、美慕的意思。

⑫ 绿蚁：新酿的酒还未滤清时，酒面浮起的酒渣，色微绿，细如蚁（即酒的泡沫），称为“绿蚁”。后世用以代指新出的酒，并由此延伸开来有多个称呼，如：蚁绿（有浮沫的酒）；蚁尊（酒杯借指酒）；蚁瓮（酒坛）等。如白居易《问刘十九》：绿蚁新醅酒，红泥小火炉。晚来天欲雪，能饮一杯无？

⑬ 翠蛾：代指美女。

# 离别难

## 词牌题注

《离别难》原为唐教坊曲名，后用为词牌名。据唐段安节《乐府杂录》中载：“天后朝有士人陷冤狱，没家族，其妻配入掖庭[①]。本初善吹觱篥[②]，乃撰此曲，以寄哀情。始名《大郎神》，盖取良人行弟也。既畏人知，遂三易其名，亦名《悲切子》、终号《怨回鹘》。”

天后朝，是指武则天的大周王朝，有一个读书人被人冤枉陷害，并将他投入了监狱，官府不但抄没了他的家族资产，而且还将他的妻子发配进皇宫当奴隶。这个“掖庭”是什么呢？它是皇帝后宫的一个组成部分，它不但是古代宫廷中嫔妃、宫女所居之地，同时也是其战败国中、宫廷里有身份地位的女子如公主、皇后、嫔妃、宫女，以及民间有才艺、有学识、在某一个领域有绝对特长的女人的聚集地，而且它还是朝廷罪臣家属劳动改造的地方，可以说这里是一个让人五味杂陈的地方。这个罪臣的妻子平时喜欢吹觱篥，这是一种管乐器，是由龟兹国传入中国的一种乐器，于是这个女人就用觱篥创作了《离别难》这个曲调，用以寄托她的哀情。刚一开始把这个曲调起名叫《大郎神》，这是取自己的丈夫在家中排行的叫法，这里的“良人”是古人妻子对丈夫的称呼，“行第”一词，在宋人王谠《唐语林·补遗一》：“景龙初，有韩令珪起自细微，好以行第呼朝士。”清俞樾《春在堂随笔》卷五：“元制庶民无职者，不许取名，止以行第及父母年齿，合计为名。”这就像我们在家中的排行叫法，如老大、老二一样。这个做妻子的又怕被人知道自己的丈夫入狱，就把这个曲调三易其名，先叫《悲切子》，终号《怨回鹘》。“离别”就是离开、分别之意，这个曲调在唐代是一个非常流行的唐声诗的曲调。在唐朝初期，由于战争、动乱或其他一些情况，家庭男丁中要有人去戍边从军，而这也是当时下层民众博出身、取得功名的唯一办法，于是这就造成了很多亲人间的被迫离别，形成了许多个体家庭的悲剧，这一点我们从古人的诗词中会有深刻的领会。“劝君更尽一杯酒，西出阳关无故人”（王维《渭城曲·送元二使安西》），“离别家乡岁月多，近来人事半消磨”（贺知章《回乡偶书二首》），“丈夫非无泪，不洒离别间”（陆龟蒙《离别》），“昔时人已没，今日水犹寒”（骆宾王《于易水送人》）。而到了唐朝中期，随着国力的增强，没有了战乱，服兵役体现在国民身上，基本上就是一种国家给的福利，既可以免除赋税，兵营中还可以有家属的存在，于是战争的离别之殇逐渐淡化，取而代之的是科考、求取功名的大军逐年增多，而这支大军，他们之所以去科考，最重要的原因，是要从根本上改变他们寒门出身的状况，通过科考而改变命运。于是这一时期的离别诗，少了一些“万户夜捣衣”的苍凉，多了几许柔肠品夜思的细腻。如“绿杨陌上送行人，马去车回一望尘。不觉别时红泪尽，归来无泪可沾巾”（白居易《离别难》），“蜡烛有心还惜别，替人垂泪到天明”（杜牧《赠别》）。直到唐晚期，这些诗在当时大都是以五绝和五律或七绝七律的形式出现。到了五代十国时期，战乱纷扰，偏安于一隅的前蜀后主王衍，以及五代十国时期，后蜀末代皇帝孟昶等人相继耽于声色，经常与前来避难的文人狎客一起行酒作乐，在觥筹交错间、各种宴会游乐间，这些人创作了大量描写女子情感、情态及各种思念和生活场景的歌词。后蜀广政三年（940年），由赵崇祚将这些歌词收集起来，集中收录十八位作家的五百首词作，编成了《花间集》十卷，从这卷词集中，我们看到了那个时期人们对“离别”的感触。“梧桐树，三更雨，不道离情正苦”（温庭筠《更漏子·玉炉香》），“未别心先咽，欲语情难说”（薛昭蕴[③]《离别难》）。由于长短句这种词调的出现，那一唱三叹的顿挫，那柔迷肠断的幽情，使得这种抒情方式更加婉转、更加细腻，也更加根植于大众。任半塘先生在《教坊记笺订》一书中，对此调考证道：“有五言四句、五言八句及七言四句三种声诗体。白居易《听歌六绝》中曾咏及之。《乐府诗集·七二·杂曲歌辞》内有《古别离》《古离别》《生别离》《长别离》《远别离》《久别离》《新别离》《今别离》《暗别离》《潜别离》十题，皆唐人之作。”

诗词赏析

| 离别难 | 格律 |
|---|---|
| 薛昭蕴 | |
| 宝马晓鞴雕鞍。 | 仄仄仄仄平平。（平韵） |
| 罗帷乍别情难。 | 平平仄仄平平。（韵） |
| 那堪春景媚。 | 仄平平仄仄。（仄韵） |

送君千万里。　　仄平平仄仄。（韵）
半妆珠翠落，　　仄平平仄仄，
露华寒。　　仄平平。（换平韵）
红蜡烛。　　平仄仄。（换仄韵）
青丝曲。　　平平仄。（韵）
偏能勾引泪阑干。　　平平平仄仄平平。（换平韵）

良夜促。　　平仄仄。（换仄韵）
香尘绿。　　平平仄。（韵）
魂欲迷。　　平仄平。（换平韵）
檀眉半敛愁低。　　平平仄仄平平。（韵）
未别心先咽。　　仄仄平平仄。（换仄韵）
欲语情难说。　　仄仄平平仄。（韵）
出芳草、路东西。　　仄平仄、仄平平。（换平韵）
摇袖立。　　平仄仄。（换仄韵）
春风急。　　平平仄。（韵）
樱花杨柳雨凄凄。　　平平平仄仄平平。（换平韵）

此词双调八十七字，上片四十三字，九句四平韵、四仄韵，下片四十四字，十句四平韵、六仄韵。另有单调四十字，八句五平韵及双调一百一十二字，前段九句五平韵，后段十句五平韵的变体等。

此词内容与词调一致，赋《离别难》本意。本词写了一对少年夫妻初离乍分，而殊不忍别的情景。词的上片，刻意描写室内之景。清晨备好鞍马以送君，可是“罗帷乍别情难”，写出了二人

“殊不忍别”之态。春再媚、景再佳，却也无心顾恋，究其原因，却是要“送君千万里”。下面的“半妆珠翠落”一句，出自《南史·元帝徐妃传》：“妃以帝眇一目，每知帝将至，必以半面妆以俟，帝见则大怒而去。”徐妃这里是以此来表示对元帝的厌恶，而在本词中，“半妆”则并无恶意，而是指所爱之人远离自己而去，犹如自己少了一目，那么化了妆又给谁看呢？其伤痛之情自是不言而喻。接下来的“红蜡烛”一句，是以蜡烛之泪喻离人之泪。杜牧曾有诗云：“蜡烛有心还惜别，替人垂泪到天明。”“青丝曲”中的“丝”通“思”，在这里诗人是以“红蜡烛，青丝曲”为托，从而引出女子泪洒栏杆之愁态。

下片以“良夜促”而结束上片，并以承上片的“罗帏乍别情难”句，喟叹出了居欢惜夜短之苦。然后再以“魂欲迷”，“檀眉半敛”这眉头不展、愁苦难言之状，写二人的低声话别。然而说是低声话别，却是欲别“心先咽。欲语情难说”。此情、此景纵是芳草、大路、樱花、杨柳也不免为之动情，更何况还有那愁思之妇于春风之中摇袖而独立，其凄苦之状，令人哽咽。在这里，词人呼“樱花”、唤“杨柳”为自己服务，以“雨凄凄”这凄苦之态，来添其气氛，从而使整首词充满了悲戚之感。

汤显祖在评薛昭蕴这首《离别难》时讲：“‘未别心先咽。欲语情难说’，说咽心之别愈惨，难说之情转迫。平生无泪落，不洒别离间，应是好看语。”

## 注释

①掖庭：原指古代宫廷中嫔妃、宫女所居之地，此文中的配

入掖庭是指犯罪的官僚家属，其女性成员发配进入宫中的劳动之处所。

② 觱篥（bì lì）：汉朝时随着龟兹乐而传入中国的一种管乐器，后发展成为中原乐器。

③ 薛昭蕴：生卒年不详。《花间集》中将其列于韦庄、牛峤之间，疑为前蜀诗人，《花间集》中称薛侍郎。据《北梦琐言》载："唐薛澄州昭纬，即保逊之子也，恃才傲物，亦有父风。每入朝省，弄笏而行，旁若无人，好唱《浣溪沙》词。"《新唐书》中有薛昭纬传，言其唐乾宁中为礼部侍郎。王国维《庚辛之间读书记·跋覆宋本花间集》中称："昭纬、昭蕴为一人。"《花间集》中载词十九首。

# 金缕曲

## 词牌题注

《金缕曲》又名《金缕衣》，因诗中首句“劝君莫惜金缕衣”而得名。而这句看似普通的诗，却是出自唐代一个叫杜秋的不平凡女子之口。

宋代李昉[①]《太平广记[②]·卷二七五·李锜婢》引《本事诗》[③]：“李锜之擒也，侍婢一人随之。锜夜自裂衣襟，书已冤，筦榷[④]之功，言为张子良所卖。教侍婢曰：‘结之于带。吾若从容赐对，当为丞相扬益节度使，若不从容，受极刑矣。我死，汝必入内，上必问汝，汝当以是进。’……按李锜宗属、亟居重位，颇以尊豪自奉，声色之选，冠绝于时。及浙西之败，配掖庭者，曰郑、曰杜。郑得幸于宪宗，是生宣宗皇帝，实为孝明皇太后。次即杜，杜名秋，亦建康人也，有宠于穆宗，穆宗即位，以为皇子漳王傅姆[⑤]。太和中，漳王得罪，国除。诏赐秋归老故乡。或曰：系帛书者，即杜秋也。而宫闱事秘，世莫得知。夫秋女婢也，而能以义申锜之冤，且逮事[⑥]累朝，用物殚极[⑦]。及其被弃于家也，朝饥不给，故名士闻而伤之。”

杜牧在《杜秋娘诗》序中写道：“杜秋，金陵女也。年十五，为李锜妾，后锜叛灭籍之入宫，有宠于景陵，穆宗即位，命秋娘为皇子傅姆。皇子壮，封漳王，被罪废削，秋娘因赐归故乡。”

在明人顾启元《客座赘语》中载："唐有杜秋娘歌行，相传是金陵女子，为浙西观察使李锜妾，有阴谋，秋娘时解免之。尝为锜制小词云：……后锜败，籍入宫，此益以辞隐谏者。唐辞选为《金缕曲》。"

杜秋的大名历史上记载叫杜仲阳，是江苏镇江人，她从小能歌善舞，填词作曲，以才女之姿而广为人知。她十五岁时，被镇海节度使李锜以重金买入府中而成为歌舞伎。李锜依仗着他是淄川王李孝同的五世孙、李渊祖父李虎八世孙这一贵族身份，横征暴敛，并垄断了全国酒、盐、铁的专卖权。公元805年唐德宗李适（kuò）驾崩，太子李诵继位，而顺宗李诵在位仅八个月就禅位给儿子李纯，是为唐宪宗。唐宪宗年轻气盛，在二十七岁登基时，就决心扭转国内藩镇割据的形势，并采取强制手段，削减各藩镇节度使的权力，使得身为节度使的李锜大为不满，李锜在他的中丞张子良和外甥裴行立的鼓动下，举兵反叛朝廷。中丞张子良和裴行立虽然和李锜预谋造反，但起兵以后深知胜算不大，于是二人带领军队杀回镇江擒获了李锜，并将李锜和他所有的家人都解押到京师。监狱中李锜在夜里撕下自己的衣服写了一封申冤书，交给自己的侍妾杜秋，并对她说："我如果过了这一关，也许会坐到宰相的高位，这样一来我这个节度使会名扬天下的，假如我死了，你肯定会进入宫中为奴，皇帝一定会问你我谋反的原因，你就把这个交给皇帝，皇帝一定会知道我是冤屈的。"一如李锜料想的那样，果然李锜死后，杜秋作为罪臣家眷被送入后宫为奴，杜秋也把申冤书交给了皇帝。由于杜秋人长得漂亮，且能歌善舞，很快杜秋就得到了唐宪宗李纯的信任，并多加宠爱。到了公元820年，李纯在宦官的引诱下吃丹药而亡，太子李恒当了皇帝，是为穆宗。穆宗即位后，也非常宠爱杜秋，并让杜秋当了穆宗之子李凑的保姆，负责皇子的教养。杜秋自己没有孩子，便把一腔慈母之爱倾注到李凑身上。此时宦官们把持着朝政，而唐穆宗李恒在宦官的引诱下，很快就沉迷于声色游乐之中，长庆四年，不满三十岁，即位刚刚四年的唐穆宗竟又莫名其妙地一命呜呼，年方十五的太子李湛继位为唐敬宗，改元宝历。这位小皇帝童心未泯，性躁贪玩，特别喜欢击球的游戏和在深夜里捕猎狐狸，宝历二年，在皇帝的位置刚刚坐满两年多，年龄还不满十八岁的唐敬宗李湛，酒后被太监弑于内室。紧接着，枢密使王守澄又与宫内宦官内外相结，保举唐敬宗的弟弟江王李昂入宫，成为唐文宗。因文宗年幼不更人事，朝廷大权实际落在一帮大臣和宦官手中。此时已被封为漳王的李凑，在杜秋的悉心调教下，已经养成有胆识的强硬个性，眼看着李家皇帝，自己的骨肉家人，一个个被宦官所弑，又一个个在宦官操纵下登基，至高无上帝王家族的霸业，简直成了宦官手中的玩偶，令他心中十分气愤，于是李凑与朝中宰相宋申锡密切配合，企图一举除掉王守澄的宦官势力。计划虽然十分隐秘，但仍然被王守澄探知，王守澄先发制人，诬告宰相宋申锡与漳王谋反，文宗皇帝不知是计，大怒，废黜李凑为巢县公。仅仅过去四年，李凑便在寂寞孤独中死去。而李凑在被贬黜的同时，杜秋也被发配回原籍江苏镇江。回到镇江后，杜秋孤老无依，被时任润州刺史的李德裕安排寄身于道观中，后闻李凑薨讯，杜秋也结束了自己孤苦无助的人生。了解了杜秋这多舛的命运，我们现在再看她写的这首诗，会多一层体味。

## 诗词赏析

| 金缕衣 | 格律 |
| --- | --- |
| 杜秋娘 | |
| 劝君莫惜金缕衣， | 仄平仄仄平仄平， |
| 劝君须惜少年时。 | 仄平仄仄仄平平。（韵） |
| 有花堪折直须折， | 平平平仄仄平仄， |
| 莫待无花空折枝。 | 仄仄平平平仄平。（韵） |

中国几千年诗词历史中，劝诫人们爱惜光阴，不虚度年华之作品俯拾皆是，且不乏传诵千古的传世警句，如“一寸光阴一寸金，寸金难买寸光阴”，“少壮不努力，老大徒伤悲”，等等。这首《金缕衣》虽为女子之笔，却不乏为警世洪钟之作，跻身于传世警句之列不为过。

“劝君莫惜金缕衣，劝君须惜少年时。”开篇句的“莫惜”“须惜”，一莫一须、一弃一扬、一舍一取，是非分明、毫不含糊。在这里不言“莫惜”金与银，而言莫惜金缕之衣，这是以女性口吻娓娓道出宏观大势。“金缕衣”是什么？是九五至尊、是帝王之位。而“须惜”的是什么呢？是青春年少的大好时光。古有“一寸光阴一寸金，寸金难买寸光阴”之警句，人生苦短，若白驹过隙，转眼便是百年，更何况是少年青春之际，更为短暂，在这里作者同样不言须惜金与银，而言时光之珍贵。

“有花堪折直须折，莫待无花空折枝。”这第三、四两句紧承前面之意。在这里“花”字，历来有些争议，但我们应该跳出对字的直面理解，而去研究、看透它背后的深意，并结合当时的历史事件及社会大背景来看。秋娘的夫君李锜身为镇海节度使，身份显赫，权力极大，地位颇高，却因叛乱而被杀。杜秋娘入宫以后得到宪宗皇帝宠爱，然而唐宪宗李纯却在太监的引诱下吃丹药而亡。唐穆宗李恒也宠爱杜秋，但刚刚即位四年的他，却又莫名其妙地死于宦官之手。唐敬宗李湛即位两年有余亦被太监杀死于宫中。唐文宗李昂即位却年幼不更人事。而此时漳王李凑又因诬告而被废。短短的几年四位帝王相继而亡，秋娘所侍奉的一任夫君、一任漳王其下场都未善终，秋娘认为，其原因是他们都未抓住机遇，未抓住时机，而功亏一篑。因此这个“花”字应当作“机遇、时机”而言。故而作者告诫我们：一旦有了机遇就一定要把握好时机，抓住机遇，不要犹豫，不要错过，而机遇一旦“莫待无花”地错过，那么你只能面对空枝而枉自嗟叹了。

秋娘的一生，是坎坷的一生，多舛的一生，细品此诗，可隐隐地品味到一丝伤感，一丝惆怅，故而秋娘借此诗，以抒胸中不平之气。读这首诗可由骨子里透出一种放旷豪迈之气。

注释

① 李昉（925—996年）：字明远，北宋文学家。五代北汉乾祐进士。历仕后晋、后汉、后周三代，累官至翰林学士。入宋，加中书舍人，太宗时，擢参知政事，拜平章事等。有文集五十卷，已失传。曾参与编撰《旧五代史》，并主编《太平御览》《太平广记》《文苑英华》等。

② 太平广记：宋太宗赵匡义下令编纂，全书五百卷，目录十卷，取材于汉代至宋初的小说、笔记、稗史等，因成书于宋太平兴国年间，和《太平御览》同时编纂，所以叫作《太平广记》。

③《本事诗》：唐孟棨（qǐ）撰，共一卷，古代中国诗论著作。本书记录了许多唐代诗人的逸事，并收录了相关的一些诗歌。因为这本书，很多优美的诗篇、故事和唐人佚诗才得以流传，因此弥足珍贵。

④ 筦榷（guǎn què）：官府掌管盐、铁、酒等专卖的官员，也泛指握有特权的官吏。

⑤ 傅姆：保姆。

⑥ 逮事：侍奉。

⑦ 殚极：殚，殚精竭虑。极，最高点、尽头。此为用尽了全部力量。

下面将杜牧的《杜秋娘诗》附录于下：

京江水清滑，生女白如脂。其间杜秋者，不劳朱粉施。
老濞即山铸，后庭千峨眉。秋持玉斝醉，与唱金缕衣。
濞既白首叛，秋亦红泪滋。吴江落日渡，灞上绿杨垂。
联裾见天子，盼眄独依依。椒壁悬锦幕，镜奁蟠玉螭。
低鬟认新宠，窈袅复融怡。月上白璧门，桂影凉参差。
金阶露新重，闲捻紫箫吹。莓苔夹城路，南苑雁初飞。
红妆羽林杖，独赐辟邪旗。归来煮豹胎，餍饫不能饴。
咸池升日庆，铜雀分香悲。雷音后车远，事往落花时。
燕媒得皇子，壮发绿丝丝。画堂亲傅姆，天人相捧持。
虎精珠络褓，金盘犀镇帷。长杨射熊罴，武帐弄哑咿。
渐抛竹马戏，稍出舞鸡奇。崭崭整冠帻，侍宴坐瑶池。
眉宇俨图画，神秀射朝辉。一尺桐偶人，江充知自欺。
王幽茅土削，秋放故乡归。觚稜拂斗极，回首尚迟迟。

四朝三十载，似梦复疑非。潼关识旧吏，吏鬓已成丝。
却唤吴江渡，舟人那得知。归来四邻改，茂苑草菲菲。
清血洒不尽，仰天知告谁。寒衣一匹素，夜借邻人机。
我昨金陵过，闻之为歔欷。自古皆一贯，变化安能推。
夏姬灭两国，逃作巫臣姬。西子下姑苏，一舸逐鸱夷。
织室魏豹俘，作汉太平基。语置代籍中，两朝尊母仪。
光武绍高祖，本系生唐儿。珊瑚破高齐，作婢舂黄糜。
萧后去扬州，突厥为阏氏。女子固不定，士林亦难期。
射钩后呼父，钓翁王者师。无国邀孟子，有人毁仲尼。
秦因逐客令，柄归丞相斯。安知魏齐首，见断箦中尸。
给丧蹶张辈，庙廊冠峨巍。珥貂七叶贵，何妨戎虏支。
苏武却生返，邓通终死饥。主张既难测，翻覆亦其宜。
地尽有何物，天外复何之。指何为而捉，足何为而驰。
耳何为而听，目何为而窥。己身不自晓，此外何思惟。
因倾一樽酒，题作杜秋诗。愁来独长咏，聊可以自贻。

唐文宗大和七年（833年），杜牧正在宣州，即今天的安徽宣城的宣歙观察使沈传师这里做幕僚，这一年的春天，杜牧奉沈传师之命到扬州公干，经过镇江（唐代镇江为润州，又叫金陵）见到年老色衰且孤苦无助的杜秋，看到杜秋“寒衣一匹素，夜借邻人机”。为了御寒，杜秋还要自己去纺线织布，又因为手中无钱，只得于寒夜中邻居休息了，她才向邻居借纺车织布，用以换钱糊口。为此杜牧感其孤苦而“闻之为歔欷”，于是写下了这首长篇五言古诗，作者以深切的同情，叙述了杜秋一生的坎坷不幸，刻画了鲜明生动的人物形象，抒发世事沧桑、人生无常的感叹。

# 啰唝曲

## 词牌题注

《啰唝曲》也叫《望夫歌》，据唐人范摅（shū）《云溪友议》中载："元微之稹与西蜀乐籍薛涛[①]交好，后元调任浙东为廉访史，别涛已逾十载。方拟驰使往蜀取涛，乃有俳优[②]周季南、季崇及妻刘采春[③]，自淮甸而来，善弄陆参军[④]，歌声彻云，风韵虽不及涛，容华莫之比也。元公似忘薛涛，而赠采春诗曰：'新妆巧样画双蛾，慢裹恒州透额罗。正面偷轮光滑笏，缓行轻踏皱文靴。言词雅措风流足，举止低回秀媚多。更有恼人肠断处，选词能唱望夫歌。'《望夫歌》者，即《啰唝》之曲也。"并在其后有注云："金陵有啰唝楼，即陈后主所建。采春所唱一百二十首，皆当代才子所作。其词五、六、七言皆可和矣。"

由此我们可知，《啰唝曲》又称《望夫歌》，是一位来自江苏，善于演出参军戏的著名女艺人刘采春所唱，其所演唱的《啰唝曲》，曲调达到了一百二十首之多，而曲中的歌词，都是当时有才华的大诗人所作，其词有五、六、七言不等。清朝人方以智在《通乐曲》中曾谈到"啰唝，犹来罗"，即相当于现在的"来了"。故而我们知道每一首《啰唝曲》都是有和声的，而且我们通过范摅《云溪友议》了解到，这个《啰唝曲》能流传下来，和唐代的大才子、当时的宰相元稹[⑤]不无关系。须知我们今天看到的所有古人先贤的诗词歌赋、典籍文献，无一例外都是官府中的官员所留，且名气越大，其文章流传越广。说起大名鼎鼎的元稹，会让我们想起他的许多传说：历史上的大才子、北魏宗室的后裔、《西厢记》中的张生、太子宾客韦夏卿的女儿韦丛的丈夫、与白居易并称的元白，等等。而且这里的每一件事说起来，都是惊天地泣鬼神的事迹。“碧云天，黄花地，西风紧，北雁南飞，晓来谁染霜林醉，总是离人泪。”这是元代戏剧家王实甫写的《西厢记·长亭送别》中的一句词，如果您觉得陌生的话，那么“待月西厢下，迎风户半开。隔墙花影动，疑是玉人来”，您应当是再熟悉不过了吧？没错，这就是《西厢记》中著名的诗句，是王实甫用元杂剧的形式讲述了崔莺莺十里长亭，送行张生进京赶考的别离场景。大家都知道这是元剧中的经典杰作，但很少有人知道，王实甫所创《西厢记》故事的来源，却是根据唐代元稹的传奇小说《莺莺传》(又名《会真记》)而来。而《莺莺传》中的男、女主人公张生、崔莺莺，也正是现实生活中元稹未考取功名前的真实写照。所谓《莺莺传》中的张生者，正是元稹本人，而崔莺莺就是这位后来官居一品宰相高位，却始乱终弃之人的表妹。究其始乱终弃的原因，是元稹进士及第授秘书省校书郎后，为了自己的前程而高攀上了身为太子宾客的韦夏卿，并为了自己仕途无忧而狂追他的女儿韦丛。把韦丛娶到手后，他也不顾韦丛的感受，就根据自己和表妹的这段亲身经历，而编写出了《莺莺传》。为了给这种始乱终弃的行为找个说法，元稹在小说的结尾借张生之口言道：“大凡天之所命尤物者，不妖其身、必妖其于人……予之德不足以胜妖孽，是用忍情。”莺莺后来嫁了人，张生也娶了韦丛为妻。而韦丛也是一位贤妻，她虽出身高门，却不爱虚荣。当时元稹只是个小小的秘书省校书郎，就是一个图书馆的管理员而已，虽吃上了皇粮，但俸禄不会太高，生活上是较为困顿的，以至到了“落叶添薪仰古槐”的地步。元稹二十四岁娶韦丛到三十岁韦丛病死，在短短的六年婚姻中，韦丛应是吃了不少的苦，用元稹的话说，他们是贫贱夫妻。韦丛死后，元稹写了大量的悼亡诗，如他的《遣悲怀三首》中有：“谢公最小偏怜女，自嫁黔娄百事乖。顾我无衣搜荩箧[⑥]，泥他沽酒拔金钗。野蔬充膳甘长藿[⑦]，落叶添薪仰古槐。今日俸钱过十万，与君营奠复营斋。”此诗写得凄婉动人，可令人掉头苦吟而泪涟不断。而元稹在另一首《离思》中更是吟出了震惊后世的绝句：“曾经沧海难为水，除却巫山不是云。取次花丛懒回顾，半缘修道半缘君。”从而深情地表达了对失去爱妻的痛楚。曾经见过大海的壮观景象，对涓涓细流之水是不会看上眼的，见过巫山云雨的瑰丽，其他的风雨雷电是不足为奇的。即使来到再艳丽的花丛之中，我也懒得再去欣赏她们，有一半的原因是因为你离我而去，而另一半的原因，是我已看破红尘要去修道。由此可见爱妻在他心中的地位是何等之高。然而就在他写完“取次花丛懒回顾，半缘修道半缘君”以后不久，元稹与四川的名妓薛涛过往极密，《云溪友议》中记载：“闻西蜀乐籍有薛涛者，能篇咏，饶词辩，常悄悒[⑧]于怀抱也。及为监察，求使剑门，以御使推鞫[⑨]，难得见焉。及就除拾遗，府公严司空绶，知微之之欲，每遣薛氏往焉。临途诀别，不敢挈行。”在《唐才子传·薛涛》条中，记载道：“元和中，元微之使蜀，密意求访，府公严司空知之，遣涛往侍。微之登翰林，以诗寄之曰：‘锦江滑腻峨嵋秀，幻出文君与薛涛。言语巧偷鹦鹉舌，文章分得凤凰毛。纷纷词客皆停笔，个个公侯欲梦刀。别后相思隔烟水，菖蒲花发五云高。’”和薛涛分别十年之后，元稹正要派人去四川接薛涛来到自己身边，此时却遇到了刘采春，并被刘采春所吸引，估计刘采春的丈夫周季崇和他大哥周季南此时也是敢怒不敢言吧。再以后元稹又续娶了一房叫裴淑的女子，裴淑貌美善于弹琴，尤其是乐府中的名曲《别鹤操》，这个曲调讲的是：在商朝时期的牧子娶妻五年，二人一直没有孩子，古人讲究“不孝有三，无后为大”，于是牧子的父兄欲为其改娶，妻子听说了，夜里独自倚窗痛哭，牧子听到，援琴歌曰：“将乖比翼隔天端，山川悠远路漫漫，揽衣不寝食忘餐！”这首歌是痛惜夫妻即将的分别，故名《别鹤操》。而裴淑与元稹二人之间，似乎也是暗合了此曲的运格，元稹与裴淑两人可能没有孩子，尽管元稹和韦丛育有五子一女，但这五子一女是否都是嫡出，即是否元稹和韦丛二人所生？还是庶出，即元稹和其他填房所生？我们不得而知。因为裴淑喜欢弹琴，而四川一带出产的古琴质地又非常好，音色优美，元稹于是托人在四川寻求古琴，然而琴未至，元稹却驾鹤西去，只能空余伤悲，故刘禹锡曾经写有《西州李尚书知愚与元武昌有旧，远示二篇吟之》的诗：“如何赠琴日，已是绝弦时。无复双金报，空余挂剑悲。宝匣从此闲，朱弦谁复调。只应随玉树，同向土中销。”

## 诗词赏析

**啰唝曲**　　　　**格律**

**刘采春**

**其一**

不喜秦淮水，生憎江上船。　仄仄⃝平⃝平⃝仄，平⃝平⃝平⃝仄⃝平。（韵）

载儿夫婿去，经岁又经年。　仄⃝平平仄仄，平⃝仄仄平平。（韵）

**其二**

借问东园柳，枯来得几年。

自无枝叶分，莫怨太阳偏。

**其三**

莫作商人妇，金钗当卜钱。

朝朝江口望，错认几人船。

**其四**

那年离别日，只道往桐庐。

桐庐人不见，今得广州书。

**其五**

昨日胜今日，今年老去年。

黄河清有日，白发黑无缘。

**其六**

昨夜黑风寒。牵船浦里安。　平仄仄平平。（韵）平平仄仄平。（韵）

潮来打缆断，摇橹始知难。　平平仄仄仄，　平仄仄平平。（韵）

这一组词是典型的五言绝句，前五首俱为单调二十字，四句二平韵的结构，首句不用韵，而第六首是首句用韵，形成四句三平韵的结构。整组词作者以商人妻子的口吻，道出了经年独居的痛苦。江南的商业发达，一方面，男人要养家就要去挣钱，于是贩夫走卒应运而生，这些人为了生存，经年累月在外打拼，有家而不能归，过着孤独的漂泊生活。而另一方面，青春年少的妻子们独守于家中，既要赡养老人，又要哺育教导子女，还要操持各种家务，其中的甘苦与艰辛，其内心的孤独与寂寥，向谁道？又有谁知？她们既担心夫君的安危，担心其“阴风怒号，浊浪排空”而致“樯倾楫摧”，又担心自己与夫君“经岁又经年”的分别，而至自己的容貌、自己的内心日渐枯萎而“白发黑无缘”。其生活的操劳，其内心孤寂的煎熬，其中的痛苦又有谁知？在词牌介绍中已讲过《啰唝曲》又作《望夫歌》，而啰唝即“来了”之意，可见这组词即是以描写妻子盼望远行的夫君早日归来为内容的。

第一首作者上来便直述心怀：不喜欢秦淮河，而对那水上往来的船只更是憎恨、厌恶，而不喜水、憎恨船的直接原因，是水中的船载着她的夫婿去向了远方。这一去并不是暂短之别，而是妻子经岁又经年的祈盼和遥遥无期的等待。在这里“载儿”的“儿”字，是古时女子的自谓。丈夫在外经商而长年不归，她的怨恨之情无可发泄，所以只能怨水恨船，以稍慰相思之苦。在这里作者不怨自家夫婿之不归，而怨水恨船将人载去，大有“自家夫婿无消息，却恨桥头卖卜人”（唐施肩吾《望夫词》）之意境。

第二首女主人公是以柳而喻人，见园中之枯柳，而联想自身的孤寂。“载儿夫婿去”的这许多年中，自己的生活之枯燥，之孤独，何尝不似这园中之枯柳呢？你“枯来得几年”？而我枯萎的是“经岁又经年”呀！你何时才能得绿？而我又何时才能得到夫君之怜爱呢？并非太阳偏心，没有给你阳光，没有给你温暖，而是你本来就没有生长枝叶的缘分。这句话反衬出了女主人公潜在内心的话语：我并非没有夫君的疼爱，只是夫君“经岁又经年”地离家经商，才使得我与你同病相怜。

第三首“莫作商人妇”这是主人公的积怨、悔恨，与“悔教夫婿觅封侯”如出一辙，这是孤苦于心灵深处的喟叹。然而痛楚过后，仍是思念漂泊在外的夫君，于是拔下发髻上的金钗用它当作卜钱，来占卜一下夫君的吉凶、夫君的归期。然而问卜的结果何如呢？“朝朝江口望，错认几人船。”“朝朝”说明其凝望之频繁，“几人船”说明次数之多。在生活中，希望与失望往往是成比例的，希望愈大，失望会越多。此语境可与温飞卿的“梳洗罢，独倚望江楼。过尽千帆皆不是，斜晖脉脉水悠悠。肠断白蘋洲”(《梦江南》)相媲美。多少次的祈盼，多少次的落空，读来令人心酸。

第四首，表达了作者多次的祈盼、多次的占卜，最终祈盼得来夫君于广东寄来的书信。而令女主人公不解的是，想当年离别之时，夫君说去桐庐经商，而女主人公多次托人给在桐庐经商的夫君捎信，却一直如黄鹤入云，杳无消息，可而今夫君却从广州捎信而来，这不能不说夫君为生意整日操劳，整日东奔西走而漂泊不定。“昔者得君书，闻君在高平。今者得君书，闻君在京城。”(陆机《寄车骑》)这真是“家书抵万金”哪！这封心中千呼万唤始盼来的家书，抵消了思妇多少的离情别怨、相思之苦哇！平淡的语言中，透出无尽深情。

第五首，日日地等，夜夜地盼，只盼来人在广州的书信，这对女主人公多少是个安慰吧，起码人还在，人只要在，不管何时、何地、何年、何日，他总有一天应像那倦鸟归巢一样归来吧。但这仅仅是祈盼、是祈求、是思念而已，女主人公要的不是什么想象，不是祈盼，而是活生生的人。经年累月地祈盼、思念，以至于面容憔悴，一天老似一天，一年老似一年。如同那东园之枯柳，再如此下去，再得不到“阳光”的温暖，恐怕真的是要枯死了。那黄河之水再混浊，但它总有变清的一天，可人一旦有了白发，却无论如何也不能再变黑，这种对孤寂生活的无奈，使她痛苦万分，却又无计可施、无可奈何，正是这种无奈、无助的语言，使后人对其推崇之至。黄周星在《唐诗快》中云：“千古不刊之论，不意出自妇人口中。”的确如此。看似平常之语，而寓意深远，非经历之人，非苦楚极点之人而不能道出。

第六首体现了女主人公苦闷、牢骚、惆怅之后，仍时刻关心远离家乡、漂泊在外的夫君。由昨夜的寒冷北风，而牵出了萦萦于心的挂念。夫君是在船上讨生计的，水面上变幻莫测，风起云涌，从而使女主人公的思绪不宁。她在挂念如遇狂风巨浪，夫君哪，你一定要将船驶向安全的港湾！如若不然一旦巨浪打来，将船缆打断，那么茫茫水中，就只能靠摇橹才能回家。到那时才真是“摇橹始知难”！女主人公那赤诚之情、拳拳心、眷眷意，不管自己多孤独与幽怨，看到天气的变化首先将自己的苦衷深埋于心，而马上惦记起自己的夫君，故缕云仙史在《宫闺联名谱》中称：“不事雕饰而吐口而出，情真语挚，不恋镜湖春色者，无目者也。”

就此诗黄周星在《唐诗快》中曾称：“有如此才貌，乃作商人妇乎？可惜镜湖春色，何不早归元尚书。”元尚书即指元稹。镜湖位于浙江会稽、山阴一带，刘采春曾在此处为歌伎，故以“镜湖春色”以喻其人。陆昶（chǎng）在《历朝名媛诗词》中云：“浙人元微之（元稹）廉访浙东，见刘采春所制《啰唝曲》，赠诗叹赏。今玩其词，直是名家上等好笔，惜不知其人始末，如微之所赠诗庸甚，得毋为采春所笑。”

据载当年“采春一唱是曲，闺妇行人莫不涟泣”。综观此六首诗，没有华丽的语言，没有典故的堆积，但作者却用朴实无华的平常之语，道出了纯真之情，情真语挚，令人感叹！

## 注释

① 薛涛（约768—832年）：字洪度，京兆长安（今陕西西安）人。唐代女诗人，官宦家庭，随父入蜀，父亡后，十六岁入乐籍，曾制作桃红色小笺用来写诗，后人仿制，称“薛涛笺”。脱乐籍后，终身未嫁，流传至今诗作九十余首。

② 俳优：古代以乐舞戏谑为业的艺人。

③ 刘采春：唐代著名歌伎，江苏淮甸（今淮安、淮阴一带）人。相貌出众，歌喉异于常人，尤擅长参军戏，其夫周季崇，也是当时的俳优艺人。刘采春曾随夫在浙江、绍兴一带居住。善诗词，与当时上流名士、文人学者多有来往。

④ 陆参军：参军戏，是一古老的戏曲表现形式，是以调侃、戏谑、讽谏为主的表演艺术。据《钦定四库全书·乐书·卷一百八十六》称：“弄参军之戏，自后汉馆陶令石耽有赃犯始也，盖和帝惜其才特免其罪，每遇宴乐，即令衣白夹衫，命优伶戏弄辱之，经年乃释，谓乏。后为参军者戒也。”

⑤ 元稹（779—831年）：字微之，河南洛阳人。北魏昭成帝

拓跋什翼犍十九世孙。唐贞元九年（793 年），明经及第，授左拾遗，擢校书郎，迁监察御史，一度拜相。太和五年（831 年）去世，时年五十三岁，追赠尚书右仆射。代表作有《莺莺传》《菊花》《离思五首》《遣悲怀三首》等。现存诗八百三十余首，有《元氏长庆集》。

⑥ 箧（qiè）：指小箱子，藏物之具。大曰箱，小曰箧。

⑦ 藿：一种能食用的豆叶。

⑧ 悒：忧郁，苦闷，抑郁。

⑨ 推鞫（tuī jū）：审问、问讯。

# 更漏子

## 词牌题注

《更漏子》是词牌名，调名本意为吟咏深夜滴漏、报更、计时的曲调。在《教坊记》① 中称为《更漏长》，而无《更漏子》，而红友② 的《词律》③ 中有《更漏子》，而无《更漏长》，此二者或为刊刻之误，或为同一曲牌而不同名称罢了。古代没有钟表，那么他们是怎么计算时间的呢？唐李肇《唐国史补》卷中记载："越僧灵澈，得莲花漏于庐山，传江西观察使韦丹。初，惠远以山中不知更漏，乃取铜叶制器，状如莲花，置盆水之上，底孔漏水，半之则沉，每昼夜十二沉，为行道之节，虽冬夏短长，云阴月黑，亦无差也。"这就是用滴漏的形式，以方便人们计算时间，并于夜间按时打更，提醒人们准时守则的方法。"滴漏"又叫"更漏"，是古代计时的工具。"更"旧时一夜分成五更，每更为两小时，一更是十九点至二十一点，二更是二十一点至二十三点……依次类推。而"漏"即是漏壶，古代计时的器具，用铜制成，有播水壶和受水壶两部分。播水壶上下分为数层，上层底部有小孔，可以滴水，层层下注，最后流入受水壶。受水壶内有立箭，箭上划分刻度。箭随蓄水上升，逐渐露出刻度，用以表示时间。史书最早记载见于《周礼》，周代时已有漏壶，到春秋时期，漏壶的使用已相当普遍，已出土的文物中最古老的漏壶是西汉遗物，其中以1976年内蒙古自治区出土的青铜漏壶最为完整，并刻有明确纪年。在中国国家博物馆中珍藏着元代延祐三年（1316年）制造的一个灯漏，用机械控制，上设十二个偶人，捧十二个时辰标志，每当时辰交替时，下一个偶人便从小门中捧时辰牌而出，灯漏内钟鼓应时自鸣。而“更漏子”的“子”字，据华钟彦先生的《花间集注》[4]中称：“‘子’者南人之语词，如‘分子’‘教子’‘路子’等是也，余以此推。”在隋唐时期“曲”又多称为“子”。如“女冠子”“天仙子”等。此词牌又名《独倚楼》《翻翠袖》《两只雁儿》《付金钗》《无漏子》等。《词律》《教坊记》中都称此调以温庭筠[5]所作之词为最早。《钦定词谱》称：“此调四十六字者始于温庭筠。”

诗词赏析

| **更漏子** | **格律** |
|---|---|
| **温庭筠** | |
| 玉炉香， | 仄⃝平⃝平， |
| 红蜡泪。 | 平⃝仄⃝仄。（仄韵） |
| 偏照画堂秋思。 | 平⃝仄仄⃝平平仄。（韵） |
| 眉翠薄， | 平⃝仄⃝仄， |
| 鬓云残。 | 仄平平。（平韵） |
| 夜长衾枕寒。 | 仄⃝平平⃝仄平。（韵） |
| | |
| 梧桐树。 | 平平⃝仄。（换仄韵） |

| | |
|---|---|
| 三更雨。 | ㊥㊥仄。（韵） |
| 不道离情正苦。 | ㊀仄㊥平㊀仄。（韵） |
| 一叶叶， | ㊀㊀仄， |
| 一声声。 | 仄平平。（换平韵） |
| 空阶滴到明。 | ㊥平㊀仄平。（韵） |

此词双调四十六字，上片六句两仄韵、两平韵。下片六句三仄韵、两平韵。此词非咏“更漏”本意，而是就题面意，而另言他事。这是温庭筠六首《更漏子》中的第六首。这首词，作者写得含蓄而传情，首发句用拟人的手法，虚实相生，而托出女子之悲。以玉炉的静雅而衬托人物的静雅，用红色的蜡烛所流下的蜡油，比拟为秋思所苦之人的眼泪，然后再以玉炉中所冒出的杳杳青烟喻其秋思之深远，再以蜡烛之泪而喻其秋思之苦，全句未见其人，但这一被秋思所苦之人的形象，却已跃然纸上。下面的“眉翠薄，鬓云残。夜长衾枕寒”句，则专事写人，“眉翠”曰“薄”，“鬓云”曰“残”，由于夜不成眠，故辗转于衾枕之间，致使画在眉毛上的翠色被擦掉许多，而显得淡薄，那似乌云一样的鬓发也散乱了，此景正是相思无眠之状。孤枕单衾在这漫漫的长夜里，显得是那样寒冷与孤寂，这几句写出了思妇内心难言的苦闷。此句以情语为结，十一个字中，作者便将一个通宵未眠的女子，为离情所扰其愁苦的形态，刻画得淋漓尽致。

下片，作者续写自身的愁苦。“梧桐树。三更雨。不道离情正苦。”“梧桐”是一种落叶乔木，可以制造乐器。枚乘《七发》中言，“龙门之桐，高百尺而无枝”，“其根半死半生”，用这样的桐木来制琴，其声最悲。故贺铸在悼其亡妻《鹧鸪天》一词中有

“梧桐半死清霜后，头白鸳鸯失伴飞”句，来喻自己失偶的痛楚。在这里，那沥沥的三更之雨，是那样无情，滴在梧桐树上，使之发出恼人的烦躁之音，全都不顾离人思妇之愁绪。最后的“一叶叶，一声声。空阶滴到明”句，则是有夜雨滴梧桐、秋声更萧瑟之叹。夜雨打在梧桐树叶子上，又滴落到台阶上，而实际上这声声夜雨是敲打在相思之人的心上，就这样，一声声无情地敲击到天亮。这句话，同时又反衬出了女主人公由于听到那夜雨梧桐之音，而辗转反侧，以致夜不成眠、心情焦虑，以托出上片的“秋思”二字。从滴泪秋思到三更夜雨，从孤枕单衾到听雨黎明，昼而夜，夜而晓，其境幽，其情苦，怎一个“愁”字了得。

胡仔⑥《苕溪渔隐丛话》⑦后集卷十七中载：“庭筠工于造话，极为绮靡，《花间集》可见矣。《更漏子·玉炉香》一词尤佳，按《艺概》所谓‘精艳绝伦’。”陈廷焯在《白雨斋词话》⑧中言道：“遣词凄绝，是飞卿本色，结三语开宋人先河。”并曰：“飞卿词全祖《离骚》，可以独绝千古，《菩萨蛮》、《更漏子》诸阕，已臻绝诣，后来无能为继。”王国维⑨先生在《人间词话》⑩中道出了“温飞卿之词句秀也”的赞叹。

## 注 释

①《教坊记》：唐代崔令钦撰，记述唐代教坊制度和逸闻的笔记，计一卷。教坊是古代管理宫廷音乐的官署，唐代开始设置，专管雅乐以外的音乐、歌唱、舞蹈、百戏的教习、排练、演出等事务。它是唐代宫廷乐伎聚居之地，为皇家宫廷服务。

②红友：万树（约1625—1688年），字红友，一字花农，号

山翁、山农，常州府宜兴（今江苏宜兴）人，清初著名诗人、词学家、戏曲文学作家。康熙年间入两广总督吴兴祚幕府做幕僚，一切奏议皆由其执笔，闲暇时作剧供吴家伶人演出。作品有戏曲二十余种，仅存传奇《风流棒》《空青石》《念八翻》三种，合刻为《拥双艳三种曲》；诗文集《堆絮园集》《花浓集》也已失传，仅存《璇玑碎锦》《香胆词》传世。

③《词律》：清万树撰。是书二十卷，《四库全书》著录，编于康熙二十六年（1687 年）。自《草堂诗余》以小令、中调、长调分别列目，旧谱因之以五十八字内为小令，五十九字至九十字为中调，九十一字以外为长调。

④《花间集注》：近代学者华钟彦先生对《花间集》作的注释。《花间集》是中国五代十国时期，后蜀人赵崇祚编纂的一部词集，也是文学史上的第一部文人词选集，该书收录了温庭筠、韦庄等十八位花间词派词人的五百首经典作品。

⑤ 温庭筠（？—866 年）：山西太原人，原名岐，又名庭云，字飞卿。少时才思敏捷，在试官面前作赋，常叉八次手就写成八韵，时称温八叉。又因其“貌寝陋”，时号温钟馗。恃才傲物，好讥刺权贵，政治上一生不得志，累应进士试不第，官止国子助教，被称为温助教。其词工于造语，被后世词人倍加推崇，由此有了“诗庄词媚”之称，是“花间词派”的主要创始人之一。后蜀赵崇祚所编《花间集》首列其词六十六首，为唐五代词人中，词作数量最多的作家。

⑥ 胡仔（1110—1170 年）：南宋著名文学家。字元任，绩溪（今属安徽）人。以父荫补将仕郎，后隐居浙江湖州苕溪，“日以渔

钓自适”，自号苕溪渔隐。

⑦《苕溪渔隐丛话》：宋人胡仔创作于南宋时期的中国诗话集，共一百卷。

⑧《白雨斋词话》：清人陈廷焯所著古代中国词学专著，对五代、两宋词人的点评非常中肯，对今人有极大的借鉴作用。

⑨ 王国维（1877—1927 年）：初名国桢，字静安，初号礼堂，晚号观堂，又号永观，谥忠悫。浙江省嘉兴市海宁人。王国维是中国近现代相交时期，一位享有国际声誉的著名学者，是甲骨四堂之一，在教育、哲学、文学、戏曲、美学、史学、古文学等方面均有深厚的造诣，其境界说对后世影响巨大。

⑩《人间词话》：王国维所著的一部文学批评著作。该作在旧日诗词论著中，称得上一部首屈一指的作品。许多人把它奉为圭臬，把它的论点作为词学、美学的根据，影响深远，是晚清以来最有影响的著作之一。

# 望江南

## 词牌题注

《望江南》原为唐教坊曲名，后用作词牌名。段安节《乐府杂录》云：“《望江南》，始自朱崖李太尉镇浙西日，为亡妓谢秋娘所撰，本名《谢秋娘》，后改此名，亦曰《梦江南》。”王灼《碧鸡漫志》云：“《望江南》，《乐府杂录》云：李卫公为亡妓谢秋娘撰《望江南》，亦名《梦江南》。白乐天作《忆江南》三首，第一《江南好》，第二、第三《江南忆》。自注云：‘此曲亦名《谢秋娘》，每首五句。’予考此曲，自唐至今，皆南吕宫，字句亦同。止是今曲两段，盖近世曲子无单遍者。然卫公为谢秋娘作此曲，已出两名。乐天又名以《忆江南》，又名以《谢秋娘》。近世又取乐天首句名以《江南好》。予尝叹世间有改易错乱误人者，是也。”按查此调是列于《教坊记》曲名表中，而《教坊记》作者崔令钦是生活在唐玄宗至唐德宗之间人，又早于李德裕（787—850年），而李德裕“镇浙西日”的大约时间，乃在敬宗宝历（825年）年间，但唐宪宗元和年间（806—820年），白居易、刘禹锡等，早已填作此调，故此调来源应该早于李德裕。王世贞在《艺苑卮言》[①] 附录中云：“词者乐府之变也，昔人谓李白《菩萨蛮》、《忆秦娥》，杨用修又传其《清平调》二首，以谓调祖，不知隋炀帝已有《望江南》词。”隋炀帝的《望江南》词，现存于韩偓《海山记》中，但此作世传为宋人伪作。明杨慎《词品》卷一《法曲献仙音》词条云：“《望江南》，即唐法曲《献仙音》也。但法曲凡三叠，《望江南》止两叠尔。白乐天改法曲为《忆江南》其词曰：‘江南好，风景旧曾谙。’二叠云：‘江南忆，最忆是杭州。’三叠云：‘江南忆，其次忆吴宫。’”按以上诸种说辞，《望江南》调名之始，应该不低于唐开元、天宝年间或更早。白居易所填词调，或许就是依前人旧腔而作。那么文中所称这个“朱崖李太尉”或“李卫公”又是谁呢？李太尉就是唐代名相李德裕的别称，李德裕曾经官拜太尉，封卫国公，故有是称。而朱崖是指今天的海南琼山一带，当时李德裕被贬为崖州司户，故有此称。李德裕（787—850年），字文饶，唐代政治家、文学家、战略家，爵至卫国公，因此又号李卫公，宰相李吉甫之子。唐朝著名的牛、李党争中，李党的领袖人物。早年以父荫入仕，历任校书郎、监察御史、翰林学士、中书舍人、浙西观察使、兵部侍郎、西川节度使、兵部尚书、中书侍郎、润州刺史、镇海军节度使等。李德裕被贬润州刺史时，奉诏将宫人杜仲阳（即杜秋娘，见本书《金缕曲》）安置在道观中生活。杜仲阳是漳王李凑的保姆，漳王李凑因谋反获罪，杜仲阳被发配回润州故乡原籍。太和九年（835年），尚书左丞王璠与户部侍郎李汉联名上奏，称李德裕厚赂杜仲阳，结交漳王，欲图不轨。唐文宗大怒，又将李德裕再次贬为太子宾客，分司东都事务。此事见前文《金缕曲》及《旧唐书·李德裕传》。此时的李德裕已历仕宪宗、穆宗、敬宗、文宗四朝。武宗（李炎）即位后，李德裕拜相，执政五年间，平定内外之乱、裁减冗官，制驭宦官，功绩显赫，被拜为太尉，封卫国公。宣宗（李忱）即位后，李德裕因位高权重，被贬为崖州司户，故有“朱崖李太尉”之称，公元 850 年李德裕在崖州病逝。李德裕死后，历朝历代对他评价极高，李商隐将其誉为“万古良相”，近代梁启超甚至将他与管仲、商鞅、诸葛亮、王安石、张居正并列，称他是中国六大政治家之一。然惜其一代良相最终陷于党争中，且死于党争中，令人唏嘘。段安节《乐府杂录》所言“亡妓谢秋娘”又是谁呢？“秋娘”是美貌女子的代称，可以不表示具体人，我们只知道是谢姓歌女即可，亦如前面所讲的《金缕曲》中的杜仲阳又叫杜秋或杜秋娘一样，《谢秋娘》即是李德裕任浙西观察使的时候，按《望江南》词调，为一个去世的谢姓歌女所写的一首悼亡词，并以这个歌女的姓氏，命名了这首词叫《谢秋娘》。这个词调的别称有很多，计有《忆江南》《谢秋娘》《江南好》《春去也》《望江南》《望江楼》《梦江南》《梦江口》《望江梅》《安阳好》《梦游仙》《步虚声》《壶山好》《望蓬莱》《归塞北》《归来曲》《江南忆》《逍遥令》《南徐好》《维扬好》《思晴好》《滇春好》《遂宁好》《江南春》《江南柳》等。其中《望江南》《望江楼》是据温庭筠词而来。

## 诗词赏析

| 望江南 | 格律 |
| --- | --- |
| 温庭筠 | |
| 梳洗罢， | 平㊥仄， |
| 独倚望江楼。 | ㊥仄仄平平。（韵） |

过尽千帆皆不是，　　(仄)仄(平)平平仄仄，

斜晖脉脉水悠悠。　　(平)平平仄仄平平。（韵）

肠断白蘋洲。　　　　平仄仄平平。（韵）

此词为单调二十七字，五句三平韵。而双调五十四字，上下片各五句三平韵者，即为单调词再加一叠即可。

此词，即咏题面本意。作者以“梳洗罢，独倚望江楼”开篇。这开篇句，将一女子闲来无事、愁绪萦怀、独倚江楼、盼夫早归的形象刻画了出来。其中的“梳洗罢”三字，包含了为谁梳洗给谁看的意思，女为悦己者容，是梳洗罢，盼夫早归，是望夫能够看到自己姣好的容颜而已。一个“独”字，意味深长，把离别的痛苦，相思的孤苦一字道尽。“过尽千帆皆不是，斜晖脉脉水悠悠”这两句，则是更进一步展现了女子盼夫早日归来的迫切心情。那女子独处望江楼中，江面上，来来往往的船只，被她一一数过，直数到太阳西坠，天水一色，但，所欲见之人及所欲见之船在哪里呢？通过这两句，我们可以深深地感觉到，这女子为盼夫早归，其用心之苦、其苦处之涩，简直达到了极点，此时此刻她多么希望云水间出现的一只白帆是她企盼的欲见之帆哪，然而从早到晚祈盼成空，于是作者顺理成章地推出“肠断白蘋洲”，等待已成空想，祈盼已成绝望，这一句是那女子由于千帆虽过，但所欲见之人未到而产生出无助的轻叹。就像《啰唝曲》中“朝朝江口望，错认几人船”的理念一样，希望与失望相伴。

此词在《花间词集》中，属于清新雅淡的一类，其语言洗练，情深意远，寥寥几笔，便将一个倚楼待人归、肠断白蘋洲的思妇形象勾勒得惟妙惟肖。

## 注释

①《艺苑卮言》：王世贞所著《弇（yǎn）州山人四部稿》中有《艺苑卮言》八卷，附录二卷，内容是杂论诗文词赋，后人摘录其附录中论词曲部分，单刻行世。论曲部分另题作《曲藻》。卮（zhī），原为古代一种盛酒器，“卮言”后引用为自然随意之言或支离而无头绪或随人妄言，后人常用于对自己著作的谦词。

# 女冠子

词牌题注

《女冠子》原为唐教坊曲名，后用作词牌名，此调始见于《教坊记》，《钦定词谱》中记载为："唐教坊曲名，小令始于温庭筠，·长调始于柳永，柳永词名《女冠子慢》。"这里所说的小令始于温庭筠，那么温庭筠又是为谁所写，所写的缘由又是什么呢？温庭筠是唐朝中晚期的大才子，才高八斗、学富五车都不足以形容他的才华。历史上有才华的人大多恃才傲物，因为他的傲气得罪了很多人，所以科场考试屡屡不中，于是心高气傲的他与一些公子哥流连曲坊，纵酒买春。这期间四十余岁的温庭筠，在曲坊结识了一个叫鱼幼薇的十一岁小女孩。这个女孩子聪明伶俐，小小年纪便写得一手好诗。惜才的温庭筠对她一见如故，在随后的几年间经常指点她的诗作和学习。后来为了生计温庭筠不得不离开生活的城市到外地工作，而此时的鱼幼薇却觉得生活中少了这位老师，人生没有了意义，于是小小年纪的她连续修书，向温庭筠表白自己的少女心迹。《寄飞卿》：阶砌乱蛩[①]鸣，庭柯烟露清。月中邻乐响，楼上远山明。珍簟[②]凉风著，瑶琴寄恨生。嵇君懒书札，底物慰秋情。《冬夜寄温飞卿》：苦思搜诗灯下吟，不眠长夜怕寒衾[③]。满庭木叶愁风起，透幌纱窗惜月沉。疏散未闲终遂愿，盛衰空见本来心。幽栖莫定梧桐处，暮雀啾啾空绕林。诗中她以凤无梧桐不栖、绕林之暮雀空鸣，向温庭筠吐露心声，表明自己没有归宿之感，即便是凤栖梧桐，也不是随便哪棵梧桐，就能招揽我这只凤凰的，此语境与苏轼的“拣尽寒枝不肯栖，寂寞沙洲冷”有异曲同工之妙。就这样，二人成了亦师亦友的忘年交。某次鱼幼薇登崇真观看到新科某进士留在墙壁间的题诗后，小小年纪的她赋诗曰：“云峰满目放春情，历历银钩指下生。自恨罗衣掩诗句，举头空羡榜中名。”此诗中那不凡的才子之气、不让须眉的英豪之气显露无遗。再后来，由温庭筠做媒，鱼幼薇嫁给了新科状元大才子李亿④为妾。然新婚的快乐亦是噩梦的开始，李亿其妻裴氏，性妒有心计，而此时十六七岁的鱼幼薇为其所不容。至咸通年中，李亿妻裴氏逼使鱼幼薇出家于长安城中的咸宜观中。此时已经被逼出家的鱼幼薇对李亿依旧一往情深，多次寄诗于李亿，然而李亿慑于悍妻的缘故，不敢与鱼玄机（初名鱼幼薇）交往。孙光宪在《北梦琐言》有：“唐女道鱼玄机，字蕙兰，甚有才思。咸通中，为李亿补阙执箕帚，后爱衰下山，隶咸宜观为女道士。有怨李公诗曰：‘易求无价宝，难得有心郎。’又云：‘蕙兰销歇归春圃，杨柳东西绊客舟。’自是纵怀，乃娼妇也。”此时的鱼幼薇在孤独寂寞中，给李亿写了大量的情诗，如《隔江寄子安》《江头愁望寄子安》《书请寄子安》《情寄子安》《春情寄子安》《寄子安》等，这个“子安”就是李亿。正值青春年少的鱼幼薇此时陷于深深的相思深渊中，悲悲切切，时常借酒浇愁，对爱情绝望至极的她此时改名为鱼玄机，并在咸宜观门口张贴“诗书候教”的字样，从而敞开胸怀，大开艳旗，“杨柳东西绊客舟”沦落为娼妓。在古时女子不像男子一样二十要行弱冠礼，那时的女孩子是不戴帽子的，女子本无冠，凡有冠者，必是女道士，故称“女冠”。在唐代出家的女道士都戴一种黄色的帽子，而这些女孩子成为女冠，即女道士的原因，大多是被丈夫抛弃而失嫁的女子，以道观为转身待嫁之所。此时的温庭筠也叹惋鱼玄机的遭遇，也为自己这个没有尽职尽责的媒人而愧疚，自责的他提笔写下了二首以鱼玄机生活为背景的《女冠子》。

**诗词赏析**

| **女冠子** | **格律** |
|---|---|
| **温庭筠** | |
| 霞帔云发。 | ㊥㊥㊥仄。（仄韵） |
| 钿[5]镜仙容似雪。 | ㊀㊀㊥平㊀仄。（韵） |
| 画愁眉。 | 仄平平。（平韵） |
| 遮语回轻扇， | ㊥仄平平仄， |
| 含羞下绣帏。 | 平平仄仄平。（韵） |
| | |
| 玉楼相望久， | ㊀平平仄仄， |
| 花洞恨来迟。 | ㊥仄仄平平。（韵） |
| 早晚乘鸾去， | ㊀㊀平㊥仄， |
| 莫相遗。 | 仄平平。（韵） |

此词双调四十一字，上片二十三字，五句二仄韵二平韵。下片十八字，四句二平韵。而双调一百一十一字长调者始于柳永，另有一百零七字、一百一十字、一百一十二字、一百一十四字诸体。

此词即咏题面“女冠”本意，描写了鱼玄机暂栖道观而待嫁的情形。词的上片，词人着重描写了主人公的衣饰和神态。“霞帔云发。钿镜仙容似雪。”首开句作者极言女冠的仪态。华钟彦先生在《花间集注》中注道：“‘帔’，披也。披之于肩，不及下也，今俗谓之‘披肩’。‘霞帔’：帔之有花纹者。‘云发’：谓发如云也。‘钿镜’：谓宝钿如镜之光明，头饰也。言女冠服饰之盛也。”秀美的披肩、如云的秀发，那镶嵌在宝石镜中的容颜似玉如雪，这两句将鱼玄机的美用服饰道出。接着词人笔锋一转，由言人的神态，转入其容颜的描写。“画愁眉。遮语回轻扇，含羞下绣帏。”古时的女子，因为自己有离恨，便故意将眉毛画成长长的，如远山形状，愈长、愈细、愈弯，则愈表示自己离恨之深，故欧阳修在《诉衷情》一词中有“都缘自有离恨，故画作远山长”句，以表示离恨之愁深的状态。原句中的“画愁眉”，则正是寓意自身之愁苦，用团扇遮住欲吐之心语，含羞倚愁垂下绣帘，以防外人所见也。

“玉楼相望久，花洞恨来迟。”这是祈盼的情语，相望之人的祈盼，一个“久”字，道出相望之人那情之深、意之厚、念之纯，而一个“恨”字，同时也道出了相望之人那思之苦、怨之深、恨之切的无奈和苦涩的酸楚。这令人无语的结局，是鱼玄机的无奈，也是作者的无奈。无奈之后，只能默默地祈盼“早晚乘鸾去，莫相遗”。夜同寝，昼同行，恰似鸾凤和鸣，夫妻和美、视对方为手中的宝，这是所有男女之人心目中的祈盼。祈盼大家同享幸福，莫相忘。然而美丽的女诗人，最终没有躲过这一情关的劫难，无奈的等待终成梦境。美丽的祈盼似气泡破灭后，鱼玄机开始改变自己，不再等待在自己心里已经死去的那个男人。她成了艳丽女道士，成了公众的情人，不少男人成了她的入幕之宾，她把这个修行场所的咸宜观变成了妓院，以致后来因为争风吃醋，一时失去理智，把自己的贴身丫鬟绿翘鞭打致死。这起命案很快被告到官府，鱼玄机被当时的京兆尹——温庭筠的远房亲戚温璋判了死刑。鱼玄机被处死刑前，亦师亦友的温庭筠也曾苦苦哀求这位表亲高抬贵手，然而……，只愿来生再相伴，共续这一段未了的情缘吧。

温庭筠是《花间词》派的鼻祖，是第一位专注于“倚声填词”并开其先河的诗人。他上承南北朝齐、梁、陈宫体的余风，下启花间派的艳体，是民间词转为文人词的重要标志。其词主要表达男女相思离别之情，词风婉丽、情致含蕴，至此有了“诗庄词媚”之说。故历代诗论家、词论家对其评价甚高，如周济在《介存斋论词杂著》云：“词有高下之别，有轻重之别。飞卿下语镇纸，端己[⑥]揭响入云，可谓极两者之能事。”

注 释

①蛩：古书中指蟋蟀或蝗虫。

②珍簟：簟，凉席，精美的凉席。

③寒衾：寒冷的被子。

④李亿：字子安，生卒年不详。唐宣宗大中十二年（858 年）戊寅科状元及第，官授补阙。

⑤钿：把金属宝石等物镶嵌在各种器物上作装饰。如宝钿、螺钿、金钿、翠钿。

⑥端己：韦庄（约 836—约 910 年），字端己，晚唐诗人、词人，五代时前蜀宰相，苏州刺史韦应物四世孙。

# 河 传

## 词牌题注

《河传》是词牌名。王灼《碧鸡漫志》引《脞说》云：“《水调·河传》，炀帝将幸江都时所制，声韵悲切，帝喜之。乐工王令言谓其弟子曰，不返矣。《水调·河传》，但有去声。”又言：“《河传》，唐词存者二，其一属南吕宫，凡前段平韵，后仄韵。其一乃今《怨王孙》曲，属无射宫。以此知炀帝所制《河传》不传已久。然欧阳永叔所集词内《河传》，附越调，亦《怨王孙》曲。今世《河传》，乃仙吕调，皆令也。”这个调名始于隋代，余考此说与《安公子》来历暗合。《安公子》原为唐教坊曲名，后用作词牌名。《北史·九十·列传第七十八》：“时乐人王令言亦妙达音律。大业末，炀帝将幸江都，令言之子尝于户外弹胡琵琶，作翻调《安公子曲》，令言时卧室中，闻之惊起，曰：‘变！变！’急呼其子曰：‘此曲兴自早晚？’其子曰：‘顷来有之。’令言遂歔欷流涕，谓其子曰：‘汝慎无从行，帝必不反。’子问其故，令言曰：‘此曲宫声往而不反，宫，君也，吾所以知之。’帝竟被弑于江都。”历史上优伶①传其姓名者不多，在史书上留有姓名者更是微乎其微，作为乐工的王令言能在《北史》中留有只言片语的记载，是非常难得的。我们只知道他是隋朝人，是晚年生活在大业年间（605—618年）的一个音乐家，是宫廷中极为优秀的乐工，他能从宫、商、角、徵、羽[②]的音调中判断出“此曲宫声往而不返，宫为君，大驾必不回”。这一干戈将起，天子大驾不能回銮的信息，可见其音乐知识、历史知识的渊博与深厚。隋炀帝这个人在历史上背负的骂名太多了，但其人雄才伟略，从开皇元年（581年）被册立为晋王开始，便率军消灭了陈朝，仁寿四年（604年）七月正式即位后，修建迄今为止惠及人类的大运河，营建并迁都洛阳，改革度量衡制度，改革律法制度，改革官吏制度，兴办学校重视文化教育，正式设置进士科，按考试成绩选拔人才，使我国科举制度正式诞生。征吐谷浑、契丹，三征高句丽，征讨琉球，西巡青海和河西走廊，并置西海、河源、鄯善、且末四郡，在封建王朝，中国帝王级人物抵达西北如此之远的地方，只有隋炀帝一人，并遣使达新罗、倭国、赤土等国。大业十二年（616年），杨广从政治、经济、军事等多方考虑，为了宇内安平，彰显皇威，从洛阳东巡江都，次年四月，李密率领的瓦岗军逼围东都洛阳。五月李渊在晋阳起兵，十一月攻入长安，拥立杨侑为皇帝，遥尊杨广为太上皇。大业十四年（618年）三月，杨广见天下大乱，无心再回北方，于是命人修治丹阳宫（今南京）准备迁居，但从驾的都是关中卫士，常年的征战加上南方的水土不服，使他们怀念家乡，于是纷纷逃归。军中一些将士利用卫士们思念家乡的厌战情绪，推宇文述的儿子宇文化及发动兵变，四月十一日，一代帝王杨广被弑，时年五十岁。隋炀帝死后，由萧后和宫人拆床板做了一个小棺材，偷偷地将他葬在江都宫的流珠堂下，后改葬于吴公台下。杨广遇弑的消息传到洛阳，洛阳群臣拥立杨广之孙越王杨侗为帝，史称皇泰主，并追谥杨广为明皇帝，庙号世祖。同年，李渊逼迫在长安的傀儡皇帝杨侑禅位于自己，自立称帝，建立唐朝，追谥杨广为炀皇帝。不久权臣王世充在洛阳逼迫杨侗禅让，也自立称帝，国号郑，年号开明，隋朝自此正式灭亡。隋炀帝死了，但其开疆拓土的功业，奠定了唐朝二百八十九年的辉煌历史。唐朝平定江南后，于贞观五年（631 年），以帝礼将隋炀帝改葬于雷塘。时间跨越一千三百余年后，在公元 2013 年扬州市邗江区曹庄，发现隋炀帝与萧后陵寝的古墓。铭文中有“隋故炀帝墓志”等字样。从 616 年隋炀帝从洛阳去江都扬州，乐工王令言闻曲而预言干戈将起、天子大驾不能回銮的信息，到隋炀帝 618 年被弑，我们不能不感叹音乐的伟大，闻音知雅意，但知音难觅。

隋炀帝所作《水调·河传》《安公子》二调原谱久佚，后人在此名下创调极多。据《词律词典》中记载：此调共有二十九体。另据华钟彦《花间集注》云：“按此调属‘林钟宫’，俗呼‘南吕宫’。又属‘黄钟商’。隋唐之间，名为《水调·河传》。盖‘水调’中‘河传’也，宋俗呼‘水调’为‘歇指调’，《教坊记》不载此调。《钦定词谱》中以温庭筠词为首创。有五十一字至六十一字诸体。”此调另有别称《青门怨》《庆同天》《阿传令》《忆王孙》《怨王孙》《月照梨花》《秋光满目》等。因此调频频换韵，每句用韵，且短句多，以至音节轻快，唐宋词人常用以写景、抒情。

诗词赏析

| 河传 | 格律 |
|---|---|
| **温庭筠** | |
| 湖上。 | 平⃝仄。（仄韵） |
| 闲望。 | 平仄。（韵） |
| 雨萧萧。 | 仄平平。（平韵） |
| 烟浦花桥路遥。 | 平⃝仄平⃝平⃝仄⃝平。（韵） |
| 谢娘翠蛾愁不销。 | 仄⃝平⃝仄⃝平⃝平⃝仄⃝平。（韵）。 |
| 终朝。 | 平⃝平。（韵） |
| 梦魂迷晚潮。 | 仄⃝平平仄平。（韵） |
| | |
| 荡子天涯归棹远。 | 仄⃝仄⃝平⃝平⃝平⃝仄⃝仄。（换仄韵） |
| 春已晚。 | 平⃝仄⃝仄。（韵） |
| 莺语空肠断。 | 平⃝仄平⃝平仄。（韵） |
| 若耶溪。 | 仄平平。（换平韵） |
| 溪水西。 | 平⃝仄⃝平。（韵） |
| 柳堤。 | 仄⃝平。（韵） |
| 不闻郎马嘶。 | 仄平平仄平。（韵） |

此词双调五十五字，上片二十七字，七句二仄韵五平韵，下片二十八字，七句三仄韵四平韵。

这是温庭筠三首《河传》中的第二首。调名《河传》在词牌题注中已讲过“有去声而无回韵”。而乐工王令言从音调中读出“大驾东巡，必不回矣”，故此调宜述写游子去而不归，怨妇断肠凄楚之音。而《河传》古亦写作《河船》，是咏其舟乘的词作，内容即咏调名本意。温庭筠之《河传》词意境，即以思妇望湖、盼郎早归为背景，以船带心上之人离去不归，而述写思妇的魂牵梦绕之苦。

“湖上。闲望。”起首句，看似平淡悠闲，但通观全词，我们才知道，此湖是离别之湖、伤心之湖、令人抛泪之湖。而一个“闲”字，并非无事而闲，悠闲而观望，而是自心上人别后，整日观湖，见船而盼郎早归之意，此情此景莫不是《望江南》中：“梳洗罢，独倚望江楼。过尽千帆皆不是，斜晖脉脉水悠悠。肠断白蘋洲”的语境吗？“雨萧萧。烟浦花桥路遥。谢娘翠蛾愁不销。”在诗词中我们经常看到有“谢娘”或“秋娘”二字的出现，历史上有二位著名的谢娘，其一是晋代才女谢道蕴，她本为晋名相谢安的侄女，极具才名。她嫁与王羲之次子王凝之为妻。孙恩攻会稽，身为江州刺史、会稽内史的王凝之被杀，谢道蕴幸免于难，后寡居会稽。其二是唐宰相李德裕有妾谢秋娘，去世后李德裕以隋炀帝所作《望江南》曲，作《谢秋娘》词以哀之。（见本书《望江南》词）。其三也多指游春女子，是唐代歌伎、女伶的通称，代指娼妓。后世多用“谢娘”“秋娘”而代称少妇，亦泛指金闺少女之意或侍妾，因此不必拘泥于“谢娘”或“秋娘”字面之意，历代词人用此代称较多。如“谢娘惆怅倚兰桡，泪流玉筋千条”（温庭筠《河渎神》），“惆怅谢家池阁”（温庭筠《更漏子》），“小楼高阁谢娘家”（韦庄《浣溪沙》），“夜落谢家池阁”（韦庄《归国遥》）等。“谢娘”或“秋娘”只是作者传情达意的媒介，信手拈来。而这里是讲“谢娘”于湖上闲望中所见的雨中之景，离恨之人，本身苦闷无处诉，若至春和景明日，上下天光一碧万顷时，则心旷神怡，或许能减轻些心中之苦，离别之恨；然“若夫淫雨霏霏，连月不开，阴风怒号”之际，则肯定会满目萧然，感极而悲。眼中所见，耳中所听，心中所感，必会引起思人愁妇蛾眉不展，萦损柔肠，以至于会“终朝。梦魂迷晚潮”。整日地魂牵梦绕于离人身上，情所依、心所思、恨所牵，都寄托于这梦魂之中。华钟彦在《花间集注》中称此为：“此言游春之女，有所怀念。故昼则眉锁春恨，夜则梦渡晚潮也。”

下片“荡子天涯归棹远。春已晚。莺语空肠断”。“荡子”指久行在外不归之人。这句话我们要从当时的大背景来看：一方面，隋炀帝开科举制度先河，给了下层民众改变命运的机会，于是学校的兴起、求学的迫切、科考的狂热导致男人们走出家门去博取前程。另一方面，男人要养家糊口就必须走出家门外出去谋生。另外，五代十国、隋末这一时期，战争频发，也导致了男人从军征战而离开家乡。故古诗曾有：“荡子行不归，空床难独守。”梁简文帝《荡妇秋思赋》：“荡子之别十年，倡妇之居自怜。”心上之人浪迹天涯，而何时是归期呢？春将过，人已老，青春已不在，而闻莺语呢喃，又怎能不令思妇愁断情肠呢？“若耶溪。溪水西。柳堤。不闻郎马嘶。”“若耶溪”中的“若耶”本是水名，在今浙江会稽绍兴，相传西施曾浣纱于此，故此溪又名浣纱溪，源于若耶山。句中的“若耶溪”，华钟彦称：“此举若耶者，以西子之美自况也。美而不偶，人最伤之。”由此可知，思妇是以水喻美人西施，以西施而衬自家之美，而美人得不到心上之人怜爱，以至终日愁肠百结，怨水乎？恨人乎？而溪水西边之柳堤，应是心中之人骑马常经之地，昔时马嘶终日，而自心中之人离去后，再不复闻马嘶之声，其怨恨处、失落处、苦闷处都由“不闻郎马嘶”而起。为方便大家阅读，现将温庭筠的另二首《河传》录于此。

**其一**

江畔。相唤。晓妆妍。仙景个女采莲。请君莫向那岸边。少年。好花新满船。

红袖摇曳逐风软。垂玉腕。肠向柳丝断。浦南归。浦北归。莫知。晚来人已稀。

**其三**

同伴。相唤。杏花稀。梦里每愁依违。仙客一去燕已飞。不归。泪痕空满衣。

天际云鸟引情远。春已晚。烟霭渡南苑。雪梅香。柳带长。小娘。转令人意伤。

温庭筠这一组三首《河传》不外乎少女怀春、离情别意、思人别远之意，但每首词都述写得情采飞扬，其笔墨缤纷处，既含而不露，又酣畅淋漓，充分展示了作者在构思运笔上的雄健艺术才能。陈廷焯《白雨斋词话》：“《河传》一调，最难合拍。飞卿振其蒙，五代而后，便成绝响。”又云：“（此词）凄怨而深厚，最是高境。”

## 注 释

① 优伶：优，指俳优，以乐舞、戏谑为业的男艺人。伶，以舞蹈、乐工为主的女演员。古指演艺人员。

② 宫、商、角、徵、羽：是我国五声音阶中五个不同音的名称，类似现在简谱中的 1、2、3、5、6。即宫等于 1（Do），商等于

2（Re），角等于3（Mi），徵等于5（So），羽等于6（La），亦称作五音。“宫”音为五音之主，故宫为君。“商”音为五音第二级，居“宫”之次，属金，臣之象。“角”为五音之第三级，居“商”之次，属木，民之象。“徵”为五音之第四级，居“角”之次，属火，事之象。“羽”为五音之第五级，居“徵”之次，属水，物之象。

# 酒泉子

## 词牌题注

《酒泉子》原为唐教坊曲名，后用为词牌名。汉代应劭[①]《地理风俗志》言“酒泉郡，其水若酒，故曰酒泉”。相传此泉是汉武帝为彰显霍去病在河西战役中的丰功伟绩，特遣使者赐赏美酒，霍去病将酒倒入泉中，同将士共饮，于是人们称此泉为酒泉。

酒泉，位于甘肃省西北部河西走廊西端的阿尔金山、祁连山与马鬃山（北山）之间。是甘肃省名“肃”字由来之地，即古月氏国[②]的简称。先秦时，这里称西戎地、西羌地、匈奴右地等。直到汉武帝元狩二年（公元前 121 年），酒泉一带一直为匈奴族的驻牧地。作为强悍游牧民族的匈奴，几乎把以农耕为主的汉朝的广袤大地，当成了自家的后院和仓库，烧杀抢劫无所不为。面对这样的局面，中原地区汉武帝以前的历朝历代，无力从根本上改变其状况，每次双方交战汉人都是胜少败多，所以秦朝只能寄希望于修筑坚固的长城进行消极防御，而汉朝却只能以和亲以及大量的“陪嫁”买来暂时的相对平安。为了改变这种状况，汉武帝刘彻派卫青[③]、霍去病[④]对匈奴进行了多次作战并取得了根本性的胜利。其中改写其历史的决定性战役有三次：河南之战、河西之战和漠北之战。这里所说的霍去病，就是生活在公元前 140

年至公元前117年，中国西汉时期的年轻而杰出的军事家、名将卫青的外甥，他曾担任汉朝大司马和骠骑将军。说起卫青和霍去病二人，大家应该都非常熟悉，但说起这二人的身份，大家只是知道他们大将军的身份，却很少有人知道，这二人不但都是汉武帝姐姐平阳公主家的仆人，而且二人都是私生子。卫青的母亲原来是平阳公主的侍女，和丈夫育有一儿三女，在她的丈夫去世以后，她与来平阳侯家做事的县吏郑季私通，生下了卫青。小时候的卫青在郑季的家里吃了很多的苦，稍大一点后，他不愿再受郑家的奴役，便回到母亲身边，做了平阳公主的骑奴。公元前139年，汉武帝刘彻扫墓归来的途中，顺路来姐姐平阳公主家看望，此时的汉武帝一直没有子嗣，而曾经“金屋藏娇”的表妹陈阿娇，虽然已贵为皇后，但也一直没有生育，作为皇帝姐姐的平阳公主，为了大汉的兴旺，就买了许多年轻漂亮的良家女子，准备随时送她们进宫，以延续汉室血脉。汉武帝在姐姐家果然看上了一个叫卫子夫的歌女，并将她带回了皇宫，卫子夫为汉武帝生了女儿和儿子，这个儿子就是刘据，刘据一出生马上就被立为太子。而这个卫子夫恰恰是卫青同母异父的三姐。出于这个原因，卫青很快得到了提拔，在汉武帝身边做事，为以后征讨匈奴打下了良好基础。霍去病的母亲正是卫子夫的姐姐，霍去病也就是卫青同母异父的二姐卫少儿与平阳县小吏霍仲孺的私生子，但霍仲孺不敢承认自己跟公主的女仆私通，所以霍去病只能以私生子的身份降世。小时候的霍去病勤奋好学，小小年纪就精通了骑马、射箭等十八般武艺。随后被年长于他十余岁的舅舅卫青，带上讨伐匈奴的征程。十几岁的霍去病多次率军与匈奴交战，在他的带领下，匈奴被汉军杀得节节败退。

元朔六年（公元前123年），十七岁的霍去病被汉武帝任命为票姚校尉，随卫青击匈奴于漠南，以八百人歼敌二千余人，并俘获了匈奴的高级首领和贵族，勇冠三军，被授封为冠军侯。元狩二年（公元前121年），汉武帝任命年仅十九岁的霍去病为骠骑将军，于春、夏两次率兵出击占据河西（今河西走廊及湟水流域）地区的匈奴部，歼敌四万余人，并俘虏匈奴王五人及王母、单于阏氏⑤、王子、相国、将军等一百二十余人。同年秋，霍去病又奉命迎接率众降汉的匈奴浑邪王，在部分降众哗变的紧急关头，霍去病竟然只带着数名亲兵就冲进了匈奴营中，直面浑邪王，令他诛杀哗变士卒。当时霍去病威武的气势不但镇住了浑邪王，同时也镇住了四万多名匈奴人，他们最终没有将哗变继续扩大，从而稳定了局势，浑邪王得以率四万余众归汉。元狩四年（公元前119年），为了彻底消灭匈奴主力，汉武帝发起了规模空前的"漠北大战"。霍去病率部奔袭两千多里，以一万五千人的损失数量，歼敌七万多人，俘虏匈奴王爷三人，将军、相国、当户都尉八十三人。霍去病一路追杀，来到了今蒙古肯特山一带，就在这里，霍去病率大军进行了祭天地的典礼，在狼居胥山筑坛祭天，以祭祀的方式，祭告天地神灵成功击退匈奴一事。封狼居胥山之后，霍去病继续率军深入追击匈奴，一直打到翰海，就是现在属于俄罗斯境内的贝加尔湖一带，方才回兵，从而留下了"封狼居胥"的神话，从此，汉朝控制了河西地区。这次战役后，汉朝在这里置武威、酒泉、张掖、敦煌四郡，历史上称"河西四郡"。从此打开了汉朝通往西域的道路。汉武帝为了彰显霍去病的丰功伟绩，特遣使者赐美酒给霍去病以示庆贺。但霍去病认为，击败匈奴非我一人之力，而是靠诸位将士在战场上的勇猛杀敌，皇帝赏赐的美酒我不能一个人享用，而是应该全军将士一同享用。但是酒少人多怎么办呢？于是霍去病就命人将皇帝赏赐的美酒倒入泉水中，与全军将士一同畅饮。从此人们就把这个泉水称为“酒泉”。汉武帝闻之非常高兴，就将这个地方赐名为“酒泉郡”，从此就有了“酒泉”这个地名。公元前117年，年仅二十三岁，天神一般的战将霍去病去世，其死因不明。司马迁（约公元前145或前135—？）与霍去病为同一时代人，其所著《史记》中遗失了十篇关于汉武帝的篇章，其中包括《武帝纪》，使汉武帝年间的事情出现了断代，后人猜测是司马迁因为受宫刑而故意为之。后人褚少孙在《史记·卷二十·建元以来侯者年表第八》中补记：“（霍）光[⑥]未死时上书曰：臣兄骠骑将军去病从军有功，病死，赐谥景桓侯，绝无后，臣光愿以所封东武阳邑三千五百户分与（霍）山（霍光哥哥的孩子过继给霍去病为后）。”这是历代史书中，对霍去病死因的唯一记载，对霍去病的真正死因也语焉不详。后来人们为了纪念霍去病的丰功伟绩，就写诗歌来赞美他，词牌名《酒泉子》就是在这种情况下产生的。在《酒泉子》里面的这个“子”字，是“歌”的意思，就是歌唱酒泉的歌。历史上没有留下是谁写下了以“酒泉”而命名的第一首歌、诗或词的记载，以及原歌、诗、词。但历史上以此词调创作的词众多，格体也甚多。此调《钦定词谱》中列有四十字至四十五字等共二十二体格式，句式大同小异，而用韵却多有变化。此词调在《金奁集》[⑦]中入高平调，一般以温庭筠体为正格。

另有一些版本如《湘山野录》[8]将潘阆的“忆余杭”归位于“酒泉子”。《历代诗余》[9]卷一百十四引《古今词话》：“潘逍遥狂逸不羁，往往有出尘之语。自制‘忆余杭’三首，一时盛传。东坡爱之，书于玉堂屏风，石曼卿[10]使画工绘之作图。”《钦定词谱·卷三·酒泉子》中称：“至《词律》所收潘阆‘长忆孤山’，与‘长忆西湖湖上水’二词，按《湘山野录》本名《忆余杭》，且与以上诸词体制不合（指《钦定词谱》中所列《酒泉子》二十二体），故仍按字数另列在后。”因此把《忆余杭》放在《酒泉子》之外。查《知不足斋》本、纪昀主编的《四库全书馆纂修本·逍遥集》中把“长忆孤山”与“长忆西湖湖上水”等十首词均列为《酒泉子》名下。唐圭璋[11]的《宋词纪事》中亦称：“案：潘阆《逍遥集·忆余杭》十首作《酒泉子》。”唐圭璋《全宋词》[12]中录潘阆词十一首，在《酒泉子》十首下小注称：“以上《逍遥词》，用南京图书馆藏明录本。”故由此可见《酒泉子》和《忆余杭》是一调还是二调，历来存在争议，或许《酒泉子》与《忆余杭》是互称而已，二者只是在用韵和用字上有别。但是在用韵上，《酒泉子》词，从《钦定词谱》中列有四十字至四十五字等共二十二体格式，句式大同小异，而用韵却多有变化。潘阆十首《忆余杭》词共分两体：一体为上片四句两平韵，下片四句两仄韵换两平韵的四十八字体；一体为上片四句两平韵，下片四句两仄韵换两平韵的四十九字体。故而二者相较从字数到韵脚全然不同。

另外，我们至今能见到的最早的《酒泉子》词，是《敦煌曲子词》中所记载的三首《酒泉子》，惜不知其作者为谁。

诗词赏析

## 敦煌曲子词

每见惶惶。队队雄军惊御辇。蓦街穿巷犯皇宫。只拟夺九重。

长枪短剑如麻乱。争奈失计无投窜。金箱玉印自携将。任他乱芬。

## 又咏马

红耳薄寒。摇头弄耳摆金辔。曾经数阵战场宽。用势却还边。

入阵之时。汗流似血。齐喊一声而呼歇。但则收阵卷旗旛。汗散却金鞍。

## 又咏剑

三尺青蛇。斩新铸就锋刃刚。沙鱼裹欛[13]用银装。宝见七星光。

曾经长蛇偃月阵。一遍离匣神鬼怕。鸿门会上佑明王。胜用一条枪。

从以上三首词的内容看，均与战争相关，所记述的是元狩二年（公元前121年），汉武帝派大将霍去病进军河西（即河西走廊今甘肃酒泉、敦煌一带），并于当年的秋天打垮了浑邪王，把匈奴残部追逐到玉门关外的盛况。其中的“队队雄军惊御辇”“争奈失计无投窜”描述了汉军的雄师所过之处，匈奴军队惊慌失措的无奈。同样在“咏马”和“咏剑”二首词中，分别记述了“曾经数阵战场宽”那威风凛凛的战马和“一遍离匣神鬼怕”的七星宝剑。因此可以说《酒泉子》这个词牌缘题而赋的基本格调，宜表现与战争相关的壮烈情怀。

| **酒泉子** | **格律** |
| --- | --- |
| **温庭筠** | |
| 花映柳条。 | 平⃝仄仄⃝平。（平韵） |
| 闲向绿萍池上。 | 平⃝仄仄⃝平平⃝仄。（仄韵） |
| 凭栏干， | 仄⃝平⃝平， |
| 窥细浪。 | 平仄⃝仄。（仄韵） |
| 雨萧萧。 | 仄平平。（平韵） |
| | |
| 近来音信两疏索。 | 仄⃝平平⃝仄仄⃝平仄。（换仄韵） |
| 洞房空寂寞。 | 仄⃝平⃝平仄⃝仄。（仄韵） |
| 掩银屏， | 仄⃝平⃝平， |
| 垂翠箔。 | 平⃝仄⃝仄。（仄韵） |
| 度春宵。 | 仄平平。（平韵） |

这就是在《钦定词谱》中，被列为正格的双调四十字，上片五句两平韵、两仄韵，下片五句三仄韵一平韵的温庭筠的《酒泉子》词。

此词上片描写了春闺少妇由于良人远游，于花映柳条的春日凭栏临池，于风中明窥细浪，暗起心中蒙蒙思念之细雨。下片词写由于“雁来音信无凭，路遥归梦难成”（李煜·清平乐），故而女主人公闺房空寂，致使她早早地“掩银屏，垂翠箔。度春宵”。这里的“度春宵”是寂寞之后难度春宵的无奈，是孤寂与无聊、祈盼与忧伤的无奈，是平日不得见，无奈中只得于梦幻中的相见。词写得凄苦婉转，将思人那无助的愁绪，表现得淋漓尽致。

华钟彦[14]先生在《花间集注》[15]中称：“花映柳条，是花与柳相合也。吹落池上，则又与柳相离也。感离合之倏忽，而伤人事之错忤也。”北大教授浦江清[16]先生在其文集中提到温庭筠之词“大开色相之门，后来《牡丹亭》曲、《红楼梦》小说皆承之而起，推为词曲之鼻祖宜也”。

## 注释

① 应劭（shào）（约153—196年）：东汉学者，字仲瑗。汉灵帝时被举为孝廉。中平六年（189年）至兴平元年（194年）任泰山郡太守，后依袁绍，卒于邺。应劭博学多识，平生著作颇多。

② 月氏国：月氏，读作“越知”（yuè zhī），或“肉知”（ròu zhī），为公元前3世纪至公元1世纪一个少数民族名称。早期以游牧为生，住在北亚，并经常与匈奴发生冲突。后来被匈奴击溃，一分为二：西迁至伊犁的，被称为大月氏；南迁至甘肃及青海一带的，被称为小月氏。

③ 卫青（？—前106年）：字仲卿，汉族，河东郡平阳县（今山西临汾）人。中国西汉武帝时的大司马、大将军。破匈奴打破了自汉初以来匈奴不败的神话，曾七战七胜，为北部疆域的开拓做出重大贡献。元封五年，长平侯卫青逝世，葬茂陵东北。谥号为“烈”。

④ 霍去病（前140—前117年）：汉族，河东郡平阳县（今山西临汾）人。中国西汉武帝时期的杰出军事家，大司马骠骑将军。霍去病多次率军与匈奴交战，取得了决定性的胜利，但年仅二十三岁去世。其创造的“封狼居胥”的丰功伟绩，成为中国历代兵家人生的最高追求、终生奋斗的梦想。

⑤ 阏氏：音“焉支”（yān zhī），单于正室。颜师古《汉书注》曰：“阏氏，匈奴皇后号也。”在汉代阏氏是匈奴妻妾的并称，只有正妻才称为“大阏氏”。

⑥ 霍光（？—前68年）：字子孟。大司马霍去病异母弟、汉昭帝皇后上官氏的外祖父、汉宣帝皇后霍成君之父。历经汉武帝、汉昭帝、汉宣帝三朝，官至大司马大将军。其间曾主持废立昌邑王刘贺。汉宣帝地节二年（公元前68年），霍光去世，谥号“宣成”。两年后，霍家因谋反被诛族。

⑦《金奁集》：温庭筠诗集，又名《金荃集》或《握兰集》。

⑧《湘山野录》：北宋僧人文莹撰写的三卷笔记体野史。记载自北宋开国至神宗时期的历史，涉及朝章国典、宫闱秘事、将相逸闻、风俗人物等，是难得的珍贵史料。

⑨《历代诗余》：清沈辰垣等编。本书又名《钦定历代诗余》，所选自唐至明人词作，凡一千五百四十调，九千余首。

⑩ 石曼卿：北宋文学家，名延年，字曼卿，一字安仁，别号葆老子。祖居幽州（今北京一带），工诗，善书法，著有《石曼卿诗集》。

⑪ 唐圭璋（1901—1990年）：字季特，满族人，生于南京。终其一生，专治词学。编著有《全宋词》《全金元词》《词话丛编》《宋词鉴赏辞典》等，著有《宋词三百首笺注》《南唐二主词汇笺》《宋词四考》《元人小令格律》《词苑丛谈校注》《宋词纪事》《词学论丛》等。

⑫《全宋词》：唐圭璋编著。中国近百年来最重要的古籍整理成果之一。全书共五册，荟萃宋代三百年间的词作，堪称集大成者。

⑬ 欛（bà）：同把，如柄欛。

⑭ 华钟彦（1906—1988年）：别名连圃，沈阳人。著有《花间集注》《戏曲丛谭》《中国历史文选》等书。诗词集为《苛蘅吟馆诗词》。

⑮《花间集注》：集著是对古书注释方式之一，是将各家对某书的不同注释集于某种版本中，以供读者参考，谓之“集注”。如宋朱熹《楚辞集注》等。华钟彦先生的《花间集注》于1935年出版。

⑯ 浦江清（1904—1957年）：著名古典文学研究专家，北京大学中文系教授，一生著述颇多。

# 采莲子

## 词牌题注

《采莲子》原为唐教坊曲名，为七言四句带有和声的声诗，后用作词牌名。毛先舒《填词名解》中记载：“吴越俗女子多荡舟采莲，作为歌曲文士咏其事，或代为妇人之词。六朝唐人乐府有《采莲》《绿水》《长平》《江南》等名。唐皇甫松[①]创此词为采莲举棹之歌，因名《采莲子》。”另据华钟彦先生的《花间集注》中载：“按此调属‘夹钟商’，俗呼‘双调’，《乐府诗集》载：‘梁昭明太子有《采莲》之曲’，简文帝以下作者二十余人，即此调之滥觞也。始见《教坊记》。共二十八字，即七言绝句也。《词律》云：其‘举棹’、‘年少’，乃相和之声。犹《竹枝》词中之‘竹枝’、‘女儿’，乃歌时群相随和之声也。特‘竹枝’二字，用于句中，‘女儿’二字，用于句尾；此则一句一换耳。”通过毛先舒的《填词名解》和华钟彦的《花间集注》我们得知，《采莲子》这个词调应该是在江南一带流行的民间歌曲，是女孩子们荡舟采莲时所随口吟唱的小调，随口吟来其内容或平起或仄起，随心情或景物而定，不拘其韵，亦如南方的男女情歌对唱一样无拘无束。其调式和名称亦不统一，计有《采莲曲》《采莲归》《采莲女》《湖边采莲妇》《采莲》《采红莲》，等等。这就是上面华钟彦所言：

“《乐府诗集》载：‘梁昭明太子有《采莲》之曲’，简文帝以下作者二十余人，即此调之滥觞也。”于此可见当时写“采莲”词的作者和调式之多，传唱人数之广。后来这类民间小调经文人采制入词，细加梳理将其平仄、句式、字数逐渐加以规范，犹如刘禹锡的《竹枝词》一样，是文士们采集当地的民歌、民谣等诸多形式，加以提炼创作，遂形成我们今天所看到的样子。另外有柳永所创双调九十一字，上下片各八句、四仄韵的《采莲令》，是与二十八字《采莲子》不同的调式。皇甫松作有两调《采莲子》，两词均写采莲少女情态，亦是咏“采莲”本意。

## 诗词赏析

| **采莲子** | **格律** |
|---|---|
| **皇甫松** | |
| **其一** | |
| 菡萏[2]香连十里陂（举棹）。 | 仄仄平平仄仄平。（韵） |
| 小姑贪戏采莲迟（年少）。 | 仄平平仄仄平平。（韵） |
| 晚来弄水船头湿（举棹）， | 仄平仄仄平平仄， |
| 更脱红裙裹鸭儿（年少）。 | 仄仄平平仄仄平。（韵） |
| **其二** | |
| 船动湖光滟滟秋（举棹）。 | 平仄平平仄仄平。（韵） |
| 贪看年少信船流（年少）。 | 平仄平仄仄平平。（韵） |
| 无端隔水抛莲子（举棹）， | 平平平仄平平仄， |
| 遥被人知半日羞（年少）。 | 平仄平平仄仄平。（韵） |

此两首词即咏题面采莲本意。在题注中已经讲过，本词共

二十八字，类似七言绝句，但与七言绝句所区分的是，在句中和句尾加“举棹”和“年少”二字，其目的是在演唱时用于“群相随和之声”。

首开之句的“菡萏香连十里陂”可谓荷面之大，荷莲之多。那少女撑着采莲船儿，来往于清香四溢的荷莲之内。词中的“菡萏”即为荷花的别称。南唐中主李璟曾在《浣溪沙》一词中写有“菡萏香销翠叶残”句。《毛传》中有“菡萏，荷花也”的称谓。词中的“十里陂”，是荷面宽广无边之谓。第二句“小姑贪戏采莲迟”是言众多的莲女穿梭于红莲之中，忙于采莲，而只有这位小姑娘，由于贪图玩耍，而忘记了采莲，这一句道出了天真少女的烂漫与纯真。其中的“采莲”对应词牌名《采莲子》。第三句的“晚来弄水船头湿”的“晚”字，可理解为渔舟晚唱，落帆而归的意思。小姑娘贪图戏耍，以至于那船头都被水打湿了。词中的“弄水”即是玩弄水的意思。潘阆[③]在其《酒泉子》一词中曾有“弄潮儿向涛头立，手把红旗旗不湿”句，其中的“弄潮儿”即指玩弄潮水的人。最后的“更脱红裙裹鸭儿”这一句，《栩庄漫录》中曾言：“‘更脱红裙裹鸭儿’句，写女儿憨态可掬。”那小小的莲女，由于贪图玩耍，不顾羞愧，脱下身上穿的红裙，将那水中的鸭子捕住。一句话道出了少女的天真无邪。

而第二首，作者写得更加传神，通过少女贪看英俊少年而至“信船流”，把少女的心事、少女的憨态、少女的痴情表露无遗。也许是情到痴处自迷离的缘故，为了吸引英俊少年的注意，此时那少女大胆且无来由地抓起一把莲子，向那英俊的少年抛撒过去，这一个“抛”字所包含的内容太多了，戏谑？挑逗？爱慕？我们知道“莲子”一词是一个双关语，“莲”通“怜”，通“恋”，是一个谐音的双关语，这是少女用“抛莲子”的行为，向英俊少年婉转地表达自己对他的爱恋之情。而最后一句的“遥被人知半日羞”更是把少女描写得可爱至极，那“无端隔水抛莲子”，挑逗英俊少年的行为，被别人远远地看见了，太难为情了，太令人羞愧了，太令人尴尬了，以至于让这位大胆挑逗少年的小姑娘羞红着脸，呈现出“半日羞”的初恋羞涩窘态。

此词如同画卷一样，徐徐铺开，生动而传神。陈廷焯在《白雨斋词话》中称赞道：“皇甫子奇词，宏丽不及飞卿，而措词闲雅，犹存古诗遗意。唐词于飞卿而外，出其右者鲜矣。五代而后，更不复见此笔墨。”

## 注释

①皇甫松：生卒年不详，字子奇，自号檀栾子，睦州新安（今浙江淳安）人。他是工部侍郎皇甫湜之子，宰相牛僧孺之外甥。《花间集》称他为“皇甫先辈”，唐人称进士为“先辈”是尊称。举进士不第，终身布衣。唐昭宗年间，韦庄奏请追赠李贺、皇甫松、陆龟蒙等人进士及第，并称其为“俱无显贵，皆有奇才”，工诗善词，《新唐书·艺文志》著录皇甫松《醉乡日月》三卷，其词今存二十二首，《花间集》中存词十二首。王国维辑《檀栾子词》一卷。

②菡萏（hàn dàn）：荷花的别称。

③潘阆（làng）（？—1009年）：宋初著名隐士。字梦空、逍遥，号逍遥子，性格疏狂，曾两次坐事亡命，真宗时释其罪，任滁州参军。工词，今仅存《酒泉子》十首。

# 天仙子

## 词牌题注

《天仙子》原为唐教坊曲名，后用做词牌名。据段安节《乐府杂录·龟兹部》中记载：“《万斯年》曲是朱崖李太尉进，此曲名即《天仙子》是也。”这个曲调是由西域流传过来的一首舞曲，名叫《万斯年》，当时的唐朝宰相李德裕把它进献给朝廷，后来此调被收入《教坊曲》中，属龟兹部舞曲。唐诗人皇甫松用《万斯年》的曲调，写有“懊恼天仙应有以”的句子，故后人将此调改名为《天仙子》。而任半塘先生的《教坊记笺订》，在考证《天仙子》一词中指出，此调“与《乐府杂录》内，谓李德裕所进《万斯年》即《天仙子》者应无关。因《万斯年》乃宰相所进之‘颂圣’大曲，不应有小曲之别名。皇甫松作，及敦煌写卷所见之《天仙子》，无不咏调名本意，辞内各有‘天仙’、‘仙子’、‘仙娥’等字，尤不合宰相进乐之体。《新唐书·礼乐志》亦载其事，但并无‘即《天仙子》’说”。同时任半塘先生认为：“《乐府杂录》传本之错简讹字，较本书尤甚。此项别名殆不可信。胡适于《词的起源》内因李德裕之时代关系，疑本书列《天仙子》乃后人所增附，非崔氏原文，失据。”

此调有单调，双调两体，单调始于唐人，平仄均押，双调始于宋人，上下片俱押五仄韵。

## 诗词赏析

| 天仙子 | 格律 |
| --- | --- |
| 皇甫松 | |
| 踯躅[1]花开红照水。 | (平)平(平)平平仄仄。（韵） |
| 鹧鸪飞绕青山嘴[2]。 | (仄)(平)平(仄)平(平)仄。（韵） |
| 行人经岁始归来， | (平)平(平)仄仄平平， |
| 千万里。 | (平)(仄)仄。（韵） |
| 错相倚。 | (仄)平仄。（韵） |
| 懊恼天仙应有以。 | (仄)仄(平)平平仄仄。（韵） |

此词单调三十四字，六句五仄韵，另有押四仄韵，或押两仄韵、三平韵，或押五平韵。皇甫先辈流传下来的词作不多，大多为绮艳之词。但这首词却是为数不多的，述写了旅人经年漂泊后，今始归来后心情愉悦的词作。此调皇甫松一共写了两首，此词是第二首。皇甫先辈在第一首《天仙子》中借刘晨、阮肇别仙女的故事，委婉地述写了自己当年与心爱的美人惜别之情景，是一种典型的借他人酒杯，浇自己块垒的写法，托意仙缘，实写己况。在词中他言道：**晴野鹭鸶飞一只，水荭[3]花发秋江碧。刘郎此日别天仙，登绮席，泪珠滴，十二晚峰高历历。**第一首是写分别，而这第二首是写回归，是在外面经年漂泊以后，回归家乡那身心愉悦的感叹。

“踯躅花开红照水”，“踯躅花”又叫映山红，是属于杜鹃科的一种，春季开花，漫山遍野红如丹火，这被誉为灿若云锦的花中西施映照在水面上，是水美？是花美？还是常年在外奔波，而今还家，所见家乡的一草一木而被感染的心情美？“鹧鸪飞绕青山鹘”，在古诗词里经常有描写鹧鸪的诗词句，在古人眼中，鹧鸪是一种有灵性的动物，是古人寄托情思的一种灵鸟。鹧鸪生于南方，是一种怀旧之禽，因为它在起飞时必先南向而飞，以感故土养育之恩，然后再折翅向既定方向前行，故古人称其为“其志怀南，不徂[④]北也”。它的鸣叫之声更像是“行不得也哥哥”，在离人思妇耳中，这苦苦的哀鸣，断人心肠，游子闻其声，思乡之情顿生，思妇闻其声，悔教夫婿觅封侯。故白居易在《山鹧鸪》中写道：“啼到晓，唯能愁北人。”那鹧鸪的声声啼鸣，是呼唤离人莫忘南归、莫忘家乡、莫忘亲人之怀抱。而此处不写鹧鸪之啼鸣，而是写鹧鸪绕山而飞，莫不是游子回归，灵鸟前来为游子引路而行？在前一首词中作者发端之词为“晴野鹭鸶飞一只”，鹭鸶鸟于晴野的天空中孤飞，即暗示自己与美人的别离，而现在回转家乡，想到即将见到久别的亲人，那种莫名的兴奋、那种愉悦的心境是不可名状的。心情好了，于是在游子眼里，那艳丽的鲜花映红了河水，那成双成对的鹧鸪，上下翻飞欢迎他，为他指引回家的道路。作者将家乡的山、家乡的水、家乡的花、家乡的鸟，都写得如此美好，不外乎是表明了惬意的心境，是以环境的优美来映衬自己的心情。下面的“行人经岁始归来”这句所对应的是第一首中的“刘郎此日别天仙”句，这里作者用了一个典故，传说刘晨、阮肇入浙江天台县的天台山去采药，遇见两个仙女，留他们住了半年。后来他们要求回家，他俩在和仙女依依惜别后回到家乡时，发现已历子孙七世，这种天堂与人间的巨大反差让他们感到非常不适应，于是又返回山中，去寻求美好的生活。神话中的生活是美好的，那么现实中这个“刘郎”，这只孤飞的鹭鸶为何事而抛下这娇美的“天仙”远走他方？是仕途？是生意？若论仕途，据史载皇甫松有奇才，而且他的父亲还是工部郎中，就是朝廷中掌管制造业的从五品的大官，他本人又是宰相牛僧孺的外甥，这种高干家中的公子，却屡举进士不第，终身布衣，以至于著名的《花间集》中，只能称其为“皇甫先辈”。在唐代人们管考取了进士却没有官职的人叫先辈，是一种尊称。而皇甫松屡举进士不第，终身布衣哪里来的这种官称呢？据历史记载：在唐昭宗年间，由韦庄奏请朝廷追赠李贺、皇甫松、陆龟蒙等人进士及第，奏章中称这几个人是“俱无显贵，皆有奇才”，故而才有“皇甫先辈”之称。那么是为生意吗？可他的家境明摆着不缺钱。那么到底所为何事，让他弃美人与家庭而涉千万里之遥，饱经艰辛后“始归来”呢？一个“始”字道出了多少离别的辛酸与归来的欣慰呀！其原因就在于“错相倚”。“倚”是倚傍、倚靠、倚赖，或许也有倚仗的意思。那么所倚何人？又是为何事值得他抛却“天仙”去相倚？是他的情人？是他的朋友？还是他追求的某种功利？然而不管是什么，在经过了种种坎坷、困顿、失意、彷徨后，作者深感所依非人、所依非事，他感到错了。一个“错”字，这里的内涵太丰富了，抑或是作者恼恨不能复返仙境？抑或是天仙恼恨人神之间思维、理念不同，而造成千里之隔，不能同登仙境？总之“错相倚”三字大有一言难尽之喟叹。这个猛醒使作者内心的羁绊和愧疚的心灵得以真正解脱，使他决心回归自己的家乡，找回自己的真爱，并希望那个为他离去而懊恼的曾“登绮席，泪珠滴”的天仙美人能原谅自己，宽宥自己。“以”同“已”，即停止、过去、算了的意思。亦如“归去来兮”一样，盼望天仙的懊恼从此消失，自身失途的懊恼亦从此结束。

陈廷焯在其《白雨斋词话》对这两首词评价道："其'十二晚峰高历历'结笔得远韵。"而综观两词"无一字不警快可喜"，并对其评价道："皇甫子奇词，宏丽不及飞卿（温庭筠），而措词闲雅，犹存古诗遗意。"

## 注 释

① 踯躅（zhí zhú）：踯躅花特指黄色的野生杜鹃，而通常栽培的杜鹃是没有黄色的，这种黄色的杜鹃有毒，在山上放牧的羊误食它的花和叶后会踯躅蹒跚，步履不稳，故名羊踯躅或闹羊花。

② 觜：同嘴。

③ 水荭（hóng）：一种水草名。

④ 徂（cú）：行走。

# 摘得新

## 词牌题注

《摘得新》原为唐教坊曲名，后用作词牌名。任半塘在《教坊记笺订》一书中对其考证道：“王建《宫词》叙‘开元’事云：‘众里遥抛新摘子，在前收得便承恩。’谓新摘之果实也。王涯《宫词》云：‘御果收时属内官，傍檐低压玉阑干。明朝摘向金华殿，尽日枝边次第看。’可参证。”因此此调或起于宫中抛掷新摘果实之戏，亦如《抛球乐》一样。在《钦定词谱》中，列有晚唐词人皇甫松一词，调名用词的起首句为名，或为创调之词。单调二十六字，六句四平韵。

## 诗词赏析

| **摘得新** | **格律** |
|---|---|
| **皇甫松** | |
| 摘得新。 | 仄仄平。（韵） |
| 枝枝叶叶春。 | 平平仄仄平。（韵） |
| 管弦兼美酒， | 仄平平仄仄， |
| 最关人。 | 仄平平。（韵） |
| 平生都得几十度， | 平平(平)仄(仄)(仄)仄， |
| 展香茵①。 | 仄平平。（韵） |

这是《花间集》中所录《摘得新》两首词之一，另一首是：“酌一卮[②]。须教玉笛吹。锦筵红蜡烛，莫来迟。繁红一夜经风雨，是空枝。”这两首词格律相同，其内容均为花间、筵席上所行的酒令之词。词句由三、五、七的句式组成，形式活泼灵动，给人一种和谐舒美的感觉。这两首词虽短，却包含了无限感慨。

此两首词写对人生的感叹，抒发了管弦兼美酒、锦筵红蜡烛的繁荣似锦，盛筵难再的无端感慨，以及及时行乐、莫待空枝无花可摘的消极思想。其中的“管弦兼美酒，最关人”指音乐加上美酒，最能诱发人的激情，“关人”即关心人的情怀。“平生都得几十度，展香茵。”这两句指人的一生中，能有多少次才能得到这种享受的大好时机呀？茵即垫子或褥子。试想一下，在春日芳草绿美如茵的时节，在柔软的草地上，铺上精美的席垫，周边堆满了刚刚采摘的、带着春天芬芳气息的花草，一边品尝着美酒，一边欣赏舞女们随着管弦乐曲在曼妙地翩翩起舞，只有对酒听曲、对酒当歌才能展示人们的情怀，然而人的一生又能有几回这样的机会呢？

第二首，词人述说了“绿酒一杯歌一遍”[③]的美好生活，词人深感良辰难再，“繁红一夜经风雨，是空枝”。这是有感于一夜风雨就能把绚烂的花树变成了空枝，想到人生也是这般短暂难留，所以他奉劝大家要及时行乐，美酒、玉笛、红烛、锦筵这样的标配莫要辜负。读到这里，不由得令人想起了比皇甫松更早一些、同是唐人杜秋娘的那首《金缕曲》：“劝君莫惜金缕衣，劝君须惜少年时。有花堪折直须折，莫待无花空折枝。”杜秋娘的《金缕曲》中的“莫惜”“须惜”一舍一取，是非分明。“莫惜”的是金缕之衣，“须惜”的是青春年少的大好时光，身为女人的杜秋娘告诉我们，一旦有了机会就应该好好把握时机，抓住机遇不要犹豫，不要错过，而一旦错过（莫待无花），你只能枉自嗟叹了（空折枝）。同样都是直抒胸怀，二者相较，杜秋娘的《金缕曲》更加放旷豪迈，但不管怎样，皇甫松的这首词仍然在倚红偎翠的花间词风中别有一番清新的风味。

皇甫松是生活在中唐时期的优秀诗人和词人，由于年代的睽隔，其生卒年代和生平我们所知甚少，现有的资料中，我们只是知道皇甫松，字子奇，自号檀栾子，是中唐古文作家、散文家、工部侍郎皇甫湜之子，宰相牛僧孺[④]之外甥。举进士不第，终身布衣。其人工诗善词，尤其擅长竹枝小令，并能自制新声。其词生动细腻，多绮艳之作，后人对其推崇备至。

况周颐[⑤]在《餐樱庑词话》[⑥]中称：“词以含蓄为佳，亦有不妨说尽者。皇甫子奇《摘得新》云：‘繁红一夜经风雨，是空枝。’语淡而沉痛欲绝。”清人王奕清在《历代词话》[⑦]中引花庵词客黄升[⑧]之语称：“皇甫松为牛僧孺甥，以《天仙子》词著名，终不若《摘得新》二首为有达观之见”。李冰若[⑨]的《栩庄漫记》[⑩]对皇甫松的词做了极为恰当的评价，说他的词“秀雅在骨”，如“初日芙蓉春月柳，庶几与韦相（韦庄）同工”。《花间集叙》中称：“这首词写及时行乐，但也带着时代的阴影。首言以声乐佐酒，次言佳肴良宵。‘莫来迟’为全词之主。结束用花红不常，一夜风雨，总要凋落作比，以喻时不待我，好景难留，莫使落红遍地，一树空枝，徒有惆怅。及时行乐的后面深藏着隐痛。”

## 注释

①茵（yīn）：褥子。

②卮（zhī）：此指酒器。

③此句见冯延巳《长命女》：春日宴，绿酒一杯歌一遍。再拜陈三愿：一愿郎君千岁，二愿妾身常健，三愿如同梁上燕，岁岁长相见。

④牛僧孺（780—848年）：字思黯。安定鹑觚（今甘肃灵台）人。历佐穆、敬、文、武四帝，文宗年宰相，是著名的牛、李党争中牛党的领袖。

⑤况周颐（1859—1926年）：清人，原名周仪，因避宣统帝溥仪讳，改名周颐。别号玉梅词人，晚号蕙风词隐。广西临桂（今桂林）人，光绪五年举人，曾官内阁中书，后入张之洞幕府为幕僚。一生致力于词学研究凡五十年，尤精于词论。著有《蕙风词》《蕙风词话》。

⑥《餐樱庑（wǔ）词话》：清人况周颐在《蕙风词话》前的一部规模最大也最为重要的词话，然而这部词话知之者甚少，对于况周颐词学理论的研究有着重要意义。

⑦《历代词话》：清人王奕清编著。内容按历史顺序进行排列，汇辑了上起唐宋，下迄清末的历代词话一百二十余篇。

⑧黄升：生卒年不详，字叔旸，号玉林，又号花庵词客，建安（今属福建建瓯）人。不事科举，性喜吟咏。著有《散花庵词》，编有《绝妙词选》二十卷，分上下两部分，上部为《唐宋诸贤绝妙词选》，十卷；下部为《中兴以来绝妙词选》，十卷。附词人小传及评语，为宋人词选之善本。后人统称《花庵词选》。

⑨ 李冰若（1899—1939 年）：原名锡炯，自号栩庄主人。一生研究古典文学，著作甚多，遗稿大多散失。出版的有《花间集评注》《长楚轩贻》《闲庐余事》《栩庄诗集》《绿梦庵词》等。

⑩《栩庄漫记》：自号栩庄主人的李冰若在评注《花间集》时“虚拟”的一本书。它从未出版过单行本，准确地说，它只是以《栩庄漫记》的名义，为《花间集》部分词作写下的一百九十六条评语的总称。

# 胡渭州与醉吟商

## 词牌题注

《胡渭州》原为唐教坊曲，后用为词牌名。“渭州”，因渭水而成名，治所在今天的甘肃省陇西一带。宋李上交的《近事会元》中称：“唐明皇天宝中（742—756 年），西凉节度使盖嘉运进。”盖嘉运是唐玄宗年间镇守边关的一员猛将，杀敌无数，所立战功无数，朝廷赏赐无数。他曾经带兵进驻到今俄罗斯托克马克附近，后来盖嘉运凭借战功，被封为河西、陇右两镇节度使，负责经略吐蕃的一切事务，其兵力最多时达十几万人。但盖嘉运自恃屡立边功，沉溺酒色，不思防务，在京城吃喝玩乐，一再拖延赴任时间，结果遭到朝臣的弹劾，引起唐玄宗的严重不满。后来他到任后，为了弥补过失讨好唐玄宗，将西北地区流传的《胡渭州》《甘州大曲》《伊州曲》等一些具有民族特色的曲调献给玄宗皇帝。唐玄宗酷爱音乐，立命教坊改编演出，从此这些曲调盛行于宫廷，随后又流传于民间，并于长安的歌舞伎馆、茶楼酒肆中广为流传，直至传到了日本。比如词调《甘州子》和《八声甘州》，原本都是《甘州大曲》中的一个乐段，后经文人雅士的改编，才成了今天我们大家熟知的词调和词牌。在唐代，《渭州曲》或《渭城曲》可是红遍整个长安的曲调，尤其是王维的一曲《送元二使安西》：“渭城朝雨浥轻尘，客舍青青柳色新。劝君更尽一杯酒，西出阳关无故人。”后来因王维词中有“渭城”和“阳关”这两个地名，故人们又将其称为《渭城曲》或《阳关曲》，并被人改编成为中国十大古琴曲之一的《阳关三叠》，这样一来，使得《渭城曲》更是家喻户晓。

另据唐人郑处诲《明皇杂录》载：“唐开元中（713—742年）乐工李龟年、彭年、鹤年兄弟三人皆有才学盛名。彭年善舞，鹤年、龟年能歌，尤妙制《渭州》。特承顾遇，于东都大起第宅，僭侈[①]之制，逾于公侯。宅在东都通远里，中堂制度甲于都下。其后龟年流落江南，每遇良辰胜赏，为人歌数阕，座中闻之，莫不掩泣罢酒，则杜甫尝赠诗所谓：‘岐王宅里寻常见，崔九堂前几度闻。正是江南好风景，落花时节又逢君。’”《唐史吐蕃传》亦云：“奏《凉州》、《胡渭》、《录要》、《杂曲》今小石调，《胡渭州》是也。然世所作《伊州》、《胡渭州》、《六么》皆非大曲全遍。”此调到了南宋，几近于失传，南宋著名的词人姜夔于南宋辛亥年（绍熙二年，1191 年）这一年的夏天，拜谒著名南宋诗人杨万里[②]，在杨万里的家里，姜夔偶然遇到一个精通音乐的琵琶大师，并在这位大师的指导下，学得《醉吟商胡渭州》的品弦法，并据此推演出《醉吟商小品》的曲谱。姜夔在《醉吟商小品》前小序中称：“石湖[③]老人谓予云：‘琵琶有四曲，今不传矣，曰《濩索[④]梁州》、《转关绿腰》、《醉吟商胡渭州》、《历弦薄媚》也。’予每念之。辛亥夏，予谒杨廷秀丈[⑤]于金陵邸中，遇琵琶工，解作《醉吟商胡渭州》，因求得品弦法，译成此谱，实双声耳。”《钦定词谱》中称：“《胡渭州》曲名，《醉吟商》，其宫调也。姜夔自度，乃夹钟商曲，盖借旧曲名，另倚新腔耳。”在《钦定词谱·阳关曲》条目下，记录有：“本名《渭城曲》。宋秦观云：‘《渭城曲》绝句，近世又歌入《小秦王》，更名《阳关曲》。’属双调，又属大石调。按，唐教坊记，有《小秦王曲》，即《秦王小破阵乐》也，属坐部伎。”《钦定词谱》在列王维单调二十八字，四句三平韵的《阳关曲》其后，又称“宋苏轼词三首，其第二句，一首云‘银汉无声转玉盘’，一首云‘才到龙山马足轻’，则此词客字可平也。至第三句，仄平仄仄仄平仄，苏词三首皆然。若平仄一误，即非此调。按，此亦七言绝句，唐人为送行之歌，三叠，其歌法也。苏轼论三叠歌法云：‘旧传阳关三叠，然今世歌者，每句再叠而已。若通一首言之，又是四叠，皆非是。或每句三唱以应三叠之说，则丛然无复节奏。余在密州，文勋长官以事至密，自云得古本《阳关》，其声宛转凄断，不类向之所闻。每句皆再唱，而第一句不叠，乃知古本三叠盖如此。及在黄州，偶读乐天对酒诗云：相逢且莫推辞醉，听唱阳关第四声。注云：第四声，劝君更尽一杯酒，以此验之。若一句再叠，则此句为第五声，今为第四声，则第一句不叠审矣。’查元《阳春白雪集》，有大石调《阳关三叠》词云：‘渭城朝雨，一霎挹轻尘。更洒遍客舍青青，弄柔凝，千缕柳色新。更洒遍，客舍青青，千缕柳色新。休烦恼，劝君更尽一杯酒，人生会少，自古富贵功名有定分。莫遣容仪瘦损。休烦恼，劝君更尽一杯酒，只恐怕西出阳关，旧游如梦，眼前无故人。只恐怕西出阳关，眼前无故人。’与苏论吻合，并附录之。”

诗词赏析

| 胡渭州 | 格律 |
|---|---|
| **张祜**[6] | |
| 亭亭孤月照行舟。 | 平平平仄仄平平。（韵） |
| 寂寂长江万里流。 | 仄仄平平仄仄平。（韵） |
| 乡国不知何处是， | 平仄仄平平仄仄， |
| 云水漫漫使人愁。 | 平平仄仄仄平平。（韵） |

“亭亭孤月照行舟。寂寂长江万里流。”这两句作者为我们描绘出了一个高冷的孤寂境界，“亭亭”是高耸、直立、挺拔的状态，而“孤”是孤傲、孤独、孤立的状态，行舟是动态，孤月是静态，以静态的孤月映照在动态的行舟上，这个静谧的月下泛舟图中，却有着一种孤独、一种清高、一种寂寞于其中，尤其这一轮孤月映照在行舟之人的身上，那么这种无以为伴的落寞感会更加强烈。而“寂寂”又是寂静、寂寥、寂寞、孤寂的状态，长江之水天上来，奔腾到海不复还，这是一种惊涛拍岸的震撼，是一种闻其声令人惊心、观其浪令人心悸的震撼，而此时作者偏偏在此著一“寂寂”之字，想来大有学问。昔宋人范仲淹曾经在《岳阳楼记》中将四时之景的变化，涉及人的心态、思维变化，有过一段精彩的描写，“若夫霪雨菲菲，连月不开，阴风怒号”之时，此种天气，给人的心情带来的是“满目萧然，感极而悲者矣”。但是“至若春和景明，波澜不惊，上下天光，一碧万顷”之际，则此时会令人“心旷神怡”，“其喜洋洋者矣”。此处的“寂寂”却是作者反其道而行之，以心境的孤寂而描写周边的景物，本来明月高悬于长江之上，一叶扁舟，乘着月色，逶

迤前行，这是一幅多么令人神往的“月夜泛江图”，而这美好之景，却因为是漂泊羁旅的游子见到“亭亭孤月”，想到漂泊的孤舟，想到“何处是归程”，从而产生了一种难以排遣的望月而思乡、见水而思归的乡愁。据历史记载，张祜其人自称钓鳌客，因性情孤傲且才高无匹，遭到权贵元稹等人记恨，他在一些侯府当幕僚的时候，也因为他不肯和这些庸官同流合污，而经常辞职不就。年轻的时候，他也曾经到长安写干谒诗⑦，拜访朝廷各位大员，但都铩羽而归。最惨的一次，身无分文的他，只得把随行的爱妾卖掉，换了一匹马。“绮阁香销华厩空，忍将行雨换追风。休怜柳叶双眉翠，却爱桃花两耳红。”（《爱妾换马》）他几乎像个叫花子一样回到了苏州的家。他在《感归》中感慨道：“行却江南路几千，归来不把一文钱。乡人笑我穷寒鬼，还似襄阳孟浩然。”张祜布衣终生，萧条一世，虽然贫穷，但在七十余年的生涯中，用一千余首诗歌向这个世界传递出了自己的心声，他晚年筑室隐居于丹阳秀美山水中。所以这首诗就是作者长期寄居他乡的有感而发，是一个羁旅游子对自家身世的喟叹。“乡国不知何处是，云水漫漫使人愁”。是啊！面对孤月行舟、滔滔江水、茫茫云海，不由得思起家乡，然而“日暮乡关何处是？烟波江上使人愁”。家在何处？多年的羁旅生涯，漂泊不定，这种漂泊的生活何时才能结束？渺茫的云天、渺茫的前程、渺茫的水路、渺茫的人生，这里的一切都令作者因渺茫而愁绪满怀。

| 醉吟商胡渭州 | 格律 |
| --- | --- |
| 姜夔 | |
| 正是春归， | 仄仄平平， |
| 细柳暗黄千缕。 | 仄仄仄平平仄。（韵） |
| 暮鸦啼处。 | 仄平平仄。（韵） |
| | |
| 梦逐金鞍去。 | 仄仄平平仄。（韵） |
| 一点芳心休诉。 | 仄仄平平平仄。（韵） |
| 琵琶解语。 | 平平仄仄。（韵） |

此词双调二十九字，上片三句两仄韵，下片三句三仄韵。此词只此一调，无他首可校，故平仄本此。

说起姜夔这首词，不得不说起他的身世。姜夔是江西鄱阳县人，他少年孤贫，屡试不第，只得转徙江湖，靠卖字和朋友接济为生。他多才多艺，精通音律，能自度曲，对诗词、散文、书法、音乐，无不精善，是继苏轼之后难得的艺术全才。他十四岁的时候，父亲去世，孤苦的他只能依靠姐姐生活，直到二十余岁。以后的十年间，他曾经四次参加科考，但都名落孙山。无奈的他只能辗转于江淮一带，靠做幕、替人写歌词、卖字等维持生计，此时，二十余岁的他已经词名远扬，求他写词的人络绎不绝。也就是这一时期，姜夔在合肥开始了他一生中难忘的初恋。这场初恋影响了姜夔的一生，关于他初恋的对象，姜夔一直语焉不详，史书又缺乏记载，但我们从其词中可以知道，这是一对姐妹，一个善于弹琵琶，一个善于抚筝。我们在其“燕燕轻盈，莺莺娇软”“为大乔能拨春风，小乔妙移筝”等词句中，可以找到一些蛛丝马迹。但此时的姜夔，居无定所，几近“三日不举火，十年不制衣，正冠而缨绝，捉衿而肘见，纳屦而踵决[8]（《庄子·让王》）”的地步。这种连自己生存都成问题的人，哪里有闲钱去谈恋爱？更不用说用钱去拯救这对姐妹脱离风尘乐籍，无奈之下大词人只得与这对姐妹“执手相看泪眼，竟无语凝噎”地分离。在姜夔留下的八十余首词作中，有二十余首是在怀念、哀悼那曾经的挚爱、那一去不复返的人生初恋。词学家夏承焘认为：姜夔用情之专之深，在两宋文人中只有陆游可与之相比，这也使得姜夔的词具有极为感人的品质和特点。公元 1191 年，此时三十七岁的姜夔来到金陵拜谒杨万里，并在杨万里的家里和乐工学会了《醉吟商胡渭州》的品弦法，并据此推演出了《醉吟商小品》的曲谱，兴奋之余，姜夔不禁又思起那陈年旧痛，于是大词人提笔写下了“正是春归，细柳暗黄千缕。暮鸦啼处。梦逐金鞍去。一点芳心休诉。琵琶解语”的思念之词。这首词的重点在于下片三句，不写作者思念这对姐妹，而写姐妹因他的离去而苦诉不出，只得寄情于手中琵琶细诉芳心、慢吐情愫。

## 注释

① 僭侈（jiàn chǐ）：僭，僭越，超越本分，古代指地位在下的冒用在上的名义、礼仪和器物等。侈，浪费，所用财物过度侈靡、奢侈，穷奢极侈。

② 杨万里（1127—1206 年）：字廷秀，号诚斋。吉州吉水（今江西省吉水县黄桥镇湴塘村）人，南宋著名诗人。绍兴二十四年（1154 年）进士，官至宝谟阁直学士，封庐陵郡开国侯。卒获赠光

禄大夫，谥号“文节”。一生作诗两万多首，传世作品有四千二百余首，被誉为一代诗宗。

③ 石湖：范成大（1126—1193年），字至能，晚号石湖居士。南宋名臣、文学家。宋高宗绍兴二十四年（1154年）登进士第，累官礼部员外郎，曾出使金国，不畏强暴，不辱使命，还朝后除中书舍人，拜参知政事。晚年退居石湖，加资政殿大学士。卒累赠少师、崇国公，谥号“文穆”。其人素有文名，尤工于诗。与杨万里、陆游、尤袤合称南宋“中兴四大诗人”。著有《石湖集》《揽辔录》《吴船录》《吴郡志》《桂海虞衡志》等。

④ 濩索（hù suǒ）：“转关濩索”的省称，古乐府琵琶曲名。

⑤ 丈：对年长男性的尊称。

⑥ 张祜（hù）（约785—约852年）：字承吉，家世显赫，被人称作张公子，有“海内名士”之誉。在诗歌创作上取得了卓越成就。以“故国三千里，深宫二十年”句，得以扬名。《全唐诗》收录其三百四十九首诗歌。

⑦ 干谒诗：古代文人为宣传自己而写的一种诗歌，类似于现代的自荐信或求职信。一些文人为了求得进身的机会，往往十分含蓄地写一些干谒诗，曲折地表露自己的心迹，以求得做官的机会。

⑧ 纳屦（jù）而踵决：纳，穿；屦，鞋；踵，脚后跟；决，破裂。穿上鞋子，破了后跟。形容衣着褴褛，极度贫穷。

# 荷叶杯

## 词牌题注

《荷叶杯》原为唐教坊曲名，后用为词牌名。“荷叶杯”，顾名思义就是用荷叶制成的酒杯。这原本是古时文人应对时令所作的一种自创的、即兴的酒器名称。隋代殷英童《采莲曲》中有“藕丝牵作缕，莲叶捧成杯”的诗句，这或许是触发后人灵感，用荷叶制作酒杯的最早出处之一。现存最早发明使用荷叶作为酒杯的记录，是曹魏时期[①]的郑公悫[②]，即郑悫。在段成式[③]《酉阳杂俎·前集卷七·酒食》中记载：“历城（今山东济南）北有使君林（今济南大明湖、北园一带），魏正始（240—249年）中，（齐郡刺史）郑公悫三伏之际，每率宾僚避暑于此，取大莲叶，置砚格[④]上，盛酒三升，以簪刺叶，令与柄通，屈茎上轮菌如象鼻，传吸之，名为‘碧筩[⑤]杯’。历下敩[⑥]之，言酒味杂莲气，香冷胜于水。”这里讲的就是“荷叶杯”的来历和用法。在盛夏季节摘取大荷叶，将荷叶架在木格上面拢成杯状，将莲叶中心戳穿使莲叶与莲茎相通，将莲茎送入口中，再将酒注入荷叶中间，吸吮莲茎，酒便流入口中。这样一来醇香的酒气，夹杂着清香的莲气，缓缓润入口中，实为夏日消暑的一大乐事。又因为莲茎弯弯曲曲就好像是大象的鼻子，故这种饮酒之法又被称为“象鼻饮”之法。另外还有另一种“碧筩杯”的饮酒之法，就是采摘刚刚冒出水面的卷拢在一起犹如灯盏且新鲜细嫩的荷叶，将叶心刺破，使莲叶与莲茎相通，再灌以佳酿，然后从莲茎管中吸酒，此亦为暑天酒趣的乐事之冠。古人造酒彰显的是智慧，而饮酒文化彰显的是古代文人雅士的儒雅情操，而诸如其“碧筩饮”“象鼻饮”则更是雅中之雅。由于此种饮酒之法的文人气息浓郁，雅致脱俗，自然引起了古代制作酒器工匠们的关注，于是这些能工巧匠就仿照荷叶的种种形状，用金、银、玉、犀角、象牙、琥珀等材料，制造出了种种雅致有趣、精巧灵动的酒杯，并对其赋予了富有想象力的名称，如“碧杯”“荷杯”“荷盏”“荷爵”“荷叶杯”“碧筒杯”“象鼻杯”等。从考古挖掘中，经常可见其踪影，而且件件都是传世绝品，弥足珍贵。

到了唐代，这种彰显文人雅士儒雅情操的饮酒文化，也同样受到唐代文人雅士的倾情追求，唐人赵璘[⑦]《因话录》云：“牟少师与宾僚饮宴，暑日临水，以荷为杯，满酌，密系，持近人口，以筋刺之。不尽则重饮。”再如身为监察御史、礼部员外郎的李宗闵[⑧]，经常用荷叶杯在盛夏的傍晚，临池设宴，招待宾客，被传为士林佳话。在唐诗中经常看到各种有关荷叶杯的描写，如白居易诗中曾有“石榴枝上花千朵，荷叶杯中酒十分。满院弟兄皆痛饮，就中大户不如君”的诗句。

到了宋代，秉前贤遗风，“荷叶杯”亦为文人雅士倾情追求的清供之一。在宋代林洪[⑨]《山家清供》中，将以荷叶为杯的“碧筒酒”的饮法，记述得更为详细：“暑月，命客棹荡舟莲中，先以酒入荷叶束之，又包鱼酢他叶内。候舟回，风熏日炽，酒香鱼熟，各取酒及酢作供，真佳适也。坡（苏轼）云：碧筒时作象鼻弯，白酒微带荷心苦。”另据《浙江志·杭州府》记载：“宋代西湖闻名天下，七月以后，人多倾城纳凉，正值荷花盛开，芙蓉出水，天然好景，画工难摹，人们取荷叶注流，窍其心，曲其柄，屈茎轮菌好像象的鼻子一般，口翕（xī）而饮之，放舟于蒲深柳密处，披襟钓水，月上始还。”作为大文人的苏轼亦经常做此清供，不仅在杭州做官时热衷于此，即便被贬谪到海南时，亦将此风趣雅事带到了海南。宋代陆文圭曾经写诗赞道：“外直中通异众芳，嗅来叶气胜花香。一杯先吸鉴湖月，满口潜消玉井霜。尤胜朱樱煎作蜜，何须紫蔗压为浆。细看象鼻弯弯曲，刺手独嫌绿丙长。”

综上所述，古人用《荷叶杯》这个词牌所作之词，一定是缘题而赋，俱应是文士雅集中所行酒令之词。此词有单调双调二体。单调者有温庭筠、顾敻体，双调者有韦庄[10]体，俱见《花间集》。

## 诗词赏析

| 荷叶杯 | 格律 |
|---|---|
| 温庭筠 | |
| 一点露珠凝冷。 | 仄仄仄平平仄。（仄韵） |
| 波影。 | 平仄。（韵） |
| 满池塘。 | 仄平平。（平韵） |
| 绿茎红艳两相乱。 | 仄平平仄仄平仄。（换仄韵） |
| 肠断。 | 平仄。（韵） |
| 水风凉。 | 仄平平。（换平韵） |

此词单调二十三字，六句四仄韵、两平韵。此调三换韵，以仄韵为主，两平韵间于仄韵之内。这首词在《钦定词谱》中被列为正体。

## 诗词赏析

| 荷叶杯 | 格律 |
| --- | --- |
| 韦庄 | |
| 记得那年花下。 | 仄仄仄⃝平平仄。（仄韵） |
| 深夜。 | 平仄。（韵） |
| 初识谢娘时。 | 平仄仄平平。（平韵） |
| 水堂西面画帘垂。 | 仄⃝平平仄仄平平。（韵） |
| 携手暗相期。 | 平⃝仄仄平平。（韵） |
| | |
| 惆怅晓莺残月。 | 平⃝仄仄平平仄。（换仄韵） |
| 相别。 | 平仄。（韵） |
| 从此隔音尘。 | 平⃝仄仄平平。（换平韵） |
| 如今俱是异乡人。 | 平⃝平平仄仄平平。（韵） |
| 相见更无因。 | 平仄仄平平。（韵） |

此词双调五十字，前后段各五句两仄韵、三平韵。此调三换韵，以平韵为主，两仄韵即间于平韵之内。《钦定词谱》中称："此即顾敻词体，又加一段，惟结句五字不迭韵，更减去一字耳。但两段各自换韵，旧谱或注一韵者误。"

要读懂韦庄这首凄怨之词，就要先了解一下这首词背后的故事。就韦庄这首词，据宋人杨湜[11]《古今词话》中所言："韦庄以才名，寓蜀，王建割据，遂羁留之。庄有宠人，姿质艳丽，善词翰。建闻之，托以教内人为辞，强庄夺去。庄追念悒怏[12]！作《荷叶杯》、《小重山》、《谒金门》词，情意凄怨，人相传播，盛行于时。姬后传闻之，遂不食而卒。”在《旧唐书》《新唐书》《旧五代史》《新五代史》里韦庄均无传，清乾隆时人吴任臣[13]作《十国春秋》一书，始立韦庄传。其中亦有“庄有美姬善文翰，高祖托以教宫人为词，强夺去，庄作《谒金门》辞忆之。姬闻之不食而死”的记载。

这里所说的韦庄，他作为前蜀堂堂一国的宰相，其所宠爱的美人被别人夺走，又是怎么一回事呢？韦庄是韦应物的四代孙，唐朝宰相韦见素的孙子。按理说他家境不错，可是由于他的父亲去世较早，家道中落，但韦庄少年发奋苦读，再加上才思过人，很快其文采就得到了大众的赏识。但这种贵族的后裔，身上大都带有一种孤傲、为人疏旷不拘、刚愎任性、桀骜不驯的坏毛病，韦庄也不例外，所以多次科考，韦庄均名落孙山。再以后由于战乱，他东奔西走，在五十八岁的时候才回到长安，一门心思想要应举考试，乾宁元年（894 年）他老人家以五十九岁的高龄登进士第，被皇帝授予校书郎一职。乾宁四年（897 年），年逾六十二岁的韦庄，被“宣谕和协使”李珣[14]聘为书记，并跟随李珣一同来到四川，结识了西川节度使王建[15]。回长安以后，改任左补阙。天复元年（901 年），六十六岁的韦庄，应王建之聘入川为掌书记，就是类似于现在中央办公厅主任的职位。天祐四年（907 年），朱温[16]篡唐，唐亡。韦庄力劝王建在四川称帝，王建听其劝告在四川称帝，是为前蜀皇帝，并任命韦庄为宰相。韦庄是个饱学之士，于是前蜀的开国制度多出其手，后终身仕蜀，官至吏部侍郎兼平章事，最后以七十五岁的高龄卒于成都花林坊，即成都浣花溪畔（现杜甫草堂）旧居内。

在韦庄任前蜀宰相期间，其家中的歌儿舞女、美人侍妾自然众多，在这众多的美女中，韦庄有一位最宠爱的美人，这位美人不但有沉鱼落雁之姿、闭月羞花之貌，而且还能歌善舞，画得一手好画，写得一手好词。韦庄每次招待客人宴饮，必出此姬来歌舞佐酒。韦庄有这样一位天仙般的美人，作为皇帝的王建心里酸溜溜的，醋意连天。某一年的四月十七号王建在宫中设宴，邀请韦庄和美人赴宴，宴席间美人吟诗作画，翩翩起舞，令这位前蜀皇帝惊为天人，于是传谕令美人去后宫教妃子们诗书礼仪，并对韦庄说：你的夫人在皇宫中当教习，你大可放心吧。可怜的韦庄只得自认倒霉。七十余岁的老人，思念之余只得以写诗词来寄托自己的无奈。喜欢一个人，就是在一起很开心，爱一个人，就是即使不开心，也想在一起，更何况是对于老夫少妻的大才子韦庄来说，这种打击使他郁闷异常。这一时期韦庄写了《荷叶杯》《小重山》《谒金门》《女冠子》等众多思念之词，情意非常凄怨。韦庄曾写有二首《女冠子》，词其一："四月十七，正是去年今日，别君时。忍泪佯低面，含羞半敛眉。不知魂已断，空有梦相随。除却天边月，没人知。"其二："昨夜夜半，枕上分明梦见，语多时。依旧桃花面，频低柳叶眉。半羞还半喜，欲去又依依。觉来知是梦，不胜悲。"第一首直接点出时间，四月十七号，二人同赴皇帝宴，宴罢只能一人还，虽是口语直白，但情真意切。第二首道出了离别之后二人只能梦中相见，把臂唏嘘，说不尽的离愁、道不完的别苦。“夜夜相思更漏残，伤心明月凭栏干。想君思我锦衾寒。咫尺画堂深似海，忆来唯把旧书看。几时携手入长安？”（《浣溪沙》）韦庄的这些凄伤哀婉幽怨之词，流传到了民间，受到很多人的喜爱，于是人们争相传诵，抄录那充满幽怨、情意绵绵的词句。很快这些诗词就传到了宫里，传到了美人的耳朵里。美人手捧着韦庄那用血与泪写就的诗词时，百感交集，哽咽无绪，终日泪眼涟涟，茶汤不思，就这样没过多长时间，美人最后竟绝食而亡。美人死后，王建恚恨不已，话里话外在埋怨韦庄不该写那样幽怨缠绵的相思诗词。也就是说你韦庄不写，美人自然看不到，美人看不到她就不会死。而另一方面是韦庄伤心不已，悼念之词不时出现于笔端。由于伤心过度，再加上皇帝的埋怨，可怜七十余岁高龄的韦庄竟一病不起，终日恹恹于病榻之上，没有多长时间，韦庄的那一缕相思之魂便追逐着美人那一缕芳魂相拥驾鹤西去。这首《荷叶杯》词，就是美人进宫杳无消息以后，韦庄所写的那朝思暮想的众多思念词之一。

“记得那年花下”，这首开句，透出一种朦胧美好的境界，而“记得那年”四字又点明了这是回忆，以后的情节都是由“那年花下”而展开。下面的“深夜”二字又具体点出了时间。“初识谢娘时”点出了人物。注意，这里的“谢娘”是一个古诗文中常见的专有名词。谢娘原指唐武宗时宰相李德裕的侍妾谢秋娘，李德裕以华屋贮之，眷之甚隆。由于谢秋娘是“妾”的身份，所以在一些诗词中，常常也把一些游春女子即娼妓，称之为谢娘。另外在古诗词中，我们还经常看到“秋娘”这两个字，“秋娘”原是指杜秋娘，为唐代镇海节度使李锜的侍妾。亦有把少妇及自己爱慕的女子称为谢娘或秋娘者，因此在这里我们不必拘泥于“谢娘”或“秋娘”的字面之意，历代词人用此代称较多，都只是作者传情达意的媒介，信手拈来而已，非专指某人，而是古代美人的代名词而已。“水堂西面画帘垂”这一句既点出了二人相会的地点“水堂西面”，一个“画帘垂”又照应了前面“深夜”人静的美好，并把词人的思绪，推回到遥远的过去。而下面的“携手暗相期”句，告诉了我们一个信息，虽说二人是初次见面，但是，男主人公对谢娘是那样满意与不舍，以至于初次见面就携手暗自约定下次相会的日期。

“惆怅晓莺残月”，下片作者以这个充满幽怨、无奈的“惆怅”二字发端，开始叙述“相别”的痛苦。这种“晓莺残月”的相别又是一种怎样的痛苦呢？在五代词人牛浠济写的一首《生查子》中，有这样的描述：“春山烟欲收，天淡星稀小。残月脸边明，别泪临清晓。语已多，情未了。回首犹重道，记得绿罗裙，处处怜芳草。”这是以“残月脸边明，别泪临清晓”而述离别之人的依依不舍。韦庄在这里同样是以“晓莺残月”“相别”的惆怅，而述离别之人的依依不舍。然一个是回归无期的相别，一个却是情人暂分的小别，这个“晓莺残月”的“相别”，在当时的作者眼中，不过是暂时略有一丝惆怅，但是令人万万没有想到的是，这“晓莺残月”下的一别，竟然是一个“从此隔音尘”的永别，这句话就是王建“托以教内人为辞，强庄夺去”的写实。因为王建毕竟是皇帝，自己是臣子，所以尽管自己心中有太多的愤懑，作者也只能以“从此隔音尘”这种含蓄的口吻委婉道出。“如今俱是异乡人”这一句更是悲惨、凄切之语，一句“异乡人”是一种无语式的悲哀，是一种内心的抗诉。韦庄和宠姬同在一个城市，相隔就是几条街区的距离，但是，皇宫内外，高墙阻隔，距离虽近，却犹如万里之遥，似异乡异客，这就是世间最近的遥远距离。韦庄深深地知道宫门深似海的道理，于是他无奈地发出了“相见更无因”的喟叹。

纵观整个韦庄词中，怀念这位宠姬之作颇丰。本词中韦庄因不能保护自己的宠姬而烦恼，思念之余，只能是凭空而相忆。把那种痛彻心扉的思念、苦闷无助的表现，发挥得淋漓尽致，那种凭空思人而又无计可施的心情纵贯全词，写得语淡而情悲，情深而意长。

张炎在《词源·卷下·令曲》中言道：“词之难于令曲，如诗之难于绝句。不过十数句，一句一字闲不得。末句最当留意，有有余不尽之意始佳。”元人辛文房在《唐才子传》评价韦庄：庄早尝寇乱，间关顿踬，携家来越中，弟妹散居诸郡。西江、湖南，所在曾游，举目有山河之异，故于流离漂泛，寓目缘情，子期怀旧之辞，王粲伤时之制，或离群轸虎，或反袂兴悲，四愁九怨之文，一咏一觞之作，俱能感动人也。

## 注释

①曹魏时期（220—266年）：曹操死后，曹丕逼汉献帝退位，代汉后称“魏”，因其本姓曹，历史上又称“曹魏”。定都洛阳，历五帝，是三国时期最为强大的国家。

②悫：音为què。

③段成式（约803—863年）：字柯古。晚唐临淄（今山东淄

博）人，唐代著名志怪小说家。以父荫入官，为秘书省校书郎，累迁至吉州刺史，终太常少卿。在诗坛上，他与李商隐、温庭筠齐名。《酉阳杂俎》是其所著的唐代志怪笔记小说集，共二十卷，续集十卷。

④ 砚格：用以放置砚台的木格。

⑤ 筩（tǒng）：筒。

⑥ 斅（xiào）：模仿。

⑦ 赵璘：约 844 年前后在世，字泽章，南阳人，家世显贵，为唐德宗时宰相赵宗儒之侄孙。著有《因话录》六卷，所记皆唐朝事。其记玄宗至宣宗朝君主言行、王公大臣妙语言行、民间流俗、中央台省制度、街井杂事等极为详细，故《四库全书总目》谓此书"实多可资考证者，在唐人说部之中犹为善本焉"。

⑧ 李宗闵（？—846 年）：字损之，唐高祖第十三子郑王李元懿之后。工诗文，长于碑铭。《全唐诗》卷四七三存其诗一首；《全唐文》卷七一四编其文一卷。《旧唐书》卷一七六、《新唐书》卷一七四有传。

⑨ 林洪：字龙发，号可山，莆田（今属福建）人，著名词人，善诗文书画，著有《西湖衣钵集》、《文房图赞》、《山家清供》二卷和《山家清事》一卷。其人对园林、饮食颇有研究。其《山家清供》广收博采，收录以山野所产的蔬菜、水果、动物为主要原料的食品，记其名称、用料、烹制方法等，对其掌故、诗文等多有涉猎。

⑩ 韦庄（836—910 年）：字端己，京兆杜陵（今陕西西安）人。唐昭宗乾宁元年（894 年）进士，任校书郎。后以左补阙身份

受唐昭宗之命，同西川节度使王建赴蜀上任，留为掌书记、起居舍人等。唐亡，力劝王建在蜀称帝，官至散骑常侍，判中书门下兼平章事（宰相）及吏部尚书等职。《花间集》称韦相，卒谥文靖。韦庄是唐末著名诗人，其词与温庭筠齐名，世称“温韦”，是花间派的重要词人。集名《浣花集》，是作者在成都时，居杜甫草堂故址而著成。是集存词四十八首，《花间集》收其六调四十八首，现存词五十五首。

⑪ 杨湜：字曼倩，生平不详，著有《古今词话》。是书成于南宋绍兴间，明以后亡佚，今本为近人赵万里所辑。书中所采五代以下词林逸事、传闻、艳史。

⑫ 悒怏（yì yāng）：忧愁不快乐。

⑬ 吴任臣（1628—1689 年）：清代历史学家、藏书家。康熙十八年（1679 年）举博学宏词科，曾担任《明史》纂修官。搜集唐、五代、两宋时的各种杂史、野史、地志、笔记等文献资料，编写纪传体史书《十国春秋》，共一百一十四卷。

⑭ 李珣：五代词人，字德润，祖籍波斯，唐初随国姓改姓李，后事蜀主王衍，其妹李舜弦为蜀主昭仪。蜀亡，不仕。《花间集》称李秀才，有《琼瑶集》已佚，今有王国维辑《琼瑶集》一卷，词存五十四首。

⑮ 王建（847—918 年）：字光图，陈州项城（今河南沈丘）人。五代十国时期前蜀开国皇帝，907—918 年在位。

⑯ 朱温（852—912 年）：曾被赐名朱全忠，称帝后改名朱温。晚年大肆荒淫，后为三子朱友圭所杀，终年六十一岁。

# 归国遥

## 词牌题注

《归国遥》原为唐教坊曲名，后用作词牌名。《词题标源》中认为此词牌来自许穆夫人归国唁兄一事。许穆夫人大约出生于公元前690年，是卫宣公儿子公子顽（伯昭）的女儿，她有三个哥哥、一个姐姐，即齐子（早夭）、戴公、文公，姐姐即是宋恒公的夫人。许穆夫人幼年以俊美、聪慧而闻名于各诸侯国，后嫁于许国的许穆公，故称之为许穆夫人。嫁后十年，她的祖国卫国被狄[①]族所灭。被灭国的原因竟然是，卫国的国君卫懿（yí）公平生只专心一件事，就是养鹤。他养的这些鹤不但要有超大的房舍、精美的饮食，出行必须有专车，一些被封为“大将军”的鹤，其待遇甚至超过同等官职的将军，所以在狄族入侵的时候，国内的百姓没有愿意去出征打仗的，卫懿公只得亲率军队迎敌。战斗毫无悬念地以卫懿公被杀而结束，卫懿公因贪玩而误国。而卫懿公和许穆夫人又是什么关系呢？许穆夫人是卫懿公的叔伯辈公子即卫宣公的庶子[②]伯昭与宣姜的私生女，所以许穆夫人是卫懿公的同辈姊妹，而宣姜原是卫宣公的夫人，卫宣公死后，他的夫人宣姜又改嫁卫宣公和侍妾所生的儿子伯昭，所以许穆夫人又是卫懿公祖母宣姜的亲女儿，他父亲同母异父的妹妹，所以许穆夫人又是卫懿公的亲姑姑。随着卫国国君的死去，卫国灭亡，卫国的百姓四散逃亡，此时许穆夫人的姐夫即宋桓公接纳了卫国的百姓，并让他们住在宋国漕邑这个地方，并拥立许穆夫人的大哥戴公为国君，但戴公即位仅一个月就死了，于是她的二哥文公即位，许穆夫人听到卫亡国的消息，立即奔到漕邑吊唁。在许穆夫人到漕邑吊唁的路上，曾受到来自许国国内诸多大夫的阻拦，因为当时诸侯夫人出嫁后，除非父母去世或被休掉，否则是不能归家省亲的，因此她的这一举动，对整个许国和国君来讲是失礼的行为。许穆夫人面对前来阻拦的大臣们，眼含热泪并慷慨激昂地写下著名的《载驰》一诗，在《左传·闵公二年》中记载："立戴公以庐于漕，许穆夫人作《载驰》。"

**其一**

载驰载驱，归唁卫侯。驱马悠悠，言至于漕。大夫跋涉，我心则忧。

**其二**

既不我嘉，不能旋反。视尔不臧，我思不远。既不我嘉，不能旋济。视尔不臧，我思不閟（bì）。

**其三**

陟彼阿丘，言采其蝱[③]。女子善怀，亦各有行。许人尤之，众稚且狂。我行其野，芃芃[④]其麦。控于大邦，谁因谁极。大夫君子，无我有尤。百尔所思，不如我所之。

这段话说的是什么意思呢？面对许国大臣的阻拦，许穆夫人知道自己这一走是永远不可能再回到许国了，于是对前来阻拦的大臣说：我要回到我的祖国，去看望我的家人，你们来追赶我，这让我非常伤心，所有人都反对我回到卫国，但你们谁也阻止不了我，你们责怪我的话语幼稚且张狂，我要去大国求援，不知谁能够依托，你们再也不要责备我，我必须前往。许穆夫人回到卫国以后，马上和自己的二哥卫文公提出了联齐抗敌的主张。许穆夫人亲自到齐国去游说，最终赢得齐桓公的帮助，并派公子无亏率兵救援卫国，使卫国避免了一场倾国之祸。后来在齐国和宋国的帮助下，卫国又得以复国于楚丘（今河南滑县东，《左传·僖公二年》记载："诸侯城楚丘，而封卫焉。"），因此延续卫国的国脉四百余年。《载驰》这首诗后来录进了《诗经·鄘风》里，许穆夫人也成为中国历史上第一个杰出的爱国女诗人。后人感念许穆夫人在祖国危难之际，不顾阻拦大义回国的举动而创《归国遥》。这个"遥"通"谣"，是歌的意思，在中国古代，没有音乐之称，把唱歌称为"谣"，是以赞颂许穆夫人归国的歌，以彰显她的赤诚报国之心。因此，此调的缘起一定是赞美许穆夫人归国之壮举，必是缘题而赋。然在《钦定词谱》中，被列为正体的温庭筠双调四十二字、上下片各四句四仄韵的《双脸》，韦庄双调四十三字、上下片各四句四仄韵的《春欲暮》，颜奎的双调四十二字、上下片各四句四仄韵的《春风佛佛》等均为《花间词》体，与《归国遥》本意无关。在现代人华钟彦先生所著的《花间集注》中言："词中的'国'字，或以为应作'自'字误、'遥'字或以为应作'谣'字误。"不知何据。而在早于他的清人王奕清所著的《钦定词谱》中，在《归自谣》条目下注释为："《乐府雅词》注'道调宫'，一名《风光子》，赵彦端词名《思佳客》，《词律》编入《归国遥》者误。"

诗词赏析

| 归国遥 | 格律 |
| --- | --- |
| 韦庄 | |
| 金翡翠。 | 平仄仄。（韵） |
| 为我南飞传我意。 | 仄仄仄平平仄仄。（韵） |
| 罨[5]画桥边春水。 | 平仄仄平平仄。（韵） |
| 几年花下醉。 | 平平平仄仄。（韵） |
| | |
| 别后只知相愧。 | 平仄仄平平仄。（韵） |
| 泪珠难远寄。 | 仄平平仄仄。（韵） |
| 罗幕绣帏鸳被。 | 仄仄仄平平仄。（韵） |
| 旧欢如梦里。 | 仄平平仄仄。（韵） |

此词双调四十三字，上片二十一字，四句四仄韵。下片二十二字，四句四仄韵。此词非咏题面本意，而是借题面意另言他事。这首词是韦庄怀念宠姬的系列之作。首开句“金翡翠”中“翡”为红色，“翠”为绿色，再加上“金”色，说的这是一只非常美丽的鸟，作者要让这只美丽的鸟“为我南飞传我意”，将作者思念之情，通过这美丽的鸟，传给作者所怀之人。下面的“罨画桥边春水。几年花下醉”句，“罨画”，是人们所说的色彩斑斓的彩色画，而罨画桥是浙江湖州长兴县的一条溪水的名称，据清《长兴县志》记载，“罨画溪在县西八里，花时游人竞集，溪畔有罨画亭”。韦庄在六十岁中进士之前，本来是打算到长安参加科考，但遇到黄巢造反，百姓流离失所，韦庄只得在西安、洛阳等一带东躲西藏。这一时期，韦庄写下了著名的《秦妇吟》，其中有

“适闻有客金陵至，见说江南风景异”。于是韦庄携家带口地来到了江南地区，在这秀美的江南，他度过了十年美好的时光，以至多年以后他在四川当了宰相，其诗词中还常常回忆起江南的美景。因此曾几何时，这个“罨画桥边”看水、观景、赏春、醉酒的回忆是韦庄后半生抹不去的情结，更何况当年看水、观景、赏春、醉酒是有佳人相伴，可如今看水之人何在？观景、赏春、醉酒之人又何在？抹不去的伤心、诉不完的悲苦，于是只得年年于此花下醉，只为伊人只为情。

下片，作者写道：“别后只知相愧。泪珠难远寄。”作为唐朝宰相韦见素的孙子、官至宰相的韦庄来说，因不能保护自己的宠姬，思念之余，泪下青衫而自形相愧。在《荷叶杯》一词中，我们讲过韦庄的离恨之情，词人怀人之苦，思人之深，非经历之人所不能道，因此在韦庄词中，怀念宠姬之作颇丰。在这里作者别后而追愧，睹物而思人。“罗幕绣帏鸳被。旧欢如梦里。”那“罗幕”、那“绣帏”、那“鸳被”中，有多少的鸳鸯交颈，誓不分别的幽欢佳会，可而今“罗幕”依旧，“绣帏”还在，“鸳被”犹存，但是伊人已去，劳燕分飞，阴阳两隔。于是作者念起旧情而珠泪纷纷，目睹旧物而自叹相愧，真是：“此情无计可消除，才下眉头，却上心头。”（李清照《一剪梅》）只落得年年来此花下醉，魂游相逢在梦中的境界。

## 注释

①狄：狄的称谓最早起始于周代，周朝自称华夏，把华夏周围四方的敌对部落，分别称为东夷、南蛮、西戎、北狄，以区别华

夏。狄人是古代华夏人对北方部落的统称，即北狄。

② 庶子：指庶妻所生的儿子，即媵、妾、情妇所生之子。庶子的地位，低于嫡子，一般不能承奉祖庙的祭祀和承袭父祖的地位。

③ 蝱（méng）：贝母。

④ 芃芃：草茂盛的样子。

⑤ 罨：音为 yǎn。

# 谒金门

## 词牌题注

《谒金门》原为唐教坊曲名，后用作词牌名。“谒”是拜谒，是下级对上级、晚辈对尊长觐见的一种形式，如“谒帝台”，就是觐见皇帝或权贵，以求显达。“谒选”就是官员到吏部等候选派官职。“金门”为金马门之省称，汉武帝时期，卫青、霍去病北击匈奴，得大宛马无数，即今天所称“汗血宝马”献于汉武帝，帝乃命于京城东门以铜铸像，立铜马于皇宫鲁班门外，并改鲁班门为金马门，后世将金马门喻为皇宫或官署的代称。如若能拜谒于金马门前时，即是功成名就日。在《白香词谱》[①]中称：“汉武帝使学士待诏金马门，备顾问。金马门亦省称金门，用喻天子宫门。《汉乐府·古歌》即有‘上金殿，著玉樽。延贵客，入金门。入金门，上金堂’之咏，后与‘玉堂’并称，沿为掇取金紫，列位公卿之词。如扬雄《解嘲》：‘今吾子幸得应金门，上玉堂有日矣。’元载《杜鸿渐碑》：‘入则并金门，跻玉堂。’本调为唐词，其取义为儒生朝谒天子。毛先舒[②]《词学全书》云：‘唐乐名有《儒士谒金门》词沿其名。’万氏《词律》[③]又收其异名《垂杨碧》、《花自落》，并云：《图谱》又将调名改《花自落》，无谓。殆俱据他人词句矣名词耳。”因此这个《谒金门》本意就是歌咏朝官在等待君王召见。此《谒金门》调在敦煌曲子词中存四首，是迄今为止所见最早的版本。

### 诗词赏析

**其一**

开于阗。绵绫家家总满。奉献生龙及玉宛。将来百姓看。

尚书坐宫殿。四塞休征罢战。但阿郎千秋岁。甘州他自离乱。

**其二**

常伏气。住在蓬莱宫里。绿竹桃花碧溪水。清斋长晚起。

闻道诸仙来至。服裹琴书欢喜。远谒金门朝帝美。不辞千万里。

**其三**

云水客。书见十年功积。聚尽荧光凿尽壁。不逢青眼识。

终日尘驱役饮食。泪珠常滴。欲上龙门希借力。莫交重点额。

**其四**

仙境美。满洞桃花绿水。宝殿秦楼霞阁翠。绿铢常挂体。

闷即天宫游戏。满酌琼浆任醉。谁羡浮生荣与贵。临回看即是。

这四首词，应该说是迄今为止，我们见到的最古老的原词。“常伏气”一首因为有“远谒金门朝帝美”句，当为创调之作。这四首词的字数除上片相同外，下片是不同的。在《钦定词谱》中列为正体的格律是双调四十五字，上阕二十一字、下阕二十四字，上下片各四句，四仄韵。与之相比，这里第一首下片的第一句多一字，第三句多一字，第四句少一字。第二首与正体相同。第三首第一句多一字，第二句少二字。第四首与正体同。

在唐教坊曲中，此调又称为《儒士谒金门》。宋杨湜④《古今词话》[5]中称：因韦庄词起句有“空相忆”又名《空相忆》，张辑词有“无风花自落”句而名《花自落》，又有“楼外垂杨如此碧”句而名《垂杨碧》，李清照词有“杨花落”句而名《杨花落》，李石词名《出塞》，韩淲词有“东风吹酒面”句而名《东风吹酒面》，又有“不怕醉，记取吟边滋味”句而名《不怕醉》，又有“人已醉，溪北溪南春意，击鼓吹箫花落未”句而名《醉花春》，又有“春尚早，春入湖山渐好”句而名《春早湖山》。此调以冯延巳“风乍起”一首堪称经典，并留有许多佳话。另外宋人周密曾有《闻鹊喜》一词，格律与《谒金门》悉同，其创调来源疑为冯延巳《谒金门》“终日望君君不至，举头闻鹊喜”一词中“闻鹊喜”。而任半塘先生认为：“唐帝自信为老子之裔，多好神仙，故道儒并尊。而黄冠之幸进，殆与儒士相等。敦煌三辞，已说明《儒士谒金门》名称之由，正为有别于黄冠之《谒金门》耳。”在曲牌南曲中入双调引子。北曲又叫《朝天子》，入中吕宫，句法与词牌不同。此调在《钦定词谱》中收四体，并以韦庄词为正体。双调四十五字，上下片各四句、四仄韵。

## 诗词赏析

| **谒金门** | **格律** |
|---|---|
| **韦庄** | |
| 空相忆。 | ㊥㊥仄。（韵） |
| 无计得传消息。 | ㊥仄㊀平㊥仄。（韵） |
| 天上嫦娥人不识。 | ㊥仄㊥平平仄仄。（韵） |
| 寄书何处觅。 | ㊀㊥平㊀仄。（韵） |

新睡觉来无力。　　　　平⃝仄仄⃝平平⃝仄。（韵）

不忍看伊书迹。　　　　仄⃝仄仄⃝平平⃝仄。（韵）

满院落花春寂寂。　　　仄⃝仄仄⃝平平仄仄。（韵）

断肠芳草碧。　　　　　仄⃝平⃝平仄⃝仄。（韵）

韦庄这首词，与前面的《荷叶杯》《归国遥》一样，都是怀念其宠姬的系列之作，是宠姬被王建骗进宫以后，韦庄所写的那朝思暮想的众多思念词之一。“空相忆”这首开句，作者便直抒心怀，道出了自己和美人无由相见的无奈和痛苦。人不见，物还在，触目所感、所见都是旧时月色，一个“空”字，道出了这相忆的俱是艰难和心酸。“无计得传消息”一句看似比较直白，却有着深深的隐痛。美人被深藏于皇帝的后宫之中，不要说是见面了，哪怕是些许消息恐怕也是探听不到的，所以那些思念的书信无由寄达。“天上嫦娥人不识”一句大有叫天天不应、叫地地不灵的感觉，想让天上的嫦娥帮忙，可是嫦娥在哪里？就算是嫦娥答应肯帮忙，又有谁认识她？又去哪里寻找她呢？所以下面自然地引出了“寄书何处觅”的感言。消息都得不到，更不要奢望什么互通书信了，虽然是近在咫尺，但还不如远在天涯。远在天涯尚有通书信的可能，只是时间稍长罢了，可而今虽说是近在咫尺，但这却是皇宫内苑呀，所以作者只得望着这一首首的思恋之词、痛彻心扉的相思之词，而枉自喟叹。

下片作者继续沿着思念的脚步，穿起爱的回忆。“新睡觉来无力”，韦庄七十余岁的高龄遭此突变打击，其心与身俱颓废的感触，让他疲乏不堪，故有醒而无力的感念。这种“无力”是思念的无力，是愤懑的无力，是怒不敢言的无力，是无助的无力。“不忍看伊书迹”，韦庄的这位美人诗、书、字、画间俱是能手，平时二人诗书酬唱，书信自然是不会少的，而大体上思念之人最为怀旧，此所谓睹物思人，然越看心越伤，其“不忍看”正是看的结果。“满院落花春寂寂”，作者由看美人书信引起了无限的伤心，本想转移一下注意力，但触目所及但见暮春时节落英缤纷，满园的春归寂寞，令作者更是惆怅，于是自然地引出下面的“断肠芳草碧”。在《苏幕遮》这个词牌中，范仲淹的“碧云天”词里，其中有“芳草无情，更在斜阳外”一句，我们讲到过“芳草”一词，在古诗词中所起的作用。在古代文人的笔墨中，“芳草”被赋予了太多的情感，“芳草”一词几乎成了离别之情的代名词，远行羁旅之人看到芳草就会想起家乡，思起爱人，念起恋情。比如李煜在《清平乐》中写“离恨恰如春草，更行更远还生”，就是将自己的离情别恨比作那生生不息、连绵不断、“野火烧不尽，春风吹又生”的春草。芳草连绵，眼目所及更有那远远望之不到的，而这眼目望之不到的地方，就是那连接着家乡、连接着亲人的地方。所以见到“芳草”自然令韦庄思起美人，自然令韦庄肝肠寸断不已。对于官至宰相的韦庄来说，其前半生一直处于奔波、忙碌中，晚年稍稍安顿，自己的宠姬却被王建以教宫人诗词为名扣留不放，因此他因不能保护自己的宠姬而烦恼，思念之余，只能是空相忆。整首词里那种思念、那种苦闷，表现得淋漓尽致，那种睹物思人，却又无计可施的心情纵贯全词。在这里作者别后而追忆，睹信而思人，人无消息，信何以得寄？满园的似锦繁花，在此时已断肠的韦庄看来，都是寂寂无声，了无春息，令人肝肠寸断。

## 注释

①《白香词谱》：清朝嘉庆年间靖安人舒梦兰编选。词谱选录了由唐代到清代的词作品共一百篇，凡一百调。这些调式都是较为通用的，小令、中调、长调均有。为便于初学者，每调还详细列注平仄韵读，成为真正的词谱。

② 毛先舒（1620—1688 年）：明末清初文学家，西泠十子之一，明末诸生。入清，不求仕进，从事音韵学研究，诗文著述颇多。

③《词律》：清人万树著。是书二十卷，收唐、宋、元词六百六十调，一千一百八十余体。著名的《钦定词谱》即是依据《词律》为底本而成书。

④ 杨湜：南宋人，字曼倩，里籍仕履不详，著有《古今词话》。

⑤《古今词话》：历史上有两部《古今词话》。一为南宋杨湜编著，共六十七则，五代以下词林逸事，大都出于传闻，且侧重于艳史故实。一为清人沈雄编著，是清初一部辑录类词话，辑录了许多失传的词论资料，弥足珍贵。

# 喜迁莺

## 词牌题注

《喜迁莺》是词牌名，这个词调，语出《诗经·小雅·伐木》："伐木丁丁，鸟鸣嘤嘤。出自幽谷，迁于乔木。"这句话翻译过来的意思就是：有人在山谷里叮叮当当地砍伐树木，鸟儿们叽叽喳喳地鸣叫着，从深深的幽谷中飞出来，迁聚于其他高高的乔木之上。"丁丁"为伐木之声，"嘤嘤"为鸟鸣之音，自古以来，人们常以嘤鸣出谷之鸟为擢升或迁居之颂词。唐人称举进士及第为迁莺，后来的"乔迁"一词即出于此。而在唐末五代时期，《喜迁莺》之词作，几乎是升迁、进士及第及写贺词之专用词作。此调有小令、长调两体。小令起于韦庄，《太和正音谱》[①]《金奁集》[②]《梅溪集》[③]均入"黄钟宫"。长调起于宋人，《白石集》注"太簇宫"，俗名中管高宫。在曲牌名中，南曲正宫、黄钟宫、北曲黄钟宫均有同名曲牌。此调和凝词有"飞上万年枝"句，名《万年枝》；冯延巳词有"拂面春风长好"句，名《春光好》；宋夏竦词名《喜迁莺令》；晏几道词名《燕归来》；李德载词有"残腊里早梅芳"句，名《早梅芳》；江汉词一名《烘春桃李》；等等。

## 诗词赏析

| 喜迁莺 | 格律 |
| --- | --- |
| 韦庄 | |
| 街鼓动， | 平⃝仄⃝仄， |
| 禁城开。 | 仄平平。（平韵） |
| 天上探人回。 | 平⃝仄仄平平。（韵） |
| 凤衔金榜出云来。 | 仄⃝平平⃝仄仄平平。（韵） |
| 平地一声雷。 | 平仄仄平平。（韵） |
| | |
| 莺已迁， | 平⃝仄⃝平， |
| 龙已化。 | 平仄⃝仄。（换仄韵） |
| 一夜满城车马。 | 仄⃝仄仄⃝平平⃝仄。（韵） |
| 家家楼上簇神仙。 | 平⃝平平⃝仄仄平平。（换平韵） |
| 争看鹤冲天。 | 平⃝仄⃝仄平⃝平。（韵） |

韦庄的这首《喜迁莺》即为创调之词，又因为词中有“鹤冲天”句，故又名为《鹤冲天》。双调四十七字。上片五句四平韵，下片五句二仄韵换二平韵。上片前二个三字句对仗，第二句可不用韵。前三句为一组句，后两句为一组句。下片前两个三字句对仗，第二句与第三句另换仄韵。此后两句恢复与上片相同的平韵。前三句为一组句，后两句为一组句。

韦庄这首词是一首歌颂士人进士及第之作。中国的科举制度是历代王朝通过考试选拔官吏的一种制度。由于采用分科取士的办法，所以叫作科举。科举制从隋炀帝登基之初的大业元年（605 年）开始实行，到清朝光绪三十一年（1905 年）举行完最后一科进士考试，经历了一千三百年之后，在袁世凯、张之洞奏请下，“立停科举，以便推广学堂，咸趋实学”，从而结束了科举的历史使命。秦代以前的统治者选拔官吏采用的是“世卿世禄”制度，这个“卿”是古代高级官吏的称呼，世卿就是天子或诸侯国君之下的贵族，世世代代、父死子继并连任“卿”这样的高官；禄是官吏们所得到的应该享受到的财物，世禄就是官吏们世世代代享有所封的土地及其赋税收入。世袭卿位和世袭禄田的制度在中国曾十分盛行。但这种制度极大地限制皇权，限制社会的发展，也限制了下层有才智的民众争取进步的权利。于是逐步又推行“军功爵制”。这个“军功爵制”是针对春秋以前列国普遍存在“世卿世禄”制度的一种改革。以前国家在选拔军事将领时，主要在奴隶主贵族中选取，战场上的所有军功均归于首领名下，普通士兵无论在战争中立下多大功劳都被看作义务，军功不会改变他们的社会地位。为了改变这一状况，战国的李悝在主持魏国变法中提出“为国之道，食有劳而禄有功，使有能而赏必行，罚必当”的做法，这就是说凡立有军功者，不问出身门第，都可以享受爵禄。如此一来，涌现了众多历史上著名的人物，如著名军事家孙膑是刑徒，吴起是游士，名将白起、王翦是平民，赵奢是田部吏，名相蔺相如是宦者舍人，李斯是郡小吏，其他如苏秦、张仪等，这些人中，不乏知识浅陋的粗人，或是家徒四壁的贫穷之人，但这些人功绩彪炳史册，在历史上留下了赫赫功名，从而也开启了秦汉以后的“布衣将相之局”。而汉朝采用的是察举制与征辟制，前者是由各级地方推荐德才兼备的人才，后者是中央和地方官府向社会征集人才。魏文帝时，创立九品中正制，由中央特定官员，按出身、品德等考核民间人才，分为九品录用，后来随着世族势力强大，把持考核人才的通道仅限于门第出身，于是造成“上品无寒门、下品无士族”的现象，不但堵塞了民间人才，还让世族得以把持朝廷人事，严重影响到了皇权。隋统一后，隋文帝杨坚把选拔官吏的权力收归中央，废除九品中正制，开始采用分科考试的方式选拔官员，合格者可以做官，这在当时虽是草创时期，并不形成制度，但把读书、应考和做官三者紧密结合起来，揭开了中国科举史上新的一页。隋炀帝杨广紧随其后，进一步加以完善。隋朝灭亡后，唐朝的帝王承袭了隋朝人才选拔制度，并做了更深入的完善，由此，科举制度逐渐完备起来，以至于后来形成了“满朝朱紫贵，尽是读书人”的现象。这样一来也给更多的下层人士提供了更多进取的机会，促进了教育体系的蓬勃发展，此项改革犹如确立“军功制”一样，改进了下层民众永无出头之日的命运。因此在韦庄的这首词里，我们应该可以看出在封建王朝，一个下层民众经科举考试改变命运后的喜极心情。

“街鼓动，禁城开。”这首词开句便透着喜气。街上鼓声雷动，禁城那厚重城门，应着那欢天喜地的鼓点声缓缓而开。要知道这里所说的“禁城”是古代帝王的居所，指的是皇宫内苑，非重大喜庆的节日，通常是不会随意对外开放的。“天上探人回”句中的“天上”，在此指朝廷的殿试。古代科举考试分：一、童生试，也叫“童试”，应试者不分年龄大小都称童生，考试合格后取得生员即秀才和相公资格，这样才能正式参加科举考试。二、乡试，每三年在各省省城举行的一次考试，由秀才参加，考取的叫举人，以取得参加中央一级的会试资格，第一名叫解元。三、会试，每三年在京城举行的一次考试，会试在乡试的第二年举行，各省的举人及国子监监生皆可应考，第一名叫会元。四、殿试，是科举制度最高级别的考试，又称御试。殿试试题由内阁预拟，然后呈请皇帝选定。录取分三甲。一甲三名，赐“进士及第”的称号，第一名称状元，第二名称榜眼，第三名称探花；二甲若干名，赐“进士出身”的称号；三甲若干名，赐“同进士出身”称号。所以，一个人如果能一路坎坷地由童子考试到参加殿试，已经是实属不易，如果能高中状元，他要经历怎样的磨难才能到达这个顶峰？因此，赴殿试应试科举的才子们回来时，人们敲锣打鼓地为其欢呼、欢庆也就不足为奇了。“凤衔金榜出云来”，这一句更是喜上添喜、锦上添花。鸟中之王的凤凰口衔皇榜从彩云中向你翩翩而来，“金榜”，是古代科举制度殿试后录取进士揭晓名次的布告，因用黄纸书写，故而称黄甲亦称金榜，多由皇帝点定，也称皇榜，考中进士就称金榜题名。这里“出云来”的“云”字，意为高高在上之意，在此借指朝廷。下面的“平地一声雷”句，是饱含热情的肺腑之言。这一声雷，是意外之雷、惊喜之雷、吉祥之雷、祈盼之雷、从此改变命运之雷。这一声雷据不完全统计，在中国一千三百年科举历史上，曾产生出七百多名状元、近十一万名进士、数百万名举人。这其中不乏治国安邦的名臣、名相和雄才大略的政治家、文学家、艺术家等，所以科举制度是推动中国社会历史发展不可或缺的重要一环。

下片作者续写得中状元后的喜悦。“莺已迁，龙已化。”“莺已迁”句，在词牌题注中讲过，即是此词词牌《喜迁莺》的来历。“龙已化”句，化用“鲤鱼跳龙门”的典故，喻荣登状元郎的喜悦。《太平广记》[4]中曾有“鱼跃龙门”的传说：“河津一名龙门。水险不通，鱼鳖之属莫能上。江海大鱼薄集龙门数千，不得上，上则为龙也”，“龙门山在河东界……每暮春之际，有黄鲤鱼逆流而上，得者便化为龙”。后以“鲤鱼跳龙门”比喻中举、升官等飞黄腾达之事。“一夜满城车马”，这一句更是道出了满城欢庆的喜悦。满城的车轮转动、满城的马蹄声脆、喧天连夜，为什么呢？是因为“家家楼上簇神仙”，这一句作者又是道出了难得一见的当时社会风俗与风景。在钦点状元郎后，朝廷、民间都有一套相应的庆祝活动，这其中最重要的一项就是“夸街”。“夸街”就是御街夸官，古代科举制度中，新科状元殿试钦点之后，由吏部、礼部官员捧着圣旨鸣锣开道，状元公身穿红袍、帽插宫花，骑着高头骏马，在皇城御街上行走三日，接受万民朝贺，因奉有皇上圣旨，因此不论什么官员，得知夸官，都必须跪迎，向圣旨叩头，高呼万岁。百官齐簇、万民争看，家中的少年郎、闺阁中的大姑娘，不管男女老幼，都会争相一睹状元郎的风采。另外，这种夸街的过程，亦是官宦财阀大户选婿的过程，队伍所过之处，绝缨掷果无数，香囊、绣球从天而降，因此这种夸街成为当时一道亮丽的风景线，于是自然地引出了下面的“争看鹤冲天”，此句极力地衬托出了状元郎年轻才俊的得意之情。因为此句，《喜迁莺》这一词牌又称《鹤冲天》。

综观此词，那“凤衔金榜”“平地一声雷”道出了多少下层平民的祈盼；那“一夜满城车马。家家楼上簇神仙。争看鹤冲天”的盛况又道出了多少人的喜悦和羡慕。在唐人孙棨[5]《北里志》[6]中曾记载有新科状元那踌躇满志“从此不知兰麝贵”的著名诗篇：

“裴思谦状元及第后，作红笺名纸十数，诣平康里，因宿于里中。因且赋诗曰：‘银釭[⑦]斜背解鸣珰[⑧]，小语低声贺玉郎。从此不知兰麝[⑨]贵，夜来新惹桂枝香[⑩]。’”并由此诗创制了《桂枝香》的词牌。科举从根本上改变了下层民众生生世世面朝黄土背朝天的命运，正像宋真宗皇帝赵恒所言：“富家不用买良田，书中自有千钟粟；安居不用架高堂，书中自有黄金屋；出门莫恨无人随，书中车马多如簇；娶妻莫恨无良媒，书中自有颜如玉；男儿若遂平生志，六经勤向窗前读。”科举制度既促使下层民众寻求身份的转换，又促进了教育体系的发展，教化了广大的民众，并对世界其他国家文化和文明的发展，产生了巨大影响。

## 注释

①《太和正音谱》：北曲曲谱，一名《北雅》。朱权（明太祖朱元璋第十七子，世称宁献王，明初戏曲家）撰，全书共分八章。主要成就是对音韵格律的论述。根据北曲十二宫调分类，逐一记述曲牌的句格谱式，详注四声平仄，标出正字、衬字。共收曲牌三百三十五支，是现存唯一最早的北杂剧曲谱。

②《金奁集》：是集收录温庭筠词六十三首、韦庄词四十七首、张泌词一首、欧阳炯词十六首。朱祖谋跋云：“盖宋人杂取《花间集》中温、韦诸家词，各分宫调，以供歌唱，其意欲为《尊前》之续。”

③《梅溪集》：宋王十朋（1112—1171年）所作，字龟龄，号梅溪，南宋著名的政治家和诗人。共三十二卷，续集五卷。

④《太平广记》：宋太宗赵匡义（又名赵光义）下令编纂。全

书五百卷，取材自汉至宋初的小说、笔记、稗史等四百多种，保存了大量的古文献资料。

⑤ 孙棨：字文威。唐僖宗时人。生卒年、籍贯均不详。曾官侍御史及中书舍人。

⑥《北里志》：此书一卷，记载唐中和以前长安（今陕西西安）城北平康里的歌伎生活，故名《北里志》。书中反映了当时士人生活的一个侧面，也反映了歌伎们的生活和对爱情的追求，收录了文士和歌伎的诗歌作品。

⑦ 银釭：灯盏、烛台。

⑧ 鸣珰：珰，妇女耳垂上装饰物，此指首饰，晃动有声，故称。

⑨ 兰麝：香兰与麝香，俱为名贵香料。

⑩ 桂枝香：科举时代，以折桂喻高中及第，后因以桂枝喻指功名。词牌名《桂枝香》的来历即出于此词。

# 忆仙姿如梦令与阮郎归

## 词牌题注

《忆仙姿》是词牌名。胡仔《苕溪渔隐丛话》载《古今词话》中言道：“李存勖修皇宫内苑，掘地得一断碑，上有三十二字曰：‘宴桃源深洞，一曲舞鸾歌凤。长记欲别时，残月落花烟重。如梦，如梦，和泪出门相送。’”李存勖得到这块残碑以后，“使乐工入律歌之，名曰《古记》，又使翰林作数篇”。但翰林们所作的几篇词，李存勖并不满意，于是李存勖以断碑词为底本，依据韵律把断碑之词修改了一下，取名为《忆仙姿》。

## 诗词赏析

| **忆仙姿** | **格律** |
|---|---|
| **李存勖** | |
| 曾宴桃源深洞。 | (平)仄(平)平(平)仄。（韵） |
| 一曲舞鸾歌凤。 | (仄)仄(仄)平(平)仄。（韵） |
| 长记别伊时， | (平)仄仄平平， |
| 和泪出门相送。 | (平)仄(仄)平(平)仄。（韵） |
| 如梦。 | (平)仄。（韵） |
| 如梦。 | (平)仄。（叠） |
| 残月落花烟重。 | (平)仄(仄)平(平)仄。（韵） |

这首词单调三十三字，七句五仄韵一叠韵。要想读懂这首词，就一定要知道这首词中的典故和其背后的故事。据刘义庆《幽明录》中载：东汉明帝永平五年（62 年），刘晨、阮肇两人到浙江天台县的天台山上，去采摘一种专治跌打损伤的名叫谷皮的药材，但是两人却在山里迷了路，几天之后，两人饥饿殆死之际，遥望远处绝岩邃涧处的峭壁，上有一片桃林，上面有许多硕大的果实，于是二人攀岩附葛历尽艰辛才采摘到果实，食毕，二人觉得身体轻盈，于是又下山取水，却见顺着水流漂出一碗当地人叫麻糍的胡麻饭。二人觉得这里一定有人居住，于是他俩就逆着水流翻过大山，果然看见一条大溪边有两个姿质绝妙的女子。奇怪的是，这两位女子不但能叫出刘晨、阮肇的名字，而且话语间还好像是多年前的老朋友，刘晨、阮肇二人遂被邀至女子的家里，女子叫侍女马上去做饭，还叫来一些女伴，这些女伴带着礼物前来，并恭喜两位女子找到了如意郎君。大家一起设酒宴，作乐款待刘晨、阮肇二人，吃喝完毕，女子各拉着一人到自己的床上睡觉。这一时期，刘晨、阮肇二人在这些女子的服侍下，享尽了帝王与神仙般的待遇，就这样过了大约半年的时间，刘、阮二人忽然思念起了家乡，于是二人苦苦哀求女子，一定要回家去看看，女子无奈只得又集会奏乐而依依不舍地送别二人。刘晨、阮肇回到家乡，只见亲旧零落，邑屋改异，而所遇到的人无复相识，问询当地人，才知其家中已历子孙七代。现在浙江省绍兴市新昌县天姥山脚下的刘门山，即是传说中刘晨后来隐居的地方。如今被嵊州市定为文物保护的阮庙，即是传说中阮肇成仙的地方。这则美丽的传说故事，就是这首《忆仙姿》词的来历。刘晨、阮肇的故事发生在东汉年间，时光流逝到后唐年间，跨越了几乎近九百年的历史，李存勖晚年的时候，在皇宫中大兴土木，扩建宫殿时，挖掘土方，才发现了这块断碑，才有了这个词调。《古今词话》中有“使乐工入津歌之”，这个“津”是歌女的意思，是用了一个“赵津歌”的典故。“赵简子欲南渡击楚，至期，津吏（船工）醉卧不能渡，简子欲杀之。津吏之女娟恳之，代父操楫，至中流，唱《河激》之歌。简子大悦，后遂称娟所唱《河激》之歌为‘赵津歌’。”另此词还有许多别称，计有：《宴桃园》《不见》《比梅》《古记》《无梦令》《如意令》。在这里要注意的是，《如意令》是双调六十六字，上下片各七句五仄韵一叠韵之词，即合两首《忆仙姿》为一阕。

此词，即是咏题面本意。本词采以神话传说故事为题材，描写了刘晨、阮肇遇仙女及和仙女离别时依依不舍的情感。作者一上来平铺直叙、开门见山地写道：“曾宴桃源深洞。一曲舞鸾歌凤。”一个“曾”字给人一种时空隔世之感，这两句将刘晨、阮肇入天台山采药、迷路、攀岩、寻食、偶遇仙女之事统统省掉，只言及仙女们设酒宴于仙洞，唱歌跳舞而善待他二人。“长记别伊时，和泪出门相送。”这里一个“长”字，又给人一种时空隔世之感，将现在与过去的距离再一次拉开，前两句只说欢聚，这两句又专叙分别之情，直言重点，其他情节一概带过，“如梦。如梦。残月落花烟重。”“如梦”两句，为传神之笔，昔年的一场春梦，如今的长忆之梦，这两个梦都是那如醉如痴的游仙梦幻、那帝王一般的美妙梦幻，这场非同寻常的梦幻之旅，使两人达到了凄迷的程度，这最后的一句，作者不写离别的惆怅，而只写残余的月辉、逝落的年华、侵晓的迷雾，似梦境一般一闪而过。作者看似闲淡的一笔，却是以浓丽之情，写侵晓凄迷的悲凉景色，这悲凉景色与分别时悲伤欲绝的气氛联结起来，给人一种萧瑟、言尽而意不断的感觉。

熟读史书的人都知道李存勖是唐代大将晋王李克用的儿子，属于西突厥沙陀后人，是生活在新疆北部一带的少数游牧民族，骁勇善战。唐朝灭亡以后，李存勖代唐称帝，史称后唐庄宗。在位期间，并岐国，灭前蜀，得凤翔、汉中及两川之地，但他称帝以后，沉溺于声色，文化知识浅薄，故治国乏术，用人无方，又纵容皇后卖官鬻爵，以致将士离心，在位三年，死于兴教门之变[①]，时年四十二岁。历史记载李存勖本人虽然骁勇善战，却喜欢演戏，重用伶人[②]，常与伶人一起厮混，称帝以后还给自己取艺名为“李天下”。一次，李存勖与众伶人一同嬉闹，四处张望着喊道：“李天下，李天下何在？”伶人敬新磨越众上前，抬手便扇了他一个耳光。李存勖顿时被打蒙了，伶人们也都惊骇不已。敬新磨笑道：“理天下的只有皇帝一人，你还呼喊谁呢？”伶人们尽皆失笑。李存勖非但不怒，还重赏了敬新磨。在《五代诗话》卷一引《坚瓠集》[③]褚人获云：“李存勖搽画粉墨与敬新磨等日闹优场，粗犷之极，岂有清思者？乃其作《如梦令》词‘曾宴桃源深洞’云云，抑何婉丽如此？”所以，以李存勖这种粗犷之人，而改写出如此凄婉、清丽的小令，确实使人疑惑。

时光荏苒，历史又越过了一百余年，来到了宋神宗年间，此时刚过四十四岁的苏轼在湖州知州的任上还不到三个月，由于“乌台诗案”，被贬为黄州团练副使。几年后（1084 年）四十九岁的他，又被调任汝州团练副使。三月份接到任命之后，苏轼并没有马上去上任，而是先在黄州拜别了诸多好友，又再次浏览了周边令人迷恋的景色，然后去江西的高安看望弟弟苏辙，一起过了端午节；直到六月份，苏轼才正式从黄州贬所乘船去汝州，先是送赴江西德兴任县尉的长子苏迈到九江湖口，并一起游览了石钟山，写下了著名的《石钟山记》，游览庐山，写下了“横看成岭侧成峰，远近高低各不同”的《题西林壁》等众多诗篇；七月到江苏南京，在金陵拜见了“同为天涯沦落人”的恩师，此时被贬官的王安石，并相互有许多诗文唱和；八月到江苏镇江，并上书朝廷，准备辞官在这里养老；九月在宜兴买了田地；十月到扬州，饱览周边胜景；十一月到淮安去见久别的秦观，两人把酒言欢；十二月一日抵达泗州，先是拜会了诸多老友，然后在十八日，潇潇洒洒地在泗州雍熙塔④下的浴池中洗浴，并用《忆仙姿》这个词调写了两首词。在词前小序中苏轼写道：“元丰七年十二月十八日，浴泗州雍熙塔下，戏作《如梦令》两阕。此曲本唐庄宗制，名《忆仙姿》，嫌其名不雅，故改为《如梦令》。盖唐庄宗作此词，卒章云：‘如梦，如梦，和泪出门相送。’因取以为名云。”

## 如梦令

**苏轼**

水垢何曾相受。细看两俱无有。寄语揩背人，尽日劳君挥肘。轻手。轻手。居士本来无垢。

这首词苏轼是秉承了李存勖平仄之法，可以看作一个词调两个不同的名称。苏轼用诙谐的语气告诉浴室的搓背工：水和水垢是不相融的，你仔细看看这两种东西我身上都没有。我告诉您，您整天挥动肘部辛苦了，您轻点，再轻点，我身上根本没有污垢。

这首词看似诙谐，用平常语道平常事，但联想到苏轼几经贬谪，生活困顿的窘境，你就不难看出语气中夹枪带棒的牢骚之语。尤其是“居士本来无垢”句，我本来就没有错误，你们朝廷的大员们在“尽日劳君挥肘”整治我的时候，希望你们轻点，再轻点。

时光再回溯到五代南唐时期，即937—975年，这一时期，在五代南唐的历史上，出现了一个词坛圣手——李煜，他也同样是依据刘晨、阮肇遇仙女的故事，创了一个叫《阮郎归》的词调。

**阮郎归·呈郑王十二弟　　格律**

**李煜**

| | |
|---|---|
| 东风吹水日衔山。 | ㊣平㊣仄仄平平。（韵） |
| 春来长自闲。 | ㊣平㊣仄平。（韵） |
| 落花狼藉酒阑珊。 | ㊀平㊣仄仄平平。（韵） |
| 笙歌醉梦间。 | ㊣平㊀仄平。（韵） |
| | |
| 春睡觉， | ㊣㊀仄， |
| 晚妆残。 | 仄平平。（韵） |
| 无人整翠鬟。 | ㊣平㊀仄平。（韵） |
| 留连光景惜朱颜。 | ㊣平㊣仄仄平平。（韵） |
| 黄昏独倚阑。 | ㊣平㊀仄平。（韵） |

此词双调四十七字，上片四句四平韵，下片五句四平韵。这个词调与上面的单调三十三字，七句五仄韵一叠韵的《忆仙姿》《如梦令》词调不同。虽然其来历都是出自刘晨、阮肇遇仙记，却是两个不同的词调。此词又名《碧桃春》《醉桃源》《宴桃源》《濯缨曲》等，有一些著作中将这两个不同词调以及别称都混为一体，

是极为错误的，望填者慎。

## 注释

① 兴教门之变：后唐庄宗同光四年（926年），郭从谦发动兵变，打进宫城，焚兴教门。唐庄宗的近臣多数逃逸，仅王全斌等十几个人抵抗。混战中，庄宗被乱箭射中，王全斌将其扶至绛霄殿，直到庄宗死去，大恸而去。后来一个伶人捡了些丢弃的乐器，放在庄宗的身上点火，焚尸而去，史称兴教门之变。

② 伶人：原指古乐官名。相传黄帝时乐官名伶伦，故以为名。后称供奉内廷的伶人或授有官职的人为伶，或伶官，旧泛指戏曲演员。

③《坚瓠集》：瓠音为hù，《坚瓠集》是清初文学家褚人获所著的一本小说集，其中古今典章制度、人物事迹、诗词艺术、社会琐闻、诙谐、戏谑无所不记，尤以明清逸事为多。

④ 雍熙塔：在泗州今江苏省盱眙县境内。清康熙初（1680年），泗州沉陷于洪泽湖中，塔也随之不复存在。

# 麦秀两岐①

## 词牌题注

《麦秀两岐》原为唐教坊曲名，后用为词牌名。“麦秀两岐”原寓意为丰收之兆，多用以称颂国富民安、吏治清明、百姓安居乐业。“岐”也写作“歧”，意为“分叉”，麦秀两岐，就是一棵麦苗长出两个麦穗。《艺文类聚》卷十九引《东观汉记》：张湛为渔阳太守，开田八千余顷，劝民耕种，以致殷富。百姓歌曰：“桑无附枝，麦秀两歧，张君为政，乐不可欺。”在唐教坊曲中，《麦秀两岐》曲，是叙述百姓劳作、捡拾麦穗辛勤劳苦之曲。本来是歌颂赞扬丰收、国富民安之曲，但为什么又成为百姓叙述劳作、捡拾麦穗辛勤劳苦之曲呢？在《太平广记·卷二五七》引《王氏见闻》：“朱梁②封舜卿文词特异，才地兼优，恃其聪俊，率多轻薄。梁祖使聘于蜀，时岐、梁眦睚，关路不通，遂溯汉江而上。路出全州，土人全宗朝为帅，封至州，宗朝致筵于公署。封素轻其山州，多有傲睨，全之人莫敢不奉之。及执斝③索令，曰：‘《麦秀两岐》’，伶人愕然相顾：‘未尝闻之，且以他曲相同者代之？’封摆头曰：‘不可。’又曰：‘《麦秀两歧》’，复无以措手。主人耻而复恶，杖其乐将，停盏移时，逡巡，盏在手，又曰：‘《麦秀两歧》’，既不获之，呼伶人前曰：‘汝虽是山民，亦合闻大朝音律乎！’全人大以为耻。次至汉中，伶人已知全州事，忧之。及饮会，又曰：‘《麦秀两歧》’，亦如全之筵，三呼不能应。有乐将王新殿前曰：‘略乞侍郎唱一遍。’封唱之未遍，已入乐工之指下矣。由是大喜，吹此曲，讫[④]席不易之。其乐工白帅曰：‘此是大梁新翻，西蜀亦未尝有之，请写谱一本，急递入蜀。’具言经过二州事。洎封至蜀，置设，弄参军后，长吹《麦秀两歧》于殿前，施芟[⑤]麦之具，引数十辈贫儿，褴褛衣裳，携男抱女，挈[⑥]筐笼而拾麦，仍合声唱，其词凄楚，及其贫苦之意，不喜人闻。封顾之，面如土色，卒无一词，惭恨而返，乃复命。历梁、汉、安、康等道，不敢更言‘两歧’字。蜀人嗤之。”这段话说的是什么意思呢？朱梁朝时封舜卿文词独特，才华和所处的地位都很高，他依仗自己聪明而有才智，表现得很轻佻不庄重。梁太祖朱温派他出使四川等地，当时岐、梁之间关系有些不好，陆路不畅通，只好逆汉水而上。路经全州，当地人全宗朝是全州的最高领导人，封舜卿到来之后，全宗朝在公署设宴款待他。封舜卿一向轻视山荒之州，他在这里表现出很傲慢的样子，全州的人却没有敢不奉迎他的。等到举杯饮酒点节目时，封舜卿说：“请演奏《麦秀两歧》。”乐手们愕然相顾，他们谁也没有听说过这个曲子，就问：“能否以其他类似的曲子代替？”封舜卿摇摇头：“不可以。”又道：“《麦秀两歧》。”这令所有的乐手手足无措。全宗朝由羞愧而转为生怒，于是杖责了乐手的领班。宴会不得不暂停，乐手们也都转来转去不知如何是好，等再次端酒杯时，封舜卿仍旧道：“《麦秀两歧》。”既然听不到这支曲子，他便把乐手们叫到跟前斥责道：“你们虽然是山野之民，可也应该听说过大梁朝的音乐吧？”全州人都觉得很羞耻。接着封舜卿来到汉中，这里的乐手们已经知道全州发生的事，都很担忧。到了吃饭的时候，封舜卿又点道：“《麦秀两岐》。”这次也亦如在全州的筵席上，喊了三次没有动静。此时有个叫王新的乐手领班走到殿前请求侍郎能不能大概地给他们唱一遍。封舜卿一遍还没唱完，乐手们就已经可以演奏了。因而人们大喜，他们一直演奏这支曲子，到筵席终了也没更换。乐手们对长官道：“这是大梁朝的新曲子，西蜀之地也未尝有之，请求把曲谱抄录一本，尽快传送给他们为好。”等封舜卿来到蜀地，一切都已布置好，先演过参军戏后，长时间地在殿前演奏起《麦秀两岐》曲，并设置了割麦的道具，领来数十名贫困百姓，身着破旧衣裳，携男抱女，提着筐篓而拾麦，并随着乐曲合声歌唱。那歌词很凄楚，表达出极为贫苦之意，让人听到看到后，心里十分酸楚。封舜卿观看时，面如土色，自始至终都没有说一句话，愧憾而返。后来他回梁朝复命，路经梁、汉、安、康等地，根本就不敢再提“两岐”的字样，蜀人都讥笑他。这就是《麦秀两岐》乐曲产生的前后经过，和发展过程。《麦秀两岐》是源于“两歧歌”，而又融入了民间疾苦、反映出历史社会现状的作品。

## 诗词赏析

| 麦秀两岐 | 格律 |
| --- | --- |
| **和凝**[7] | |
| 凉簟[8]铺斑竹。 | 平仄平平仄。（韵） |
| 鸳枕并红玉。 | 平仄仄平仄。（韵） |

| | |
|---|---|
| 脸莲红， | 仄平平， |
| 眉柳绿。 | 平仄仄。（韵） |
| 胸雪宜新浴。 | 平仄平平仄。（韵） |
| 淡黄衫子裁春縠[9]。 | 仄平平仄平平仄。（韵） |
| 异香分馥[10]。 | 仄平平仄。（韵） |
| | |
| 羞道教回烛。 | 平仄平平仄。（韵） |
| 未惯双双宿。 | 仄仄平平仄。（韵） |
| 树连枝， | 仄平平， |
| 鱼比目。 | 平仄仄。（韵） |
| 掌上腰如束。 | 仄仄平平仄。（韵） |
| 娇娆不柰人拳跼[11]。 | 平平仄仄平平仄。（韵） |
| 黛眉微蹙[12]。 | 仄平平仄。（韵） |

此词双调六十四字，上、下片各三十二字七句六仄韵。和凝的这首词，非咏题面之本意，即丰收之喜悦或辛勤劳作之苦，而是借题面意另咏他事。这是一首华丽的丽艳之词，自号栩庄主人的李冰若在《花间集评注》中曾对和凝这样评价道："和成绩词自是《花间》一大家，其词有清秀处，有富艳处，盖介乎温韦之间也。"而此词即为富艳之词。词中描写了少女初入洞房，既有羞态，也有喜态，更有娇态的微妙情境。

首开句："凉簟铺斑竹。鸳枕并红玉。"这两句点明了节气为夏天，簟为竹席，而凉簟是凉床的意思，"斑竹"《述异记》中载："舜南巡，葬于苍悟，尧二女娥皇、女英泪下沾竹，竹悉为之斑。"（见本书《潇湘神》）鸳枕上缀满红玉，这里的斑竹和红玉都是衬托凉床和鸳枕之名贵。“脸莲红，眉柳绿。胸雪宜新浴。”这三句直写新妇的仪容。脸似莲花样白中透红，红中泛粉，那眉似新柳弯弯透出妩媚，那堆雪的胸肌恰似出水芙蓉，散发出无限青春的活力。这三句富艳妖娆，令人遐想无限。“淡黄衫子裁春縠。异香分馥。”这两句是由形体的描写转向服饰的描写，新妇身上，春丝做成的淡黄衫薄如蝉翼。縠是绉纱一类的丝织品，特点是薄、柔软，用其做衣服，极能体现女性特有的优美身段。“分馥”是香气散发，古时男女都喜好在身上佩置香囊，香囊中一般配有冰片、辛夷、麝香等名贵香料，皇家还会配有龙涎香，日以沉香熏衣，人行走之间会散发出阵阵香气。故宋人词中多有“香囊暗解”“暗香盈袖”之句。

下片“羞道教回烛。未惯双双宿”，这两句点出了姑娘要当新妇的娇羞之态。“教回烛”道出了其中消息，为何教回烛，是怕羞所至。因她“未惯双双宿”点出了姑娘初次玉身委人的娇羞，而吩咐其移去蜡烛，好轻解罗裳。写到这里，我想起了和凝的《江城子》中“含笑整衣开绣户，斜敛手，下阶迎”。从中可以看出，其新妇之娇羞、旧妇之坦然心态，迥然有别矣。“树连枝，鱼比目。掌上腰如束。”树有连理枝，鱼有比目鱼，这两句喻谓夫妻只有同心，才能达到水乳交融的境界。“掌上腰如束”句化用汉元帝之后赵飞燕的故事。赵飞燕腰细如束，可做掌上之舞，此喻新妇身材的姣好。“娇娆不奈人拳跼。黛眉微蹙。”这里的“奈”即奈，无奈、怎奈的样子。“跼”即“局”，“拳跼”即局促不安，意谓女子将作新妇时，局促不安，既惶恐，又兴奋，由于喜忧参半而致姑娘的柳眉微皱，却愈发地更显其娇娆妩媚，令人惜怜。

“黛眉微蹙”句，作者抓住了新妇刹那间的表情，写得极为传神。

这首词写得极为富艳。后蜀赵崇祚的《花间集》中共收晚唐五代十八家五百首词，大部分以蜀地词人为主，而和凝是五代词人中唯一一位入选的中原词人，故实力不可小觑。而在《花间集》中，共收和凝十二个词牌的二十首词，却未收此调。在作者简介中，大家了解了一些和凝的情况，那么我们再看一看，与和凝同时代人孙光宪对他的评价。孙光宪在《北梦琐言》中言：“晋相和凝，少年时好为曲子词，布于汴洛。洎入相，专托人收拾，焚毁不暇。然相国厚重有德，终为艳词玷之。契丹入夷门，号为曲子相公。”我们读此词，即可窥其词风。其《香奁集》由于艳名远播，和凝入相后，亦将是集嫁名韩偓所作，今所传的韩偓《香奁集》即是其作品。

## 注 释

①“岐”，意为“分叉”。“山”与“支”联合起来表示大山上分布着几座叉开去的小山，像植物本体上长出分枝那样的山形，像树木枝条那样的山地。其本义是，群山中大山周围形状相当于树木枝条那样的山地。而“岐”，《尔雅》曰：二达谓之岐。《后汉书·张堪传》麦穗两岐。《注》一茎两穗，如岐路之二达。因此这两个字都有分开、叉开的意思。

② 朱梁：公元 907 年，朱温接受唐哀帝李柷（chù）禅位，正式即皇帝位，改元开平，国号梁，史称后梁。升汴州为开封府（今河南开封），建为东都，而以唐东都洛阳为西都。废十七岁的唐哀帝为济阴王，迁往曹州济阴囚禁。次年二月，将其杀害，唐朝正式灭亡。

③ 斝（jiǎ）：古代青铜制的酒器，圆口，三足。

④ 讫（qì）：完结、终了。

⑤ 芟（shān）：割草、除草。

⑥ 挈（qiè）：用手提着。

⑦ 和凝（898—955 年）：字成绩，郓州须昌（今山东东平县）人。十七岁举明经，十九岁举进士。历仕后梁、后唐、后晋、后汉、后周五朝。历仕殿中侍御史、翰林学士、宰相，封鲁国公。少时好为曲子词，时人称之为“曲子相公”。长于短歌艳曲，性乐善，好称道后进之士，尝知贡举，所取皆一时之秀，为花间词派的重要词人。《全唐诗》存诗二十四首，《花间集》收词二十首，词集名《香奁集》。

⑧ 簟（diàn）：凉席。

⑨ 縠（hú）：绉纱一类的丝织品。

⑩ 馥（fù）：香气。

⑪ 跼（jú）：腰背弯曲、畏缩不安。

⑫ 蹙（cù）：皱眉，收缩。

# 临江仙与临江仙慢和临江仙引

## 词牌题注

《临江仙》原为唐教坊曲名，后用为词牌名。关于这个词牌的来历有许多种说法。黄升[①]《花庵词选》[②]卷一云“唐词多缘题，所赋《临江仙》则言仙事”。明人董逢元辑《唐词纪》[③]谓此调“多赋水媛江妃”。任半塘[④]考察敦煌词中有“岸阔临江底见沙”[⑤]，指出“辞意一定是涉及临江”。唐宋间此调存词很多，字数不同，用韵不同，体例亦各异。敦煌曲子词中存词四首计有“岸阔临江底见沙”“不处嚣尘千万年”“少年夫婿奉恩多”“大王处分靖烽烟”，依次见于斯二六〇七卷、伯二五〇六卷、伯二五〇六卷、伯三一三七卷（周绍良[⑥]辑自庄严龛藏敦煌遗书之零散卷子）。这四首词应该为盛唐至中唐期间作品，观词义，其句中出现的“岸阔临江”“不如归去。归去也。沉醉卧烟霞”“此洞求仙”，等等，前两首词应该是叙述弃宦求仙之事，也许这也是调名本意的一种。所以，《临江仙》词调或许源于宦者弃宦归隐、求道成仙故事也未可知。再以后，有些人或用此词牌言男女艳情，或许偏离了词题之本意，但这些都是不可避免的。亦如《沁园春》这个词牌，原意是歌咏沁水公主的园林，随着时代的更迭，缘题而赋的现象少而甚少。

《钦定词谱》中对这个词牌的题解是："《临江仙》唐教坊曲名。《花庵词选》云：唐词多缘题所赋，《临江仙》之言水仙，亦其一也。宋柳永词注：仙吕调。元高拭词注：南吕调。李煜词名《谢新恩》；贺铸词有'人归落雁后'句，名《雁后归》；韩滤词有'罗帐画屏新梦悄'句，名《画屏春》；李清照词有'庭院深深几许'句，名《庭院深深》。按，《乐章集》[7]又有七十四字一体，九十三字一体。汲古阁本俱刻《临江仙》，今据《花草粹编》校定，一作《临江仙引》，一作《临江仙慢》，故不类列。按《临江仙》调，起于唐时，惟以前后段起句、结句辨体，其前后两起句七字、两结句七字者，以和凝词为主，无别家可校。其前后两起句七字、两结句四字、五字者，以张泌词为主，而以牛希济词之起句用韵、李煜词之前后换韵、顾夐词之结句添字类列。其前后两起句俱六字、两结俱五字两句者，以徐昌图词为主，而以向子諲词之第四句减字类列。其前后两起句俱七字、两结句俱五字，两句者，以贺铸词为主，而以晏几道词之第二句添字、冯延巳词之前后换韵、后段第四句减字、王观词之后段第四句减字类列。盖《词谱》专主辨体，原以创始之词、正体者列前，减字、添字者列后，兹从体制编次，稍诠世代，故不能仍挨字数多寡也，他调准此。"

此调又名《谢新恩》《雁后归》《画屏春》《庭院深深》《采莲回》《想娉婷》《瑞鹤仙令》《鸳鸯梦》《玉连环》等。

诗词赏析

| 临江仙 | 格律 |
| --- | --- |
| **和凝** | |
| 海棠香老春江晚， | ㊀平㊁仄平平仄， |
| 小楼雾縠空濛。 | ㊀㊁㊀仄平平。（韵） |
| 翠鬟初出绣帘中。 | 仄平平仄仄平平。（韵） |
| 麝烟鸾佩惹苹风。 | 仄平平仄仄平平。（韵） |
| 碾玉钗摇㶉鶒[8]战， | ㊀仄㊁平平仄仄， |
| 雪肌云鬓将融。 | 仄平平仄平平。（韵） |
| 含情遥指碧波东。 | 平平㊁仄仄平平。（韵） |
| 越王台殿蓼花[9]红。 | ㊀平平仄仄平平。（韵） |

此词即《钦定词谱》中所言“惟以前后段起句、结句辨体，其前后两起句七字、两结句七字者”的和凝词。双调五十四字，上下片各二十七字、四句、三平韵。在《花间集》中，本调共列和凝词二首，此其一，其二为：“披袍窣地红宫锦，莺语时啭轻音。碧罗冠子稳犀簪，凤凰双飐步摇金。肌骨细匀红玉软，脸波微送春心。娇羞不肯入鸳衾，兰膏光里两情深。”这两首词从整体上来看，应该称为姐妹篇。

首开句“海棠香老春江晚”，“海棠”一般在每年的四或五月开花，花期十五天左右，这里的“香老”二字喻香尽花残，和下面的“春江晚”都是告诉大家现在是晚春的季节。下面这个“小楼雾縠空濛”，“雾縠”，华钟彦在《花间集注》中称：“縠，音斛，轻纱也。宋玉《神女赋》：‘动雾縠以徐步。注：縠，今之轻纱。'此言薄雾如縠也。空濛，雨气也。"作者在这里为我们描绘出了一幅梦幻般的春残花老、雾笼闺楼、烟雨迷蒙的佳境。这梦幻般的佳境，必有梦幻般的佳人。"翠鬟初出绣帘中"，果然接下来女主人公出场了，"翠鬟"原指古代女子佩有珠宝的发髻，在这里指美女。一个美丽的少女从烟雨迷蒙、雾锁闺楼中的绣帘里飘飘然走出来。"麝烟鸾佩惹苹风"，"麝烟"是指含有香气的烟雾，"鸾佩"是指刻画有鸾凤样子的玉佩，"苹"即"萍"，指水草，"苹风"是指吹过水面的风。这梦幻般的佳境、梦幻般的佳人出场，自是不同凡响，她身上散发着迷人的香气，美丽的玉佩随着风声叮咚作响。这上片作者描写了暮春时分，在雾雨弥漫的江边小楼中，一个佩戴着玉佩的美丽少女于迷蒙的雾雨中向你走来。这梦幻般的美丽景象，犹如一场视觉的盛宴、一场视觉的大餐。

下片，作者一上来就转向美丽佳人的具体描述。"碾玉钗摇㶉鶒战"，饰有㶉鶒的玉钗随风抖动，这一句是描写佳人华丽的头饰。"雪肌云鬓将融"这句是说雪白的肌肤融进美丽的鬓发中，不禁令人想起温庭筠的"鬓云欲度香腮雪"[⑩]句，令人钦佩大师语言的精确。这接下来的一句，作者没有续写美丽女子的容颜，而是笔锋一转，出人意料地写美丽女子"含情遥指碧波东"，"含情"，对谁含情？"遥指"，为谁遥指？"碧波东"有什么？"越王台殿蓼花红"，"越王台"是春秋时越王勾践的宫殿，在今浙江绍兴一带。这一句时空的变幻给人一种突兀的沧桑感，由幽幽的意境到款款的言情，再到优美的容颜，然后突兀地告诉你，空空的越王台上，不见了当年那叱咤风云的人物，满视野所见的都是那遍植于巷陌的蓼花。这结尾的一句，是追古还是怀远？抑或是感叹越王、西施的“滚滚长江东逝水，浪花淘尽英雄”的历史一瞬？抑或是“旧时王谢堂前燕，飞入寻常百姓家”[11]怀古忧思之感慨？所有的这一切，都给读者以充分想象的余地。

值得一提的是，明代才子杨慎[12]用这个词牌所填的一首词，即《廿一史弹词》[13]第三段《说秦汉》的开场词，后毛宗岗[14]父子评刻《三国演义》时将其放在卷首。中央电视台电视剧《三国演义》将其作为主题歌歌词。原词如下：

滚滚长江东逝水，浪花淘尽英雄。是非成败转头空，青山依旧在，几度夕阳红。白发渔樵江渚上，惯看秋月春风。一壶浊酒喜相逢，古今多少事，都付笑谈中。

此词借叙述历史兴亡抒发人生感慨，豪放中有含蓄，高亢中有深沉。以人身荣辱、大富大悲的经历而道江山永恒，人生短暂，从而表现出一种大彻大悟的历史观和人生观。

| **临江仙慢** | **格律** |
|---|---|
| **柳永** | |
| 梦觉小庭院， | 仄仄仄平仄， |
| 冷风淅淅， | 仄平仄仄， |
| 疏雨潇潇。 | 平仄平平。（韵） |
| 绮窗外、 | 仄平仄、 |
| 秋声败叶狂飘。 | 平平仄仄平平。（韵） |
| 心摇。 | 平平。（韵） |
| 奈寒漏永， | 仄平仄仄， |
| 孤帏悄， | 平平仄， |
| 泪烛空烧。 | 仄仄平平。（韵） |

| | |
|---|---|
| 无端处， | 平平仄， |
| 是绣衾鸳枕， | 仄仄平平仄， |
| 闲过清宵。 | 平仄平平。（韵） |
| | |
| 萧条。 | 平平。（韵） |
| 牵情系恨， | 平平仄仄， |
| 争向年少偏饶。 | 平仄平仄平平。（韵） |
| 觉新来、 | 仄平平、 |
| 憔悴旧日风标。 | 平仄仄仄平平。（韵） |
| 魂消。 | 平平。（韵） |
| 念欢娱事， | 仄平平仄， |
| 烟波阻， | 平平仄， |
| 后约方遥。 | 仄仄平平。（韵） |
| 还经岁， | 平平仄， |
| 问怎生禁得， | 仄仄平平仄， |
| 如许无聊。 | 平仄平平。（韵） |

此调柳永《乐章集》注“仙吕调”。双调九十三字，上片十一句五平韵，下片十一句六平韵。此调只有此词，平仄无别首可校。此词押三短韵，上下片第六句作上一下三句法，第十句作上一下四句法，填者应依体例望慎之。

柳永的一生是坎坷的一生、困顿的一生，其个人生活因为词而困顿，因为词而艰难，亦因为词而受到民众的喜爱。但光是受到民众的喜爱只能提高他的声誉度，却不能解决他的温饱问题，作为一个科举制度下的文人，如果只是单单解决温饱问题就不是其目的了。君不见老死闱场[15]之人大有人在吗？为的是什么？是为了出人头地、光宗耀祖。这种科举登高地、光宗耀祖时的思想，是刻进骨子里，融化在血液中，最终会落实到行动上的。为了这个崇高目的，于是乎经营者、钻营者、投机者们忙忙碌碌，柳永亦是这芸芸众生中的一员。而这首词所写就是柳永数不尽的羁旅奔波中的某一次、众多旅途上某一天的场景。

“梦觉小庭院”，某一天旅途中的深夜，作者梦醒于小庭院，一个“小庭院”令人想起的是充满温馨的典雅与整洁。但作者醒来所见是什么呢？“冷风淅淅，疏雨潇潇。”既没有温馨，也没有典雅与整洁，有的只是令人无奈的冷风和疏雨。这所见凄风苦雨的一幕，表现的是作者心寒，是身寒，还是身心俱寒？而作者听到的又是什么呢？“绮窗外、秋声败叶狂飘。”“绮窗”是雕刻或绘饰得很精美的窗户。古有“开高轩以临山，列绮窗而瞰江”之句，所以“绮窗”二字是一个美妙的词语，这个词语可以造就一个美妙的境界。然而在这小庭院美丽的绮窗外却是“秋声败叶狂飘”，这是一个温馨和狂野的对比，秋天的景色让我们想起层林尽染的美。一个“秋声”道尽了秋日那雍容华贵、五彩纷呈的美。但一个“败叶狂飘”却肃杀了一切想象中的美，令人想起欧阳修《秋声赋》中“初淅沥以萧飒，忽奔腾而砰湃；如波涛夜惊，风雨骤至”的境界。这《秋声赋》本是欧阳修晚年借秋声而写的一篇为官心得，作者将长期的政治斗争、复杂的世事、追名逐利的疯狂妙喻为风雨骤至前的萧飒秋声。柳永将自己多年科考失败妙喻为“败叶”，而那“狂飘”声，就是因为自己失利于考场，而不得不为生存东奔西走的真实写照。这是借“败叶”道其心绪的苦闷，借“狂飘的败叶”道其生存的艰难。“奈寒漏永，孤帏悄，泪烛空烧。”古时没有钟表，是用滴漏的方法计时的（详见《更漏子》），“寒漏”是冬天漏壶滴水的声音，一个“永”字，道出了作者整夜的无眠，然最令人难以忍受的，是偌大的房间里孤帷单悬、孤人只影，看那蜡烛似离人眼泪一样簌簌滴落。在这里，滴漏的声音是动态，孤帷和空烧滴泪的蜡烛是静态，这又是动与静的对比。“无端处，是绣衾鸳枕，闲过清宵。”最令人难受的是那绣着精美荷花的被褥和那绣有鸳鸯戏水的枕头孤零零地闲在那里，清冷地度过这寒冷的夜晚。这一句作者以物喻人，以绣衾鸳枕喻自己的孤苦无伴。这句话道出了孤独心寒之人，于寒秋孤旅之际，渴望温柔，渴望温暖，渴望有人慰藉的心声。

“萧条”，下片词人一上来就以这个孤冷、消沉、毫无生气的代名词牵起往日的回忆。“牵情系恨，争向年少偏饶。”这句话可以说是柳永对自己少年轻狂的一种反思。虽然他在词中有“忍把浮名换了浅斟低唱”和“才子佳人，自是白衣卿相”句，但少年不知愁滋味的他，为了这一时的口舌之快，其代价却是一生的奔波忙碌和“凝情望断泪眼”的离别。以柳永当时的才气，他一定有一个温馨的家，有令人羡慕的爱情，但科考、利禄、光宗耀祖的思想束缚着他，本以为自己奔波忙碌会换取更高的利禄，从而得到更幸福的爱情，但是令人没想到，利禄一次次地无情抛弃了他，本应该得到的爱情，也一次次地无情抛弃了他，在他的生命里，光宗耀祖与情感交织在一起，缠绵在一起，“剪不断、理还乱”。当期望爱情时又害怕失去光宗耀祖的机会，当一门心思想光宗耀祖时，真正的爱情，又在不经意间悄悄地离他而去，他的人生，就是在不断地与事业、与爱情相遇的过程中颠簸过来的。多年的作幕生涯[16]使得他常年奔波，又居无定所，而大宋律法规定：官员上任初始是不得带家眷的，更何况他这么一个小小的幕僚呢？因此每次孑然一身奔波，他所面对的就是生离死别。而每每这个时候，所能回忆的，只有那年轻时的轻狂和那牵情系恨的感情。“觉新来、憔悴旧日风标”，这是一声发自内心的喟叹，由于常年奔波劳累，容颜没有了昔日的风流倜傥，代之而来的是日渐憔悴的苍老。这句话是愁缘境生、境缘心起的结果。“魂消”，这个好像失去了灵魂的“魂消”二字，承上既是对失去昔日风流倜傥的无奈，启下亦是又念起旧日往事的无奈。“念欢娱事，烟波阻，后约方遥。”注意，这里的一句“欢娱事”是由“念”字领起，说明什么？说明这是回忆，是怀念那美好的、过去时的情事，但只限于回忆，而眼前是什么呢？却是“烟波阻，后约方遥”，由于千山万水的阻隔，那离约定的归期还遥遥无望。“还经岁，问怎生禁得，如许无聊。”这句话是承上句“后约方遥”而言。作者无奈地问苍天：这种夜深难眠、孤帷烛泪、卧听冷风疏雨、秋风狂飙的凄苦，心酸寂寞的无聊，经岁又经年的煎熬，何时能结束哇？

| **临江仙引** | **格律** |
| --- | --- |
| **柳永** | |
| 渡口， | 仄仄， |
| 向晚， | 仄仄， |
| 乘瘦马， | 平㊀仄， |
| 陟[17]崇冈。 | 仄平平。（韵） |

| | |
|---|---|
| 西郊又送秋光。 | 平平仄仄平平。（韵） |
| 对暮山横翠， | 仄仄平平仄， |
| 衬残叶飘黄。 | 仄平仄平平。（韵） |
| 凭高念远， | 平⃝平仄⃝仄， |
| 素景楚天， | 仄仄仄平⃝， |
| 无处不凄凉。 | 平仄仄平平。（韵） |
| | |
| 香闺别来无信息， | 平⃝平⃝仄⃝平平仄仄， |
| 云愁雨恨难忘。 | 平平仄仄平平。（韵） |
| 指帝城归路， | 仄仄平平仄， |
| 但烟水茫茫。 | 仄平仄平平。（韵） |
| 凝情望断泪眼， | 平平仄仄仄仄， |
| 尽日独立斜阳。 | 仄仄⃝仄仄平平。（韵） |

此调与《临江仙》《临江仙慢》是不同的调式，在柳永的《乐章集》中注南吕调，双调七十四字，上片十句四平韵，下片六句三平韵。此调柳永另有双调七十四字，上片十句两仄韵、四平韵，下片六句三平韵之词。这两种调式都是起句二字两句，上片第六、七句，下片第三、四句，为上一下四句法，望填者依律审之。

这首词柳永所写是羁旅孤宦、离愁别绪之言。首开句“渡口，向晚，乘瘦马，陟崇冈”。“渡口”是什么？是生离、是死别、是痛苦、是哭泣、是伤心、是送别的分手之地。离别之人来到渡口已然是触景伤情、悲由心生了，作者为渲染气氛，再道一个“向晚”，这两个字，会令人联想起秋风飘零、一叶孤舟、暝暝暮色、雾索横江、惊涛断岸，从而给人以压抑和无助感。“乘瘦马”中的一个“瘦”字，更让人揪心，为什么呢？“乘瘦马，陟崇冈”，这个“陟”是攀登的意思，而远行之人要攀登的是什么呢？是“崇冈”，“崇冈”是什么？那是重重叠叠、数不尽、走不完的崇山峻岭。而一匹羸弱的瘦马载孤苦远行之人，所要面对的，正是那数不清、走不完的崇山峻岭，而那崇山峻岭的荒寒野谷中，流淌的都是孤苦远行之人那道不尽的辛酸苦辣。这首开句作者的一唱三叹，为我们描绘出了一个孤苦远行之人于傍晚时分，乘瘦马、临渡口，而将要面对的却是那数不尽的崇山峻岭，道不完的辛酸苦辣。“西郊又送秋光”，单看这一句，是一种意境上的美，傍晚时分，夕阳西下，一抹殷红的残阳落日，从远远的山冈上照射过来，映照在孤帆、瘦马、行人身上，这束秋光在不同人的眼里，会有各种不同的变化，会演绎出各种不同的欣赏和享受的视角，但面对这迷人的秋光，在心本添霜的离人眼里却是“对暮山横翠，衬残叶飘黄”。漫山遍野的青翠下，作者视而不见，满视野却只有那凌乱的“残叶飘黄”，这就是所谓的“离人心上秋”，这个“愁”字的解读。退一步讲，就是这“残叶飘黄”，亦不失为一种凄美，但这种凄美在即将旅宦天涯的离人眼中是什么呢？是“凭高念远，素景楚天，无处不凄凉”。“凭高念远”是什么？凭高就是为了遥望家乡而思念亲人。然而登得不管有多高、所见之天空有多辽阔，在词人的心中，那凄凉之感永远是挥之不去的痛。据史书记载，柳永因为文采优异，故而受到无良文人的排挤，尤其是在科考仕途上更是屡战屡败，年近五十岁，才在宋仁宗景祐元年（1034年）考中进士，随即踏入仕途，但也是担任地方不重要的一类小官，为了寻求更好的职位，柳永只能辗转宦游各地，这首词就是他宦游时所写的羁旅之词，多次的游宦、多次的离别，让他从内心发出“无处不凄凉”的喟叹。这种喟叹是内心的无奈，这是经历之人才有的愁与痛。

“香闺别来无信息，云愁雨恨难忘。”下片中，作者结束上片的触景伤情，转而以思妇的角度来思念那羁旅孤宦、浪迹于天涯海角的孤苦远行之人。是呀，离开了那温暖的爱巢，那分别的泪、那伤情的痛、那音信皆无的思念，时不时地在思人的脑海里涌现，这一切的思念都化作了那种种难忘的、爱恨交加的雨恨云愁中。如果说思念是一种无形的念力，那远在天涯的孤宦之人岂有不知的道理，因此而生出了“指帝城归路，但烟水茫茫”这无奈的感叹。是呀，谁个不想在帝京的香闺居住，哪个不愿在帝京的门口当官，一句“但烟水茫茫”包含了多少无奈的诉说。“相爱人最怕有情无缘，常相思却不能常相依恋”[18]。种种的心理负担、种种的莫名担忧，困扰着相思的人，困扰着祈盼仕途改变命运的人。对于仕途，爱有时候显得无比残酷，对于爱，仕途的诱惑力又是无比的巨大。生活的艰辛、生存的无奈，种种矛盾怎么办？作者只能无力地呐喊道：“凝情望断泪眼，尽日独立斜阳。”这就是无奈，这就是无助。情再深也只能是“望断泪眼”地凝视。痛苦、无语的离人立尽斜阳，是思念的回味，还是“却道天凉好个秋”的痛苦？这里只能令人去咀嚼，去慢慢体味。愁苦之人道凄凉之语，引起的却是共鸣的泪。

## 注释

①黄升：南宋人，生卒年不详，字叔旸，号玉林，又号花庵

词客，建安（今属福建建瓯）人。不事科举，性喜吟咏。著有《散花庵词》，编有《绝妙词选》。

②《花庵词选》：二十卷，分上下两部分，上部为《唐宋诸贤绝妙词选》十卷；下部为《中兴以来绝妙词选》十卷。附词人小传及评语，为宋人词选之善本，后人统称《花庵词选》。

③《唐词纪》：明董逢元撰。逢元字善长，常州人。《唐词纪》词总集共十六卷，成于明万历年间。是编以“唐词”为名，而五代十国之词作约占大半。

④ 任半塘：著名词曲学家、戏剧学家、敦煌学家，江苏扬州人。原名讷、字中敏，取《论语》“讷于言而敏于行”之意。早年治北宋词、北曲，笔名二北，后改治唐代音乐文艺，乃名半塘，意谓研究唐代韵文之半也。早年编辑出版《散曲丛刊》，著有《散曲概论》《曲谐》等，对中国散曲的发展及其在古典文学中的地位做了较为系统的探讨和实事求是的评价。晚年著有《唐戏弄》《唐声诗》《唐大曲》等。为研究中国戏曲的形成与发展做出了重大贡献。

⑤ 岸阔临江底见沙：此句出自《敦煌曲子词》：“岸阔临江底见沙。东风吹柳向西斜。春光催绽后园花。莺啼燕语撩乱。争忍不思家。每恨经年离别苦。等闲抛弃生涯。如今时世已参差。不如归去。归去也。沉醉卧烟霞。”

⑥ 周绍良（1917—2005年）：安徽至德县（今安徽东至县）人。著名的佛学家、敦煌学家、收藏家和文物鉴赏家。出身于仕宦及学术世家。他的家庭历代信佛，为佛教护法居士，父亲为著名的佛学家周叔迦居士。周绍良曾任人民文学出版社古典文学编辑室编辑。国家古籍整理出版规划小组顾问、文化部文物鉴定委员会委

员、中国佛教协会副会长等职。

⑦《乐章集》：宋人柳永的一部词集，书中依宫调、词牌序列，收词一百九十余首。

⑧ 㶉鶒（xī chì）：水鸟名。多紫色，俗称紫鸳鸯，雌雄相随，同栖同宿。明清两代，七品文官官服上的补子即为㶉鶒。

⑨ 蓼花：俗称“狗尾巴花”，一年生或多年生草本植物，生长在水边或水中。

⑩ 鬓云欲度香腮雪：出自温庭筠《菩萨蛮》：小山重叠金明灭，鬓云欲度香腮雪。懒起画蛾眉，弄妆梳洗迟。照花前后镜，花面交相映。新贴绣罗襦，双双金鹧鸪。

⑪ 旧时王谢堂前燕，飞入寻常百姓家：出自刘禹锡《乌衣巷》：朱雀桥边野草花，乌衣巷口夕阳斜。旧时王谢堂前燕，飞入寻常百姓家。

⑫ 杨慎（1488—1559年）：明代文学家，明代三大才子之一。字用修，号升庵，四川新都人。明正德六年（1511年），殿试第一，授翰林院修撰。修《武宗实录》，禀性刚直，每事必直书。嘉靖三年（1524年），众臣因“议大礼”，违背世宗意愿受廷杖，谪戍云南永昌卫，居云南三十五年，死于戍地。

⑬《廿一史弹词》：为杨慎谪戍云南时所作，原名《历代史略十段锦词话》，传世后易名为《廿一史弹词》。它取材于正史，用浅近文言写成，被誉为“后世弹词之祖”。清初毛宗岗父子将其置于《三国演义》开篇，致使后人都误以为罗贯中所作。还有一首《西江月》（说三分两晋“道德三皇五帝”一段），被冯梦龙拿去放在《东周列国志》的开篇，又使人误为冯梦龙所作，由此可见此人词

品分量之重。

⑭ 毛宗岗（1632—1709年）：字序始，号孑庵，长洲（今江苏苏州市）人。清初著名文学批评家。

⑮ 闱场：指科举制度。

⑯ 作幕生涯：古时文人在没有考取功名前，一般选择在有实力的家族中当幕僚，一来要养家糊口，二来为下一次科考做准备。

⑰ 陟（zhì）：《说文解字》中，陟，登也。《尔雅》中，陟，升也。由低处向高处走，登高、攀升。

⑱ 此句出自刘欢《情怨》：每一次无眠，你都浮现。你驾你的小船，云里雾间。每一次危难，你都相援。你无私的体贴，暖我心田。多少年情不断，多么想抱你怀间。过眼的红颜风吹云散，唯有你的双眼映我心间。相爱人最怕有情无缘，常相思却不能常相依恋。多少年情不断，你就在天水之间。放眼望天水蓝，你就在天水之间。这绵绵情怨竟又重现。

# 采桑子

## 词牌题注

《采桑子》原为唐教坊曲名，后用为词牌名。这个调名出自汉代乐府诗《陌上桑》：“日出东南隅，照我秦氏楼。秦氏有好女，自名为罗敷。罗敷善蚕桑，采桑城南隅……”

刘向[①]《列女传[②]·卷五节义传·鲁秋洁妇》记载：“洁妇者，鲁秋胡子妻也。既纳之五日，去而宦于陈，五年乃归。未至家，见路旁妇人采桑，秋胡子悦之，下车谓曰：‘若曝采桑，吾行道远，愿托桑荫下飡，下赍[③]休焉。’妇人采桑不辍，秋胡子谓曰：‘力田不如逢丰年，力桑不如见国卿。吾有金，愿以与夫人。’妇人曰：‘嘻！夫采桑力作，纺绩织纴[④]，以供衣食，奉二亲，养夫子。吾不愿金，所愿卿无有外意，妾亦无淫泆[⑤]之志，收子之赍与笥[⑥]金。’秋胡子遂去，至家，奉金遗母，使人唤妇至，乃向采桑者也，秋胡子惭。妇曰：‘子束发修身，辞亲往仕，五年乃还，当所悦驰骤，扬尘疾至。今也乃悦路傍妇人，下子之装，以金予之，是忘母也。忘母不孝，好色淫泆，是污行也，污行不义。夫事亲不孝，则事君不忠。处家不义，则治官不理。孝义并亡，必不遂矣。妾不忍见，子改娶矣，妾亦不嫁。’遂去而东走，投河而死。”

这个记载是什么意思呢？讲的是鲁国的大夫秋胡子在年轻的

时候娶了妻子，结婚刚刚五天，就到遥远的陈国去谋生，并且在陈国当了官，五年以后才有机会回家看望自己的老母亲和新婚即别的娘子。就在他快要到家的时候，看见路边有一个美丽的妇人在桑树下采集桑叶，秋胡子就动了邪念，停下车调戏这个美丽的妇人，还要送她钱财以达目的。然而这个妇人坚决地拒绝了秋胡子的调戏，并告诉他我辛苦地劳作，是要得到金钱以侍奉家中的二位老人和教养我丈夫的孩子，我不稀罕你的黄金，我只是希望您没有其他的非分之想，我也没有任何放纵以及不检点的行为。秋胡子听到妇人的这番话，非常惭愧地离去了。秋胡子回到家中，原来他的媳妇就是那个他在路边桑树下曾经调戏过的美丽妇人，秋胡子非常惭愧。他媳妇又痛斥了他那令人不齿的行为以后就投河自杀了。西晋文学家傅玄[⑦]据此写有《和班氏诗》即《秋胡行》诗："秋胡纳令室，三日宦他乡。皎皎洁妇姿，泠泠守空房。燕婉不终夕，别如参与商……"就此诗《乐府古题要解》[⑧]曰："后人哀而赋之，为《秋胡行》。"在这里的"行"字是歌的意思。

唐人吴兢[⑨]的《乐府古题要解》中记载："'日出东南隅，照我秦氏楼。'旧说邯郸女子秦姓名罗敷，为邑人千乘王仁妻。仁后为赵王家令。罗敷出采桑陌上，赵王登台见而悦之，置酒欲夺焉。罗敷善弹筝，作《陌上桑》以自明，不从。案其歌词，称罗敷采桑陌上，为使君所邀，罗敷盛夸其夫为侍中郎以拒之，与旧说不同。若晋陆士衡[⑩]'扶桑升朝晖[⑪]'等，但歌佳人好会，与古调始同而末异。"

元代时，剧作家石君宝[⑫]根据《列女传》、古乐府《秋胡行》、唐五代时的《秋胡变文》及广为流传的民间传说进行艺术加工，创作了《鲁大夫秋胡戏妻》杂剧并搬上了舞台。现在我们看到的戏剧“桑园会”就是根据此杂剧第三折“鲁大夫秋胡戏妻”改编而成。这其中有一段西皮流水：“秋胡打马奔家乡，行人路上马蹄忙，稳坐雕鞍用目望，见一位大嫂手攀桑。前影儿好像罗敷女，后影好像我的妻房。有心上前把妻认，错认民妻罪非常……”

综上所述，不管是汉代乐府诗《陌上桑》，还是刘向的《列女传·鲁秋洁妇》中的记载，或是西晋文学家傅玄《和班氏诗》，他们所记载的也许是同一个版本，或是不同版本，但无疑这些都成为《采桑子》词牌出处的一种指向。

唐代教坊曲中有《杨下采桑》，又名《采桑》。《尊前集》[13]注羽调，《乐府雅词》[14]注中吕宫，南卓[15]在《羯鼓录》[16]中作《凉下采桑》，属“太簇角”。南唐后主李煜词名《丑奴儿令》，冯延巳改名为《罗敷媚歌》，宋初名为《采桑》，陈师道名为《罗敷媚》，贺铸词名《伴登临》，又有《苗而秀》以及《忍泪吟》《醉梦迷》等。黄庭坚、贺铸均名为《丑奴儿》，是于大曲中截取一段而为之。此调为双调四十四字，上下片各四句三平韵，此双调小令，以晚唐花间词人和凝《采桑子》为创调之作。

另有《促拍采桑子》，也叫《促拍丑奴儿》，调见朱希真《太平樵唱词》。促拍就是节拍快速、急繁之意，这就是我们平时所说的“急曲子”。字句与《采桑子》《添字采桑子》迥别。此调为双调五十字，上片五句三平韵，下片五句两平韵，此词以朱敦儒《清露湿幽香》一词为正体。此调亦只有此词，无别首可校。《词谱》中称：按，《黄山谷集》，《丑奴儿》词六十二字者，减去前后段第三句，即是此词。

另有《添字采桑子》，是在和凝《采桑子》的基础上，将上下两阕词的最后一句添加字、句，成为一个新的曲调。添字，也就是摊破的意思。词调名有加"摊破"二字的，意思是将某一个曲调，摊破一二句，增字衍声，另外变成一个新的曲调，但仍用原有调名，而加上"摊破"二字，以为区别。"摊破"是兼文字和音乐而言，如果单从文字方面说，"摊破"就是"添字"。《添字采桑子》是在原调上下片各四句的基础上各添入三句，由原来的四句添为七句，增字后，音节和词句亦相应发生变化。《词谱》中讲："调见《惜香乐府》，即《采桑子令》也，因前后段俱添入和声，自成一体。双调六十字，前段六句四平韵，后段六句三平韵、一重韵。"并以赵长卿《树头红叶飞都尽》一词为正体。

另有《采桑子慢》一调，又名《丑奴儿慢》。因潘元质词，有"愁春未醒"句，亦名《愁春未醒》；辛弃疾词名《丑奴儿近》；《花草粹编》无名氏词名《叠青钱》。此调为双调九十字，上下片各九句，五平韵。此调以吴礼之《金风颤叶》为正体。

另元朝诗人马钰有《战掉丑奴儿》，为双调五十字，前后段各二十五字，五句四平韵，此调就是在和凝词，前后段各添三字为结句。

## 诗词赏析

| 采桑子 | 格律 |
| --- | --- |
| 和凝 | |
| 蝤蛴领上诃梨子， | ㊉平㊀仄平平仄， |
| 绣带双垂。 | ㊀仄平平。（韵） |

| | |
|---|---|
| 椒户闲时。 | ㊉仄平平。（韵） |
| 竞学樗蒲赌荔枝。 | ㊋仄平平㊋仄平。（韵） |
| 丛头鞋子红编细， | ㊉平㊉仄平平仄， |
| 裙窣金丝。 | ㊉仄平平。（韵） |
| 无事颦眉。 | ㊉仄平平。（韵） |
| 春思翻教阿母疑。 | ㊉仄平平㊋仄平。（韵） |

这首词上片写了一个天生丽质、烂漫如花的小姑娘，穿着漂亮的衣服闲来无事，在芳香四溢的闺房内和小伙伴用荔枝作赌注论输赢。

“蝤蛴（qiú qí）领上诃梨子”，“蝤蛴”是什么？这是一种天牛一类的幼虫，体白而长，身长足短，呈圆筒形。它蛀食树木枝干，是森林、桑树和果树的主要害虫，但因其体白而颀长，故古人以此来比喻女人脖颈洁白且丰润之美。在《诗经·卫风·硕人》中，对美女曾有这样的描写：“手如柔荑（tí），肤如凝脂。领如蝤蛴，齿如瓠（hù）犀。秦首娥眉，巧笑倩兮，美目盼兮。”这段话是盛赞女子之美，说她的手像植物初生的嫩芽一样，柔嫩而洁白。皮肤像凝固的油脂一样，光泽而富有弹性。脖颈像蝤蛴一样，洁白而丰润。牙齿像瓠瓜的嫩子一样，整齐又洁白。“诃梨子”又是什么呢？这是一种常绿乔木，产于南方大部分地区，其果实像橄榄，古代妇女依其形状，将它绣在衣领上作为花饰。此即现在人们所称之云肩，也叫披肩的饰物，六朝人谓之诃梨子。清袁枚《随园诗话》卷十三：“和凝诗：‘蝤蛴领上诃梨子。’人多不解。朱竹垞曰：‘诃梨，妇女之云肩也。’”“绣带双垂”，“绣带”指绣有美丽花纹，串系披肩的带子。“椒户闲时”，“椒户”就是香房，亦泛指大户人家小姐的闺房。椒是花椒一类的香料，古人用这类的香料和泥涂抹在室内的墙壁上，既取其馨香，又防虫避瘟，去秽纳新，此一点即可彰显古人的智慧。然而“椒房”在古代，却是身份地位的象征，在这里泛指富贵人家的闺房。“竞学樗蒲赌荔枝”，“樗蒲”（chū pú）是古代的一种游戏，如现代的掷骰子。唐李肇《国史补·卷下》载：“洛阳令崔师本，又好为古之樗蒲。其法：三分其子三百六十，限以二关，人执六马，其骰五枚，分上黑下白，黑者刻二为犊，白者刻二为雉。掷之全黑为卢，其采十六,二雉三黑为雉，其采十四；二犊三白为犊，其采十；全白为白，其采八；四者贵采也。开为十二，塞为十一，塔为五，秃为四，撅为三，枭为二,六者杂采也。贵采得连掷，得打马，得过关，余采则否。新加进九退六两采。”对于我们来说，根本不知道此段话的具体含义，更难以理解其中的玄妙。此句是言，在芳香四溢的闺房内小姑娘闲来无事，和小伙伴们学习用樗蒲的玩法，用荔枝作赌注论输赢。

“丛头鞋子红编细”，“丛头鞋子”是指用锦帛编成花丛样子的云头鞋。“裙窣金丝”，“窣”（sū）形容细小，裙子上缀满细小的金丝。就是这样一个无拘无束、天真烂漫和家庭富有的小姑娘，忽然间“无事颦眉”，小姑娘正在兴致勃勃地和小伙伴赌荔枝，却好没来由地皱起了眉头，这细微的变化、这微小的细节、这突兀而来的状况，“春思翻教阿母疑”，这多心的阿母、细心的阿母怀疑女儿是不是情窦初开，有了春思。

元人汤显祖[17]评：“末句一语，翻空出奇。”刘永济[18]《唐五代两宋词简析》[19]中对此词评析道："此写才动春情之少女。一、二句，上身服饰也。三、四句，言其闺中嬉戏之事。五、六句，下身服饰也。末二句，少女烦闷之情，已为阿母所觉也。"

## 注释

①刘向（约前77—前6年）：沛县（今属江苏徐州）人。原名刘更生，字子政，西汉经学家、目录学家、文学家。楚元王刘交四世孙。

②《列女传》：西汉人刘向著，是一部介绍中国古代妇女行为的书。刘向有感于汉成帝之皇后赵飞燕失宠后淫乱无度，但又不便明白指出，于是引经据典，搜罗昔时贤后贞妇兴国保家之事，写成了一册《列女传》，呈献汉成帝作为讽劝。

③赍（jī）：此为借助。而下面的"收子之赍"，是指赏赐、赠送。

④纴（rèn）：纺织。

⑤泆（yì）：同"溢"，放纵。

⑥笥（sì）：《说文解字》中称其为"盛食器也"。此为装钱币的袋子。

⑦傅玄（217—278年）：字休奕，北地郡泥阳（今陕西铜川耀州区东南）人，西晋初年的文学家、思想家。

⑧《乐府古题要解》：唐人吴兢撰。分上下二卷。采录史传与诸家文集中有关乐府古题命名、缘起的记载，纂辑成书，是研究汉魏六朝音乐的参考资料。

⑨吴兢（670—749年）：汴州浚仪（今河南开封）人。武周

时入史馆修国史，著述独撰有十六种，计二百十六卷，与人合撰有八种，计七百二十五卷。史书今日所能见到的只有一部《贞观政要》。

⑩ 陆士衡（261—303年）：陆机。吴郡吴县（今江苏苏州）人，西晋文学家、书法家，与其弟陆云合称“二陆”，其《平复帖》是现今存世最早的名人书法真迹。

⑪ 扶桑升朝晖：见陆机《艳歌行》。

⑫ 石君宝：元代戏曲作家。平阳（今山西临汾）人。生卒年不详。以写家庭、爱情剧见长。著有杂剧十种，现仅存《鲁大夫秋胡戏妻》《李亚仙花酒曲江池》《诸宫调风月紫云亭》三种，另七种皆佚。

⑬《尊前集》：编者未详，是书收录词家三十六人，词作二百六十首。

⑭《乐府雅词》：宋人曾慥于绍兴十六年（1146年）成著，是我国现存最早的一部宋人选编的宋词总集。所选三十四家八百多首词，另有无名氏的一百多首作为《拾遗》。

⑮ 南卓：生卒年不详，字昭嗣，唐宣宗曾任拾遗、洛阳令、黔南经略使，著有《羯鼓录》《唐朝纲领图》《唐纪年记》《驳史》《南卓文》等。

⑯《羯鼓录》：一部音乐史料，共一卷。羯鼓是古代打击乐器。南北朝时经西域传入中原，盛行于唐开元、天宝年间。此书记羯鼓之源流云：“羯鼓出外夷，以戎羯之鼓，故曰羯鼓。”

⑰ 汤显祖（1550—1616年）：中国明代戏曲家、文学家。字义仍，号海若。汉族，江西临川人。万历十一年（1583年）进士。

作有传奇《牡丹亭》《邯郸记》《南柯记》《紫钗记》，合称《玉茗堂四梦》，以《牡丹亭》最著名。在戏曲史上，和关汉卿、王实甫齐名，在中国乃至世界文学史上都有着重要的地位，被誉为“东方的莎士比亚”。

⑱ 刘永济（1887—1966 年）：字弘度，号诵帚，晚年号知秋翁，1911 年就读于清华大学。一生著述颇丰，在 1966 年“文化大革命”中含冤惨死。

⑲《唐五代两宋词简析》：刘永济先生在武汉大学任教时的讲义，本书系统介绍了唐、五代、宋词的主要流派，撷取唐宋词中的精粹，加以精要注释。

# 生查子

## 词牌题注

《生查子》原为唐教坊曲名，后用为词牌名。关于这个词牌的来历，历史上有诸多释义，兹列如下：

其一，《生查子》“生”字，在《康熙字典》“生”字部中，有这样一段话：“又叶桑经切，音‘星’。《诗·小雅》虽有兄弟，不如友生。叶宁平《东方朔·七谏》：‘观天火之炎炀[①]兮，听大壑之波声。引八维以自道兮，含沆瀣[②]以长生’。”这个“叶桑经切”可能是音韵一类的用法，由于时间的睽隔，这个音韵对于我们而言已经非常陌生。而“查”字，本作“楂[③]”，亦通“槎[④]”字，本意是“木筏”。“生查”为“星楂”或“星槎”之意，是可以到星河的木筏。“子”即“歌”或“曲”的意思，在隋唐时期“曲”多称为“子”，如“女冠子”“天仙子”“采桑子”等。“生查子”，就是歌颂“星楂”或“星槎”的歌曲。

其二，东晋王嘉《拾遗记》中记载：“尧登位三十年，有巨槎浮于西海，槎上有光，夜明昼灭，海人望其光，乍大乍小，若星月之出入矣。槎常浮绕四海，十二年一周天，周而复始，名曰贯月槎，亦谓挂星槎。羽人栖息其上，群仙含露以漱，日月之光则如暝[⑤]矣。虞夏[⑥]之季，不复记其出没，游海之人，犹传其神伟也。”

其三，据晋人张华《博物志》中记载：“旧说云天河与海通。近世有人居海渚[⑦]者，年年八月有浮槎去来，不失期，人有奇志，立飞阁于槎上，多赍[⑧]粮，乘槎而去。十余日中，犹观星月日辰。自后茫茫忽忽，亦不觉昼夜。去十余日，奄至一处，有城郭状，屋舍甚严，遥望宫中多织妇，见一丈夫牵牛渚次饮之。牵牛人惊问曰：‘何由至此？’此人具说来意，并问此是何处，答曰：‘君还至蜀郡，访严君平则知之。’竟不上岸，因还如期。后至蜀，问君平，曰：‘某年月日，有客星犯牵牛宿。’计年月，正是此人到天河时也。”这里所说的是：相传天上的银河与地上的大海是相通的。近代有人住在海岛上，他看见每年八月有木筏往来于银河与大海之间，从来没有耽误过期限。有个胸怀好奇心的人，在木筏上建了一间房子，带上很多粮食，乘上木筏向银河漂去。开始十几天里，还能观看到日月和星星，后来就恍恍惚惚，也分不出白天和黑夜。十多天以后，突然到了一个地方，有城市的样子，房屋十分整齐，远远望去房子里有很多织布的女子，又看见一位男子，正牵着牛，在河中小岛的水边让牛饮水。牵牛人见到来客，便惊奇地问道：“你怎么到这里来了？”这人详细说明了来意，并且询问这是什么地方。牵牛人回答说：“你回到蜀郡去拜访严君平就知道了。”这人最终没有上岸，因而按照木筏来去的时间如期回家了。后来这个人到了蜀郡，去问严君平，严说：“某年某月某日，有一颗客星进犯了牵牛星。”算一算年月，正是这人到达银河的时候。

其四，传说中南北朝梁人宗懔[⑨]《荆楚岁时记》中记载，汉武帝派遣张骞等人出使西域，寻找黄河源头，乘槎经一个月来到一处，只见城墙像州府，室内一女子在织布，又见一男子牵着牛在河边饮水。张骞问道："这是什么地方？"那人回答说："你回去到蜀地，可以去问严君平。"又赠给他一块支机石让他回去。张骞到蜀后找到严君平询问，严君平对张骞说："某年某月，有一客星侵犯牛郎织女星。"此说与其三类同，只是将人物具体化为张骞。而其所传说只南北朝梁人宗懔《荆楚岁时记》中记载，也因为这本书至今所见只有三十六则记事，非为完本，尤其是对张骞乘星槎游天河事，只闻传说，未见其原著述，以致不能窥其原貌。除以上四点外，如《汉书》《癸辛杂识》《词苑萃编》《曲律》《词品》《填词名解》等，均以《生查子》为古代神话。"乘槎"上天一事，为创调之源。在《会仙女志·天问》中有一段精彩对话：问曰："张骞乘槎，何以升天？织女机石，何以相传？"对曰："张骞汉臣，出使西域。乘槎天游，好事浪述。天无仙女，何机何织？杼轴[10]其空，有何机石？卖卜君平，岂能独识？张骞本传，并不载入。《华志》《博物》，奇事莫及。幻妄不经，子勿沉溺。"

其五，敦煌曲子词《云谣集》中录有二首《生查子》。其一："三尺龙泉剑，匣里无人见，一张虎雁弓，百只金花剑。为国竭忠贞，苦处曾征战，先望立功勋，后见君王面。"其二："一树涧生松，迥向长林起。劲枝接青霄，秀气遮天地。郁郁覆云霞，直拥高峰际。金殿选忠良，合赴君王意。"这两首词的主旨，是吟咏战场上英勇杀敌、建立功勋的意思，而唐词多是缘题而赋，因此，《生查子》到底是吟咏"星楂"，还是吟咏沙场征战？在此我们只能待考。

其六，"查郎"是唐代对官员的昵称，任半塘《教坊记笺订》引宋人曾慥《类说》："唐明皇呼人为'查'，言士大夫如'仙查'，随流变化，升天入地，能处清浊也。"又云："《生查子》乃五言八句仄韵之声诗。今传辞虽以韩偓之作为早，但盛唐间韦应物已有其调。东坡词《生查子》‘三度别君来’一首，并以诗体见于东坡续集中，自注：‘效韦苏州’是其证。”而苏轼效韦应物的具体何首词，苏轼并没有讲，我们不知道，所以《钦定词谱》中以韩偓词为早，如苏轼言明是仿效韦应物的具体之词，那么咏入诗篇，录之乐府，采曲入词的时间，即可从五代提前至中唐。

其七，《钦定词谱》中，不管是列为创调之作的韩偓词，还是刘试读词、牛希济词、孙光宪词、张泌词，无一例外均为言情之词，以缘题而赋的唐词而言，均非咏仙人“星槎”事。

此词又名《美少年》《愁风月》《楚云深》《绿罗裙》《梅和柳》《梅溪渡》《元夕》《陌上郎》《遇仙槎》《晴色入青山》《懒卸头》《盘洲曲》《荔枝红》等。

## 诗词赏析

| **生查子** | **格律** |
| --- | --- |
| **韩偓**⑪ | |
| 侍女动妆奁， | (仄)(仄)(仄)(平)(平)， |
| 故故惊人睡。 | (仄)仄平平仄。（韵） |
| 那知本未眠， | (仄)(平)仄(仄)平， |
| 背面偷垂泪。 | (仄)仄平平仄。（韵） |
| | |
| 懒卸凤头钗， | (仄)(仄)(仄)(平)平， |
| 羞入鸳鸯被。 | (平)仄平平仄。（韵） |
| 时复见残灯， | (平)仄仄平平， |
| 和烟坠金穗。 | (平)(平)(仄)平仄。（韵） |

此词即是被《钦定词谱》列为创调之作的韩偓《生查子》词。双调四十字、上下片各二十字，四句两仄韵。这首词一说是“曲子相公”和凝入相前的作品。此词描写了一个贵妇人，因独眠而垂泪，因无人陪伴而独守到天明。这首五言八句仄韵之体，不知是否为苏轼所言的“韦苏州”体。下面我们再列一首双调四十一字，上片二十字四句二仄韵，下片二十一字五句三仄韵之词。

| 生查子 | 格律 |
|---|---|
| 牛希济[12] | |
| 春山烟欲收， | 平平平仄平， |
| 天淡星稀少。 | 平仄平平仄。（韵） |
| 残月脸边明， | 平仄仄平平， |
| 别泪临清晓。 | 仄仄平平仄。（韵） |
| | |
| 语已多， | 仄㊀平， |
| 情未了。 | 平㊀仄。（韵） |
| 回首犹重道。 | 平仄平平仄。（韵） |
| 记得绿罗裙， | 仄仄仄平平， |
| 处处怜芳草。 | 仄仄平平仄。（韵） |

牛希济的这首词与韩偓词相较，只是将下片的第一个五言句分开，并加一仄韵脚，余者悉同。这首词写夫妇两人即将别离的情景，同时将两人之间殊不忍别一刹那的情态，描写得极为细致。

“春山烟欲收，天淡星稀少。”这两句，以写景而见长。春日的远山，雾气渐渐收敛，天空被曙色冲淡，那闪烁的星星，逐渐稀少。“残月脸边明，别泪临清晓。”这两句，则是对前两句的补充，“别泪”二字点明了本词的主旨。由于临晓，故称“残月”，临晓之时，那残月之光映照在二人脸边，从而映出了这一对有情人所流下的离别之泪。俞陛云先生点评道：“上首言清晓欲别，次第写来，与《片玉词》之‘泪花落枕红绵冷’词格相似。”

如果说上片作者是以情入境，那么下片作者则是以景而入情。“语已多，情未了”，将二人痛惜分别、愁苦不堪言的未了之情和盘托出，情未了、情难了，此一别，何时何日能再见？不管是我冷衾孤灯、梦里相思，还是你孤馆寒灯、宦旅生涯，从今以后，你我两人纵有千种风情，何人与说？何人与听？戚戚之词融于未了之情间。“回首犹重道”忍泪转身已别离，突然女子回首还再一次地叮嘱道：“记得绿罗裙，处处怜芳草。”你如果惦念旧情，还记得我那绿色罗裙的话，那么，不管你身到何处，请你一定要爱怜芳草，随时想想我独身孤处的凄苦。这句中的“芳草”二字，可以理解为“绿色的草”，更应该理解为人的意思。南朝梁·江总妻《赋庭草》：两过草芊芊，连云锁南陌。门前君试看，是妾罗裙色。牛希济这两句词，或出于此间，但写得比原词更为出色。“绿色芳草”在古诗词中经常出现，它是一种符号，既是家乡也是亲人更是一种思念的代名词。这是让远行之人记住，睹芳草记罗裙，不负年华不负卿。

华钟彦的《花间集注》云：“芳草色绿，乃与罗裙相似。如不忘怀旧情，自当随处怜芳草也。”此词在结构上极为工巧，写景中，蕴藏幽情，并托出离别之苦，赋情时，深赋幽景，并托出情人拳拳的叮咛。此词上下片情景交融，在词风艳丽的五代，此词不失为一篇清新之作。

## 注释

① 炀（yáng）：融化、烘烤。

② 沆瀣（hàng xiè）：夜间的水汽或露水。

③ 楂（chá）：水中木筏。

④ 槎（chá）：木筏、浮槎、泛槎、星槎、乘槎。

⑤ 暝（míng）：它的本义是天色昏暗，后来引申为日落、黄昏。

⑥ 虞夏：指有虞氏和夏朝。历史学界一直把夏朝作为中国的第一个王朝，然而夏朝之前还有虞朝，有虞氏的虞朝是中国历史上先于夏朝的一个朝代。

⑦ 渚（zhǔ）：水中间的小块陆地。

⑧ 赍（jī）：拿着，携带。

⑨ 宗懔（lǐn）：字元懔，南北朝时期大臣，著名学者。梁普通六年秀才，官至吏部尚书，累拜车骑大将军、仪同三司。有文集二十卷行于世。

⑩ 杼轴（zhù zhóu）其空：杼轴是织布机上的两个部件，杼轴其空，是形容生产废弛，贫无所有。

⑪ 韩偓（约 842—约 923 年）：晚唐五代诗人，字致光，号致尧，晚年号玉山樵人。京兆万年（今陕西西安）人。自幼聪明好学，龙纪元年（889 年）进士，历任左拾遗、左谏议大夫、翰林学士。其诗多写艳情，称为“香奁体”。

⑫ 牛希济：五代词人，生卒年不详，约 925 年前后在世，陇西（今甘肃陇西县）人，词人牛峤之侄。先事前蜀后主王衍，官至起居郎、翰林学士、御史中丞。后唐李嗣源灭蜀，降后唐，后到洛阳事后唐明宗李亶，拜雍州（在今陕西西安一带）节度副史。存词仅十四首，《花间集》录其五调十一首。

# 醉妆词

## 词牌题注

《醉妆词》是词牌名，为前蜀后主王衍所创。据《北梦琐言》云：“蜀主衍尝裹小巾，其尖如锥，宫女多衣道服，簪莲花冠，施胭脂夹脸，号‘醉妆’。因作《醉妆词》。”

说起前蜀后主王衍，大家可能觉得有些陌生，但说起他的老爹，前蜀高祖王建，大家应该比较熟悉。在前面我们讲过韦庄的《荷叶杯》《归国谣》《谒金门》，这几首词是韦庄入蜀以后所写的系列思念词中的一部分，而写系列思念词的原因，就是王衍的老爹王建看上了宰相韦庄的侍妾，并用计谋夺得美人。据宋人杨湜《古今词话》中所言：“韦庄以才名，寓蜀，王建割据，遂羁留之。庄有宠人，姿质艳丽，善词翰。建闻之，托以教内人为辞，强庄夺去。庄追念悒怏[①]！作《荷叶杯》《小重山》《谒金门》词，情意凄怨，人相传播，盛行于时。姬后传闻之，遂不食而卒。”（具体内容见本书《荷叶杯》等韦庄词。）而这个王衍就是王建的第十一子，也就是王建最小的儿子。按照嫡长制度中的“立嫡以长不以贤，立子以贵不以长”的规制，怎么也轮不上王衍当这个皇帝，况且王衍的母亲徐氏当时还只是个妃子而已。什么是“立嫡以长不以贤，立子以贵不以长”呢？在封建时代，由于战争，男人少女人多，为了鼓励人们多生育，允许一夫多妻制，丈夫和正妻所生的儿子叫“嫡子”，其他姬妾所生的儿子叫“庶子”。在众多嫡子中，即使老大愚笨、痴呆，只要活着就享有优先继承权，叫“立嫡以长不以贤”。如庶子比嫡子早出生，也没有僭越或者窥伺继承的权利，除非嫡子死了，才轮到庶子继承，这就叫作“立子以贵不以长”的原则。但这个徐妃和她的亲妹妹，两人仗着自己年轻貌美双双得宠，居然后来者居上，得到了王建的专宠，并力排众议把王衍推上了太子的宝座。《新五代史·卷六十三·前蜀世家第三》：“衍为人方颐大口，垂手过膝，顾目见耳，颇知学问，能为浮艳之辞。元膺死，建以豳王宗辂貌类己，而信王宗杰于诸子最材贤，欲于两人择立之。而徐妃专宠，建老昏耄，妃与宦者唐文扆教相者上言衍相最贵，又讽[②]宰相张格赞成之，衍由是得为太子。”这段话说的是什么意思呢？王衍这个人长得方面大嘴，垂手超过膝盖，侧目能看到耳朵，颇有学问，能写一些虚浮艳丽的诗词。王元膺（太子）死后，王建因豳王王宗辂（王建四子）长得像自己，而信王王宗杰（王建七子）是王建诸子中最有才能的，因此想在这两人中选择立嗣。但徐妃得宠专权，此时王建又年老糊涂，徐妃与宦官唐文扆教看相的人上书说，王衍长相最高贵，又拉拢宰相张格一起欺骗皇上，于是王衍被立为太子。等到王衍继承大统以后，就开启了吃喝玩乐、卖官敛财的模式。下面只举几个和《醉妆词》词牌有关的小例子，即可见其一斑。

蜀地即四川历来是富庶之地，人们生活富有，于是非常喜好游玩，在前蜀时期，人们都喜欢戴一种仅仅盖住头顶的小帽子，但弊病是低头即掉，当时人们称之为“危脑帽”。王衍认为这不吉利，于是禁止民间戴这种小帽子。王衍自己喜欢戴大帽子，每次微服到民间游玩时，人们凭借他所戴的帽子就能认出他，于是王衍命令全国都戴大帽子。王衍喜欢喝酒，喝酒的时候他喜欢包裹尖巾，就是戴一种形状像锥子一样的帽子。而后宫嫔妃都要戴金莲花冠，穿道士的服装。这些人喝酒醉了以后就摘掉帽子，发髻散向两边，再在脸上涂上红色的脂粉，称之为“醉妆”，俗话说“上有好、下必效”，于是举国上下都争相效仿。下面这首词，就是王衍为酒后“醉妆”所创的一首词。

## 诗词赏析

| 醉妆词 | 格律 |
| --- | --- |
| 王衍 | |
| 者边走。 | 仄平仄。（韵） |
| 那边走。 | 仄平仄。（叠） |
| 只是寻花柳。 | 仄仄平平仄。（韵） |
| 那边走。 | 仄平仄。（叠） |
| 者边走。 | 仄平仄。（叠） |
| 莫厌金杯酒。 | 仄仄平平仄。（韵） |

此词单调，二十二字，六句三仄韵三叠韵。此词即咏题面“醉妆”或“醉状”本意。从此词的格调上看，王衍的这首词应该是吸收了当地民间歌谣或小调的形式，一、二句“者边走”“那边走”起句，四、五句又以“那边走”“者边走”回环，形成一个首尾相接往复循环的形式，再配以仄韵，且句句押韵，给人一种珠圆玉润、音节和婉、顿挫有致的节奏感。

作为一国之君的王衍，偏安于一隅，整日地寻花问柳，纸醉金迷。而就本词而论，也是这两层意思，一为“只是寻花柳”，二为“莫厌金杯酒”。王衍存词虽说不多，但只这一首，我们便可看出，在当时上层社会里，其统治阶级的生活是多么腐朽、荒淫。作为蜀地一国之君的王衍，在政治上、军事上、治国上都可说是一事无成，但他对服装、服饰的设计和研究却卓有成效。其尖角小巾，即现在女士所戴的头巾及莲花样的帽子，在一千多年前的当时，曾风靡一时。吴任臣的《十国春秋》中有这样一段记载：“蜀王衍奉其太后太妃祷青城山，宫人皆衣云霞之衣。后主自制《甘州曲》，令宫人唱之，其辞哀怨，闻者凄惨。词曰：‘画罗裙，能结束，称腰身。柳眉桃脸不胜春。薄媚足精神。可惜许，沦落在风尘。’衍意本谓神仙而在凡尘耳。后降中原，宫伎多沦落人间。始悟其语。”四川历来是富庶之地，其织锦闻名于世，因其制作工艺复杂，耗时费力，故云：“锦，金也，作之用功重，其价如金，故其制字从帛与金也。”就是说：锦，就是金子，因为它做工繁复，其价值如同黄金一样，因此古人在创造“锦”这个字的时候，就是把金和帛结合起来造的字。由此可见寸锦寸金的说法，自古以来便已有之。就是这么珍贵的物品，王衍为了追求在视觉上有一种强大的冲击力，曾命人在蜀锦上描绘云霞及各种图案，或为道袍，或为宫服，同时在宫人的脸上用脂粉画上各种图案，或为求仙祈祷，或为宫廷舞会，其每出一款新衣，每有一个创意，每有一个理念，都会引起国人的赞叹与效仿。换作今天，王衍这种前瞻性的创意，亦可称雄世界上一流服装设计师的行列。然而再优秀的艺术才华、再高的鉴赏水准，它的寿命也是与国家的命脉息息相关，国之不存，艺术才华再高、鉴赏水准再雅，又有何用？比如处于同一时代的南唐帝国，江山不可谓之不大，“四十年来家国，三千里地山河”，不可谓之不繁华，“凤阁龙楼连霄汉，玉树琼枝作烟萝”（李煜《破阵子》），却毁于李煜的有心无力。人人都说是李煜葬送了南唐的江山，其实南唐在李煜父亲的手里就已经基本毁掉了。同样，前蜀的疆土和富庶亦是五代十国中的佼佼者，却毁于王衍的吃喝玩乐、贪图享受上，以至于后唐庄宗李存勖派兵攻打后蜀时，王衍的亲哥哥亲自把粮草送给远道而来的敌军，并带队灭掉了自己的国家。李存勖灭蜀后，命王衍举族迁居洛阳，并向王衍保证道："我会封给你大片土地，不会薄待于你，日月星三辰为证，绝不虚言欺哄。"王衍无奈只得率领宗族、百官及其家族数千人，启程东行。而李存勖此时正欲东征平叛，又担心王衍在后方作乱，便命人前去诛杀王衍一行。但枢密使张居翰认为杀降不祥，便私下将诏书中的"杀王衍一行"改为"杀王衍一家"。最终被杀者只有王衍及其近宗亲属，随行的前蜀降臣及其宗族千余人得免一死。王衍的母亲徐妃临死前高呼道："我儿举国降顺，皇帝许以不死，而今却行杀戮，他言而无信，必遭报应。"也是应了王衍母亲的这句话，李存勖称帝后，亦是吃喝玩乐，导致内乱，最终中流矢而亡（见《如梦令》）。这就是打江山不易，守江山更难的范例。

## 注 释

① 悒怏（yì yàng）：忧愁不快乐。

② 讽：不直指其事，而用委婉曲折的言语进谏。

# 春光好

## 词牌题注

《春光好》原为唐教坊曲名，后用作词牌名。这个曲调的来源，是记录于唐人南卓《羯鼓录》中一段秘闻："明皇尤爱羯鼓玉笛，常云八音之领袖，诸乐不可为此。尝遇二月初，诘旦[①]巾栉[②]方毕，时当宿雨始晴，景色明丽，小殿内庭，柳杏将吐，覩[③]而叹曰：'对此景物，岂得不为他判断之呼。'左右相目，将命备酒，独高力士遣取羯鼓，上旋命之临轩纵击一曲，曲名《春光好》，神思自得。及顾柳杏，皆已发坼[④]。上指而笑谓嫔御曰：'此一事不唤我作天工，可乎？'嫔御侍官，皆呼万岁。又制《秋风高》，每至秋空迥彻，纤翳[⑤]不起，即奏之，必远风徐来，庭叶随下。其曲绝妙入神，例皆如此。"《碧鸡漫志》："今夹钟宫《春光好》，唐以来多有此曲，或曰：夹钟宫，属二月之律，明皇依月用律，故能判断如神。予曰：二月柳杏坼久矣，此必正月用二月律催之也。"《钦定词谱》载："按《羯鼓录》载《春光好》曲入太簇宫，本正月律也，岂明皇所作，乃太簇宫，而和凝等词入夹钟宫，今明皇词已不传，所传止《花间集》《尊前集》中词也。因晏几道词有'拼却一襟怀远泪，倚阑看'句，改名《愁倚阑令》或名《愁倚阑》或《倚阑令》。"

羯鼓是一种打击乐器，南北朝时期从西域传入，盛行于唐代，它的形状像漆桶，演奏时横放在小牙床上，两手持杖敲击演奏。唐玄宗最喜爱的两种乐器就是羯鼓和玉笛，经常对人说羯鼓是八音之领袖，其他任何乐器都没有办法与它相比较。玄宗皇帝对击打羯鼓非常痴迷，当时的宰相宋璟也擅长敲击羯鼓，他曾经对玄宗皇帝说："击鼓时，如果能够做到'头如青山峰，手如白雨点'，便是击羯鼓的能手。"就是说击打羯鼓时，头要像山峰一样稳定不动，而下手必须急促，就像急雨一样快速不停歇。音乐家李龟年也善击羯鼓，一次，唐玄宗问他打断了多少根鼓杖，李龟年说："臣已打折了五十只鼓杖。"唐玄宗说："你这不算多，我已经打折了三立柜了。"由此可见玄宗皇帝对羯鼓的痴迷。有一年的二月，恰逢雨过天晴，景色明丽，早上起来洗漱完毕，玄宗皇帝偶然看见柳杏树发芽，一时兴起，让人备酒庆贺，这时候高力士命宫人取来羯鼓，玄宗皇帝一时兴起，"临轩纵击一曲"，鼓打得酣畅淋漓，并把这个曲调命名为《春光好》。皇帝的这一通鼓刚刚敲击完毕，只见树上本来含苞待放的柳杏，全部花蕊吐艳，竞相开放。这个典故被后人称为"击鼓摧花"，后来这个"击鼓摧花"在宫廷中被当作游戏，成为酒令之戏，鼓声停在谁的身边，谁就要喝酒。再以后传入民间，同样也成为"击鼓传花"的游戏。在《钦定词谱》中此调从四十至四十八字，共收八体。

**诗词赏析**

| 春光好 | 格律 |
| --- | --- |
| **欧阳炯**[6] | |
| 胸铺雪， | 平平仄， |
| 脸分莲。 | 仄平平。（韵） |
| 理繁弦。 | 仄平平。（韵） |
| 纤指飞翻金凤语， | 仄仄(平)平平仄仄， |
| 转婵娟。 | 仄平平。（韵） |
| | |
| 嘈囋[7]如敲玉佩， | (平)仄(平)平(仄)仄， |
| 清冷似滴清泉。 | 平(仄)仄平平平。（韵） |
| 曲罢问郎名个甚， | (仄)仄(仄)平平仄仄， |
| 想夫怜。 | 仄平平。（韵） |

此词双调四十一字，上片十九字，五句三平韵，下片二十二字，四句二平韵。这首词是欧阳炯《春光好》系列词中的第三首，此词的上片，写少女的形貌和演奏时的动作，下片写女子的技艺高超和她媚人的娇态。“胸铺雪，脸分莲。理繁弦”，开篇句写出了少女的形貌。酥胸如雪样洁白，脸如初开的莲花一样粉嫩。就是这样的一个美若天仙、美妙绝伦的美少女坐在那里“理繁弦”。“理”是梳理、弹奏、抚弄之意。“繁弦”喻指琴弦的繁多，观其意，此女子所弹应是古琴、古筝，或为琵琶一类弦索众多的乐器。“纤指飞翻金凤语，转婵娟。”美少女那“理繁弦”的纤纤玉指，优雅地往来穿梭于琴弦间，而那美妙的琴音，在这双如柔荑[8]般玉手的抚弄之下，发出了时而低吟，时而高亢如凤鸣般的美妙音

响，那悦耳的音质令人陶醉，令人迷恋，似那天籁之音，给人以婵娟般无限遐想的空间。

“嘈囋如敲玉佩，清冷似滴清泉”，下片作者续写这位少女“理繁弦”的高超技巧。“嘈囋”是喧嚣的声音，是说美少女抚琴弦之繁急，所发出的宫、商、角、徵、羽不同音阶的声响。此一幕不由令人思起白居易《琵琶行》中的“嘈嘈切切错杂弹，大珠小珠落玉盘”的诗境。本句的字眼在一个“敲”字上，敲是在物体上面击打，使其发出声音，而这击打所发出的声音，如同轻击玉佩一般，发出脆嫩之声，然而如此悦耳的脆嫩之音并非出自玉佩，而是出自这急管繁弦之中，这不能不令人赞叹美少女那高超的技艺。下面的“清冷似滴清泉”句，不禁又令我们想起了白居易《琵琶行》中的“幽咽泉流冰下难”的意境。弦音清冷而深幽，似那峭壁上滴落下的清泉。这美妙的描写，再一次赞叹了少女抚琴的臻妙之处。这里的“嘈囋如敲玉佩，清冷似滴清泉”写得极为传神，作者将那繁弦所发出来的悦耳之妙音，赋以其“玉”之洁素、晶莹、透彻，“清”之韵味、出众、不凡，“泉”之清冷、明静、甘洌。作者多角度、多层次将美少女抚琴的妙处一一道来。由此也道出了抚琴美少女的艺境之高。“曲罢问郎名个甚，想夫怜。”少女一曲奏罢，娇媚地、柔柔地对身边的情郎言道：“你知道我刚刚弹的是什么曲子吗？”情郎也许摇头，也许佯装不知，这时少女用充满幽怨、戏谑的口吻对情郎言道，是“想夫怜”呀！少女那幽幽的腔调一语双关，可谓言有尽而意无穷。这《想夫怜》同样是曲牌名，用在此，可谓是一语双关。

欧阳炯在《花间集》叙中，开篇而明义地谈到填词须“镂玉雕琼，拟化工而迥巧。裁花剪叶，夺春艳以争鲜”。纵观此词，可称得上在欧词中较为艳丽而不过分、较为华美而不浓艳的一种，读全词给人一种美感。近代词家周颐评论欧阳炯的作品时称：“艳而质，质而愈艳，行间句里却有清气往来，大概词家如炯，求之晚唐五代，亦不多觏[9]。”

## 注释

① 诘（jié）旦：清晨。

② 巾栉（zhì）：巾，毛巾；栉，梳篦。引申为盥洗。

③ 觌：同睹。

④ 坼（chè）：裂开。

⑤ 纤翳（yì）：浮云。

⑥ 欧阳炯（896—971 年）：五代后蜀词人。益州华阳（今四川成都市）人，历仕前蜀、后唐、后蜀、宋四朝。为花间派重要词人之一。其作品多写男女之情，曾为《花间集》作序。

⑦ 嘈囋（cáo zá）：声音杂乱、喧闹。

⑧ 柔荑（róu tí）：指植物初生的嫩芽，旧时多用来比喻女子柔嫩洁白的手。

⑨ 觏（gòu）：遇见、看见。

# 定风波与定风波慢

## 词牌题注

《定风波》原为唐教坊曲名，后用作词牌名。调名出自《敦煌曲子词》，在《敦煌曲子词》中，有两首体现调名本意之词。

**其一**

攻书学剑能几何，争如沙塞聘偻㑩。手执绿沉枪[1]似铁，明月，龙泉三尺斩新磨[2]。堪羡昔时军伍，谩夸儒士德能康。四塞忽闻狼烟起，问儒士，谁人敢去定风波。

**其二**

征战偻㑩未是功，儒士偻㑩转更加。三策张良非恶弱，谋略，汉兴楚灭本由他。项羽翘据无路，酒后难消一曲歌[3]。霸王虞姬皆自刎，当本，便知儒士定风波。

从《定风波》词的字面上看其本意，是一个国家要以“安邦定国、平定风波、平定社会动乱、稳定国家政权”为本意。这两首词是武将与儒士间的问答。第一首是武将告诉儒士，那绿沉枪非常沉重，一旦狼烟现战事起，你们这些儒士有谁能拿得起那沉重的武器，又有谁能腰悬宝剑勇敢地冲向战场去平息战乱呢？第二首是儒士对武将的回答，他告诉武将，儒士在战场上对国家做出的贡献，要比武将大得多，并列举了一个非常典型的事例，在楚汉相争中儒士张良所起的无与伦比的作用。张良一生为刘邦打天下，守天下，献计无数，而在反秦、灭秦过程中又出三个上策，即攻取宛城之策、攻取晓山之策、还军霸上之策。此三策即是“汉兴楚灭本由他”奠定胜利的最主要谋略。最终刘邦凭借这些计谋，奠定了汉朝历二十九帝、四二一年的基业。而西楚霸王项羽和他的虞姬，只落得兵败自刎的下场。这第二首词就是儒士以历史的事实告诉武将，纵观历史，我们儒士在战场上立下的功绩，不亚于任何一位武将，定国安邦、平息战乱、安定风波我们是可以展雄才、谋大略的。所以《定风波》这个词牌名就是喻平定社会动乱，稳定国家政权，上面这两首词是我们至今能查到最早的《定风波》版本，其词风在表现形式上雄健豪放，彰显了军人不屈的顽强性格。另《敦煌曲子词》中还有三首《定风波》词，是讲述伤寒病症的口诀，亦显得十分珍贵。应是借《定风波》调名，另言他事。

此调有中调和长调两种。中调张先词名《定风波令》，贺铸词名《醉琼枝》，李珣词名《定风流》，这个《定风流》的“流”字和《定风波》的“波”字，一字之差本意却截然不同，是一雅一俗之分。万树[④]《词律》列中调两体，《钦定词谱》列八体。此调现今最早有姓名可查的作者，是五代欧阳炯，其格律亦为现今的通用之正体。沈璟[⑤]《古今词谱》说：商调曲，始作于欧阳炯，为双调六十二字，上片五句三平韵两仄韵，下片六句四仄韵两平韵。上片第四句、下片第二句、第五句均为二字句。长调即《钦定词谱》中所称的《定风波慢》。为双调一百字，上片十一句六仄韵，下片十一句七仄韵，以柳永词为正体入“林钟商”。另有张翥九十九字体。《梅苑》[6]无名氏一百一字体、柳永一百五字体，均为仄韵。

## 诗词赏析

| **定风波** | **格律** |
|---|---|
| **欧阳炯** | |
| 暖日闲窗映碧纱。 | (仄)仄平平(仄)仄平。（平韵） |
| 小池春水浸明霞。 | (仄)平(平)仄仄平平。（韵） |
| 数树海棠红欲尽。 | (仄)仄(仄)平平仄仄。（仄韵） |
| 争忍。 | (平)仄。（韵） |
| 玉闺深掩过年华。 | (仄)平(平)仄仄平平。（换平韵） |
| | |
| 独凭绣床方寸乱。 | (仄)仄(仄)平平仄仄。（换仄韵） |
| 肠断。 | (平)仄。（韵） |
| 泪珠穿破脸边花。 | (仄)平(平)仄仄平平。（换平韵） |
| 邻舍女郎相借问。 | (平)仄(仄)平平仄仄。（换仄韵） |
| 音信。 | (平)仄。（韵） |
| 教人羞道未还家。 | (平)平(平)仄仄平平。（换平韵） |

此词非咏调名本意，而是借题面意，另咏他事。此词以七言句式为主，句句用韵，于平声韵中包含仄韵，间有三个两字句，调势于流畅时忽然顿挫转折，因而韵律较为复杂。从欧阳炯词意来看，此调宜于表现抒怀、闺情等，适应题材较广，但因韵律复杂，其中的两字非常难以处理，故填此调时应注意格律与词意的转折变化。

欧阳炯的这首词是以春色将逝，花色既阑，而喻时光荏苒，却苦等不见心上人，道尽思妇之离愁别恨。首开二句："暖日闲窗映碧纱。小池春水浸明霞。"这两句以对仗的形式出现，以"日映碧纱"和"春浸明霞"道眼前旖旎之春光美景，然一个"闲"字，打破了眼前美景那表面的娴雅与清静，透出女主人公那深深的孤独与无奈。因为静极无聊的环境，对于一个愁肠百结的情思之人尤其是女人来说，那静谧就是最大的折磨，这种折磨是一种心灵的磨难，是一种对心灵的深度摧残，这种苦不堪言的折磨与摧残，就像李煜的"剪不断、理还乱、是离愁"一样，是"别有一番滋味在心头"。这种静谧的折磨与摧残，只有经历了才懂其苦楚。下面的"数树海棠红欲尽"，即是以眼前春景道时光荏苒。以海棠花那"红欲尽"的即将凋谢，喻女主人公的青春将逝、昔日貌美的红颜不再。下面以"争忍"二字诉其心乱如麻但又无可奈何的万般无奈。这个"忍"字，是心字上面一把刀，这把刀是离恨的刀、思念的刀，是割向女主人公心田深处的刀，是"悔教夫婿觅封侯"的刀，而在这把刀的前面冠以一个"争"字，这个"争"在这里是"怎么"的意思，是呀，让这情思之人怎么能忍受这大好的春光、娇媚的容颜渐渐消失呢？"玉闺深掩过年华"这一句更是道出了女主人公那无奈的痛楚。这种空守闺房、虚耗年华的痛楚是不能道、不便道的情，而这个"情"又怎一个"苦"字了得，这种苦是伴随着大好的青春年华，在深闺人不识中暗暗滋生出来的。

"独凭绣床方寸乱"，下片作者一上来便大诉这独宿的凄苦。一个"独"字在这里说明了一切，因为"独"才使其"方寸乱"。"方寸乱"的原因却是上片"玉闺深掩过年华"那空守闺房、虚耗年华的苦楚所引起的。而“方寸乱”的直接结果是什么呢？是引起女主人公那思念的“肠断”。而“肠断”的具体表现又是什么呢？是但见女主人公“泪珠穿破脸边花”那梨花带雨的情态。作者在这里用“脸边花”这绽放泪花的脸，来加深女主人公“肠断”的凄楚。是呀，往昔的恩恩爱爱，相互依偎，那时两人的温柔乡里曾有几多缠绵，几多欢娱，可现而今，闲窗外春光旖旎，自己却要时时刻刻，忍受那寂寞窗外的暖日和明霞，以及那“数树海棠红欲尽”的凄苦，几多思念、几多牵绊、几多离恨化作那离愁别绪的相思之泪。以上是女主人公自我的痛楚表现，然这种痛楚作者似觉不够，于是笔锋一转以女主人公和邻家女之间问答的形式，再次渲染其痛楚的气氛。“邻舍女郎相借问”，借问什么呢？“音信”，谁的“音信”？当然是引起女主人公痛楚的那“悔教夫婿觅封侯”之人的音信。怎么办？别人问上门了，怎么回答？“教人羞道未还家”。这一个“羞”字，大有“却道天凉好个秋[⑦]”的味道，这就是那种空守闺房、虚耗年华的痛楚，是不能道、不便道的情，而这个“情”，又是怎一个“苦”字了得的真实写照。下面再介绍一首柳永的《定风波慢》百字长调词。

| **定风波慢** | **格律** |
| --- | --- |
| **柳永** | |
| 自春来、 | 仄平平、 |
| 惨绿愁红， | (仄)仄平平， |
| 芳心是事可可。 | (平)平仄(仄)(仄)仄。（韵） |
| 日上花梢， | 仄仄平平， |
| 莺穿柳带， | 平平仄仄， |

| | |
|---|---|
| 犹压香衾卧。 | (平)仄平平仄。（韵） |
| 暖酥消， | 仄平平， |
| 腻云亸[8]。 | (仄)(平)仄。（韵） |
| 终日厌厌倦梳裹。 | (平)仄平平仄平仄。（韵） |
| 无那。 | 平仄。（韵） |
| 怅薄情一去， | 仄(仄)(平)(仄)仄， |
| 音书无个。 | 平平(平)仄。（韵） |
| | |
| 早知恁[9]般么。 | 仄平仄平仄。（韵） |
| 悔当初、 | 仄平平、 |
| 不把雕鞍锁。 | 仄仄平平仄。（韵） |
| 向鸡窗， | 仄平平， |
| 只与蛮笺象管， | 仄仄平平仄仄， |
| 拘束教吟和。 | 平仄平平仄。（韵） |
| 镇相随， | 仄平平， |
| 莫抛躲。 | (仄)(平)仄。（韵） |
| 针线闲拈伴伊坐。 | (平)仄平平仄(平)仄。（韵） |
| 和我。 | 平仄。（韵） |
| 免使少年， | 仄(仄)(仄)(平)， |
| 光阴虚过。 | 平平平仄。（韵） |

此词即是《钦定词谱》中所言：柳永入“林钟商”双调一百字体，上片十一句六仄韵，下片十一句七仄韵之词。

关于这首词，可以说是北宋大才子柳永人生仕途沉浮的一个终点站。为什么这么说呢？柳永早年曾醉心于功名，但仕途艰难，屡遭失意，无聊之余，他流连于曲坊，为歌女写下了大量曲折委婉、声调优美、一唱三叹的长词慢曲，这些长词慢曲较五代、宋初词人所写的那些酒边小曲、小令多了几许曲折、委婉、缠绵和贴切，于是这些适合歌唱的新词美调一经写出，立即受到艺人们及广大市民的喜爱，从“教坊乐工每得新腔，必求永词，始行于世”，既而发展到“凡有井水饮处，即能歌柳词”。对于以前名不见经传而年轻的柳永，此时声誉日隆，其迅猛崛起的势头，压倒了当时很多文人及达官贵人的名声，这一举动，自然会受到那些文人和达官贵人的诋毁和抵制。于是很无奈的，柳永出入歌楼、曲坊、妓院的行为，被看成是有才无行，也成为攻击他最好的理由，以至于影响了柳永科考的功名。在柳永第一次科考下第后，他写了一首《鹤冲天》，词中有“风流事，平生畅。青春都一饷，忍把浮名，换了浅斟低唱”，从而坦率地陈述了自己怀才不遇的郁闷心情。但这几句本是牢骚玩笑之语，传到皇帝的耳边却变了味道，再加上被柳永抢了风头的那些达官贵人的谗言与不满，宋仁宗皇帝不高兴地指责道：“此人风前月下，好去‘浅斟低唱’，何要‘浮名’？且去填词！”由此柳永和仕途绝了缘，每填词时，便自嘲地说：我这是“奉旨填词”，又戏称自己为“奉旨填词柳三变”。另外，柳永曾为宋仁宗皇帝祝寿填了一首《醉蓬莱》词，其中的“宸[⑩]游凤辇何处”一句，与《御制真宗挽词》暗合，引起宋仁宗皇帝极大的不高兴。待读到“太液波翻”一句时，仁宗责问道：“何不言‘太液波澄’？”显然这一个“翻”字，犯了忌讳，使仁宗皇帝联想到江山不稳，从而触怒龙颜，竟将词笺掷于地上。大臣们是看皇帝脸色吃饭的，因此吏部不委以柳永官职，他去拜见宰相晏殊，想走一走后门，做一些解释，并希望得到晏殊的提拔，但悲催的是，同一时代词坛上最顶尖的两个大师见面了，在北宋宰相晏殊的深宅大院里，演绎了一幕不对等的文人相轻的历史舞台剧。落座之后，两人有一段对话，寥寥数语，可谓精彩至极。晏殊问柳永："贤俊作曲了吗？""只如相公亦作曲子。"柳永小心翼翼地回答道。"殊虽作曲子，却不曾道'彩线慵拈伴伊坐。'"此句词被当时的统治者看成是胸无大志庸才所写，所以听到晏殊这样说，这位白衣卿相知道自己再怎么解释、求告也是白白受辱。自恃才高过人的柳永，自然是不肯再屈就了，于是悻悻然离开了晏殊的府门。官府里自然没有了柳永的立锥之地，从此柳永远离京城，浪迹天涯，游历于山山水水之间，出没于秦楼楚馆之中，流连于偎红倚翠，沉湎于歌酒生涯，这使他终身饱尝了"游宦成羁旅"的凄凉味道。由于柳永一生中始终处于游宦的凄惨境地，经历过太多的离愁别绪，吃过太多的羁旅孤宦之苦，故而柳永极善于描写"多情自古伤离别"的悲愁离绪，极善于捉捕那"渐霜风凄紧，关河冷落，残照当楼"的秋景来渲染离情别绪。这类离别之词在柳永的作品中，占据了极大比例。乍看起来，这些描写愁苦之词，篇篇都离不开离愁别绪，处处是刻骨铭心的情与爱。但实际上，无论是怀人，还是羁旅，每首词都深深地溶入了作者的无奈之感，流露出了作者对社会现实的不满。于是这也就更多地博得了广大下层民众对于这位失意词人的同情与爱戴。

就本词来讲，这是作者以女主人公的口吻抒写离别思念之情。"自春来、惨绿愁红，芳心是事可可。"春天是万物复苏的季节，是百花争艳的季节，是桃红柳绿的季节，是蛰伏了一冬的人们心情由郁闷转为舒畅的季节，然如此美好的春天、大好的季节，在女主人公眼中却是“惨绿愁红”，满视野的桃红柳绿，皆为伤心之色，眼中的“惨绿愁红”所带来的心情也是百无聊赖，烦闷至极。“日上花梢，莺穿柳带，犹压香衾卧。”这一句是对那百无聊赖的心情做进一步的描述。红日已经高照树梢，黄莺在柳枝间往来穿梭，可是女主人公却还拥被懒卧、伏床不起，不但是懒卧伏床不起，而且还“暖酥消，腻云亸”。暖酥，原指女人柔软的肌肤，在此指精美的化妆，“消”是指由于日上花梢，女主人公还“犹压香衾卧”，致使昨天化的精美晚妆已经消失。腻云，是指有光泽的头发，“亸”是下垂状，是指昨晚盘好的、那乌云般的长发已经散开。此二句是从细节上描绘思妇那慵懒的神态。至此作者仍然感觉思妇那慵懒的心情没有完全表达出来，于是再加一笔“终日厌厌倦梳裹”。“厌厌”是慵懒无聊而呈现出精神不振的状态，女主人公由于情绪不佳，终日慵懒无聊，而懒得梳妆打扮。俗话说，女为悦己者容，没有悦己者，那么为谁而容呢？“无那”，即无奈、无可奈何的意思，然女主人公无可奈何什么呢？“怅薄情一去，音书无个”，至此作者才告诉我们，女主人公那种种慵懒表现的原因，是那薄情郎一去不归，至今连一封书信都没有寄回来。这就解释了思妇那种种相思、幽怨、百无聊赖、拥被不起的原因所在。

如果说上片作者旨在以女主人公的种种表现，来阐述无聊而导致思念，那么下片就是作者以女主人公的口吻直抒心怀，幻想美好的浪漫，寄托思绪于二人世界。“早知恁般么”，“恁”是指那样或这般。要是早知道思念的滋味是这般痛苦，“悔当初、不把雕鞍锁”。真的后悔当初心爱之人离我而去的时候，我没有把他的马鞍锁住，把他的人留住。读到这里令人想起王昌龄那首著名的《闺怨》：“闺中少妇不知愁，春日凝妆上翠楼。忽见陌头杨柳色，悔教夫婿觅封侯。”在王昌龄的诗中，诗人所描写的女主人公是一个“不知愁”的顽皮少妇，见春天柳色鹅黄染绿梢头，才悔恨当初教“夫婿觅封侯”。而词中的女主人公不是不知愁的少妇，而是被离情所困扰的思妇，故而没有“春日凝妆上翠楼”的天真烂漫，有的只是“日上花梢”还“犹压香衾卧”的思念。这二者相较，一委婉一直抒。“向鸡窗，只与鸾笺象管，拘束教吟和。”这里的“鸡窗”是书房的意思。语出刘义庆[11]《幽明录》：“晋兖州刺史沛国宋处宗尝得一长鸣鸡，爱养甚至，恒笼著窗间。鸡遂作人语，与处宗谈论极有言智，终日不辍。处宗因此言巧大进。”故后人将“鸡窗”比喻为书房。“鸾笺象管”指纸笔。“鸾笺”指印有鸾凤图案的纸笺。“象管”即象牙做的笔管。要知道思念是如此痛苦，真应该当初叫心上人留下，在书房里任他铺纸蘸墨、吟诗作画、书写豪情。“镇相随，莫抛躲。针线闲拈伴伊坐。”这个“镇”是整日整夜的意思。女主人公自己呢，就是要和心上人整日相伴在一起、腻在一起，手里边做着女红，边静静地听他吟诗作对，默默地看他泼墨作画，夫教妇随。这是一幅多么美好恬静、多么令人羡慕的“居家行吟图”呀，这句“针线闲拈伴伊坐”恬静而淡然，它所描述的是一个平淡而又实实在在的日常生活场景，同时这也是作者的一种无奈，是一种仕途无望后想回归田园，那心灵深处最后一抹温馨的无奈。柳永在其《塞孤·一声鸡》中有“应念念，归时节。相见了、执柔荑，幽会处、偎香雪”。这两种温馨境界的世界，对作者而言都是一种温情、一种温馨、一种依恋、一种享受、一种回归、一种人生的向往、一种心灵的追求。然而这种追求温馨平静的生活，其背后的潜台词是什么呢？是对仕途的失望，是对离别的恐惧，是对羁旅的无奈。“和我。免使少年，光阴虚过。”这一句更是女主人公袒露心扉的真情告白，两个人相亲相爱厮守在一起，免得使我们青春虚度，光阴虚过。这是柳永借思妇之口，谈梦幻恬淡的美好归宿以及理想中的生活境界。然而……，却没有了然而。

## 注释

① 绿沉枪：三国名将姜维的宝枪，精钢寒铁铸就，枪身长一丈一，重六十八斤，因枪身通体碧绿，故名绿沉。

② 新磨：敬新磨，五代时期后唐著名的伶人。

③ 此指项羽的《垓下歌》：“力拔山兮气盖世。时不利兮骓不逝。骓不逝兮可奈何！虞兮虞兮奈若何。”这是西楚霸王项羽败亡之前吟唱的一首歌，抒发了项羽在汉军的重重包围之中，那种怨愤和无可奈何的心情，唱完此歌项羽与虞姬双双自刎于乌江。

④ 万树（约1625—1688年）：字红友，号山翁，常州宜兴（今江苏宜兴）人。清初著名诗人、词学家、戏曲文学作家，一生著述颇多。其《词律》是万树考证前人词分类，并在纠正《啸馀谱》错讹的基础上编写的，将繁多的各种词体，分为小令、中调、长调三大类。填词须依照固定的格律，故称为“词律”，共二十卷。清康熙年间陈廷敬、王奕清等奉旨编写《钦定词谱》，即以万树《词律》为基础加以增订。

⑤ 沈璟（1553—1610 年）：字伯英，别号词隐生。吴江（今属江苏）人。万历二年（1574 年）进士，曾任兵部主事，因科场舞弊案受人攻击，辞官回乡，从此退出仕途，寄情于词曲的创作。其所著的《古今词谱》是清代万树《词律》和王奕清《钦定词谱》之前规模最大的一部词谱。

⑥《梅苑》：南宋黄大舆编。据王灼《碧鸡漫志》卷二云："吾友黄载万所居斋前，梅花一株甚盛，故录唐以来词人才士之作，凡数百首，为斋居之玩，命曰《梅苑》。"是编所录皆咏梅之作，起于唐代，止于北宋末南宋初，共十卷。

⑦ 此句出自辛弃疾《丑奴儿·书博山道中壁》：少年不识愁滋味，爱上层楼。爱上层楼，为赋新词强说愁。而今识尽愁滋味，欲说还休。欲说还休，却道天凉好个秋。

⑧ 亸（duǒ）：下垂状。

⑨ 恁（nèn）：这、那。

⑩ 宸（chén）：原指星天之枢，即北极星的所在之地，后借指帝王居所，又引申为王位、帝王的代称，亦指代天宫，天帝所居之地。

⑪ 刘义庆（403—444 年）：汉族，彭城（今江苏徐州）人。字季伯，南朝宋文学家，《宋书》有传。著有《世说新语》及志怪小说集《幽明录》三十卷，原书已散佚。鲁迅《古小说钩沉》中辑得二六五则故事。书中所记多为鬼神灵怪之事，故取此名。

# 巫山一段云

## 词牌题注

《巫山一段云》原为唐教坊曲名，后用作词牌名。这个词调的历史比较悠远，上溯到了中华民族的祖先、炎黄时期的炎帝[①]时代。据《山海经》[②]中载："姑媱之山，帝女[③]死焉，其名曰女尸，化为草，其叶胥成，其华黄，其实如菟丘，服之媚于人。"这是中国古老的神话传说：炎帝的女儿死了，作为医药之神的父亲，却没有能力挽救自己女儿的生命，不得不说这是一个遗憾。炎帝把她封葬在姑媱山这个地方，成为巫山之神，人们管她叫帝女之尸，她的尸身后来变幻成了草，草的叶子互相重叠双生，它的花朵是嫩黄色的，它的果实像菟丘的果实，而菟丘即"菟丝子"，是草本植物，种子可入药，女子若服食了，就会变得明艳漂亮，并被人所喜欢。

历史更迭到了战国时期，楚襄王和当时大文人宋玉到云梦泽[④]这个地方狩猎游玩，见到云梦泽这美丽的景色，在楚襄王的要求下，宋玉先写下了一篇著名的《高唐赋》，在这篇赋里，有这样一段描述："昔者楚襄王与宋玉游于云梦之台，望高唐之观。其上独有云气，崪[⑤]兮直上，忽兮改容，须臾之间，变化无穷。王问玉曰：'此何气也？'玉对曰：'所谓朝云者也。'王曰：'何谓朝云？’玉曰：‘昔者先王（楚襄王之父楚怀王）曾游高唐，怠而昼寝，梦见一妇人曰：‘妾巫山之女也，为高唐之客，闻君游高唐，愿荐枕席。’王因幸之，去而辞曰：‘妾在巫山之阳，高山之阻。旦为朝云，暮为行雨，朝朝暮暮，阳台之下。’旦朝视之，如言。故为立庙，号曰‘朝云’。”这也就是后人为什么将“巫山云雨”或“云雨之欢”“云雨之泽”用作男欢女爱之代称的来历。

楚襄王听到了自己的老爸和这个自称“巫山之女”的美丽神女邂逅并相爱的故事，非常兴奋，同时也祈祷自己在这个地方梦到神女。当天夜里，巫山神女果然如约而至楚襄王梦中，但在楚襄王的梦里，神女神圣不可侵犯，自始至终都是谈吐高雅，以礼自持，最终，巫山神女“欢情未接，将辞而去”，楚襄王梦醒以后，把这个美丽的梦境告诉了宋玉，于是宋玉根据楚襄王的描述又写了一篇《神女赋》，详细地介绍了楚襄王和巫山神女梦中相遇的美好经历。宋玉的《高唐赋》和《神女赋》开启了中国赋文笔法的盛世，对后世影响巨大。同时《高唐赋》和《神女赋》中描写的内容，也让所有人心向往之。

时光荏苒，到了汉代，作为最懂礼仪的一个朝代，面对如此动人心扉的历史故事，哪有不歌咏的道理，于是在郭茂倩所著《乐府诗集》的《鼓吹曲辞》里，完整收录了北狄西域的一组郊祀歌《铙歌十八曲》。在这套曲中出现了一个《巫山高》的歌辞：“巫山高，高以大。淮水深，难以逝。我欲东归，害梁不为？我集无高曳，水何梁，汤汤回回。临水远望，泣下沾衣。远道之人心思归，谓之何。”《乐府解题》对此解释为：“古词言，江淮水深，无梁可度，临水远望，思归而已。若齐王融‘想像巫山高’，梁范云‘巫山高不极’，杂以阳台神女之事，无复远望思归之意也。”也就是说，《巫山高》原意是吟咏“江淮水深，无梁可度，临水远望，思归而已”。后来齐国的王融、梁国的范云等人，吟咏此调时引喻“巫山神女”与楚怀王云雨之事。从此以后，历朝历代有众多诗人以《巫山高》为题作诗吟咏，但其主旨没有离开宋玉《高唐赋》《神女赋》之巫山神女与楚怀王之情事，不脱朝云暮雨之性境。

到了隋朝，一个叫习凿齿的人写了一部书《襄阳耆旧记》，在卷三的巫山条下是这样记载的：“赤帝女曰瑶姬，未行而卒，葬于巫山之阳，故曰巫山之女。楚怀王游于高唐，昼寝，梦见与神通，自称巫山之女，王因幸之。遂为置观于巫山之南，号为‘朝云’。至襄王时，复游高唐。楚襄王与宋玉游于云梦之野，将使宋玉赋高唐之事。望‘朝云’之馆，上有云气，崒[⑥]乎直上，忽而改容，须臾之间，变化无穷。王问宋玉曰：‘此何气也？’对曰：昔者先王游于高唐，怠而昼寝。梦一妇人，暧乎若云，焕乎若星，将行未至，如漂如停。详而视之，西子之形，王悦而问焉。曰：‘我帝之季女也，名曰瑶姬。未行而亡，封于巫山之台。精魂依草，实为灵芝，媚而服焉，则与梦期。所谓巫山之女，高唐之姬。闻君游于高唐，愿荐枕席。’王因而幸之。”在这这部书里，第一次出现了帝女为瑶姬的称呼。

到了唐朝，《巫山高》这个曲调非常盛行，大诗人孟郊曾经写有《巫山曲》：“巴江上峡重复重，阳台碧峭十二峰。荆王猎时逢暮雨，夜卧高丘梦神女。轻红流烟湿艳姿，行云飞去明星稀。目极魂断望不见，猿啼三声泪滴衣。”再以后这个曲调又被教坊收录，成为教坊曲，名为《巫山女》。至五代，道士杜光庭在《墉城集仙录》这本书中，将巫山神女列为西王母的女儿。在大禹治水行至巫山时，遇到阻碍，于是巫山神女授治水法宝，并助力大禹在巫山地区治水取得了成功。同时在三峡地区亦有民间流传巫山神女斩杀妖龙，为民除害，降福百姓等传说。到了唐朝末年唐懿宗的第七子、唐僖宗的弟弟，后来成为唐昭宗的李晔[7]，跟随因为黄巢起义而避乱四川的父亲，一同来到了成都，途经宝鸡，留宿卧龙寺，于是文思泉涌的李晔，以《巫山一段云》为题写了两首词，并在词前有小标题“上幸蜀宫人留题宝鸡驿壁”，也就是说，这首词是他在宝鸡驿站墙壁上题写的，但这个小标题到底应该如何断句，实为解开这两首词内容的关键。

## 诗词赏析

| **巫山一段云** | **格律** |
|---|---|
| **李晔** | |
| **其一** | |
| 蝶舞梨园雪， | 仄⃝仄平平仄， |
| 莺啼柳带烟。 | 平平仄仄平。（平韵） |
| 小池残日艳阳天。 | 仄⃝平平仄仄平平。（韵） |
| 苎萝山[8]又山。 | 仄⃝平⃝平⃝仄⃝平。（韵） |
| | |
| 青鸟不来愁绝。 | 平⃝仄仄⃝平平⃝仄。（仄韵） |
| 忍看鸳鸯双结。 | 仄⃝仄平⃝平平⃝仄。（韵） |
| 春风一等少年心。 | 平⃝平仄⃝仄仄平平。（换平韵） |
| 闲情恨不禁。 | 平⃝平⃝仄仄⃝平。（韵） |

**其二**

| | |
|---|---|
| 缥缈云间质， | 仄仄平平仄， |
| 盈盈波上身。 | 平平平仄平。（平韵） |
| 袖罗斜举动埃尘。 | 仄平平仄仄平平。（韵） |
| 明艳不胜春。 | 平仄仄平平。（韵） |
| | |
| 翠鬓晚妆烟重。 | 仄仄仄平平仄。（仄韵） |
| 寂寂阳台一梦。 | 仄仄平平仄仄。（韵） |
| 冰眸莲脸见长新。 | 平平平仄仄平平。（平韵） |
| 巫峡更何人。 | 平仄仄平平。（韵） |

此两首词俱为双调四十六字，上片四句三平韵，下片四句两仄韵两平韵。至后蜀毛文锡、李珣[9]，宋柳永等都以《巫山一段云》为题，吟咏楚王和神女其事。其中李珣吟咏楚怀王、楚襄王之词，更接近题注。

## 巫山一段云

**李珣**

**其一**

古庙依青嶂，行宫枕碧流。水声山色锁妆楼。往事思悠悠。

云雨朝还暮。烟花春复秋。啼猿何必近孤舟。行客自多愁。

**其二**

有客经巫峡，停桡[10]向水湄。楚王曾此梦瑶姬。一梦杳无期。

尘暗珠帘卷。香销翠幄[11]垂。西风回首不胜悲。暮雨洒空祠。

宋人黄升曾在李珣《巫山一段云》二词下注云："唐词多缘题所赋，《临江仙》则言仙事，《女冠子》则述道情，《河渎神》则咏祠庙，大概不失本题之意。尔后渐变，去题远矣。如珣此作，实唐人本来词体如此。”由黄升此段评语，我们可知李珣的这二首词，保留了唐词的韵味，而内容也是与题注相对应的，即是以描绘巫山神女为题旨，缘题而赋，就题而发挥。

首发句：“古庙依青嶂，行宫枕碧流。”古庙即指巫山供奉神女的祠庙，这就是宋玉在《高唐赋》中所言，楚怀王为纪念神女所立之“朝云”庙。“依”，依偎。而“青嶂”二字，在陆游的《入蜀记》卷六中有一段记载：“过巫山凝真观，谒妙用真人祠。真人即世所谓巫山神女也。祠正对巫山，峰峦上入霄汉，山脚直插江中……十二峰者不可悉见。所见八九峰，惟神女峰最为纤丽奇峭。祝史（道观主事）云：每八月十五夜月明时，有丝竹之音往来峰顶，山猿皆鸣，达旦方渐止。庙后半山有石坛，平旷，传云夏禹见神女授符书于此。坛上观十二峰宛若屏障。”通过陆游的这段记述，我们可知词中所言“青嶂”，即环绕“朝云”古庙周围十二个高入云端的山峰。“行宫”即宋玉《高唐赋》中所言“高唐宫”，也是楚怀王“怠而昼寝”之地。“枕”横亘，“碧流”即长江。在这里“古庙”“行宫”“青嶂”“碧流”“依”“枕”不仅对仗工整，而且构成了一幅优美的画卷。“水声山色锁妆楼。”“水”即“碧流”，“山”即“青嶂”，“妆楼”指古时未出嫁女子起居之地，在这里是指“旦为朝云、暮为行雨”巫山神女之住处。然而巫山神女既是“旦为朝云、暮为行雨”，那么她的妆楼到底在哪里呢？这里一个“锁”字，大有“言师采药去，云深不知处”之妙境。用一个“锁”字，将这个神通广大的巫山女神锁于无形，别时容易见时难，将楚怀王对神女的爱、思念、离别的愁怀、神女与楚怀王分别后那幽孤与苦闷都统统锁于心底。“往事思悠悠”，亦将那悠悠往事的幽思苦想锁于心底，免得无尽的思念，令人徒添烦恼。

“云雨朝还暮。烟花春复秋”，这里的“云雨”“烟花”亦即神女辞别楚怀王时所称“妾在巫山之阳，高山之阻，旦为朝云，暮为行雨，朝朝暮暮，阳台之下”之语。在这里有特定的环境，特定的情节，特定的人物，特定的语意。故后世将男女之间的性事、情爱称为“云雨”“高唐”“巫山”“烟花”等，意即本此。这里亦指人物之间，楚怀王对巫山神女、巫山神女对楚怀王的思念，由春至秋年复一年，不因时间的推移而衰退，反而是随时间推移，而思念愈浓烈、愈久远。此情此景也引起了作者对家乡、对亲人的思念。当听到那“山猿皆鸣，达旦方渐止”之音时，自然地吟出了“啼猿何必近孤舟。行客自多愁”的感叹，这里的啼猿是可令人思念家乡、亲人，听其声可令人心碎的啼猿。一个“啼”字用得传神，猿为何事而啼，我们不得而知，但猿啼之声音传至孤行之舟上，孤行舟上孤行客，猿啼，人亦啼！从而引起悲伤，引起离人满怀的离愁别绪。“行客自多愁”这一笔蕴含了几多道不尽、说不出的苦楚，并给读者留下了几多思考、遐想的空间，非妙手不能道出。

## 注释

① 炎帝是上古时代的人物，因善火耕而号神农氏，因似火德王，故称炎帝。其年代早于黄帝，与黄帝同为华夏始祖。炎帝发明了草药学，制耒耜（lěi sì），种五谷，制作陶器，并联合黄帝打败蚩尤。

②《山海经》：先秦重要古籍，该书作者不详，现代学者认为

成书并非一时，作者亦非一人。这是一部记录了古代历史、地理、文化、中外交通、民俗的百科全书。由于缺乏历史资料，后人读此书，往往认为荒诞，但书中的许多物种至今尚存。

③ 帝女：中国古代女子未嫁时称女，出嫁后称妇。这里的“帝女”指炎帝的女儿。

④ 云梦泽：古时湖北江汉平原一带山川、湖泊群的总称。是战国时期楚国主要的狩猎场。

⑤ 崒（zú）：高而险峻。

⑥ 崪：同崒。

⑦ 李晔（867—904 年）：唐昭宗（888—904 年在位），初名李杰，长安（今陕西西安）人，唐朝第十九位皇帝。唐懿宗李漼第七子，唐僖宗李儇之弟。天祐元年（904 年），为朱温所弑，时年三十八，谥号圣穆景文孝皇帝，庙号昭宗，葬于和陵。

⑧ 苎（zhù）萝山：位于浙江诸暨的一座山，也是西施的出生地。

⑨ 李珣（约 855—约 930 年）：字德润，祖先为波斯人，后举家迁梓州（今四川三台县），被友人戏称为“李波斯”。其妹舜弦，为蜀后主王衍的昭仪，李珣得以举为秀才，在王衍的政权下做“预宾贡”，同光四年（926 年），王衍被后唐庄宗李存勖诛杀致蜀亡后，李珣即不仕。李珣有诗名，尤工词，其为花间派重要词人之一。《花间集》收李珣十二词牌共三十七首词，《全唐诗》中收五十四首作品。

⑩ 桡（ráo）：划船的桨。

⑪ 幄（wò）：用布帛围起来的帐幕。

# 何满子

## 词牌题注

《何满子》原为唐教坊曲名，后用作词牌名，此词亦作《河满子》。据王灼《碧鸡漫志》中云：“何满子，白乐天诗云：‘世传满子是人名，临就刑时曲始成。一曲四词歌八叠，从头便是断肠声。’自注云：‘开元中，沧州歌者姓名，临刑进此曲，以赎死，上竟不免。’元微之《何满子》歌云：‘何满能歌声宛转，天宝年中世称罕。婴[①]刑系在囹圄[②]间，下调哀音歌愤懑[③]。梨园弟子奏元宗，一唱承恩羁[④]网缓。便将何满为曲名，御谱亲题乐府纂。’甚矣，帝王不可妄有嗜好也。明皇喜音律，而罪人遂欲进曲赎死。然元、白平生交友，闻见率同，独记此事少异。《卢氏杂说》云：甘露事后[⑤]，文宗便殿观牡丹，诵舒元舆牡丹赋，叹息泣下，命乐适情，宫人沈翘翘舞《何满子》，词云：‘浮云蔽白日’（汉·无名氏《古诗十九首·行行重行行》），上曰：‘汝知书耶’，乃赐金臂环。又薛逢《何满子》词云：‘系马宫槐老，持杯店菊黄。故交今不见，流恨满川光’五字四句，乐天所谓一曲四词，庶几是也，歌八叠，疑有和声，如《渔父》《小秦王》之类。今词属双调，两段各六句，内五句各六字，一句七字。五代时尹鹗、李列亦同此。其他诸公所作，往往只一段，而六句各六字，皆无复有五字者。字句既异，即知非旧曲。《乐府杂录》云：‘灵武刺史李灵曜置酒，座客姓骆，唱《何满子》，皆称妙绝。白秀才者曰：‘家有声妓，歌此曲音调不同。’召至令歌，发音清越，殆非常音，骆遽[⑥]问曰：‘莫是宫中胡二子否。’妓熟视曰：‘岂梨园骆供奉邪。’相对泣下，皆明皇时人也。”张祜[⑦]作孟才人叹云：“偶因歌态咏娇颦，传唱宫中十二春。却为一声何满子，下泉须吊孟才人。”其序称：“武宗疾笃，孟才人以歌笙获宠者，密侍左右。上目之曰：‘吾当不讳，尔何为哉。’指笙囊泣曰：‘请以此就缢。’上悯然。复曰：‘妾尝艺歌，愿对上歌一曲，以泄愤。’许之，乃歌一声何满子，气亟[⑧]，立殒[⑨]。上令医候之，曰：‘脉尚温而肠已绝。’（一云肌尚温而肠已断）上崩，将徙柩[⑩]，举之愈重。议者曰：‘非俟[⑪]才人乎。’命其榇[⑫]至，乃举。伪蜀孙光宪[⑬]《何满子》一章云：‘冠剑不随君去，江河还共恩深。’似为孟才人发。祜又有宫词云：‘故国三千里，深宫二十年。一声何满子，双泪落君前。’其详不可得而闻也。”而白居易所谓“一曲四词歌八叠”，任半塘先生认为“敦煌卷子中有词四首，其同卷前后所列皆大曲，此四首疑亦大曲。所谓‘四词’可能即指大曲辞之四首而言”。

这个曲调的前因后果有些凄凉。在唐朝开元年间（713—742年），河北沧州地区有一个著名的歌伎叫何满子，这个人不但歌唱得好，舞蹈也是在同类人中出类拔萃，由于历史文献中缺少对这名歌伎的记载，所以我们对何满子只能从诗人、词人的作品中了解一些。我们不知道她是因为什么被选进皇宫当了一名歌伎，是战争的胜利品？是罪犯的家属？是民间的选拔？我们不得而知，但我们从白居易的一首诗中了解到：“世传满子是人名，临就刑时曲始成。一曲四词歌八叠，从头便是断肠声。”首先何满子是一个人的名字，其次我们不知道何满子为什么犯罪，而且是杀头的重罪，再次我们知道何满子在临被杀之前，唱了一首歌，这首歌一共四句词八叠音，为什么是八叠音呢？四句词里面是不可能出现八叠之音的，那么这首歌就一定是有和声的，就像我们前面讲过的《竹枝词》一样，只有带有“和声”的词才能出现四句八叠之音。白居易在他的诗前有一段小注：“开元中，沧州歌者姓名，临刑进此曲，以赎死，上竟不免。”从这句话中我们知道这个何满子在被行刑前，所唱的这首歌是献给皇帝听的，希望皇帝免除自己的死罪。皇帝也听到了这首歌，但是并没有免除何满子的死罪。但和白居易是铁哥们儿的元稹，在何满子的事情发生以后，也写了一首《何满子》：“何满能歌声宛转，天宝年中世称罕。婴刑系在囹圄间，下调哀音歌愤懑。梨园弟子奏元宗，一唱承恩羁网缓。便将何满为曲名，御府亲题乐府纂。”元稹写的这首七言诗共有四十句，我们现在只录前八句说明一下。第一，何满子的歌声非常婉转好听，尤其在唐朝天宝年间是数一数二的。第二，何满子是个女人，她被关押在监狱里，用非常低沉、哀怨的语调唱了一曲非常抑郁不平、烦闷的歌曲，或非常愤慨、气愤的歌。为什么这么说呢？在古代这个“婴”指女孩，“女曰婴，男曰孩”。“囹圄”就是监狱。“愤懑”有两个意思，一为抑郁不平、烦闷；一为愤慨、气愤。如果说临刑之人这二者兼而有之的话，是不为过的。第三，何满子唱完歌，由梨园子弟把歌呈报给玄宗皇帝，而皇帝听到这首歌后，竟然下旨免去她的死罪，这说明何满子和皇帝的关系比较亲近，梨园子弟和何满子的关系也非常不错，才能冒死为她去皇宫报信。这里有一个“鬟”字，这个字在古代是指女孩留在头顶上的一缕头发，其对应的就是前面讲的这个“女曰婴，男曰孩”的“婴”字。第四,一首歌把皇帝听得龙心大悦，于是皇帝降下旨意：今后不但这个曲调就以“何满子”命名，而且皇帝还亲自题写曲名，并且还将这个曲名列入教坊乐府曲库中，以备后人学习。说到这里就出现了一个疑点，白居易和元稹既是同时代人，思维观点和对世事的看法大体一致，且是铁哥们儿，平时诗书往来酬唱很多，唯独在何满子的这件事情上说法出现了不一致。白居易说是“临刑进此曲，以赎死，上竟不免”。就是说皇帝并没有免除何满子的死罪。而元稹说“一唱承恩鬟网缓”，是说皇帝免去了她的死罪。所以这是令人疑惑的一件事。何满子最后的结局是怎么样的，历史上缺乏记载，我们不得而知。但是因为皇帝喜欢音乐，犯了罪的人就以优美的音乐来打动皇帝，以求得豁免死罪的敕谕，所以说，作为一个帝王是不可妄有嗜好的。

何满子的故事发生在唐玄宗李隆基的开元年间（713—742年），时光荏苒，转眼到了唐文宗李昂太和年间（827—835年），短短百年的时间内，竟然经历了九位皇帝，这其中的原因是宦官专权，这些宦官竟然执掌皇帝的废立和生杀大权。因此到了唐文宗李昂执政的时候，二十七岁的文宗皇帝不甘为宦官控制，和李训、郑注等大臣策划诛杀宦官，以夺回皇帝丧失的权力。太和九年的十一月，唐文宗以观露为名，将宦官头目仇士良骗至禁卫军的后院欲斩杀，被仇士良发觉，双方激烈战斗，结果李训等朝廷重要官员被宦官杀死，他们的家人也受到牵连而惨遭灭门之祸。在这次事变以后，朝廷大臣受株连被杀的达到一千多人，最后以皇帝被软禁而收场，此次事件史称“甘露之变”。“甘露之变”之后的某一天，被软禁的文宗皇帝在被囚禁的院子里，观看盛开的牡丹花，见物触情并随口吟咏舒元舆所写的牡丹赋：“赤者如日，白者如月。淡者如赭，殷者如血。向者如迎，背者如诀。忻者如语，含者如咽。俯者如愁，仰者如悦。裹者如舞，侧者如跌。亚者如醉，曲者如折。密者如织，疏者如缺。鲜者如濯，惨者如别。”赋中的内容和作者，令文宗皇帝想到“甘露之变”和自己目前被宦官囚禁的局面，叹息之下，不禁泪水涟涟，于是传旨让乐工演奏歌曲，这时一个叫沈翘翘的歌女，跳了一段《何满子》的舞蹈，并唱“浮云蔽白日”之歌。沈翘翘舞姿优美，歌声婉转，这令皇帝开心了许多，皇帝非常高兴，就赏赐了她金臂环，并问沈翘翘是怎么进入皇宫中的。沈翘翘说：她原来是舒元舆家的歌女，舒元舆在“甘露之变”中被宦官们杀死，她因为歌唱得好，又无依无靠，所以就入宫当了一名歌女。

另外在《乐府杂录》中，也曾经讲到一则因《何满子》这个曲调而结缘的故事。在前面的《舞马词》中，我们讲过因为安史之乱，唐玄宗到四川去避难，那些唐玄宗精心喂养，用于祝寿、跳舞、献酒的舞马，被一个叫田承嗣的武将得到，由于这些人不懂得什么叫舞马，看到舞马随着音乐翩翩起舞时，以为是妖魔附体，竟然把舞马活活打死。就是这个田承嗣手下的一员大将，时任灵武刺史的李灵曜，一次他的朋友为他引荐了一位姓骆的歌女，李灵曜在家中大摆宴席，酒席间歌女唱了一首《何满子》，声音绝妙，得到在座所有人的赞赏。这时酒席上一位姓白的秀才说：他家里有一位歌女，也会唱此曲，但和骆歌女演唱的音调不同，于是马上把这个歌女请来。这个歌女所唱的《何满子》歌，发声清越，和别人唱的都不一样，这时，骆姓歌女忽然询问道：你是不是宫里的胡二子？歌女也仔细看了看对方说：您莫非是梨园的骆供奉？原来这二人都是唐玄宗时期培养的梨园子弟。

到了唐武宗李炎时期（841—846年），由于演唱《何满子》这个声调过于悲痛，在皇宫里还发生过嫔妃给皇帝殉葬的事情。为此大诗人张祜曾用诗表述道：“故国三千里，深宫二十年。一声何满子，双泪落君前。”另有“偶因歌态咏娇颦，传唱宫中十二春。却为一声何满子，下泉须吊孟才人”，并在诗前小序中言道：“武宗疾笃，孟才人以歌笙获宠者，密侍左右。上目之曰：‘吾当不讳，尔何为哉。’指笙囊泣曰：‘请以此就缢。’上悯然。复曰：‘妾尝艺歌，愿对上歌一曲，以泄愤。’许之，乃歌一声何满子，气亟，立殒。上令医候之，曰：‘脉尚温而肠已绝。’上崩，将徙柩，举之愈重。议者曰：‘非俟才人乎。’命其榇至，乃举。”这里讲的是：孟才人是一名歌女，因为色艺双绝而被唐武宗宠幸，被封为才人。武宗由于自小迷恋炼丹一事，故而体内有大量的毒素，年仅三十二岁，登基才六年的他病危。作为受宠幸的孟才人一直不离武宗身边，小心地伺候着。武宗自感不久于世，问孟才人：“我如果死了，你准备怎么办？”孟才人抱着笙囊哭泣道：“我就用这个自缢，以追随陛下。”武宗哀怜叹息不断。孟才人又说：“我现在想为您唱一曲，以表达自己的哀伤行吗？”武宗点头应之。于是孟才人饱含深情地唱《何满子》调，但也仅仅唱了一句，就马上没有了气息，殒命而亡。武宗马上命令医生诊治，太医回答说：“身体虽然还温热，但是肝肠已经寸寸断绝，救不活了。”在《旧唐书・卷五十二・列传第二・后妃下》中另载有：“武宗贤妃王氏，……审帝已崩，即自经幄下，当时嫔媛虽常妒才人专上者，返皆义才人，为之感动，宣帝即位，嘉其节，赠贤妃，葬端陵之柏城。”就在孟才人以歌自缢之后不久，唐武宗晏驾。武宗的王才人，平时也是非常受武宗专宠的人，王才人经常对亲近的人说：“陛下天天炼丹，说要长生不死，可是现在皮肤枯槁，我私下非常忧虑呀。”不久武宗病重，王才人不离左右。武宗看着她说：“我已经气息奄奄，情虑耗尽，要与你诀别了。”王才人回答：“陛下大福未尽，怎么说如此不祥的话呢？”唐武宗问：“真如我言，如何？”王才人回答：“陛下万岁后，妾得以殉葬。”在武宗病危的时候，王才人取出了自己所有积蓄的财物分送给了其他宫人，看到皇帝驾崩，王才人就在帷帐下自尽了。皇帝驾崩后，各种事典完毕，在移动唐武宗棺椁的时候，发现不管动用多少人力，都无法移动那沉重的棺椁。大家都在议论纷纷时，这时候有大臣说：“皇帝是不是在等孟才人、王才人呀。”于是便命令将孟才人、王才人的棺椁一同抬来，如此这般唐武宗的棺椁才得以搬动。张祜因为同情孟才人、王才人的遭遇，于是才有了“故国三千里，深宫二十年。一声何满子，双泪落君前”这凄美幽怨的宫怨之词。也许以死相随并不一定是孟才人、王才人的本意，但自己的夫君已去，余下的岁月也只能是空等头白，我相信她们对武帝的爱是纯真的，只有完全纯粹的、无私的情感，才会有这样凄美婉转的绝唱去成就《何满子》这千古不衰的经典。从唐、五代、后蜀到宋，历朝历代对这个词调吟咏不断。如后蜀孙光宪《何满子》：“冠剑不随君去，江河还共恩深。歌袖半遮眉黛惨，泪珠旋滴衣襟。惆怅云愁雨怨，断魂何处相寻。”此亦是咏调名本意。

而《钦定词谱》中所列正体之词，从单调三十六字六句三平韵，到双调七十四字上下片各六句四仄韵或三平韵者，无一例外失其题旨远矣。五代和两宋将《何满子》作为词牌名，已没有了唐代的凄凉和悲怆，多的只是风花雪月。王灼《碧鸡漫志》中亦讲道：“（《何满子》）五字四句，乐天所谓一曲四词，庶几是也，歌八叠，疑有和声，如渔父、小秦王之类。今词属双调，两段各六句，内五句各六字，一句七字。五代时尹鹗、李列亦同此。其他诸公所作，往往只一段，而六句各六字，皆无复有五字者。字句既异，即知非旧曲。”

## 注释

① 婴：“女曰婴，男曰孩”。此指女孩。

② 囹圄：监狱。

③ 愤懑：抑郁不平、烦闷；愤慨、气愤。

④ 羁：古指女孩留在头顶上的一缕像马笼头一样的头发。

⑤ 甘露事后：公元835年，二十七岁的唐文宗不甘为宦官控制，和李训、郑注策划诛杀宦官，以观露为名，将宦官头目仇士良骗至禁卫军的后院欲斩杀，被仇士良发觉。双方激烈战斗，结果李训、王涯、舒元舆、王播、郭行余、罗立言、李孝本、韩约等朝廷重要官员被宦官杀死，其家人也受到牵连而灭门，在这次事变后受株连被杀的有一千多人，史称“甘露之变”。

⑥ 遽（jù）：急切、匆忙。

⑦ 张祜（hù）（约785—约852年）：字承吉，唐代清河（今邢台市清河县）人，家世显赫，被人称作张公子，有“海内名士”之誉。早年曾寓居姑苏。后为元稹排挤，遂至淮南寓居，晚年在丹阳曲阿筑室种植，与村邻乡老聊天，赏竹，品茗，饮酒，仿效世外桃源的隐居生活，一生坎坷不达而以布衣终老。

⑧ 亟（jí）：急速。

⑨ 殒（yǔn）：死亡。

⑩ 柩（jiù）：装着尸体的棺材。

⑪ 俟（sì）：等待。

⑫ 榇（chèn）：内棺，也泛指棺材。

⑬ 孙光宪（约895—968年）：字孟文，自号葆光子。《花间集》中称为孙少监，陵州贵平（今四川仁寿）人。官至荆南节度副史，检校秘书监兼御史中丞等职。北宋开宝年间（968年）宋太祖赵匡胤委以黄州刺史职，拟用为学士，未及而卒，《宋史》中有其传。著有《荆台笔佣》《橘斋集》《北梦琐言》等。而《北梦琐言》中，又以写词家逸事著称，最为时人乐道。存词八十四首，是五代词家中存词较多的作家之一，《花间集》中存词二十五调六十首。

# 附录

## |词|牌|常|识|

### 小知识

“词牌”，是填词的格式。词的创作特点是先曲后词，即先有一个固定的乐曲，然后按这个乐曲的需要来创作歌词，所以人们常把词的这种写作过程称为“填词”。而对于这些有固定乐曲的歌词及字数、段落、句读、韵脚等创作要求，人们仿照曲牌的样式也给它取了个名字，就叫作“词牌”。最先的词牌，应该是与曲牌密切相关，或者可以说词牌从曲牌因袭而来。因为早期的词都是按先有的曲子填制而成，曲牌就是词牌，二者互相统一。但到了后来，随着时间的流逝，古老的曲谱不断地散失，许多词和曲谱便自然而然地分离开来。而词的发展中，又有一些新的词牌不断从著名作家的笔下创作出来，便有了“自度”词牌的产生。不论因袭还是自度，词牌作为词写作基本格式的本质并没有变化。人们把词的这些写作格式统一称为“调”。调是词牌的总称，所以在有关词的著作里出现“调寄”一类文字的时候，所指的就是词牌。词的格式和律诗的格式不同，律诗只有四种格式，而词则总共有一千多个格式，这些格式称为词谱。人们不好把它们称为第一式、第二式，所以给它们起了一个名称叫词牌。有时候，几个格式合用一个词牌，因为它们是同一个格式的若干变体。有时候，同一个格式却有几个名称，那是因为各家叫法不同罢了。

## 格律

“格律”，是诗、赋、词、曲等关于字数、句数、对偶、平仄、押韵等方面的格式和规则。诗词格律一般有四大要素：用韵、平仄、对仗、字数。其中律诗最为严格，必须满足全部要素。近体诗中的绝句以及词、散曲一般不需要对仗，古体诗相对最为宽松。

**一、用韵**

古体诗每首可用一个韵，也可以用两个或两个以上的韵，允许换韵。近体诗每首只能用一个韵，即使是长达数十句的排律也不能换韵。古体诗可以在偶数句押韵，也可以在奇数句、偶数句都押韵。近体诗只能在偶数句押韵，除了第一句可押可不押（以平声收尾则押韵，以仄声收尾则不押韵。五言多不押，七言多押），其余的奇数句都不能押韵。古体诗可用平声韵，也可用仄声韵；近体一般只用平声韵。

## 二、平仄

讲“平仄”首先要说到声调。声调是汉语的一大特点。现代的普通话有四个声调：1. 阴平：为一个高平调；2. 阳平：为一个中升调；3. 上声：为一个低升调或低平调；4. 去声：为一个高降调。相应地，古代汉语也有四个声调：1. 平声：为一个中平调，分化成现代的阴平和阳平；2. 上声：为一个升调，分化成现代的上声和一部分去声；3. 去声：为一个降调，现代仍然是去声；4. 入声：为一个短调，现代普通话中似乎分化成阴、阳、上、去四调的都有。而平仄是诗词格律的一个基本要素。古人写诗填词的时候，按四声调把字分成平仄两大类，交错运用，以使语音变得和谐，悦耳而又多变。简单来说，所谓“平”，就是指古代的平声，基本上就是现代的阴平和阳平（第一、第二声）；而所谓“仄”，就是指古代的上、去、入三声，基本上也就是现代的上声和去声（第三、第四声）。其中比较难以分辨的是古代的入声，这个声调现在只存在于某些方言中，而普通话里已经没有这个声调了，在漫长的岁月里被分化入了阴、阳、上、去四声之中。在五言绝句中有两种格式。**1. 仄起式**：就是以仄音为首字的。如：仄仄平平仄，平平仄仄平。平平平仄仄，仄仄仄平平。**2. 平起式**：就是以平音为首字的。如：平平平仄仄，仄仄仄平平。仄仄平平仄，平平仄仄平。在七言绝句中也有两种格式。**1. 仄起式**：仄仄平平仄仄平，平平仄仄仄平平。平平仄仄平平仄，仄仄平平仄仄平。**2. 平起式**：平平仄仄仄平平，仄仄平平仄仄平。仄仄平平平仄仄，平平仄仄仄平平。五律同样有两种格式。**1. 仄起式**：仄仄平平仄，平平仄仄平。平平平仄仄，仄仄仄平平。仄仄平平仄，平平仄仄平。平平平仄仄，仄仄仄平平。**2. 平起式**：平平平仄仄，仄仄仄平平。仄仄平平仄，平平仄仄平。平平平仄仄，仄仄仄平平。仄仄平平仄，平平仄仄平。七律两种格式。**1. 仄起式**：仄仄平平仄仄平，平平仄仄仄平平。平平仄仄平平仄，仄仄平平仄仄平。仄仄平平平仄仄，平平仄仄仄平平。平平仄仄平平仄，仄仄平平仄仄平。**2. 平起式**：平平仄仄仄平平，仄仄平平仄仄平。仄仄平平平仄仄，平平仄仄仄平平。平平仄仄平平仄，仄仄平平仄仄平。仄仄平平平仄仄，平平仄仄仄平平。以上是关于诗的格律，而词的格律见本书各章。

**三、对仗**

“对仗”，也叫对偶。律诗的四联，各有一个特定的名称，第一联叫首联，第二联叫颔联，第三联叫颈联，第四联叫尾联。在五律、七律中间，两联讲对仗的占大多数，所以按照正体颔联和颈联则须对仗，首联和尾联可对可不对。绝句、排律的首联也是可对可不对，中间各联都须对仗，最后一联亦可对可不对。对仗的第一个特点，是句法要相同。对仗的第二个特点，是不能用相同的字相对。像“人有悲欢离合，月有阴晴圆缺”这种对仗，在词、曲中是允许的，在近体诗中则不允许。实际上，除非是修辞的需要，在近体诗中必须避免出现相同的字。对仗的第三个特点，是词性要相对，也就是名词对名词，动词对动词，形容词对形容词，副词对副词，代词对代词，虚词对虚词。如果要对得工整，还必须用词义上属于同一类型的词（主要是名词）来相对，比如天文对天文，地理对地理，数目对数目，方位对方位，颜色对颜色，时令对时令，器物对器物，人事对人事，生物对生物，等等，但不能是同义词。

## 四、字数

每一首诗和词，都有一定的字数，不可随意为之。如《五绝》：四句，每句五字共二十字。《五律》：八句，每句五字共四十字。《七绝》：四句，每句七字共二十八字。《七律》：八句，每句七字共五十六字。《十六字令》十六字。《捣练子》二十七字。《忆江南》二十七字。《忆王孙》三十一字。《调笑令》三十二字。《如梦令》三十三字。《相见欢》三十六字。《何满子》三十六字。《乌夜啼》三十六字。《长相思》三十六字。《生查子》四十字。《点绛唇》四十一字。《浣溪沙》四十二字。《菩萨蛮》四十四字。《卜算子》四十四字。《采桑子》四十四字。《减字木兰花》四十四字。《谒金门》四十五字。《诉衷情》四十五字。《忆秦娥》四十六字。《清平乐》四十六字。《更漏子》四十六字。《阮郎归》四十七字。《画堂春》四十七字。《桃源忆故人》四十八字。《摊破浣溪沙》四十八字。《贺圣朝》四十九字。《太常引》四十九字。《西江月》五十字。《南歌子》五十二字。《醉花阴》五十二字。《浪淘沙》五十四字。《鹧鸪天》五十五字。《鹊桥仙》五十六字。《虞美人》五十六字。《南乡子》五十六字。《玉楼春》五十六字。《一斛珠》五十七字。《踏莎行》五十八字。《小重山》五十八字。《蝶恋花》六十字。《一剪梅》六十字。《临江仙》六十字。《唐多令》六十字。《河传》六十一字。《渔家傲》六十二字。《苏幕遮》六十二字。《定风波》六十二字。《锦缠道》六十六字。《谢池春》六十六字。《青玉案》六十七字。《天仙子》六十八字。《江城子》七十字。《离亭燕》七十二字。《一丛花》七十八字。《御街行》七十八字。《蓦山溪》八十二字。《洞仙歌》八十三字。《满江红》九十三字。《水调歌头》九十五字。《满庭芳》九十五字。《八声甘州》九十七字。《昼夜乐》九十八字。《双双燕》九十八字。《念奴娇》一百字。《桂枝香》一百零一字。《翠楼吟》一百零一字。《石州慢》一百零二字。《水龙吟》一百零二字。《雨霖铃》一百零三字。《永遇乐》一百零四字。《望海潮》一百零七字。《沁园春》一百一十四字。《贺新郎》一百一十六字。《摸鱼儿》一百一十六字。《迈陂塘》一百一十六字。《六洲歌头》一百四十三字等。

## 转调

“转调”，就是在原有词调的基础上增损旧腔，转入新调。一个曲子，原来属于某一宫调，后被换入另一个宫调，叫“移宫换羽”，自成新声，不再属于原来的宫调了。调本来是音乐方面的事，与歌词无涉。但是，一支歌曲，既转换了宫调，其节奏必然会有改变，歌词也就不能不随着改变，于是就出现了带“转调”二字的词调名。因此既然有了正调，也就随之产生了转调。词调转调后，有的字句还和原调相同，有的字句则和原调不同，也有的经过转调后，连用韵也和原调不同了。从宋人词的句格文字看，所谓转调与正调之间的差别，仅能略知一二事例，还摸不出规律来。大约这纯粹是音律上的变化，表现在文字上的迹象到现在已经不是很容易为人所了解了。

## 犯调

“犯调”，始于唐代，盛行于北宋。制作犯调是词家增演乐曲的重要方法之一。犯调为一个曲子内两次以上转调，即一曲而用两个以上宫调。不同宫调之间，音高不一致，演奏时会发生冲突，所以称为犯调。运用犯调可以提高音乐表达的性能，有其积极的作用。宫调相犯以三犯、四犯居多，如《玲珑四犯》就是由四宫调相犯而成。犯调有一定的规则，相犯的宫调间必须有一个共同的主音为基础，谓“住字”，又名杀声、结声或毕曲。每个宫调的住字都有一定主音，住字相同，方可相犯。南宋时另有一种集曲成新调的，也称犯调，这与前面的宫调相犯完全不同。前者是运用变调变奏的方法创制新调，而这种犯调则不过是利用旧调，结合其中的部分词调、句法相犯而成。后来南北曲中称这种犯调为“集曲”，以免与真正的“犯调”相混。词调相犯比宫调相犯更自由，宫调相犯四犯就极难成曲，而词调相犯可以多至八犯，也就是可以集合八个曲调中的句子组成，如《六丑》就是其中有名的六犯之曲。

## 叠韵

“叠韵”，就是将两片的词体，用原韵再加叠一倍。如《梁州令叠韵》，一百字，就是用五十字的《梁州令》加倍叠成。此外如《梅花引》叠为《小梅花》，《接贤宾》叠为《集贤宾》，《忆故人》叠为《烛影摇红》等，都是原调的加倍。

## 叶韵

“叶（xié）韵”，一作“谐韵”“协韵”，诗韵术语。有些韵字如读本音，便与同诗其他韵脚不和，须改读某音，以协调声韵，故称。即所谓叶韵的音是古代本音，读古音就能谐韵，不应随意改读。“叶韵”或称“叶句”（叶，同“协”，和谐之意）。

## 令

“令”，其名称来自唐或五代时期民间的酒令，是人们于宴会时利用时调小曲即席填词后所演唱的酒令。之后音乐家将这种民间小词、小调正式融入到音律中，又逐步发展而成“令曲”，再以后又成为散曲的一种，其形式等于一首单调的词。唐五代词大多为“令曲”，由于与近体诗相近，也较易为人们所接受，但由于当时文人多讲究声律对偶，所以逐渐形成了后来以周邦彦、姜夔等人为代表的格律词派。“令词”一般字少调短，常见的令词中，字数最少的是《十六字令》，仅十六字，最多的是《六幺令》，有九十六字，更有《百字令》即一百字，不过它是《念奴娇》的别称。另外还有长达二百十五字的《胜州令》，虽然叫令，却属于是慢声长调。

## 引

“引”，本是古代乐曲的一种名称，“引，亦曲也”，后来各种乐府歌曲常以“引”为名。唐宋大曲中亦有“引”类，属于大曲的先头部分，就是在歌前的意思。所以词中的引词，大都来自大曲，是裁截大曲中的前段部分改编而成。常见的引词中，最短的是《翠华引》和《拓枝引》，都是二十四字，最长的是《迷神引》，九十九字。

## 近

“近”，又称为近拍，亦出于大曲，当列于慢曲之后，令曲之前，是慢曲之后近于入破的曲调。近词中最短的是《郭郎儿近拍》和《隔浦莲近拍》，都是双片七十三字，最长的是《剑器近》，双片九十六字。“引词”和“近词”一般长于小令而短于慢词，也被称为中调。

## 慢

“慢”，是慢曲子的简称，古书上写作“曼”，意谓延长伸展，歌声延长，声调自然延缓，这是与急曲子相对而言。“慢”大部分是长调，因为它声调延长，字句也跟着加长，其调长拍缓，是慢曲的特点。慢词几乎是和小令同时产生的，唐代已有慢曲，一部分来自大曲、法曲的截取，如唐代的《霓裳羽衣曲》《水调歌》等，另一部分则来自民间。慢词中最短的是《卜算子慢》，八十九字，最长的是《莺啼序》，二百四十字。在大体分类上如按长短规模分，词大致可分为小令五十八字以内，中调五十九至九十字以内，长调九十一字以上，最长的词达二百四十字。一首词，有的只有一段，称为单调，有的分两段，称为双调，有的分三段或四段，称为三叠或四叠。

## 摊破

“摊破”，是由于乐曲节拍的变动而增减字数，并引起句法、协韵的变化。摊破后的词在某些部分打破了原来的句格，另成一体。

## 减字偷声

“减字”和“偷声”都是唐宋曲子词中的术语。“减字”和“偷声”的原因和“摊破”相似，不过不是添声增字而是偷声减字。它们是削改原调的句法字数，另成新调。一般来讲，词的字数和声韵，必须按谱填写，不能随意变换，但是由于乐曲节拍的需要，音乐家在声腔方面，要保留一定的伸缩度，即在变动声腔的同时而增减字数，从而引起句法和韵律的变化，使词在某些部分打破了原来的句格，另成一体。如《木兰花令》原为上片五句二十七字，下片四句二十八字的双调五十五字体；“减字”为上下片均为四句二十二字的双调四十四字体；在声韵上，《木兰花令》是上下片均为三仄韵，双调五十五字体；“偷声”为上下片各两仄韵、两平韵的双调五十字体。

## 宫商角徵羽

“宫、商、角、徵、羽”，是我国五声音阶中五个不同音的名称，类似现在简谱中的1、2、3、5、6。即宫（gōng）等于1（do），商（shāng）等于2（re），角（jué）等于3（mi），徵（zhǐ）等于5（sol），羽（yǔ）等于6（la）。最早的“宫、商、角、徵、羽”的名称，见于距今二千六百余年的春秋战国时期，而在古代的音乐著作《乐记》中说：宫为君，商为臣，角为民，徵为事，羽为物。“宫”，即宫调，古乐曲的调式。唐代规定二十八调，即琵琶四根弦上的每根七调，最低的一根弦即宫弦。宫弦上的调式叫“宫”，其余的叫“调”。后来宫调的数目逐渐减少。元代杂剧，一般只用五个宫即“正宫、中吕宫、南吕宫、仙吕宫、黄钟宫”和四个其他弦上的调即“大石调、双调、商调、越调”。这也是现在人们所称的“九宫”。

## 工尺

“工尺”（chě），是我国民族音乐中，音节上各个音的总称，也是乐谱上各个记音符号的总称。符号在各时代也是不同的，现在通用的是合、四、一、上、尺、工、凡、六、五、乙，顺序记写七声音居多。高八度音各加“亻”旁，如标记为“仩、伬、仜”等。低八度各音除“六、五、乙”分别改用“合、四、一”外，均以最末一画加撇以示区别。节奏则以板眼记号作“、”或“╳”，次强音叫“中眼”，记作“○”，弱音叫“小眼”，记作

“·”，四拍子中的“强—弱—次强—弱”，第一个小眼叫“头眼”，第二个叫“末眼”，此外还有表示变化节奏的，如后半拍起唱的“腰板”（“㇄”）和“腰眼”（“△”），以上这些合称“板眼”。大家可以发现二拍子就是“一板一眼”，四拍子就是“一板三眼”。另外还有无固定板眼的“散板”和有板无眼的“流水板”。

## 十二宫调

正宫、黄钟宫、般涉调、越调、中吕宫、大石调、南吕宫、商调、商角调、仙吕宫、双调、小石调。

# 常见词牌名

## 两字

丁儿 八归 八塞 入塞 九日 三台 大有 大椿 大酺 个侬
子夜 无闷 无怨 天香 不见 木笪 五拍 六丑 比梅 白萱
白雪 月慢 犯花 古记 东仙 乐正 乐令 乐世 长春 西子
西河 西湖 西施 多丽 导引 寻梅 竹枝 合欢 防露 红情
出塞 花犯 芳草 步月 别怨 杜宇 阳春 河传 佳色 尾犯
招潮 鸣梭 侧犯 录调 孤鸾 征招 南浦 秋水 秋霁 胜常
宣情 眉妩 垂阳 相月 品令 拜星 胡州 夏州 春游 春晴
春弄 绿腰 绿意 哨遍 倾杯 索酒 消息 离鸾 留家 调笑
薄幸 黄金 排歌 探春 望梅 减兰 情词 渔父 戚氏 梁令
寒姑 湘月 琼台 凯歌 韵令 催雪 塞姑 琴调 禁烟 解红
疏影 歌令 赚煞 瑶花 酹月 暗香 镇西 踏月 横云 簇水
鞮红 露华

## 三字

### 一画

一七令 一寸金 一叶叶 一叶乐 一叶落 一半子 一江风
一丝风 一过金 一梦金 一丛花 一枝花 一样花 一点春
一枝春 一落春 一年春 一痕沙 一落索 一络索 一捻红
一萼红 一斛珠 一斛球 一剪梅 一翦梅

**二画**

二郎神 二色莲 卜算子 卜玉郎 人月圆 人南渡 七娘子
七娘仔 八六子 八宝妆 八拍蛮 八音谐 九能归 九回肠
九张帆 九张机 十拍子 十样花 十爱词 十二时 十二红
十二郎 十八香 二十时 丁香结

**三画**

三字令 三台令 三学士 三部乐 三登乐 三奠子 三株媚
上行杯 上升花 上江虹 上马娇 上西平 上南平 上平西
上平南 上小楼 上束马 上西楼 上林春 上阳春 下水船
下手迟 大江西 大江乘 大圣乐 小圣乐 小冲山 小重山
小阑干 小桃红 小桃花 小庭花 小梅花 小镇西 小秦王
小梁州 千秋岁 千秋节 千年调 千春词 万年秋 万年枝
万年春 万里春 万年斯 山外云 山花子 山桃红 山坡羊
山渐青 山鬼谣 山亭柳 山亭燕 于飞乐 于中好 广寒枝
广寒秋 子夜歌 川拨棹 干荷叶 女冠子

**四画**

天仙子 天下乐 天门谣 天香引 天净沙 月儿高 月下笛
月中行 月中桂 月当听 月当窗 月边娇 月宫春 月城春
月华清 风入松 风中柳 风光好 风归云 风马儿 风流子
风蝶令 风敲竹 云雾敛 云松令 云鬓乱 水仙子 水龙吟
水云游 水漫声 水调歌 水晶帘 凤仙引 凤池吟 凤来朝
凤求凰 凤栖梧 凤孤飞 凤时春 凤楼春 凤楼吟 凤萧吟
凤御杯 凤凰间 双双燕 双飞燕 双燕儿 双头莲 双瑞莲
双声子 双翠羽 双带子 双韵子 双红豆 双劝酒 双荷叶

双蕖怨 双鸿鹨 斗百花 斗百草 斗鸡回 斗婵娟 斗鹌鹑
无梦令 无俗念 无漏子 无锡景 太平时 太平令 太常引
不水船 不是路 不怕醉 六六峰 六么序 六么令 少年心
少年游 五更转 五供养 丰乐楼 丰年瑞 中央乐 开元乐
升平乐 王孙信 木兰花 见龙门 内家娇 厅前柳 丹凤吟
丑奴儿 飞来峰 比目鱼 文风盛 乌夜啼 劝金船 引驾行
巴渝辞 元和令 元会曲 忆江南 忆江月 忆汉月 忆岁月
忆萝月 忆人人 忆故人 忆王孙 忆君王 忆帝京 忆少年
忆仙姿 忆旧游 忆多娇 忆余杭 忆吹箫 忆闷令 忆章台
忆柳曲 忆秦娥 忆真妃 忆瑶姬 长生乐 长安女 长命女
长相思 长寿乐 长桥月 长亭怨

**五画**

玉人歌 玉山枕 玉山颓 玉京秋 玉京谣 玉京箫 玉竹斩
玉烛新 玉团儿 玉交枝 玉连环 玉莲花 玉堂春 玉楼春
玉龙瑶 玉壶冰 玉阑干 玉梅令 玉美蓉 玉抱肚 玉漏迟
玉蝴蝶 玉簟秋 玉簟凉 归去来 归去难 归去曲 归巴乐
归平遥 归国遥 归字谣 归自谣 归朝欢 归塞北 四字令
四时好 四边静 四园竹 四代好 四和香 四和春 四块玉
四犯令 四季花 四换头 甘草子 甘州子 甘州令 甘州遍
甘州曲 甘州歌 石州行 石州引 石州慢 石湖仙 石榴花
白雪词 白萱歌 白苹香 白鸽子 白鹤子 东平引 东坡引
东阳歌 东原乐 东风寒 东湖月 古阳关 古梅曲 古倾杯
古调笑 古竹马 永遇乐 永原乐 台城路 台城游 占春芳
占春魁 占梅芳 龙山会 龙吟曲 圣乐王 圣无忧 乐中悲

乐逊曲 扑粉蝶 扑蝴蝶 汉宫春 加侍香 叨叨令 且坐令
生查子 市桥柳 兰陵王 瓜茉莉 北杨柳 击裙腰 丝罗袄
犯胡兵 付金钗 冉冉云 对玉环 鸟鸣涧

**六画**

江城子 江神子 江南忆 江南好 江南春 江南柳 江儿水
江月令 江如练 江亭怨 江梅引 西平曲 西平乐 西江月
西湖月 西湖边 西湖路 西湖春 西子妆 西施锦 西地锦
西意曲 西意令 西梦令 西楼子 西河慢 西笑吟 西溪子
庆千秋 庆长春 庆青春 庆宫春 庆春时 庆春岁 庆春泽
庆春深 庆同天 庆东原 庆清朝 庆宣和 庆春宫 曲入门
曲入冥 曲千秋 曲玉管 曲游春 红娘子 红娘仔 红梅引
红楼引 红窗听 红窗迥 红窗睡 红窗影 好女儿 好时光
好花时 好事近 好姐姐 好离乡 好观音 竹枝子 竹香子
竹马车 竹马儿 竹枝词 竹牌儿 百字令 百字谣 百字字
百尺楼 百媚娘 百宜娇 扫地花 扫地舞 扫地游 扫花游
扫市舞 阳关曲 阳关引 阳春曲 阳台曲 阳台路 阳台梦
过江龙 过龙门 过秦楼 过涧歇 行香子 行杳子 行不得
行路难 早梅香 早梅芳 早春怨 伤春曲 伤春怨 伤情怨
安公子 安阳好 安庆摸 回波乐 回波词 回婆乐 回心院
华清引 华胥引 华荷媚 如梦令 如意令 如鱼水 伊川令
伊州令 后庭花 后庭宴 乔木查 乔牌儿 字字双 字字锦
羽仙歌 师师令 阮郎归 吊严陵 夺锦标 买陂塘 迈陂塘
有有令 扬州慢 向天盏 向湖边 似娘儿 纥那曲 齐天乐
关河令 庄椿岁 阵破乐 雪芳草 寻瑶草

**七画**

| | | | | | | |
|---|---|---|---|---|---|---|
| 花心动 | 花非花 | 花自落 | 花想容 | 花间意 | 花深深 | 花前饮 |
| 花溪碧 | 折红梅 | 折红英 | 折花令 | 折桂令 | 折丹桂 | 折柳枝 |
| 折杨柳 | 寿山曲 | 寿南山 | 寿星明 | 寿桃春 | 寿楼春 | 步花间 |
| 步虚声 | 步虚词 | 步步娇 | 步蟾宫 | 应天长 | 应天良 | 应长天 |
| 应景乐 | 杏花天 | 杏花风 | 杏梁燕 | 沙头雨 | 沙塞子 | 沙碛子 |
| 苏台新 | 苏武慢 | 苏幕遮 | 芙蓉月 | 芙蓉曲 | 胡山青 | 胡音子 |
| 陇头月 | 陇头泉 | 快活三 | 快活年 | 闲中好 | 闲闲令 | 纱窗恨 |
| 纱窗怨 | 泠青沼 | 泛兰舟 | 伴云来 | 伴登临 | 赤枣子 | 赤壁词 |
| 声块令 | 声声慢 | 迎新春 | 迎春来 | 还京乐 | 还冠子 | 君不悟 |
| 君来路 | 抛绣球 | 抛球乐 | 村意远 | 杜韦娘 | 极相思 | 杨柳枝 |
| 秀厢儿 | 秀碧宵 | 佛霓裳 | 何满子 | 苍梧谣 | 芭蕉雨 | 芳心苦 |
| 孝白歌 | 饮马歌 | 诉衷情 | 陂塘柳 | 灼灼花 | 豆叶黄 | 秃厮儿 |
| 更漏子 | 忍泪吟 | 沐皇恩 | 阿那曲 | 告春来 | 怀旧游 | 别仙子 |
| 弄花雨 | 吹柳綮 | 两同心 | 连枝理 | 这横山 | 鸡叫子 | 沁园春 |
| 远朝归 | 陂堂柳 | 芰荷香 | | | | |

**八画**

| | | | | | | |
|---|---|---|---|---|---|---|
| 金字经 | 金明池 | 金明春 | 金欢带 | 金浮图 | 金盏子 | 金错刀 |
| 金蕉叶 | 金菊香 | 金凤钩 | 金凤调 | 金缕曲 | 金缕词 | 金缕歌 |
| 夜飞乐 | 夜飞鹊 | 夜半乐 | 夜合花 | 夜来花 | 夜行船 | 夜如年 |
| 夜游宫 | 夜游朝 | 夜捣衣 | 青门引 | 青杏儿 | 青哥儿 | 青歌儿 |
| 青云怨 | 青玉案 | 青衫湿 | 采桑子 | 采莲子 | 采莲令 | 采彩令 |
| 采绿令 | 采明珠 | 画堂春 | 画屏春 | 画楼空 | 画招郎 | 画锦堂 |
| 画娥眉 | 念奴娇 | 念良游 | 念香衾 | 念离群 | 定风波 | 定风流 |

| | | | | | | |
|---|---|---|---|---|---|---|
| 定西番 | 雨中花 | 雨淋铃 | 雨霖铃 | 国香慢 | 国门东 | 试罗香 |
| 试周郎 | 河满子 | 河渎神 | 明月引 | 明月斜 | 罗唝曲 | 罗敷媚 |
| 武林春 | 武陵春 | 转应曲 | 转应词 | 陌上花 | 陌上郎 | 卷春空 |
| 卷珠帘 | 拨不断 | 拨棹子 | 驻马听 | 驻云飞 | 佳人醉 | 使牛子 |
| 征部乐 | 拍球场 | 拙鲁连 | 松梢月 | 杵声齐 | 怕春归 | 怜薄命 |
| 恒春令 | 乳燕飞 | 宝钗分 | 钗头凤 | 钓船笛 | 孤雁儿 | 咏捣练 |
| 卖花声 | 卓牌子 | 鱼儿赚 | 苗儿秀 | 话桐乡 | 昆明池 | 沽美酒 |
| 贫也乐 | 於中好 | 油葫芦 | 轮台子 | 学士吟 | 拂霓裳 | 宝鼎现 |

**九画**

| | | | | | | |
|---|---|---|---|---|---|---|
| 春光好 | 春去也 | 春心荡 | 春云怨 | 春归怨 | 春色满 | 春声满 |
| 春声啐 | 春初临 | 春草碧 | 春衫泪 | 春团圆 | 春宵曲 | 春晓曲 |
| 春丽景 | 春莺转 | 秋千索 | 秋月夜 | 秋夜雨 | 秋波媚 | 秋思耗 |
| 秋思夜 | 秋宵吟 | 秋景丽 | 秋蕊香 | 柳叶儿 | 柳长春 | 柳色黄 |
| 柳色新 | 柳初新 | 柳含烟 | 柳枝秋 | 柳梢青 | 柳梢春 | 柳腰轻 |
| 怨三三 | 怨回纥 | 怨王孙 | 怨春风 | 怨春归 | 怨春闺 | 怨春郎 |
| 怨啼鹃 | 南乡子 | 南柯子 | 南歌子 | 南平引 | 南楼令 | 南浦月 |
| 贺新郎 | 贺新凉 | 贺圣朝 | 贺熙朝 | 洞中仙 | 洞仙词 | 洞仙歌 |
| 洞渎神 | 点绛唇 | 点牌儿 | 点樱桃 | 思远人 | 思越人 | 思佳客 |
| 思帝乡 | 相思子 | 相思令 | 相见欢 | 恨春时 | 恨春宵 | 恨来迟 |
| 垂丝钓 | 垂杨柳 | 垂碧柳 | 迷仙引 | 迷神引 | 拜新月 | 拜星月 |
| 选冠子 | 选官子 | 误佳期 | 误桃源 | 拾菜娘 | 拾翠羽 | 独脚令 |
| 独倚楼 | 剑气近 | 剑器近 | 绕地游 | 绕佛乐 | 送征衣 | 送将归 |
| 绛都春 | 绛桃春 | 绛黄龙 | 洛阳春 | 洛妃怨 | 挂金索 | 挂庭秋 |
| 祝英台 | 昭君怨 | 美人春 | 荧荷香 | 珍珠令 | 玲珑王 | 柘枝引 |

麻郎儿 映山红 带马行 胡捣练 络丝娘 临江仙 重叠金
哪吒令 荆州亭 帝春台 挥春墁 昼锦堂 耍孩儿 茶瓶儿
将进酒 香山会 炼丹砂 看花回 眉峰碧 亭前柳 胜胜慢
城头月 相见欢 钟离春

**十画**

离亭怨 离亭宴 离亭燕 离庭宴 离别难 离香令 离苦海
离翠袖 宴清都 宴桃源 宴西园 宴山亭 宴琼林 宴瑶池
桂枝香 桂枝秋 桂花明 桂华明 桂殿秋 破阵子 破阵乐
破字令 破齐阵 荷叶杯 荷干杯 荷花媚 壶山好 壶中天
壶天晓 浣溪行 浣溪沙 浣沙溪 绣带子 绣带儿 绣停针
夏初临 夏孤临 夏云峰 桃花水 桃花落 海棠花 海棠春
凄凉犯 凄凉调 恋情深 恋香衾 留春令 留客住 偶相逢
特地新 鬼三台 倒垂柳 逍遥乐 莫思归 悟黄粱 倘秀才
凌波曲 凉州令 唐多令 调笑令 粉蝶儿 鸭头绿 酒泉子
阅金经 家山好 高阳台 涧底松 真珠帘 珠帘卷 捣练子
浪淘沙 唤春愁 啄木儿 剔银灯 透碧宵 倦寻芳 鸳鸯梦
薄命女 爱孤云

**十一画**

惜分飞 惜红衣 惜分钗 惜双双 惜余欢 惜余春 惜余香
惜春容 惜春令 惜春郎 惜春纤 惜春姿 惜花春 惜黄花
惜琼花 惜奴娇 惜芳菲 惜寒梅 望江东 望江怨 望江南
望江梅 望仙人 望湖人 望湘人 望仙门 望仙楼 望远行
望梅花 望梅潮 望夫歌 望春回 望书归 望海潮 望秦川
望蓬莱 梦江口 梦江南 梦仙游 梦行云 梦芙蓉 梦扬州

| | | | | | | |
|---|---|---|---|---|---|---|
| 梦还凉 | 梦魂香 | 梦横塘 | 探道子 | 探花慢 | 探芳讯 | 探芳新 |
| 探芳信 | 探春令 | 探春慢 | 清平乐 | 清平调 | 清江行 | 清江曲 |
| 清和风 | 清商怨 | 清波引 | 梅花句 | 梅花引 | 梅月圆 | 梅和柳 |
| 梅弄影 | 梅已谢 | 剪牡丹 | 剪征袍 | 剪湘云 | 剪朝霞 | 黄金缕 |
| 黄钟乐 | 黄莺儿 | 黄鹤引 | 渔家傲 | 渔家乐 | 渔父乐 | 渔歌子 |
| 梧桐儿 | 梧桐影 | 梧桐树 | 梧叶儿 | 雪花飞 | 雪狮儿 | 雪绿蓑 |
| 混江龙 | 混罗衣 | 彩云归 | 彩凤飞 | 情天久 | 情久长 | 脱布巾 |
| 脱布衫 | 掷半浣 | 掷金钱 | 琐窗寒 | 琐寒窗 | 绮罗香 | 绮秦怨 |
| 菊花天 | 菊花新 | 深院月 | 深院静 | 绿头鸭 | 萍宫春 | 谒金门 |
| 萧萧雨 | 章台柳 | 梁州令 | 婆罗门 | 淮甸春 | 欸乃曲 | 得胜令 |
| 甜水令 | 掉角儿 | 麻郎儿 | 祭天神 | 尉迟杯 | 眼儿媚 | 寄生草 |
| 第一花 | 维扬好 | 接贤宾 | 淡黄柳 | 控春令 | 添添春 | |

**十二画**

| | | | | | | |
|---|---|---|---|---|---|---|
| 喜春来 | 喜迁莺 | 喜朝天 | 喜连声 | 喜常新 | 谢池春 | 谢秋娱 |
| 谢秋娘 | 谢新恩 | 朝天子 | 朝中措 | 朝天乐 | 朝天懒 | 锁窗寒 |
| 锁寒窗 | 锁阳台 | 寒食词 | 寒松叹 | 寒连新 | 蜡梅花 | 蜡梅香 |
| 蜡前梅 | 落梅风 | 落花时 | 散天花 | 散余霞 | 越江吟 | 越溪寒 |
| 御街行 | 御带花 | 普天乐 | 普贤歌 | 赏先春 | 赏花时 | 最高楼 |
| 最高春 | 悲中乐 | 悲哉行 | 番抢子 | 番卜算 | 森春慢 | 期夜月 |
| 聒龙谣 | 溅罗裙 | 景龙灯 | 渭城曲 | 渡江云 | 雁后归 | 遏方怨 |
| 黑漆弩 | 缕金金 | 集贤宾 | 喝大令 | 葛浦曲 | 敬天花 | 道成归 |
| 湘妃怨 | 替人愁 | 晚云高 | 隔帘听 | 款残红 | 琵琶仙 | 崐绣毯 |
| 搅琵琶 | 滞人娇 | 泪红云 | 蕊珠间 | 紫玉箫 | 晴偏好 | 紫骝马 |

### 十三画

满江红　满宫花　满园花　满路花　满庭花　满庭芳　满庭霜
满朝欢　满院春　锦花香　锦上花　锦帐春　锦园春　锦堂春
锦缠道　解火令　解佩令　解佩环　解连环　解语花　解春风
解冤结　瑞云浓　瑞飞好　瑞龙吟　瑞鹤仙　瑞鹧鸪　愁风月
愁春来　愁倚阑　感皇恩　感恩多　感庭秋　新水令　新水命
新安路　新念别　塞垣春　塞里春　塞翁吟　摸鱼儿　摸鱼子
照红梅　照碧桃　鹊桥仙　鹊踏枝　楚天谣　楚云深　鼓笛令
鼓笛慢　意不尽　意难忘　献衷心　献仙音　殿前欢　殿前催
楼上曲　蓦山溪　蓬莱阁　虞美人　蜀溪春　盐角儿　锯解令
谪仙怨　频载酒　催花乐　遥天奉　搅挣琶　鲍老催

### 十四画

碧云深　碧美蓉　碧玉箫　碧牡丹　碧桃春　瑶池宴　瑶池燕
瑶花慢　瑶阶草　翠羽吟　翠华引　翠园枝　翠楼吟　舞春风
舞杨花　舞迎春　舞马词　暮云碧　暮山溪　暮花天　摘得新
摘红英　赛红娘　赛天香　潇湘曲　潇湘神　潇潇雨　滴滴金
酷相思　醉江月　箜篌曲　熙州慢　睿思新　慢卷紬　福马郎
滚绣球　愿成双　叠萝花

### 十五画

醉中天　醉太平　醉公子　醉乡春　醉红妆　醉花间　醉花番
醉花荫　醉花春　醉思凡　醉思仙　醉妆词　醉木犀　醉春台
醉春风　醉东风　醉吟商　醉桃源　醉桃园　醉扶归　醉落拓
醉落魄　醉梅花　醉翁操　醉蓬莱　醉垂鞭　醉瑶瑟　燕归来
燕归梁　燕山亭　燕春台　燕台春　燕同宴　燕莺语　踏枝间

踏歌词　踏青游　踏春游　踏莎行　踏阳春　踏云行　踏马阵　横塘路　蝴蝶儿　蝶恋花　蕃女怨　撷芳词　鹤冲天　鞋儿曲　懒画眉　醋葫芦　怜薄命

**十六画以上**

撼庭秋　鹦鹉曲　穆护砂　澡兰香　镜中人　赞成功　赞浦子　鹧鸪天　鹧鸪词　霜天晓　霜花腴　霜叶飞　霜菊花　翻香令　翻翠袖　檐前缺　濯香令　鬓云松　鬓边华　攀鞍态　露华慢

## 四字

一江春水　一枝花犯　二十四会　八声甘州　八节同欢　九重春色　人在楼上　卜算子慢　十六字令　大江东去　大刀将军　小重山令　小楼莲花　小镇西犯　千秋万岁　千秋岁引　万年欢慢　万斯年曲　上林春令　上林春慢　三台春曲　三调笑令　山镇西犯　马家春慢　女冠子慢　天下乐令　云淡秋空　少年游慢　云鬓松令　木兰花令　木兰花慢　无愁可解　风中柳令　风大松慢　凤栖梧桐　氐州第一　月上瓜州　月上海棠　月照梨花　六州歌头　丑奴儿令　丑奴儿慢　丑奴儿近　双头莲令　不如归去　水调歌头　长命女令　长亭怨慢　长相思令　扑蝴蝶近　公无渡河　玉水明沙　玉楼春令　玉腊梅枝　汉宫春慢　玉连环影　如此江山　江城子慢　江南春慢　西江月慢　西平乐慢　西子妆慢　西施愁春　传言玉女　朱奴儿犯　灯月交辉　红林擒近　红情绿意　尹州三台　麦秀两岐　并蒂芙蓉　明月逐来　沉醉东风　迎春乐令　花犯念奴　泛情波偏　花上月令　庆春泽慢　应天长令

应时明近　应天长慢　庆清朝慢　鱼游春水　鱼水春来　鱼水同欢　村里逐鼓　送大守词　法驾道引　诉衷情近　采桑子慢　卖花声煞　画堂春慢　雨中花令　雨中花慢　空亭日暮　侍香金童　夜乌飞慢　卓牌子慢　恋芳春慢　青山湿遍　罗敷夜歌　念家山破　祝英台近　皂罗特髻　洞庭春色　洞仙歌慢　玲珑四犯　浪淘沙令　浪里来煞　宫中三台　宫中调笑　春风袅娜　春早湖山　绕地游慢　思焦客令　粉蝶儿慢　金碧芙蓉　闺怨无梦　相思令儿　贺圣朝影　颂圣朝影　烛影摇红　壶中天慢　烘春桃李　秋色横空　秋光满目　惜黄花慢　惜双双令　惜余春慢　梦玉人引　唱调笑令　高山流水　捣练子令　雪月先交　雪月交光　黄河清慢　渔父家风　得春令慢　盐角儿令　海天阔处　海棠花令　海棠春令　晚香时候　晚云烘月　拜星月慢　楚宫春慢　绿鸾归令　锦堂春慢　喜迁莺令　郭郎儿慢　瑞鹤仙影　银河浮槎　庭院深深　望云滩引　望花花令　福寿千春　刷子序犯　婆罗门引　换巢鸾凤　越女镜心　踏莎美人　暗香疏影　隔浦莲近　隔溪栖令　隔溪梅令　疏帘淡月　紫萸香慢　紫花儿序　湘春夜月　鹊桥仙令　愁春未醒　愁倚阑令　貂裘换酒　宴春台慢　虞美人令　虞美人影　感皇恩慢　感恩多令　霜天晓角　谢春池慢　霓裳羽衣　辘轳金井　辘轳仙影　露华春慢　鬓云松令　潇湘夜雨　骊歌一叠　惠兰芬引　荔枝香近

## 五字

三犯渡江云　三犯锦园春　大江西上曲　五福降中天　五绿

结同心　月底修箫谱　玉人捧露盘　玉女迎春慢　玉女逢春慢　玉树后庭花　玉女摇仙佩　玉珥坠金环　东风齐着力　东风吹酒面　东风第一枝　四犯剪梅花　四笑江梅引　江月见重山　江城梅花引　西湖明月引　后庭花破子　红杏泄春光　飞雪满群山　快活年近拍　扶醉去春寒　花发沁园春　花雪满堆山　送入我门来　明月逐人来　明月生南浦　明月棹孤舟　金人捧露盘　金菊对芙蓉　金盏倒垂帘　巫山一片云　巫山一段云　采茶煮春碧　泛情波摘遍　转调二郎神　转调踏莎行　捉拍丑奴儿　细雨鸣春沼　荷叶铺水面　春从天上来　春夏两相期　春雪问早梅　桃源忆故人　桃园忆故人　钿带长中腔　高平探芳新　缺月挂疏桐　郭郎儿近拍　偷声木兰花　减字木兰花　减字浣溪沙　添字浣溪沙　添字采桑子　清风八咏楼　梁州令叠韵　绿盂舞风轻　弦曲献仙音　番马舞西风　晴色入青山　喝马一枝花　铜人捧露盘　阑干万里心　扁舟寻旧约　隔浦莲近拍　愁倚阑干令　梅子黄时雨　新雁过妆楼　桂花镇南枝　摊破江城子　摊破丑奴儿　摊破采桑子　摊破浣溪沙　莺声绕红楼　满路花捉拍　琴瑟相思引　琴调相思引　瑶台第一层　瑶台聚八仙　黄鹤绕碧树　征招调中腔　醉吟仙小品　骤雨打新荷

## 六字及以上

九重春色万年　望月楼罗门引　惜花春起早慢　霓裳中序第一　潇湘逢故人慢　凤凰台上忆吹箫

# |曲|牌|名|

## 正宫

端正好　滚绣球亦入中吕　叨叨令　倘秀才亦入中吕　白鹤子亦入中吕　塞鸿秋亦入仙吕、中吕　脱布衫亦入中吕　小梁州亦入中吕、双调　醉太平亦入仙吕、中吕　呆骨朵又名灵寿杖、灵寿歌，亦入中吕　货郎儿亦入仙吕　转调货郎儿亦入中吕、南吕　九转货郎儿　伴读书又名村里秀才，亦入中吕　笑和尚又名笑歌赏　芙蓉花　双鸳鸯亦入中吕　蛮姑儿亦入中吕　穷河西亦入中吕　黄梅雨即中吕·普天乐　菩萨蛮亦入中吕　月照庭　六么遍又名柳梢青，亦入中吕　黑漆弩又名学士吟、鹦鹉曲　甘草子　汉东山　金殿喜重重亦入仙吕　怕春归亦入仙吕　春归犯番马舞西风　普天乐亦入中吕　锦庭芳　三转小梁州亦入中吕　尾声本在中吕　收尾　煞尾本在中吕　随煞尾即黄钟、南吕·随尾　黄钟尾调本黄钟　啄木儿煞调本中吕

## 黄钟宫

醉花阴　喜迁莺　出队子　刮地风　刮地风犯　四门子　水仙子又名古水仙子　塞雁儿神仗儿亦入南吕　神仗儿后　神仗儿犯　节节高又名接接高　节节高犯　者刺古　柳叶儿亦入双调寨儿令又名古寨儿令六么令　九条龙　兴隆引又名兴龙引　侍香

金童　降黄龙衮　文如锦　女冠子　愿成双　倾杯序　彩楼春又名抛球乐　昼夜乐　人月圆　红纳袄又名红锦袍　贺圣朝　金殿乐三重又名金殿乐三叠、金殿乐三台　尾声即正宫·随煞尾、随尾、随煞亦入仙吕即双调·本调煞　黄钟尾亦入正宫、南吕　神仗儿煞亦入南吕

## 仙吕宫

端正好　赏花时亦入商调　点绛唇　混江龙　油葫芦　天下乐　摊破天下乐　村里迓鼓　元和令　上马娇　游四门　胜葫芦上五体亦入双调　后庭花亦入中吕、商调　河西后庭花亦入商调柳叶儿亦入商调　寄生草亦入双调　青歌儿亦入商调、双调　哪吒令　鹊踏枝　六么序亦入中吕　醉扶归亦入越调、双调　金盏儿又名碎金盏　低过金盏儿　高过金盏儿　醉中天亦入越调、双调　雁儿又名醉雁儿　一半儿　忆王孙　玉花秋　四季花亦入商调　穿窗月　八声甘州　大安乐　双燕子即商调·双雁儿　翠裙腰　六么遍亦入中吕　上京马又名尚京马　绿窗愁又名绿纱窗瑞鹤仙　忆帝京　袄神急又名袄神儿　六么令亦入越调　锦橙梅三番玉楼人亦入越调　柳外楼　太常引　尾声　随煞调本黄钟赚煞　赚尾　赚煞上马娇煞　后庭花煞

## 南吕宫

一枝花又名占春魁　梁州第七　隔尾亦入黄钟、中吕　牧羊

关亦入高平　骂玉郎又名瑶华令感皇恩　采茶歌又名楚江秋　玄鹤鸣又名哭皇天　乌夜啼　贺新郎　草池春又名斗虾蟆、絮虾蟆　红芍药　菩萨梁州　四块玉　梧桐树亦入双调　玉交枝又名玉娇枝，亦入双调　鹌鹑儿　乾荷叶又名翠盘秋，亦入中吕、双调　金字经又名阅金经，亦入双调　楚天秋　虾蟆序摊破采茶歌　醉乡春　煞尾声　收尾　煞尾调本正宫　随尾即正宫·随煞尾，亦入黄钟　随煞　黄钟尾调本黄钟　隔尾随煞　隔尾黄钟煞　神仗儿煞调本黄钟中吕宫

**带*者亦入正宫**

粉蝶儿　醉春风*亦入双调　迎仙客*　石榴花*　古调石榴花　斗鹌鹑*　上小楼*　快活三朝天子*又名谒金门　朝天子犯　四边静*亦入双调　满庭芳　贺圣朝　叫声　红绣鞋*又名朱履曲　鲍老儿*　古鲍老*　鲍老三台衮又名鲍老衮　红芍药　剔银灯*　蔓菁菜*　普天乐即正宫·黄梅雨　柳青娘*　道和*又名道和　醉高歌*又名最高楼　十二月*　尧民歌*　喜春来*又名阳春曲　摊破喜春来　鬼三台　播海令　古竹马　卖花声又名升平乐，亦入双调　酥枣儿　齐天乐*　红衫儿*　山坡羊又名山坡里羊、苏武持节，亦入黄钟　四换头*亦入仙吕　乔捉蛇　鹘打兔　鸳鸯儿　货郎儿犯　尾声*亦入南吕、般涉、越调　煞尾调本正宫　卖花声煞亦入双调　啄木儿煞又名净瓶儿煞

## 道宫

凭阑人　美中美　大圣乐　解红　赚尾

## 大石调

念奴娇　百字令　六国朝　卜金钱又名初问口　归塞北又名望江南，亦入仙吕　雁过南楼　喜秋风　怨别离　净瓶儿　好观音亦入仙吕　催花乐又名擂鼓体　常相会　青杏子即小石调·青杏儿，亦入仙吕　憨郭郎又名蒙童儿　蒙童儿犯　还京乐　催拍子　荼蘼香　蓦山溪女冠子　玉翼蝉　鹧鸪天　灯月交辉　喜梧桐　初生月儿　阳关三叠　林里鸡近　随煞即黄钟·尾声，亦入双调　煞尾调本正宫　带赚煞　雁过南楼煞　净瓶儿煞即中宫·啄木儿煞好观音煞　玉翼蝉煞小石调　恼杀人　伊州遍　青杏儿即大石调·青杏子，亦入仙吕　天上谣　尾声

## 般涉调

哨遍亦入中吕　麻婆子　墙头花　耍孩儿又名魔合罗，亦入正宫、中吕、双调　煞　急曲子　瑶台月　三煞　尾声

## 商角调

黄莺儿　踏莎行　盖天旗　垂丝钓　应天长　尾声

## 高平调

木兰花　糖多令　于飞乐　青玉案　尾声

## 商调

集贤宾　逍遥乐　挂金索亦入黄钟　金菊香　醋葫芦　梧叶儿又名知秋令，亦入仙吕　百字知秋令　浪来里　高过浪来里　贤圣吉　双雁儿即仙吕·双燕子　河西后庭花　望远行　贺圣朝　凤鸾吟　凉亭乐　上京马　酒旗儿即双调·皂旗儿　八宝妆　二郎神　水红花　侍香金童　定风波　玉抱肚亦入双调　秦楼月又名忆秦娥　桃花浪又名桃花娘　满堂红　满堂春　芭蕉延寿　古调水仙子　尾声　浪来里煞　随调煞　高平煞

## 越调

半鹌鹑　紫花儿序　金蕉叶　调笑令又名含笑花　小桃红　秃厮儿又名要厮儿、小沙门　圣药王　麻郎儿　络丝娘　小络丝娘　东原乐　绵搭絮　拙鲁速　天净沙又名天净纱　鬼三台又名三台印　耍三台　雪里梅　雪中梅　酒旗儿　眉儿弯　送远行　寨儿令又名柳营曲　黄蔷薇　庆元贞　古竹马　踏阵马　青山口　郓州春　看花回　南乡子　梅花引　凭阑人　糖多令亦入高平调　尾声　收尾亦入双调　煞　随煞　天净沙煞　眉儿弯煞

## 双调

新水令　驻马听　驻马听近　沉醉东风　雁儿落又名平沙落雁，亦入商调　得胜令又名凯歌回、阵阵赢，亦入商调　乔牌儿

甜水令又名滴滴金　折桂令又名秋风第一枝、天香引、蟾宫曲、步蟾宫　百字折桂令　蟾宫曲与折桂令不同　锦上花　河西锦上花　碧玉箫　搅铮琶　清江引又名江儿水　步步娇又名潘妃曲　落梅风又名寿阳曲　乔木查又名银汉浮槎　庆宣和　水仙子又名凌波仙、湘妃怨、冯夷曲，亦入中吕、南吕　河西水仙子　庆东原又名庆东园　沽美酒又名琼林宴　太平令亦入正宫　夜行船　挂玉钩　挂搭沽又名挂打鼓　挂玉钩序又名挂搭序　挂搭鼓序　荆山玉又名侧砖儿，亦入南吕、黄钟　竹枝歌亦入南吕、黄钟　春闺怨亦入商调　牡丹春亦入正宫、商调　对玉环　五供养　月上海棠　殿前欢又名小孩妇儿、凤将雏　殿前喜　凤引雏　月儿弯　行香子　天仙子　天仙令　蝶恋花　神曲缠　金娥神曲　醉春风　间金四块玉　减字木兰花　快活年　朝元乐　沙子儿摊破清江引　海天晴　一机锦亦入南吕　好精神　农乐歌兼破雁儿落　动相思　二犯白苎歌又名三犯白苎歌　新时令　十棒鼓　秋江送亦入商调　袄神急　楚天遥　播海令　青玉案　皂旗儿又名皂旗令，即商调·酒旗儿　枳郎儿　川拨棹　七弟兄　梅花酒　收江南又名喜江南　小将军亦入仙吕　拨不断又名续断弦　太清歌又名太平歌　汉江秋又名楚江秋、荆湘怨、荆襄怨　镇江迴亦入中吕　阿忽令　阿纳忽又名阿那忽　风入松　一锭银　胡十作　乱柳叶亦入中　豆叶黄　豆叶儿　捣练子又名胡捣练　万花方三台　小阳关　早乡词　石竹子　山石榴　醉娘子又名真个醉　醉也摩挲　相公爱又名驸马还朝　小拜门又名不拜门　金盏儿又名金盏子、慢金盏　大拜门　也不罗又名野落索　小喜人心　大喜人心又名喜人心　风流体　忽都白又名古都白　倘兀歹又名唐兀歹　青天歌　大德歌　大德乐　华严赞　得胜乐又名德胜乐，亦入仙吕　山丹花　鱼游春水　骤雨打新荷　河西六娘子　庆丰年　秋莲曲　高过金盏儿　落风花　珍珠马　雕刺鸪又名雕刺鸡　挂打灯　一緺儿麻　枣乡词　尾声　收尾随煞即黄钟·尾声　本调煞即黄钟·随煞　转调煞　煞　鸳鸯煞　离亭宴煞　歇指煞　离亭宴带歇指煞

## |词|韵|

### 第一部

**平声：一东二冬通用**

【一东】东同童僮铜桐峒筒瞳中衷忠盅虫冲终忡崇嵩菘戎绒弓躬宫穹融雄熊穷冯风枫疯丰充隆窿空公功工攻蒙濛朦瞢笼胧栊咙聋珑砻泷蓬篷洪荭红虹鸿丛翁嗡匆葱聪骢通棕烘崆

【二冬】冬咚彤农侬宗淙锺钟龙茏舂松淞冲容榕蓉溶庸佣慵封胸凶匈汹雍邕痈浓脓重从逢缝峰锋丰蜂烽葑纵踪茸蛩邛筇跫供蚣喁

**仄声：上声一董二肿**

**去声：一送二宋通用**

【一董】董懂动孔总笼拢桶捅蓊蠓汞

【二肿】肿种踵宠垅拥冗重冢捧勇甬踊涌俑蛹恐拱竦悚耸巩怂奉

【一送】送梦凤洞众瓮贡弄冻痛栋恸仲中粽讽空控哄赣

【二宋】宋用颂诵统纵讼种综俸供从缝重共

## 第二部

**平声：三江七阳通用**

【三江】江缸窗邦降双泷庞撞豇扛杠腔梆桩幢蛩

【七阳】阳扬杨洋羊徉佯芳妨方坊防肪房亡忘望忙茫芒妆庄装奘香乡湘厢箱镶芗相襄骧光昌堂唐糖棠塘章张王常长裳凉粮量梁粱良霜藏肠场尝偿床央鸯秧殃郎廊狼榔踉浪浆将疆僵姜缰觞娘黄皇遑惶徨煌仓苍舱沧伤殇商帮汤创疮强墙樯嫱蔷康慷囊狂糠冈刚钢纲匡筐荒慌行杭航桁翔详祥庠桑彰璋漳獐猖倡凰邙臧赃昂丧阊羌枪锵抢蜣跄篁簧璜潢攘瓤亢吭旁傍孀骦当裆珰铛泱炀蝗隍怏肓汪鞅滂螂怆缃琅颃怅螳

**仄声：上声三讲二十二养**

**去声：三绛二十三漾通用**

【三讲】讲港项棒蚌耩

【二十二养】养痒象像橡仰朗桨奖蒋敞鹫厂枉往颡强惘两曩丈杖仗响掌党想鲞榜爽广享向飨幌莽纺长网荡上壤赏仿罔谠倘魍魉谎蟒漭嗓盎恍脏吭沆慷襁镪抢肮犷

【三绛】绛降巷撞戆

【二十三漾】漾上望相将状帐唱让浪酿旷壮放向忘仗畅量葬匠障瘴谤尚涨饷样藏舫访贶嶂当抗桁妄怆宕怅创酱况亮傍丧恙谅胀圹脏吭砀伉圹纩桄挡旺炕亢阆防

## 第三部

**平声：四支五微八齐十灰（半）通用**

【四支】支枝肢移簃为垂吹陂碑奇宜仪皮儿离施知驰池规危夷师姿迟龟眉悲之芝时诗棋旗辞词期祠基疑姬丝司葵医帷思滋持随痴维卮麾墀弥慈遗肌脂雌披嬉尸狸炊湄篱兹差疲茨卑亏蕤骑歧岐谁斯澌私窥熙欺疵赀羁彝髭颐资糜饥衰锥姨夔祇涯伊追缁箕箕治尼而推匙陲魑锤缡璃骊羸帔罴縻蘼脾芪畸牺羲曦欹漪猗崎崖萎筛狮蛳鸱绥虽粢瓷榷饴嫠痍惟唯机耆逵峃丕毗枇貔楣霉辎蚩嗤媸飔埘莳鲥鹚笞漓怡贻禧噫其琪祺麒嶷螭栀鹂累踟琵嵋

【五微】微薇晖辉徽挥韦围帏违闱霏菲妃飞非扉肥威祈畿机几讥玑稀希衣依归饥矶欷诽绯晞葳巍沂圻颀

【八齐】齐黎犁梨妻萋凄堤低题提蹄啼鸡稽兮倪霓西栖犀嘶撕梯鼙赍迷泥溪蹊圭闺携畦嵇跻奚脐醯黧蠡醍鹈奎批砒睽荑篦齑藜猊鲵瓶

【十灰（半）】灰恢魁隈回徊槐梅枚玫媒煤雷颓崔催摧堆陪杯醅嵬推诙裴培盔偎煨瑰茴追胚徘坯桅傀儡莓

**仄声：上声四纸五尾八荠十贿（半）**

**去声：四寘五未八霁九泰（半）十一队（半）通用**

【四纸】纸只咫是靡彼毁委诡髓累技绮觜此泚蕊徙尔弭婢侈弛豕紫旨指视美否痞兕几姊比水轨止徵市喜已纪跪妓蚁鄙晷子仔梓矢雉死履垒癸趾址以已似耜祀史驶耳使里理李起杞圯跂士仕俟始齿矣耻麂枳峙鲤迩氏玺巳滓苡倚匕迤逦旖旎舣玭秕芷拟你企逮捶

屣椎揣豸祉恃

【五尾】尾苇鬼岂卉几伟斐菲匪篚娓悱榧韪炜虺玮虮

【八荠】荠礼体米启陛洗邸底抵弟坻柢涕悌济澧醴诋眯娣棨递昵睨蠡

【十贿（半）】贿悔罪馁每块汇猥璀磊蕾傀儡腿

【四寘】寘置事地意志思泪吏赐自字义利器位戏至次累伪寺瑞智记异致备肆翠骑使试类弃饵媚鼻易辔坠醉议翅避笥帜炽粹莳谊帅厕寄睡忌贰萃穗二臂嗣吹遂恣四骥季刺驷寐魅积被懿觊冀愧匮恚馈蒉篑柜暨庇豉莉腻秘比鸷邃啻示嗜饲伺遗薏祟值惴屣眦詈企渍譬跛挚燧隧悴尿稚雉莅悸肄泌识侍踬为

【五未】未味气贵费沸尉畏慰蔚魏纬胃汇谓渭卉讳毅既衣蜚溉翡诽

【八霁】霁制计势世丽岁济第艺惠慧币弟滞际涕厉契敝弊毙帝蔽髻锐戾裔袂系祭卫隶闭逝缀翳替细桂税婿例誓筮蕙诣砺励瘗噬继脆睿毳曳蒂睇妻递逮蓟蚋薜荔唳捩粝泥媲嬖彗睥睨剂噎谛缔剃屉悌俪锲贳掣羿棣蟪薤娣说赘憩鳜彘呓谜挤

【九泰（半）】会旆最贝沛霈绘脍荟狈侩桧蜕酹外兑

【十一队（半）】队内辈佩退碎背秽对废悔诲晦昧配妹喙溃吠肺耒块碓刈悖焙淬敦

## 第四部

**平声：六鱼七虞通用**

【六鱼】鱼渔初书舒居裾琚车渠蕖余予誉舆胥狙锄疏蔬梳虚嘘

墟徐猪闾庐驴诸储除滁蜍如畬淤妤苴菹沮徂龉茹榈於祛蘧疽蛆醵纾樗躇欤据

【七虞】虞愚娱隅无芜巫于衢癯瞿氍儒襦濡须需朱珠株诛铢蛛殊俞瑜榆愉逾渝窬谀腴区躯驱岖趋扶符凫芙雏敷麸夫肤纡输枢厨俱驹模谟摹蒲逋胡湖瑚乎壶狐弧孤辜姑觚菰徒途涂荼图屠奴吾梧吴租卢鲈炉芦颅垆蚨孥帑苏酥乌污枯粗都茱侏姝禺拘嵎蹰桴俘臾萸吁滹瓠糊醐呼沽酤泸舻轳鸬驽匍葡铺菟诬呜迂盂竽趺毋臑酴鹄骷刳蛄晡蒱葫呱蝴劬殂猢郛孚

**仄声：上声六语七麌**

**去声：六御七遇通用**

【六语】语圄圉吕侣旅杼伫与予渚煮暑鼠汝茹黍杵处贮女许拒炬距所楚础阻俎沮叙绪序屿墅巨去莒举讵溆浒钜醑咀诅苎抒楮

【七麌】麌雨宇舞府鼓虎古股贾估土吐圃庾户树煦诩努辅组乳弩补鲁橹睹腐数簿竖普侮斧聚午伍釜缕部柱矩武五苦取抚浦主杜坞祖愈堵扈父甫禹羽怒腑拊俯罟赌卤姥鹉拄莽栩窭脯妩庑否麈褛篓偻酤牡谱怙肚踽虏孥诂瞽牯羖祜沪雇仵缶母某亩蛊琥

【六御】御处去虑誉署据驭曙助絮着箸豫恕与遽疏庶预语踞倨蓣淤锯觑狙翥薯

【七遇】遇路辂赂露鹭树度渡赋布步固素具务雾鹜数怒附兔故顾句墓慕暮募注住驻炷祚裕误悟寤戍库护屦诉妒惧趣娶铸绔傅付谕喻妪芋捕哺互臑寓赴沍吐污恶晤煦酤讣仆赙驸婺锢蛀飓怖铺塑愫蠹溯镀璐雇瓠迕妇负阜副醋措

## 第五部

**平声：九佳（半）十灰（半）通用**

【九佳（半）】佳街鞋牌柴钗差崖涯偕阶皆谐骸排乖怀淮豺侪埋霾斋槐睚崽楷秸揩挨俳

【十灰（半）】开哀埃台苔抬该才材财裁栽哉来莱灾猜孩徕骀胎唉垓挨皑呆腮

**仄声：上声九蟹十贿（半）**

**去声：九泰（半）十卦（半）十一队（半）通用**

【九蟹】蟹解洒楷拐矮摆买骇

【十贿（半）】海改采彩在宰醢铠恺待殆怠乃载凯（门岂）倍蓓迨亥

【九泰（半）】泰太带外盖大濑赖籁蔡害蔼艾丐奈柰汰癞霭

【十卦（半）】懈廨邂隘卖派债怪坏诫戒界介芥械薤拜快迈败稗晒瀣湃寨疥届蒯篑蒉喟聩块惫

【十一队（半）】塞爱代载态菜碍戴贷黛概岱溉慨耐在鼐玳再袋逮埭赉赛忾暧咳嗳睐

## 第六部

**平声：十一真十二文十三元（半）通用**

【十一真】真因茵辛新薪晨辰臣人仁神亲申身宾滨槟缤邻鳞麟珍瞋尘陈春津秦频苹颦濒银垠筠巾困民岷泯珉贫莼淳醇纯唇伦轮沦抡匀旬巡驯钧均榛遵循甄宸纶椿鹑嶙辚磷呻伸绅寅姻荀询峋鼠

恂嫔彬皴娠闽纫湮肫逡菌臻豳

【十二文】文闻纹蚊云分氛纷芬焚坟群裙君军勤斤筋勋薰曛醺芸耘芹欣氲荤汶汾殷雯贲纭昕熏

【十三元（半）】魂浑温孙门尊存敦墩炖暾蹲豚村屯囤盆奔论昏痕根恩吞荪扪裈昆鲲坤仑婚阍髡馄喷狲饨臀跟瘟飧

**仄声：上声十一轸十二吻十三阮（半）**

**去声：十二震十三问十四愿（半）通用**

【十一轸】轸敏允引尹尽忍准隼笋盾闵悯菌蚓牝殒紧蠢陨哂诊疹赈肾蜃膑黾泯窘吮缜

【十二吻】吻粉蕴愤隐谨近忿抆刎揾槿瑾恽韫

【十三阮（半）】混棍阃悃捆衮滚鲧稳本畚笨损忖囤遁很沌恳垦龈

【十二震】震信印进润阵镇刃顺慎鬓晋骏闰峻衅振俊舜赆吝烬讯仞迅汛趁衬仅觐蔺浚赈龀认殡摈缙躏廑谆瞬韧浚殉馑

【十三问】问闻运晕韵训粪忿酝郡分紊愠近抆拚奋郓捃靳

【十四愿（半）】论恨寸困顿遁钝闷逊嫩溷诨巽褪喷艮揾

## 第七部

**平声：十三元（半）十四寒十五删一先通用**

【十三元（半）】元原源沅鼋园袁猿垣烦蕃樊喧萱暄冤言轩藩媛援辕番繁翻幡璠鸳鹓蜿湲爰掀燔圈谖

【十四寒】寒韩翰丹单安鞍难餐檀坛滩弹残干肝竿阑栏澜兰看刊丸完桓纨端湍酸团攒官观鸾銮峦冠欢宽盘蟠漫叹邯郸摊玕拦珊

狻鼾杆跚姗殚箪瘅谰獾倌棺剜潘拼槃般蹒瘢磐瞒谩馒鳗钻抟邗汗鹇鳏殷纶

【十五删】删潸关弯湾还环鬟寰班斑蛮颜奸攀顽山闲艰间悭患孱潺擐圜菅般颁鬘疝讪斓娴鹇鳏殷纶

【一先】先前千阡笺天坚肩贤弦烟燕莲怜连田填巅鬈宣年颠牵妍研眠渊涓捐娟边编悬泉迁仙鲜钱煎然延筵毡旃蝉缠廛联篇偏绵全镌穿川缘鸢旋船涎鞭专圆员乾虔愆权拳椽传焉嫣鞯褰搴铅舷跹鹃筌痊诠悛禅婵躔颛燃涟琏便翩骈癫阗钿沿蜒胭芊鳊胼滇佃畋咽湮狷蠲鳶骞膻扇棉拴荃籼砖挛儇欢璇卷扁单溅犍

**仄声：上声十三阮（半）十四旱十五潸十六铣**

**去声：十四愿（半）十五翰十六谏十七霰通用**

【十三阮（半）】阮远晚苑返反饭偃蹇琬沅宛婉畹菀蜿绻巘挽堰

【十四旱】旱暖管琯满短馆缓盥碗懒伞伴卵散伴诞罕瀚断侃算款但坦袒纂缎拌澶谰莞

【十五潸】潸眼简版板阪盏产限绾柬拣撰馔赧皖汕铲孱楝栈

【十六铣】铣善遣浅典转衍犬选冕辇免展茧辨篆勉剪卷显饯践喘藓软蹇演究件腆跣缅缱鲜殄扁匾蚬岘畎燹隽键变泫癣阐颤膳鳝舛娩辗脔辫捻

【十四愿（半）】愿怨万饭献健建宪劝蔓券远侃键贩畈曼挽瑗媛圈

【十五翰】翰瀚岸汉难断乱叹观干散旦算玩烂贯半案按炭汗赞漫冠灌爨窜幔粲灿璨换焕唤涣悍弹惮段看判叛绊鹳伴畔锻腕惋馆旰捍疸但罐盥婉缎缦侃蒜钻谰

【十六谏】谏雁患涧间宦晏慢盼篆栈惯串绽幻瓣苋办谩讪铲绾孪篡裥扮

【十七霰】霰殿面县变箭战扇煽膳传见砚院练链燕宴贱馔荐绢彦掾便眷倦羡奠遍恋啭眩钏倩卞汴片禅谴溅饯善转卷甸电咽茜单念眄淀靛佃钿镟漩拣缮现狷炫绚绽线煎选旋颤擅缘撰唁谚媛忭弁援研

## 第八部

**平声：二萧三肴四豪通用**

【二萧】萧箫挑貂刁凋雕迢条髫调蜩枭浇聊辽寥撩寮僚尧宵消霄绡销超朝潮嚣骄娇蕉焦椒饶硝烧遥徭摇谣瑶韶昭招镳瓢苗猫腰桥乔娆妖飘逍潇鸮骁祧鹪鹩缭獠嘹夭幺邀要姚樵谯憔标飚嫖漂剽佻龆苕岧噍哓跷侥了魈峣描钊轺桡铫鹞翘枵侨窑礁

【三肴】肴巢交郊茅嘲钞包胶苞梢姣庖匏坳敲胞抛蛟崤鸡鞘抄蝥咆哮凹淆教跑艄捎爻咬铙茭炮泡鲛刨抓醪逃濠壕饕洮淘叨啕篙熬遨翱嗷臊嗥尻鏖螯獒敖牦漕嘈槽掏唠涝捞痨芼

【四豪】豪劳毫操髦绦刀萄猱褒桃糟旄袍挠蒿涛皋号陶鳌曹遭羔糕高搔毛艘滔骚韬缫膏牢醪逃濠壕饕洮淘叨啕篙熬遨翱嗷臊嗥尻鏖螯獒敖牦漕嘈槽掏唠涝捞痨芼

**仄声：上声十七筱十八巧十九皓**

**去声：十八啸十九效二十号通用**

【十七筱】筱小表鸟了晓少扰绕绍杪沼眇矫皎杳窈窕袅挑掉肇缥缈渺淼茑赵兆缴缭夭悄舀侥蓼娆硗剿晁藐秒殍了

【十八巧】巧饱卯狡爪鲍挠搅绞拗咬炒吵佼姣昴茆獠

【十九皓】皓宝藻早枣老好道稻造脑恼岛倒祷捣抱讨考燥扫嫂保鸨稿草昊浩镐杲缟槁堡皂瑙媪燠袄懊葆褓芼澡套涝蚤拷栲

【十八啸】啸笑照庙窍妙诏召邵要曜耀调钓吊叫眺少诮料疗潦掉峤徼跳嘹漂镣廖尿肖鞘悄峭哨俏醮燎鹩鹞轿骠票铫

【十九效】效教貌校孝闹豹罩棹觉较窖爆炮泡刨稍钞拗敲淖

【二十号】号帽报导操盗噪灶奥告诰到蹈傲暴好劳躁造冒悼倒燥犒靠懊瑁燠耄糙套櫜潦耗

## 第九部

**平声：五歌（独用）**

【五歌】歌多罗河戈阿和波科柯陀娥蛾鹅萝荷何过磨螺禾珂蓑婆坡呵哥轲沱鼍拖驼跎佗颇峨俄摩么娑莎迦疴苛蹉嵯驮箩逻锣哪挪锅诃窠蝌髁倭涡窝讹陂鄱皤魔梭唆骡挼靴瘸搓哦痤酡

**仄声：上声二十哿**

**去声：二十一个通用**

【二十哿】哿火舸亸舵我拖娜荷可左果裹朵锁琐堕惰妥坐裸跛颇夥颗祸棰婀逻卵那坷爹簸叵垛哆硪么峨

【二十一个】个贺佐大饿过座和挫课唾播破卧货簸轲驮髁磋作做剁磨懦糯缚锉挼些

## 第十部

**平声：九佳（半）六麻通用**

【九佳（半）】佳涯娲蜗蛙娃哇

【六麻】麻花霞家茶华沙车牙蛇瓜斜邪芽嘉瑕纱鸦遮叉奢涯巴耶嗟遐加笳赊槎差蟆骅虾葭袈裟砂衙呀琶耙芭杷笆疤爬葩些佘鲨查楂渣爹挝咤拿椰珈跏枷迦痂茄桠丫哑划哗夸胯抓洼呱

**仄声：上声二十一马**

**去声：十卦（半）二十二祃通用**

【二十一马】马下者野雅瓦寡社写泻夏也把厦惹冶贾假且玛姐舍喏赭洒椵剐打耍那

【十卦（半）】卦挂画

【二十二祃】祃驾夜下谢榭罢夏霸暇灞嫁赦籍假蔗化舍价射骂稼架诈亚麝怕借卸帕坝靶鹧贳炙嗄乍咤诧侘罅吓娅哑讶迓华桦话胯跨衩柘

## 第十一部

**平声：八庚九青十蒸通用**

【八庚】庚更羹盲横觥彭亨英烹平枰京惊荆明盟鸣荣莹兵兄卿生甥笙牲擎鲸迎行衡耕萌甍宏闳茎罂莺樱泓橙争筝清情晴精睛菁晶旌盈楹瀛嬴赢营婴缨贞成盛城诚呈程酲声征正轻名令并倾萦琼峥嵘撑粳坑铿撄鹦黥蘅澎膨棚浜坪苹钲伧檠嘤轰铮狰宁狞瞪绷怦璎砰氓鲭侦柽蛏茔赪茕赓黉瞠

【九青】青经泾形陉亭庭廷霆蜓停丁仃馨星腥醒惺俜灵龄玲铃伶零听冥溟铭瓶屏萍荧萤荣扃垌蜻硎苓聆瓴翎娉婷宁暝瞑螟猩钉疔叮厅町泠棂囹羚蛉咛型邢

【十蒸】蒸烝承丞惩澄陵凌绫菱冰膺鹰应蝇绳升缯凭乘胜兴仍兢矜征称登灯僧憎增曾矰层能朋鹏肱薨腾藤恒罾崩滕誊崚嶒絙塍冯症簦瞢凝棱楞

**仄声：上声二十三梗二十四迥**

**去声：二十四敬二十五径通用**

【二十三梗】梗影景井岭领境警请饼永骋逞颖颍顷整静省幸颈郢猛丙炳杏秉耿矿冷靖哽绠荇艋蜢皿儆悻婧阱狰靓惺打瘿并犷眚憬鲠

【二十四迥】迥炯茗挺艇梃醒酩酊并等鼎顶肯拯謦刭溟阱檠迎郑獍

【二十四敬】敬命正令证性政镜盛行圣咏姓庆映病柄劲竞靓净竟孟诤更并聘硬炳泳迸横摒阱檠迎郑獍

【二十五径】径定听胜罄磬应赠乘佞邓证秤称莹孕兴剩凭迳甑宁胫暝钉订饤锭謦泞瞪蹭蹬亘镫滢凳磴泾

## 第十二部

**平声：十一尤（独用）**

【十一尤】尤邮优尤流旒留骝榴刘由油游猷悠攸牛修羞秋周州洲舟酬雠柔俦畴筹稠丘邱抽瘳遒收鸠搜驺愁休囚求裘仇浮谋牟眸侔矛侯喉猴讴鸥楼陬偷头投钩沟幽纠啾楸蚯踌绸惆勾娄琉疣犹邹

兜呦咻貅球蜉蝣轫帱阄瘤硫浏庥湫泅酋瓯啁飕鍪篌抠篝诌骰偻沤蝼髅搂欧彪掊虬揉蹂抔不瓿缪

**仄声：上声二十五有**

**去声：二十六宥通用**

【二十五有】有酒首口母妇後柳友斗狗久负厚手叟守否右受牖偶走阜九后咎薮吼帚垢舅纽藕朽臼肘韭亩剖诱牡缶酉苟丑糗扣叩某莠寿绶玖授蹂揉溲纣钮扭呕殴纠耦掊瓿拇姆擞绺抖陡蚪篓黝赳取

【二十六宥】宥候就售寿秀绣宿奏兽漏富陋狩昼寇茂旧胄宙袖岫柚覆复救厩臭佑右囿豆饾窦瘦漱咒究疚谬皱逅嗅遘溜镂逗透骤又侑幼读堠仆副锈鹫绉咮灸籀酎诟蔻僦构扣购彀戊懋贸袤嗽凑鼬甃沤

## 第十三部

**平声：十二侵（独用）**

【十二侵】侵寻浔临林霖针箴斟沈心琴禽擒衾钦吟今襟金音阴岑簪壬任歆森禁祲喑琛涔骎参忱淋妊掺参椹郴芩檎琳愔蟫喑黔嵚

**仄声：上声二十六寝**

**去声：二十七沁通用**

【二十六寝】寝饮锦品枕审甚廪衽稔凛懔沈朕荏婶葚禀噤谂怎恁饪覃

【二十七沁】沁饮禁任荫浸谮谶枕噤甚鸩赁喑渗窨妊

## 第十四部

**平声：十三覃十四盐十五咸通用**

【十三覃】覃潭参骖南楠男谙庵含涵函岚蚕探贪耽眈龛堪谈甘三酣柑惭蓝担簪谭昙坛婪戡颔痰篮襤蚶憨泔聃邯蟫

【十四盐】盐檐廉帘嫌严占髯谦奁纤签瞻蟾炎添兼缣沾尖潜阎镰黏淹钳甜恬拈砭詹蒹歼黔钤佥觇崦渐鹣腌襜阉

【十五咸】咸函缄岩谗衔帆衫杉监凡馋芟搀喃嵌掺巉

**仄声：上声二十七感二十八俭二十九豏**

**去声：二十八勘二十九艳三十陷通用**

【二十七感】感览揽胆澹啖坎惨敢颔撼毯糁湛菡萏罱椠喊嵌橄榄

【二十八俭】俭焰敛险检脸染掩点簟贬冉苒陕谄俨闪剡忝琰奄歉芡崭堑渐罨捡崦玷

【二十九豏】豏槛范减舰犯湛巉斩黯

【二十八勘】勘暗滥啖担憾暂三绀憨澹瞰淡缆

【二十九艳】艳剑念验堑赡店占敛厌焰垫欠僭酽潋滟俺砭坫

【三十陷】陷鉴泛梵忏赚蘸嵌站馅

## 第十五部

**入声：一屋二沃通用**

【一屋】屋木竹目服福禄谷熟肉族鹿漉腹菊陆轴逐苜蓿宿牧伏夙读犊渎牍椟黩毂复粥肃碌骕鬻育六缩哭幅斛戮仆畜蓄叔淑倏独

卜馥沐速祝麓辘镞蹙筑穆睦秃縠覆辐瀑郁舳掬踘蹴蚼茯袱鹏鸽髑槲扑匐簌蔟煜复蝠菔孰塾囊竺曝鞠嗾谡篦国副

【二沃】沃俗玉足曲粟烛属录辱狱绿毒局欲束鹄蜀促触续浴酷躅褥旭欲笃督赎渌纛礴北瞩嘱勖溽缛梏

## 第十六部

**入声：三觉十药通用**

【三觉】觉角桷榷岳乐捉朔数卓啄琢剥驳雹璞朴壳确浊擢濯渥幄握学龌龊槊搦镯喔邈荦

【十药】药薄恶作乐落阁鹤爵弱约脚雀幕洛壑索郭错跃若酌托削铎凿箔鹊诺萼度橐钥龠瀹着著虐掠获泊搏藿嚼勺谑廓绰霍镬莫箨缚貉各略骆寞膜鄂博昨柝格拓铄铄烁灼疟蒻箬芍躇却噱矍攫醵踱魄酪络烙珞髆粕簿柞漠摸酢怍涸郝垩谔鳄噩锷颚缴扩椁陌

## 第十七部

**入声：四质十一陌十二锡十三职十四缉通用**

【四质】质日笔出室实疾术一乙壹吉秩率律逸佚失漆栗毕恤密蜜桔溢瑟膝匹述黜弼跸七叱卒虱悉戌嫉帅蒺侄踬怵蟋筚篥必泌荜秫栉唧帙溧谧昵轶聿诘耋垤捽茁鬻鹬窒苾

【十一陌】陌石客白泽伯迹宅席策册碧籍格役帛戟壁驿麦额柏魄积脉夕液尺隙逆画（动词）百辟赤易革脊翮屐获适索厄隔益窄

核舄掷责坼惜癖僻掖腋释译峄择摘弈奕迫疫昔赫瘠谪亦硕貊跖鹡碛踖只炙踯斥穸鬲骼舶珀吓磔拆喀蚱舴剧檗擘栅啧帻箦扼划蜴辟帼蝈刺嵴汐藉螫蓦摭襞虢哑绎射

【十二锡】锡壁历枥击绩勣笛敌滴镝檄激寂觌溺觅狄荻幂戚鹢涤的吃沥雳霹惕剔砾翟籴倜析晰淅蜥劈甓嫡铄栎阒菂踢迪皙裼逖蜺阒汨

【十三职】职国德食蚀色力翼墨极殛息熄直值得北黑侧贼饰刻则塞式轼域蜮殖植敕亟棘惑忒默织匿慝亿忆臆薏特勒肋幅仄昃稷识逼克即唧弋拭陟恻测翊洫啬穑鲫抑或匐

【十四缉】缉辑戢立集邑急入泣湿习给十拾袭及级涩楫粒汁蛰执笠隰汲吸絷挹浥悒岌熠葺什芨廿揖煜歙笈圾褶翕

## 第十八部

**入声：五物六月七曷八黠九屑十六叶通用**

【五物】物佛拂屈郁乞掘吃讫绂弗勿迄不怫绋沸茀厥倔黻崛尉蔚契屹熨绂

【六月】月骨发阙越谒没伐罚卒竭窟笏钺歇突忽袜曰阀筏鹘厥蹶蕨殁橛掘核蝎勃渤悖孛揭碣粤樾鳜脖饽鹁捽猝惚兀讷羯凸咄矻

【七曷】曷达末阔钵脱夺褐割沫拔葛闼渴拨豁括抹遏挞跋撮泼秣掇聒獭剌喝磕蘖瘌袜活鸹斡怛钹捋

【八黠】黠拔八察杀刹轧戛瞎刮刷滑辖铩猾捌叭札扎帕茁鹘揠萨捺

【九屑】屑节雪绝列烈结穴说血舌洁别缺裂热决铁灭折拙切悦

辙诀泄锲咽轶噎彻澈哲鳖设啮劣玦截窃孽浙孑桔颉拮撷揭褐缬碣挈抉亵薛拽爇冽瞥迭跌阅餮耋垤捏页阕觖谲夬撇蹩篾楔惙辍啜缀撤绁杰桀涅霓批

【十六叶】叶帖贴牒接猎妾蝶叠箧惬涉鬣捷颊楫聂摄慑镊蹑协侠荚挟铗浃睫厌靥蹀躞燮摺辄婕谍堞霎嗫喋碟鲽捻晔躐笈

## 第十九部

**入声：十五合十七洽通用**

【十五合】合塔答纳榻閤杂腊匝阖蛤衲沓鸽踏拓拉盍塌咂盒卅搭褡飒磕榼遢蹋蜡溘邋趿

【十七洽】洽狭峡法甲业邺匣压鸭乏怯劫胁插锸押狎夹恰蛱硖掐劄袷眨胛呷歃闸霎

# |对|韵|

## 上平韵部

**一东**

天对地，雨对风。大陆对长空。山花对海树，赤日对苍穹。雷隐隐，雾蒙蒙。日下对天中。风高秋月白，雨霁晚霞红。牛女二星河左右，参商两曜斗西东。十月塞边，飒飒寒霜惊戍旅；三冬江上，漫漫朔雪冷渔翁。

河对汉，绿对红。雨伯对雷公。烟楼对雪洞，月殿对天宫。云叆叇，日曈朦。蜡屐对渔蓬。过天星似箭，吐魂月如弓。驿旅客逢梅子雨，池亭人挹藕花风。茅店村前，皓月坠林鸡唱韵；板桥路上，青霜锁道马行踪。

山对海，华对嵩。四岳对三公。宫花对禁柳，塞雁对江龙。清暑殿，广寒宫。拾翠对题红。庄周梦化蝶，吕望兆飞熊。北牖当风停夏扇，南帘曝日省冬烘。鹤舞楼头，玉笛弄残仙子月；凤翔台上，紫箫吹断美人风。

**二冬**

晨对午，夏对冬。下晌对高春。青春对白昼，古柏对苍松。垂钓客，荷锄翁。仙鹤对神龙。凤冠珠闪烁，螭带玉玲珑。三元及第才千顷，一品当朝禄万钟。花萼楼前，仙李盘根调国脉；沉香亭畔，娇杨擅宠起边风。

清对淡，薄对浓。暮鼓对晨钟。山茶对石菊，烟锁对云封。金菡萏，玉芙蓉。绿绮对青锋。早汤先宿酒，晚食继朝饔。唐库金钱能化蝶，延津宝剑会成龙。巫峡浪传，云雨荒唐神女庙；岱宗遥望，儿孙罗列丈人峰。

繁对简，叠对重。意懒对心慵。仙翁对释伴，道范对儒宗。花灼灼，草茸茸。浪蝶对狂蜂。数竿君子竹，五树大夫松。高皇灭项凭三杰，虞帝承尧殛四凶。内苑佳人，满地风光愁不尽；边关过客，连天烟草憾无穷。

**三江**

奇对偶，只对双。大海对长江。金盘对玉盏，宝烛对银釭。朱漆槛，碧纱窗。舞调对歌腔。兴汉推马武，谏夏著龙逄。四收列国群王服，三筑高城众敌降。跨凤登台，潇洒仙姬秦弄玉；斩蛇当道，英雄天子汉刘邦。

颜对貌，像对庞。步辇对徒杠。停针对搁笔，意懒对心降。灯闪闪，月幢幢。揽辔对飞艎。柳堤驰骏马，花院吠村尨。酒量微熏琼杏颊，香尘浅印玉莲双。诗写丹枫，韩女幽怀流御水；泪弹斑竹，舜妃遗憾积湘江。

**四支**

泉对石，干对枝。吹竹对弹丝。山亭对水榭，鹦鹉对鸬鹚。五色笔，十香词。泼墨对传卮。神奇韩幹画，雄浑李陵诗。几处花街新夺锦，有人香径淡凝脂。万里烽烟，战士边头争保塞；一犁膏雨，农夫村外尽乘时。

菹对醢，赋对诗。点漆对描脂。璠簪对珠履，剑客对琴师。沽酒价，买山赀。国色对仙姿。晚霞明似锦，春雨细如丝。柳绊长堤千万树，花横野寺两三枝。紫盖黄旗，天象预占江左地；青袍白马，童谣终应寿阳儿。

箴对赞，缶对卮。萤焰对蚕丝。轻裾对长袖，瑞草对灵芝。流涕策，断肠诗。喉舌对腰肢。云中熊虎将，天上凤麟儿。禹庙千年垂橘柚，尧阶三尺覆茅茨。湘竹含烟，腰下轻纱笼玳瑁；海棠经雨，脸边清泪湿胭脂。

争对让，望对思。野葛对山栀。仙风对道骨，天造对人为。专诸剑，博浪椎。经纬对干支。位尊民物主，德重帝王师。望切不妨人去远，心忙无奈马行迟。金屋闭来，赋乞茂陵题柱笔；玉楼成后，记须昌谷负囊词。

**五微**

贤对圣，是对非。觉奥对参微。鱼书对雁字，草舍对柴扉。

鸡晓唱，雉朝飞。红瘦对绿肥。举杯邀月饮，骑马踏花归。黄盖能成赤壁捷，陈平善解白登危。太白书堂，瀑泉垂地三千丈；孔明祠庙，古柏参天四十围。

戈对甲，幄对帏。荡荡对巍巍。严滩对邵圃，靖菊对夷薇。占鸿渐，采凤飞。虎榜对龙旗。心中罗锦绣，口内吐珠玑。宽宏豁达高皇量，叱咤喑哑霸主威。灭项兴刘，狡兔尽时走狗死；连吴拒魏，貔貅屯处卧龙归。

衰对盛，密对稀。祭服对朝衣。鸡窗对雁塔，秋榜对春闱。乌衣巷，燕子矶。久别对初归。天姿真窈窕，圣德实光辉。蟠桃紫阙来金母，岭荔红尘进玉妃。霸上军营，亚父丹心撞玉斗；长安酒市，谪仙狂兴换银龟。

**六鱼**

羹对饭，柳对榆。短袖对长裾。鸡冠对凤尾，芍药对芙蕖。周有若，汉相如。王屋对匡庐。月明山寺远，风细水亭虚。壮士腰间三尺剑，男儿腹内五车书。疏影暗香，和靖孤山梅蕊放；轻阴清昼，渊明旧宅柳条舒。

吾对汝，尔对余。选授对升除。书箱对药柜，耒耜对耰锄。参虽鲁，回不愚。阀阅对阎闾。诸侯千乘国，命妇七香车。穿云采药闻仙犬，踏雪寻梅策蹇驴。玉兔金乌，二气精灵为日月；洛龟河马，五行生克在图书。

欹对正，密对疏。囊橐对苞苴。罗浮对壶峤，水曲对山纡。骖鹤驾，待鸾舆。桀溺对长沮。搏虎卞庄子，当熊冯婕妤。南阳高士吟梁父，西蜀才人赋子虚。三径风光，白石黄花供杖履；五湖烟景，青山绿水在樵渔。

**七虞**

红对白，有对无。布谷对提壶。毛锥对羽扇，天阙对皇都。

谢蝴蝶，郑鹧鸪。蹈海对归湖。花肥春雨润，竹瘦晚风疏。麦饭豆糜终创汉，莼羹鲈脍竟归吴。琴调轻弹，杨柳月中潜去听；酒旗斜挂，杏花村里共来沽。

罗对绮，茗对蔬。柏秀对松枯。中元对上巳，返璧对还珠。云梦泽，洞庭湖。玉烛对冰壶。苍头犀角带，绿鬓象牙梳。松阴白鹤声相应，镜里青鸾影不孤。竹户半开，对牖不知人在否？柴门深闭，停车还有客来无。

宾对主，婢对奴。宝鸭对金凫。升堂对入室，鼓瑟对投壶。觇合璧，颂联珠。提瓮对当垆。仰高红日近，望远白云孤。歆向秘书窥二酉，机云芳誉动三吴。祖饯三杯，老去常斟花下酒；荒田五亩，归来独荷月中锄。

君对父，魏对吴。北岳对西湖。菜蔬对茶饭，苣笋对菖蒲。梅花数，竹叶符。廷议对山呼。两都班固赋，八阵孔明图。田庆紫荆堂下茂，王裒青柏墓前枯。出塞中郎，羝有乳时归汉室；质秦太子，马生角日返燕都。

**八齐**

鸾对凤，犬对鸡。塞北对关西。长生对益智，老幼对旄倪。颁竹策，剪桐圭。剥枣对蒸梨。绵腰如弱柳，嫩手似柔荑。狡兔能穿三穴隐，鹪鹩权借一枝栖。角里先生，策杖垂绅扶少主；於陵仲子，辟纑织履赖贤妻。

鸣对吠，泛对栖。燕语对莺啼。珊瑚对玛瑙，琥珀对玻璃。绛县老，伯州犁。测蠡对燃犀。榆槐堪作荫，桃李自成蹊。投巫救女西门豹，赁浣逢妻百里奚。阙里门墙，陋巷规模原不陋；隋堤基址，迷楼踪迹亦全迷。

越对赵，楚对齐。柳岸对桃溪。纱窗对绣户，画阁对香闺。修月斧，上天梯。螮蝀对虹蜺。行乐游春圃，工谀病夏畦。李广不封空射虎，魏明得立为存麑。按辔徐行，细柳功成劳主敬；闻声稍卧，临泾名震止儿啼。

**九佳**

门对户，陌对街。枝叶对根荄。斗鸡对挥麈，凤髻对鸾钗。登楚岫，渡秦淮。子规对夫差。石鼎龙头缩，银筝雁翅排。百年诗礼延余庆，万里风云入壮怀。莫辨名伦，死矣野哉悲季路；不由径窦，生乎愚也有高柴。

冠对履，袜对鞋。海角对天涯。鸡人对虎旅，六市对三街。陈俎豆，戏堆埋。皎皎对皑皑。贤相聚东阁，良朋集小斋。梦里山川书越绝，枕边风月记齐谐。三径萧疏，彭泽高风怡五柳；六朝华贵，琅琊佳气种三槐。

勤对俭，巧对乖。水榭对山斋。冰桃对雪藕，漏箭对更牌。寒翠袖，贵荆钗。慷慨对诙谐。竹径风声籁，花蹊月影筛。携囊佳韵随时贮，荷锸沉酣到处埋。江海孤踪，云浪风涛惊旅梦；乡关万里，烟峦云树切归怀。

杞对梓，桧对楷。水泊对山崖。舞裙对歌袖，玉陛对瑶阶。风入袂，月盈怀。虎兕对狼豺。马融堂上帐，羊侃水中斋。北面黉宫宜拾芥，东巡岱畤定燔柴。锦缆春江，横笛洞箫通碧落；华灯夜月，遗簪堕翠遍香街。

**十灰**

春对夏，喜对哀。大手对长才。风清对月朗，地阔对天开。游阆苑，醉蓬莱。七政对三台。青龙壶老杖，白燕玉人钗。香风十里望仙阁，明月一天思子台。玉洁冰桃，王母几因求道降；莲舟藜杖，真人原为读书来。

朝对暮，去对来。庶矣对康哉。马肝对鸡肋，杏眼对桃腮。佳兴适，好怀开。朔雪对春雷。云移鸩鹊观，日晒凤凰台。河边淑气迎芳草，林下轻风待落梅。柳媚花明，燕语莺声浑是笑；松号柏舞，猿啼鹤唳总成哀。

忠对信，博对赅。忖度对疑猜。香消对烛暗，鹊喜对蛩哀。金花报，玉镜台。倒斝对衔怀。岩巅横老树，石磴覆苍苔。雪满山中高士卧，月明林下美人来。绿柳沿堤，皆因苏子来时种；碧桃满观，尽是刘郎去后栽。

**十一真**

莲对菊，凤对麟。浊富对清贫。渔庄对佛舍，松盖对花茵。萝月叟，葛天民。国宝对家珍。草迎金埒马，花醉玉楼人。巢燕三春尝唤友，塞鸿八月始来宾。古往今来，谁见泰山曾作砺；天长地久，人传沧海几扬尘。

兄对弟，吏对民。父子对君臣。勾丁对甫甲，赴卯对同寅。折桂客，簪花人。四皓对三仁。王乔云外舄，郭泰雨中巾。人交好友求三益，士有贤妻备五伦。文教南宣，武帝平蛮开百越；义旗西指，韩侯扶汉卷三秦。

申对午，侃对訚。阿魏对茵陈。楚兰对湘芷，碧柳对青筠。花馥馥，叶蓁蓁。粉颈对朱唇。曹公奸似鬼，尧帝智如神。南阮才郎羞北富，东邻丑女效西颦。色艳北堂，草号忘忧忧甚事？香浓南国，花名含笑笑何人？

**十二文**

忧对喜，戚对欣。五典对三坟。佛经对仙语，夏耨对春耘。烹早韭，剪春芹。暮雨对朝云。竹间斜白接，花下醉红裙。掌握灵符五岳箓，腰悬宝剑七星纹。金锁未开，上相趋听宫漏永；珠帘半卷，群僚仰对御炉薰。

词对赋，懒对勤。类聚对群分。鸾箫对凤笛，带草对香芸。燕许笔，韩柳文。旧话对新闻。赫赫周南仲，翩翩晋右军。六国说成苏子贵，两京收复郭公勋。汉阙陈书，侃侃忠言推贾谊；唐廷对策，岩岩直谏有刘蕡。

言对笑，绩对勋。鹿豕对羊羵。星冠对月扇，把袂对书裙。汤事葛，说兴殷。萝月对松云。西池青乌使，北塞黑鸦军。文武成康为一代，魏吴蜀汉定三分。桂苑秋宵，明月三杯邀曲客；松亭夏日，薰风一曲奏桐君。

**十三元**

卑对长，季对昆。永巷对长门。山亭对水阁，旅舍对军屯。杨子渡，谢公墩。德重对年尊。承乾对出震，叠坎对重坤。志士报君思犬马，仁王养老察鸡豚。远水平沙，有客泛舟桃叶渡；斜风细雨，何人携榼杏花村。

君对相，祖对孙。夕照对朝曛。兰台对桂殿，海岛对山村。碑堕泪，赋招魂。报怨对怀恩。陵埋金吐气，田种玉生根。相府珠帘垂白昼，边城画角对黄昏。枫叶半山，秋去烟霞堪倚杖；梨花满地，夜来风雨不开门。

**十四寒**

家对国，治对安。地主对天官。坎男对离女，周诰对殷盘。三三暖，九九寒。杜撰对包弹。古壁蛩声匝，闲亭鹤影单。燕出帘边春寂寂，莺闻枕上漏珊珊。池柳烟飘，日夕郎归青锁闼；砌花雨过，月明人倚玉栏杆。

肥对瘦，窄对宽。黄犬对青鸾。指环对腰带，洗钵对投竿。诛佞剑，进贤冠。画栋对雕栏。双垂白玉箸，九转紫金丹。陕右棠高怀召伯，河南花满忆潘安。陌上芳春，弱柳当风披彩线；池中清晓，碧荷承露捧珠盘。

行对卧，听对看。鹿洞对鱼滩。蛟腾对豹变，虎踞对龙蟠。风凛凛，雪漫漫。手辣对心酸。莺莺对燕燕，小小对端端。蓝水远从千涧落，玉山高并两峰寒。至圣不凡，嬉戏六龄陈俎豆；老莱大孝，承欢七衮舞斑斓。

**十五删**

林对坞，岭对峦。昼永对春闲。谋深对望重，任大对投艰。裾袅袅，佩珊珊。守塞对当关。密云千里合，新月一钩弯。叔宝君臣皆纵逸，重华父母是嚚顽。名动帝畿，西蜀三苏来日下；壮游京洛，东吴二陆起云间。

骄对傲，吝对悭。讨逆对平蛮。忠肝对义胆，雾鬓对云鬟。埋笔冢，烂柯山。月貌对天颜。龙潜终得跃，鸟倦亦知还。陇树飞来鹦鹉绿，池筠啼处鹧鸪斑。秋露横江，苏子月明游赤壁；冻云迷岭，韩公雪拥过蓝关。

## 下平韵部

**一先**

寒对暑，日对年。蹴踘对秋千。丹山对碧水，淡雨对轻烟。歌宛转，貌婵娟。雪赋对云笺。荒芦栖南雁，疏柳噪秋蝉。洗耳尚逢高士笑，折腰肯受小儿怜。郭泰泛舟，折角半垂梅子雨；山涛骑马，接篱倒着杏花天。

轻对重，脆对坚。碧玉对青钱。郊寒对岛瘦，酒圣对诗仙。依玉树，步金莲。凿井对耕田。杜甫春宵立，边韶白昼眠。豪饮客吞波底月，酣游人醉水中天。斗草青郊，几行宝马嘶金勒；看花紫陌，千里香车拥翠钿。

吟对咏，授对传。乐矣对凄然。风鹏对雪雁，董杏对周莲。春九十，岁三千。钟鼓对管弦。入山逢宰相，无事即神仙。霞映武陵桃淡淡，烟荒隋堤柳绵绵。七碗月团，啜罢清风生腋下；三杯云液，饮余红雨晕腮边。

中对外，后对先。树下对花前。玉桂对金屋，叠嶂对平川。孙子策，祖生鞭。盛席对华筵。解醉知茶力，消愁识酒权。丝剪芰荷开冻沼，锦妆凫雁泛温泉。帝女衔石，海中遗魄为精卫；蜀王叫月，枝上游魂化杜鹃。

**二箫**

琴对管，釜对瓢。水怪对花妖。秋声对春色，白缣对红绡。臣五代，事三朝。头柄对弓腰。醉客歌金缕，佳人品玉箫。风定落花闲不扫，霜余残叶湿难烧。千载兴周，尚父一竿投渭水；百年霸越，钱王万弩射江潮。

荣对悴，夕对朝。露地对云霄。商彝对周鼎，殷箫对虞韶。樊素口，小蛮腰。六诏对三苗。朝天车奕奕，出塞马萧萧。公子幽兰重泛舸，王孙芳草正联镳。潘岳高怀，曾向秋天吟蟋蟀；王维清兴，尝于雪夜画芭蕉。

耕对读，牧对樵。琥珀对琼瑶。兔毫对鸿爪，桂楫对兰桡。鱼潜藻，鹿藏樵。水远对山遥。湘灵能鼓瑟，嬴女解吹箫。雪点寒梅横小院，风吹弱柳覆平桥。月牖通宵，绛蜡罢时光不减；风帘当昼，雕盘停后篆难消。

**三肴**

诗对礼，卦对爻。燕引对莺调。晨钟对暮鼓，野蔌对山肴。雉方乳，鹊始巢。猛虎对神獒。疏星浮荇叶，皓月上松梢。为邦自古推瑚琏，从政于今愧斗筲。管鲍相知，能交忘形胶漆友；蔺廉有隙，终对刎颈生死交。

歌对舞，笑对嘲。耳语对神交。焉乌对亥豕，獭髓对鸾胶。宜久敬，莫轻抛。一气对同胞。祭遵甘布被，张禄念绨袍。花径风来逢客访，柴扉月到有僧敲。夜雨园中，一颗不雕王子柰；秋风江上，三重曾卷杜公茅。

衙对舍，廪对庖。玉磬对金铙。竹林对梅岭，起凤对腾蛟。鲛绡帐，兽锦袍。露果对风梢。扬州输橘柚，荆土贡菁茅。断蛇埋地称孙叔，渡蚁作桥识宋郊。好梦难成，蛩响阶前偏唧唧；良朋远到，鸡声窗外正嘐嘐。

**四豪**

茭对茨，荻对蒿。山鹿对江鳌。莺簧对蝶板，浪麦对桃涛。骐骥足，凤凰毛。美誉对嘉褒。文人窥蠹简，学士书兔毫。马援南征栽薏苡，张骞西使进葡萄。辩口悬河，万语千言常亹亹；词源倒峡，连篇累牍自滔滔。

梅对杏，李对桃。棫朴对旌旄。酒仙对诗史，德泽对恩膏。悬一榻，梦三刀。拙逸对贵劳。玉堂花烛绕，金殿月轮高。孤山看鹤盘云下，蜀道闻猿向月号。万事从人，有花有酒应自乐；百年皆客，一丘一壑尽吾豪。

台对省，署对曹。分袂对同胞。鸣琴对击剑，返辙对回艚。良借箸，操提刀。香茗对醇醪。滴泉归海大，篑土积山高。石室客来煎雀舌，画堂宾至饮羊羔。被谪贾生，湘水凄凉吟鹏鸟；遭谗屈子，江潭憔悴著离骚。

**五歌**

微对巨，少对多。直干对平柯。蜂媒对蝶使，雨笠对烟蓑。眉淡扫，面微酡。妙舞对清歌。轻衫裁夏葛，薄袂剪春罗。将相兼行唐李靖，霸王杂用汉萧何。月本阴精，岂有羿妻曾窃药；星为夜宿，浪传织女漫投梭。

慈对善，虐对苛。缥缈对婆娑。长杨对细柳，嫩蕊对寒莎。追风马，挽日戈。玉液对金波。紫诏衔丹凤，黄庭换白鹅。画阁江城梅作调，兰舟野渡竹为歌。门外雪飞，错认空中飘柳絮；岩边瀑响，误疑天半落银河。

松对竹，荇对荷。薜荔对藤萝。梯云对步月，樵唱对渔歌。升鼎雉，听经鹅。北海对东坡。吴郎哀废宅，邵子乐行窝。丽水良金皆待冶，昆山美玉总须磨。雨过皇州，琉璃色灿华清瓦；风来帝苑，荷芰香飘太液波。

笼对槛，巢对窝。及第对登科。冰清对玉润，地利对人和。韩擒虎，荣驾鹅。青女对素娥。破头朱泚笏，折齿谢鲲梭。留客酒杯应恨少，动人诗句不须多。绿野凝烟，但听村前双牧笛；沧江积雪，惟看滩上一渔蓑。

**六麻**

清对浊，美对嘉。鄙吝对矜夸。花须对柳眼，屋角对檐牙。志和宅，博望槎。秋实对春华。乾炉烹白雪，坤鼎炼丹砂。深宵望冷沙场月，边塞听残野戍笳。满院松风，钟声隐隐为僧舍；半窗花月，锡影依依是道家。

雷对电，雾对霞。蚁阵对蜂衙。寄梅对怀橘，酿酒对烹茶。宜男草，益母花。杨柳对蒹葭。班姬辞帝辇，蔡琰泣胡笳。舞榭歌楼千万尺，竹篱茅舍三两家。珊枕半床，月明时梦飞塞外；银筝一奏，花落处人在天涯。

圆对缺，正对斜。笑语对咨嗟。沈腰对潘鬓，孟笋对卢茶。百舌鸟，两头蛇。帝里对仙家。尧仁敷率土，舜德被流沙。桥上授书曾纳履，壁间题句已笼纱。远塞迢迢，露碛风沙何可极；长沙渺渺，雪涛烟浪信无涯。

疏对密，朴对华。义鹘对慈鸦。鹤群对雁阵，白苎对黄麻。读三到，吟八叉。肃静对喧哗。围棋兼把钓，沉李并浮瓜。羽客片时能煮石，狐禅千劫似蒸沙。党尉粗豪，金帐笼香斟美酒；陶生清逸，银铛融雪啜团茶。

**七阳**

台对阁，沼对塘。朝雨对夕阳。游人对隐士，谢女对秋娘。三寸舌，九回肠。玉液对琼浆。秦皇照胆镜，徐肇返魂香。青萍夜啸芙蓉匣，黄卷时摊薜荔床。元亨利贞，天地一机成化育；仁义礼智，圣贤千古立纲常。

红对白，绿对黄。昼永对更长。龙飞对凤舞，锦缆对牙樯。云弁使，雪衣娘。故国对他乡。雄文能徙鳄，艳曲为求凰。九日高峰惊落帽，暮春曲水喜流觞。僧占名山，云绕茂林藏古殿；客栖胜地，风飘落叶响空廊。

衰对壮，弱对强。艳饰对新妆。御龙对司马，破竹对穿杨。读班马，识求羊。水色对山光。仙棋藏绿橘，客枕梦黄粱。池草入诗因有梦，海棠带恨为无香。风起画堂，帘箔影翻青荇沼；月斜金井，辘轳声度碧梧墙。

臣对子，帝对王。日月对风霜。乌台对紫府，雪牖对云房。香山社，昼锦堂。蔀屋对岩廊。芬椒涂内壁，文杏饰高梁。贫女幸分东壁影，幽人高卧北窗凉。绣阁探春，丽日半笼青镜色；水亭醉夏，熏风常透碧筒香。

**八庚**

形对貌，色对声。夏邑对周京。江云对涧树，玉罄对银筝。人老老，我卿卿。晓燕对春莺。玄霜舂玉杵，白露贮金茎。贾客君山秋弄笛，仙人缑岭夜吹笙。帝业独兴，尽道汉高能用将；父书空读，谁言赵括善知兵。

功对业，性对情。月上对云行。乘龙对附骥，阆苑对蓬瀛。春秋笔，月旦评。东作对西成。隋珠光照乘，和璧价连城。三箭三人唐将勇，一琴一鹤赵公清。汉帝求贤，诏访严滩逢故旧；宋廷优老，年尊洛社重耆英。

昏对旦，晦对明。久雨对新晴。蓼湾对花港，竹友对梅兄。黄石叟，丹丘生。犬吠对鸡鸣。暮山云外断，新水月中平。半榻清风宜午梦，一犁好雨趁春耕。王旦登庸，误我十年迟作相；刘蕡不第，愧他多士早成名。

**九青**

庚对甲，乙对丁。魏阙对彤庭。梅妻对鹤子，珠箔对银屏。鸳浴沼，鹭飞汀。鸿雁对鹡鸰。人间寿者相，天上老人星。八月好修攀桂斧，三春须系护花铃。江阁凭临，一水净连天际碧；石栏闲倚，群山秀向雨余青。

危对乱，泰对宁。纳陛对趋庭。金盘对玉箸，泛梗对浮萍。群玉圃，众芳亭。旧典对新型。骑牛闲读史，牧豕自横经。秋首田中禾颖重，春余园内菜花馨。旅次凄凉，塞月江风皆惨淡；筵前欢笑，燕歌赵舞独娉婷。

**十蒸**

苹对蓼，芡对菱。雁弋对鱼罾。齐纨对鲁缟，蜀锦对吴绫。星渐没，日初升。九聘对三徵。萧何曾作吏，贾岛昔为僧。贤人视履循规矩，大斧挥斤校准绳。野渡春风，人喜乘潮移酒舫；江天暮雨，客愁隔岸对渔灯。

谈对吐，谓对称。冉闵对颜曾。侯嬴对伯嚭，祖逖对孙登。抛白纻，宴红绫。胜友对良朋。争名如逐鹿，谋利似趋蝇。仁杰姨渐周不仕，王陵母识汉方兴。句写穷愁，浣花寄迹传一部；诗吟变乱，凝碧伤心叹右丞。

**十一尤**

荣对辱，喜对忧。缱绻对绸缪。吴娃对越女，野马对沙鸥。茶解渴，酒消愁。白眼对苍头。马迁修史记，孔子作春秋。莘野耕夫闲举耜，磻溪渔父晚垂钩。龙马游河，羲帝因图而画卦；神龟出洛，禹王取法以明畴。

冠对履，舄对裘。院小对庭幽。画墙对膝地，错智对良筹。孤嶂耸，大江流。芳泽对园丘。花潭来越唱，柳屿起吴讴。莺懒燕忙三月雨，蛩摧蝉退一天秋。钟子听琴，荒径入林山寂寂；谪仙捉月，洪涛接岸水悠悠。

鱼对鸟，鹡对鸠。翠馆对红楼。七贤对三友，爱日对悲秋。虎类狗，蚁如牛。列辟对诸侯。陈唱临春乐，隋歌清夜游。空中事业麒麟阁，地下文章鹦鹉洲。旷野平原，猎士马蹄轻似箭；斜风细雨，牧童牛背稳如舟。

**十二侵**

歌对曲，啸对吟。往古对来今。山头对水面，远浦对遥岑。勤三上，惜寸阴。茂树对平林。卞和三献玉，杨震四知金。青皇风暖催芳草，白帝城高急暮砧。绣虎雕龙，才子窗前挥彩笔；描鸾刺凤，佳人帘下度金针。

登对眺，涉对临。瑞雪对甘霖。主欢对民乐，交浅对言深。耻三战，乐七擒。顾曲对知音。大车行槛槛，驷马聚骎骎。紫电青虹腾剑气，高山流水识琴心。屈子怀君，极浦吟风悲泽畔；王郎忆友，扁舟卧雪访山阴。

**十三覃**

宫对阙，座对龛。水北对天南。蜃楼对蚁郡，伟论对高谈。遴杞梓，树楩楠。得一对函三。八宝珊瑚枕，双珠玳瑁簪。萧王待士心惟赤，卢相欺君面独蓝。贾岛诗狂，手拟敲门行处想；张颠草圣，头能濡墨写时酣。

闻对见，解对谙。三橘对双柑。黄童对白叟，静女对奇男。秋七七，径三三。海色对山岚。鸾声何哕哕，虎视正眈眈。仪封疆吏知尼父，函谷关人识老聃。江相归池，止水自盟真是止；吴公作宰，贪泉虽饮亦何贪？

**十四盐**

宽对猛，冷对淡。清直对尊严。云头对雨脚，鹤发对龙髯。风台谏，肃堂廉。保泰对鸣谦。五湖归范蠡，三径隐陶潜。一剑成功堪佩印，百钱满卦便垂帘。浊酒停杯，容我半酣愁际饮；好花傍座，看他微笑悟时拈。

连对断，减对添。淡泊对安恬。回头对极目，水底对山尖。腰袅袅，手纤纤。凤卜对鸾占。开田多种粟，煮海尽成盐。居同九世张公艺，恩给千人范仲淹。箫弄凤来，秦女有缘能跨羽；鼎成龙去，轩臣无计得攀髯。

人对己，爱对嫌。举止对观瞻。四知对三语，义正对辞严。勤雪案，课风檐。漏箭对书笺。文繁归獭祭，体艳别香奁。昨夜题梅更一字，早春来燕卷重帘。诗以史名，愁里悲歌怀杜甫；笔经人索，梦中显晦老江淹。

**十五咸**

栽对植，薙对芟。二伯对三监。朝臣对国老，职事对官衔。鹿麌麌，兔毚毚。启牍对开缄。绿杨莺睍睆，红杏燕呢喃。半篱白酒娱陶令，一枕黄粱度吕岩。九夏炎飙，长日风亭留客骑；三冬寒冽，漫天雪浪驻征帆。

梧对竹，柏对杉。夏濩对韶咸。涧瀍对溱洧，巩洛对崤函。藏书洞，避诏岩。脱俗对超凡。贤人羞献媚，正士嫉工谗。霸越谋臣推少伯，佐唐藩将重浑瑊。邺下狂生，羯鼓三挝捐锦袄；江州司马，琵琶一曲湿青衫。

袍对笏，履对衫。匹马对孤帆。琢磨对雕镂，刻划对镌镵。辰北拱，日西衔。卮漏对鼎镵。江边生杜若，海外树都咸。但得恢恢存利刃，何堪咄咄达空函。彩凤知音，乐典后夔须九奏；金人守口，圣如尼父亦三缄。